Das Buch
Jack Ryan junior ist von seiner Tätigkeit beim geheim operieren-
den Nachrichtendienst Campus beurlaubt. Dennoch werden Anschläge auf ihn verübt. Er vermutet, dass sie mit seiner Beziehung zu einer iranischen Geheimdienstagentin zusammenhängen.
Allerdings führen ihn seine Untersuchungen auf eine ganz andere Spur. Ein von Leichen gesäumter Weg führt ihn zur Rostock
Security Group. Das private Sicherheitsunternehmen hat sich zu
einem Global Player entwickelt. Bei Jack Ryan verdichtet sich der
Verdacht, dass diese deutsche Firma Terroranschläge fingiert, um
die eigene Unverzichtbarkeit zu legitimieren. Auf dem »Sicherheitsmarkt« geht es immerhin um viel Geld, sehr viel Geld. Auf
sich allein gestellt, tritt Jack Ryan den Kampf gegen die unrechtmäßige Miliz an. Deren nächstes Terrorziel ist ein Staudamm.
Wird er zerstört, sind Tausende vom Tod bedroht.

Nicht selten wurden Tom Clancys gedankliche Planspiele von der
Realität eingeholt.

Der Autor
Tom Clancy hatte mit seinem ersten Thriller, *Jagd auf Roter Okto-
ber*, auf Anhieb internationalen Erfolg. Der Meister des Techno-
Thrillers stand seitdem mit allen seinen großen Büchern an der
Spitze der internationalen Bestsellerlisten. Tom Clancy starb im
Oktober 2013.

Grant Blackwood ist ein amerikanischer Thrillerautor und diente
in der United States Navy. Mit Tom Clancy hat er *Dead or Alive*
und *Under Fire* verfasst.

Im Anhang findet sich ein ausführliches Werkverzeichnis von
Tom Clancy.

TOM CLANCY

UND

GRANT BLACKWOOD

PFLICHT UND EHRE

THRILLER

Aus dem Amerikanischen von Karlheinz Dürr

WILHELM HEYNE VERLAG
MÜNCHEN

Die Originalausgabe erschien unter dem Titel
Duty and Honor
bei G.P. Putnam's Sons, New York

Verlagsgruppe Random House FSC®N001967

Vollständige deutsche Taschenbuchausgabe 03/2020
Copyright © 2016 by The Estate of Thomas L. Clancy, Jr.; Rubicon, Inc.;
Jack Ryan Enterprises, Ltd.; Jack Ryan Limited Partnership
Copyright © 2019 der deutschen Ausgabe
by Wilhelm Heyne Verlag, München,
in der Verlagsgruppe Random House GmbH,
Neumarkter Straße 28, 81673 München
Umschlaggestaltung © Nele Schütz Design, München, unter Verwendung
von © shutterstock (Catchlight lens, Digital Storm)
Satz: Christine Roithner Verlagsservice, Breitenaich
Druck und Bindung: GGP Media GmbH, Pößneck
Printed in Germany

ISBN 978-3-453-43996-2

www.heyne.de

1

Später fragte sich Jack Ryan junior oft, was ihm in jener Nacht das Leben gerettet hatte. Eines war jedenfalls sicher: Seiner Umsicht und seinem Geschick hatte er es ganz bestimmt nicht zu verdanken. Vielleicht hatte ihm das Gewicht des Tiefkühlpacks Chinakohl einen entscheidenden Sekundenbruchteil verschafft, oder vielleicht der schlammige Boden, aber jedenfalls nicht seine Fähigkeiten. Vielleicht einfach nur Glück. Oder der Überlebensinstinkt.

Der Supermarkt lag weder in seiner Nachbarschaft, noch gehörte er zu den Geschäften, in denen er gewöhnlich einkaufte, aber er hatte nun einmal die beste Auswahl an Obst und Gemüse in ganz Alexandria. Ding Chavez hatte ihm den Tipp schon vor acht Monaten gegeben, dennoch kaufte Jack hier erst seit Kurzem öfter ein, oder genauer: seit seinem erzwungenen Abschied vom Campus. Als Arbeitsloser hatte er eine Menge Zeit, über alles gründlich nachzudenken und sich nach neuen Herausforderungen umzuschauen. Es gab da allerdings auch eine Grenze, die zu überschreiten er sich beharrlich weigerte, trotz allen Mahnungen seiner Schwester Sally, es doch mal zu versuchen: sich auf die Couch zu fläzen und in einem Anfall von Komafernsehen endlose Serien auf dem Sender HBO reinzuziehen. Zum Beispiel die Comedyserie *Girls*. Das war Jacks persönlicher Rubikon – aber im Unterschied zu Caesar und seinen Legionen wollte Jack diese Grenze unter keinen Umständen überschreiten. Und das hieß: Für Jack Ryan junior waren solche *Gossip-Girl*-Serien definitiv out. Trotzdem würde er sich bald, oder sogar sehr bald, entscheiden müssen, wie er die verschiedenen losen Enden seines derzeitigen Lebens wieder miteinander verknüpfen konnte, bevor sie vollends ausfaserten. In zwei Wochen lief seine sechsmonatige »Bewährungszeit« ab. Gerry Hendley erwartete eine Antwort. Sollte er zum Campus zurückkehren oder sich endgültig von ihm trennen?

Um dann – *was* zu tun, fragte sich Jack.

Jack hatte fast sein ganzes Berufsleben beim »Campus« gearbeitet, zuerst als Analyst, dann auch als Feldagent – also als Spion. Der Campus war eine inoffizielle, geheime Antiterroreinheit, die sich unter dem Namen Hendley Associates mit einer offiziellen, »weißen« Firma geschickt tarnte. Jacks Vater, Präsident Jack Ryan, hatte die Gründung der verdeckten Geheimorganisation initiiert, die seither von dem früheren Senator Gerry Hendley geleitet wurde. Bisher hatte der Campus mit großem Erfolg einige der »größten Bösewichte« verfolgt und überführt, es gleichzeitig aber auch geschafft, mit seiner Tarnfirma Hendley Associates, einem privaten Finanzhandelsunternehmen, ordentliche Gewinne einzufahren, die nicht nur ihren Kunden zuflossen, sondern auch zur Finanzierung des operativen Budgets des Campus verwendet wurden.

»Siebzehn fünfzig«, sagte die Kassiererin.

Jack reichte ihr einen Zwanziger, nahm das Wechselgeld entgegen und von dem tumben Tütenjungen die Papiertüte in Empfang und ging zum Ausgang. Es war kurz vor acht Uhr abends, und der Markt war fast menschenleer. Durch die breiten Glastüren sah er die großen Pfützen, die im Licht der Natriumdampflampen auf dem Parkplatz glitzerten. Der Regen gehörte zu einer Kaltfront und ging nun schon seit vollen drei Tagen auf Alexandria nieder. Bäche und Flüsse waren angeschwollen, und die Garten- und Baumärkte in der Nähe des Potomacs freuten sich über kräftig gestiegene Umsätze mit Sandsäcken. Das perfekte Wetter für ein eigenhändig im Schongarer zubereitetes Chili.

Jack hatte gerade solide zwölf Kilometer auf der Hallenlaufbahn im Fitnesscenter hinter sich, gefolgt von zwanzig Minuten Liegestützen, Klimmzügen und Unterarmstützen. Er freute sich darauf, die große Tüte voller Einkäufe – Rinderhack, Bohnen, Paprika, Zwiebeln, Tomaten und Chinakohl – in ein formidables Belohnungsessen für das schweißtreibende Training zu verwandeln. Das Chili war das neueste »supergesunde« Rezept seiner Mutter, das er unbedingt ausprobieren wollte. Allerdings würde es erst morgen fertig sein; für heute musste er mit den Resten vom gestrigen Abendessen vorliebnehmen, das er beim Chinesen geholt hatte.

Die automatischen Türen glitten auseinander. Jack zog sich mit der freien Hand die Kapuze des Sweatshirts über den Kopf. Bis zum Auto war es nicht weit, ein schwarzer Chrysler 300. Es war schon eine ganze Weile her, seit er zuletzt eine Limousine besessen hatte. Für die Fahrt zu seinem Apartment am Oronoco würde er eine Viertelstunde brauchen. Der Parkplatz war vor Kurzem frisch geteert worden; der schwarze Asphalt schimmerte und glänzte nass im Regen. Jack lief los, mit einer Geschwindigkeit, die irgendwo zwischen schnellem Gehen und leichtem Joggen lag, aber schon nach Sekunden spürte er den kalten Regen, der ihm über Wangen und Kinn in den Kragen rann. Er brachte die dreißig Meter zum Auto so schnell hinter sich, wie es die schwere Papiertüte zuließ. Er hatte den Wagen rückwärts gegen die Schutzplanke geparkt, die den Parkplatz begrenzte. Aus alter Gewohnheit, dachte er. Sei immer bereit zum schnellen Abgang, merke dir die Ausfahrten und die schnellste Route zum nächsten Highway. Schon monatelang lebte er als »Zivilist«, aber immer noch waren ihm die meisten Regeln der Feldarbeit, die ihm John Clark und die anderen eingetrichtert hatten, präsent. Sollte ihm das nicht etwas sagen? War es nur noch das Echo alter Gewohnheiten, oder waren ihm diese Dinge tatsächlich schon in Fleisch und Blut übergegangen?

Als er sich dem Wagen näherte, entdeckte er einen weißen Zettel unter dem Scheibenwischer. Ein Werbeflyer – ein Fast-Food-Drive-in, ein Garagenflohmarkt, Wahlwerbung ... Was auch immer es sein mochte, Jack war nicht in der Stimmung dafür. Er beugte sich seitwärts über die Motorhaube und griff danach. Aber der Flyer war vom Regen so durchtränkt, dass er am Scheibenwischer entlang zerriss, sodass ein schmaler Streifen unter der Gummilippe zurückblieb.

»Scheiße«, murmelte Jack halblaut.

Von hinten kam plötzlich eine Stimme. »He, Mann, gib's auf!«

Noch bevor er sich umdrehte, schrillte der Alarm in Jacks Gehirn los – dafür reichte die Stimme in Verbindung mit der Nacht, dem Regen und dem menschenleeren Parkplatz. Der Supermarkt lag nicht gerade im besten Viertel der Stadt, ganz im Gegenteil. Hier gab es eine Menge cracksüchtige Obdachlose und Kleinkriminelle.

Jack drehte sich auf dem Absatz um und wich zwei Schritte zurück, in der Hoffnung, ein paar Sekundenbruchteile und ein wenig Abstand für die Gegenwehr zu gewinnen. Der Mann war groß, mindestens eins neunzig, aber mager. Er hatte eine dunkle Kapuze über den Kopf gezogen und kam schnell auf Jack zu.

Im selben Augenblick zuckte ein Blitz über den Himmel und warf einen scharfen Schatten über sein Gesicht.

Störe seine Gewohnheit, dachte Jack. Der Mann hatte Jack als Opfer ins Auge gefasst und war entschlossen, ihn anzugreifen – ein Junkie auf Crack oder Speed, vermutete Jack, aber scharf fokussiert wie ein Laserstrahl und sich absolut sicher, dass er diesen kleinen Überfall genauso reibungslos durchziehen konnte wie alle anderen. Das würde Jack gleich mal richtigstellen müssen.

Er trat dem Angreifer einen Schritt entgegen und deutete auf ihn. »Fuck off! Hau ab!«

Junkieräuber bekamen von ihren Opfern normalerweise keinen derartigen Antiaggro zu sehen. Wölfe reißen lieber schwache Schafe.

Aber Jacks Streitlust hatte nicht die gewünschte Wirkung. Weder stockte der Mann im Lauf, noch zeigte sich in seinem kalten, fest auf Jack fixierten Blick die geringste Verunsicherung. Blitzschnell hob er die rechte Hand, die lose an der Seite herabgegangen hatte, auf Hüfthöhe, die Handfläche von Jack abgewandt. *Messer,* dachte Jack. Wenn der Angreifer eine Schusswaffe gehabt hätte, hätte er sie spätestens jetzt auf Jack richten müssen. Mit einer Pistole konnte man den Gegner schon aus einer gewissen Entfernung in Todesangst versetzen, doch mit einem Messer musste man nahe genug herankommen, um es dem Opfer ins Gesicht oder an den Hals zu halten. Und die abgewandte Innenhand sagte Jack noch etwas anderes: Dieser Typ hatte gar nicht vor, Jack nur gerade so viel Angst einzujagen, dass er sich ergab. Einem Toten konnte man nun mal viel leichter die Wertsachen abnehmen.

Inzwischen hämmerte Jacks Herz gegen die Rippen, und sein Atem ging stoßweise. Die Linke fuhr instinktiv zur Hüfte, der Daumen hob wie von selbst den Saum des

Sweatshirts, die Handfläche berührte ... nichts. *Verdammt!* Er trug keine Waffe; er besaß zwar eine CCW-Lizenz, die es ihm erlaubte, verdeckte Waffen in der Öffentlichkeit zu tragen, aber seit seinem vorläufigen Abschied vom Campus hatte er die Glock immer zu Hause gelassen. *Schlüssel.* Die steckten in seiner Hosentasche, nicht dort, wo sie jetzt eigentlich sein sollten – in seiner Hand, als Reservewaffe. *Du wirst nachlässig, Jack.*

Seinem Angreifer war Jacks plötzliches Zögern nicht entgangen. Er sprintete heran, die rechte Hand fuhr hoch und holte zu einem Handkantenschlag aus. Als würde er beim Basketball einem Teamkameraden den Ball zuspielen, schleuderte Jack ihm die Einkaufstüte entgegen. Sie prallte von seiner Brust ab, und ihr Inhalt ergoss sich über den nassen Asphalt. Das unterbrach sein Angriffsmuster und ließ ihn beim nächsten Schritt zögern, aber nur für einen Sekundenbruchteil, nicht lange genug, um Jack Zeit zu geben, einen Gegenangriff einzuleiten. Also Rückzug? Nachgeben, um zu überleben. Sinnlos, sich auf einen Messerkampf einzulassen, solange man eine Alternative hatte.

Jack wirbelte herum, sprintete zur Leitplanke und sprang darüber hinweg. Er landete auf aufgeweichtem, schlammigen Boden, am Rand der Böschung. Die fiel steil ab und war mit Grasbüscheln und einem immergrünen Zedernbodendecker überwuchert. Die Böschung endete unten an Betonelementen, die sich als Leitplanke am Highway entlangzogen.

Jack hörte schnelle Schritte auf dem Asphalt. Sie sagten ihm, dass der Angreifer ihm nachsetzte. Jack floh die Böschung hinunter, halb springend, halb rutschend, wobei er mit den Füßen an den Grasbüscheln Halt fand.

Aber sein Angreifer war schnell. Schon packte er Jack an der Kapuze und riss ihm den Kopf zurück, sodass die

Kehle offen dalag. Jack wehrte sich nicht dagegen, sondern drehte sich im Sprung hart nach rechts, in der Vermutung, dass die scharfe Klinge von rechts herabschwingen würde. Und da kam sie auch schon, fuhr direkt auf Jacks Kehle zu. Jack hob den linken Arm und schlug abwärts, sodass die Klinge abgedrängt wurde und er den Messerarm unter die Achsel klemmen konnte.

Die rechte Hand stieß Jack dem Mann in die Augen und rammte ihm den Kopf nach hinten. Beide stürzten, Jack lag oben. Sie rutschten die Böschung hinunter, über die Stümpfe und Wurzeln der Zedern, und wirbelten Dreck und Grasbüschel auf.

Der Mann schlug um sich, aber Jack wurde klar, dass die Schläge weder panisch noch ziellos waren. Der Angreifer versuchte, den Messerarm aus Jacks Achselklammer zu reißen, griff gleichzeitig mit der linken Hand an Jacks Kinn und stieß seinen Kopf seitwärts. Ein scharfer Schmerz zuckte durch Jacks Hals und Nacken. Ein Finger des Angreifers rutschte in Jacks Mund ab; Jack biss sofort so hart zu, wie er nur konnte, und hörte ein gedämpftes Knirschen. Der Mann brüllte auf vor Wut und Schmerz.

Immer noch im Kampf umklammert, prallten sie mit voller Wucht gegen eines der Betonelemente am Rand des Highways. Beim Aufprall hörte Jack ein widerliches knackendes Geräusch, gefolgt von einem dumpfen *Uff!* Durch zusammengekniffene Augen sah Jack Scheinwerfer aufblenden, hörte das Zischen der Reifen auf dem nassen Asphalt.

Der Mann rollte seitwärts, kroch auf Händen und Knien. Wieder die blendenden Scheinwerfer, in ihrem Licht konnte er eine klaffende, blutende Wunde am Kopf des Angreifers ausmachen. Ein Teil des Skalps war weggerissen und hing über dem Ohr herab.

Schädelbruch. Ziemlich schlimm.

Auch Jack kroch auf Händen und Knien, aber in die andere Richtung, wieder auf die Böschung zu. Er rappelte sich mühsam auf und drehte sich um. Der Kerl hatte sich ebenfalls wieder aufgerichtet und kam auf ihn zu. Aber er taumelte wie ein Betrunkener, der sich vergeblich abmühte, auf einem Seil zu balancieren, seine Beine gerieten übereinander, er stolperte, versuchte, sich mit ein paar schnelleren Schritten wieder zu fangen, stürzte dann aber vorwärts in den Dreck. Wieder versuchte er, auf die Knie zu kommen, richtete sich halb auf, griff sich an die verletzte Seite des Kopfs, starrte benommen die blutverschmierte Hand an.

»Was ist …?«, lallte er. »Ich brauch … brauch einen …«

Sein Blick irrte über den Boden, als suchte er etwas.

Er sucht nach seinem Messer, schoss es Jack durch den Kopf.

Jack entdeckte es links von dem Angreifer, keine zwei Armlängen entfernt. Zu spät. Der Mann kam auf die Füße und schlurfte darauf zu. Jack griff an, wobei er auf der schlammigen Böschung ausglitt, als er überstürzt versuchte, mit ein, zwei Sprüngen die Distanz zu überwinden. Der Mann bückte sich nach dem Messer, kippte dabei aber fast nach vorn. Jack stieß sich mit einem Bein ab, rammte das andere Knie aufwärts. Es krachte dem Mann mitten ins Gesicht, sodass der Angreifer rückwärts gegen die Betonleitplanken geschleudert wurde. Doch Jack fand auf dem schlüpfrigen Boden keinen Halt, fiel rückwärts auf den Boden und schlug mit dem Hinterkopf hart auf einem Stein oder einer Wurzel auf. Momentan verschwamm ihm alles vor den Augen.

Steh auf und tu was, dachte er. *Er greift an!* Ein Bild von sich selbst zuckte ihm durch den Kopf – wie er hier flach auf dem Rücken lag, mit aufgeschlitzter Kehle, und der

Regen trommelte auf sein Gesicht und in die aufgerissenen Augen, die Kameras der Spurensicherung blitzten auf ...

Nein, auf keinen Fall.

Jack rollte sich auf die Seite.

Drei Meter entfernt saß sein Angreifer, halb gegen die Leitplanke gelehnt. Der Kopf hing seitwärts herab. Der graue Betonklotz hinter ihm war blutverschmiert. Der Mann war blass, sogar geisterhaft weiß. Mitte dreißig, militärisch kurz geschnittenes, helles Haar. Unter der Wunde am Kopf glaubte Jack die weiße Schädeldecke zu sehen.

»Bleib, wo du bist!«, brüllte Jack. »Keine Bewegung!«

Der Mann blinzelte, anscheinend verwirrt, fokussierte den Blick einen kurzen Moment auf Jack, dann rollte er sich zur Seite und versuchte, auf den Knien zu robben, wie ein kleines Kind, das über einen rutschigen gefliesten Boden krabbeln will. Und schaffte es tatsächlich, wieder auf die Füße zu kommen.

Verdammt zäher Hund.

Jack entdeckte wieder das Messer, das halb in der aufgeweichten Erde steckte, nicht weit entfernt. Er kroch darauf zu, zog es heraus. Es war ein Klappmesser, fast zwanzig Zentimeter lang und recht schwer.

»Bleib, wo du bist!«, bellte Jack noch einmal keuchend. Er schmeckte Blut im Mund und spuckte es aus. Sein eigenes oder das des Angreifers, fragte er sich flüchtig. »Die Cops sind schon unterwegs!«

Daran hatte er zwar starke Zweifel, aber vielleicht reichte es, um den Angreifer zu verjagen oder ihn dazu zu bringen, sich wieder hinzusetzen und sein Schicksal zu akzeptieren. Und einen kostenlosen Trip zur Notaufnahme. So wie die Dinge hier im Dunkeln und im strömenden Regen standen, wusste momentan niemand, dass Jack Ryan junior, erstgeborener Sohn des amerikanischen Präsidenten und derzeit arbeitsloser Spezialagent, mit einem durchgeknallten Kleinkriminellen im Matsch neben einem Highway um sein Leben kämpfte.

Großer Gott, dachte er.

Und der Mann setzte sich wieder in Bewegung – aber er kam nicht auf Jack zu. Mit der linken Hand stützte er sich auf der Betonleitplanke ab, schleppte sich zwei, drei Schritte vorwärts, blieb stehen, ging weiter. Ein Auto raste vorbei, hupte und übersprühte ihn mit dem Inhalt einer Pfütze am Straßenrand. Der Mann zeigte keinerlei Reaktion.

Hirnverletzung, konstatierte Jack. Wider Willen verspürte er einen Anflug von … was? Doch nicht etwa Mitleid mit einem Junkie, der gerade versucht hatte, ihn kaltzumachen? *Komm schon, Jack.* Trotzdem – er konnte den Burschen nicht einfach weitertaumeln lassen, bis er sich irgendwo hinsetzte und womöglich an seiner Kopfverletzung starb. Ach, verdammt …

»Bleib stehen!«, brüllte Jack. »Komm zurück …«

Doch der Mann taumelte weiter, stützte sich aber schwer auf die Leitplanke – bis er zu dem schmalen Spalt zwischen zwei Betonelementen kam und seine blind tastende Hand plötzlich ins Leere sackte. Benommen blieb er stehen, starrte auf seine Füße.

Keine zwei Meter entfernt raste hupend ein Auto vorbei.

Der Mann drehte sich nach links, taumelte durch den Spalt und auf den Highway.

»He! Nicht da raus …!«

Jack sah die Scheinwerfer heranrasen, hörte das Brüllen eines starken Dieselmotors, keine Sekunde später raste ein riesiger Truck aus der Unterführung heraus. Der Fahrer hupte wie irre.

Jack sprintete los.

Der Truck war schneller. Er pflügte mit urgewaltiger Kraft in den Mann hinein.

Jack stand wie versteinert, starrte ungläubig hinüber, hörte kaum das Kreischen und Stottern der Bremsen.

War das wirklich passiert?

Mach was. Verschwinde.

Jack wirbelte herum und rannte zum Fuß der Böschung zurück.

Und blieb wie angewurzelt stehen.

Über ihm, direkt an der Schutzplanke des Parkplatzes, stand ein Mann, von hinten durch Autoscheinwerfer angestrahlt.

»He!«, schrie Jack zu ihm hinauf. »Rufen Sie Neun-eins-eins!«

Die Gestalt rührte sich nicht.

Jack legte die Hände trichterförmig um den Mund und brüllte noch einmal.

Die Gestalt drehte sich um und verschwand. Ein paar Sekunden später schwenkten die Scheinwerfer herum und verschwanden ebenfalls.

Adrenalin war höllisches Zeug, dachte Jack. Aber Schock auch. Er hatte schon viel gesehen, aber so etwas ... Der Mann hatte nicht einmal einen Blick auf den Truck geworfen, der da auf ihn zudonnerte.

Mit geschlossenen Augen stand Jack unter der Dusche, die Stirn an die Fliesen gelegt, und ließ das heiße Wasser über Kopf und Schultern strömen. Seine Hände zitterten noch immer, sie pulsierten im Takt mit dem Herzschlag.

Er war von einem Tatort geflohen. Mit dem Messer des Angreifers. Er hatte sogar genug kühle Geistesgegenwart besessen, sich zu vergewissern, dass er nichts verloren hatte – Handy, Schlüssel, Geldbörse, Kassenbeleg, die größeren Einkäufe aus der Tüte –, und keine neunzig Sekunden, nachdem der Truck den Angreifer erfasst hatte, hatte Jack sein Auto aus dem Parkplatz gelenkt. Er hatte die Strecke zum Oronoco schon halb hinter sich, als er die ersten Martinshörner hörte.

War das nur der Schock gewesen? Gut möglich, aber er wollte sich jetzt einfach nicht mit den tausend Fragen befassen müssen, die ihm die Cops und die Medien stellen würden, und nicht nur ihm, sondern auch seinem Vater, seiner Mutter, seinen Schwestern, seinem Bruder und seinen Kollegen bei Hendley. Gefundenes Fressen für die Skandalblätter. Die Typen, die im Kapitol schon lange die Messer wetzten, würden sich wie Aasgeier auf seinen Vater stürzen und alles aus der Story herausquetschen, was nur möglich war. Von alldem abgesehen: Er war das *Opfer,* verdammt, aber wen interessierte das schon? Und es gab einen Zeugen, oder jedenfalls einen potenziellen Zeugen. Aber warum war der Mann so schnell verschwunden?

Jack selbst war nicht unverletzt davongekommen. Obwohl er den Messerarm des Angreifers eingeklemmt hatte, entdeckte er nun drei Schnitte direkt unter dem Schulterblatt. Zwar war keiner tiefer als ein Zentimeter, aber das reichte völlig: die Wunden schmerzten, und die Schulter fühlte sich teilweise taub an. Waren die Wunden nur ein unbeabsichtigter Kollateralschaden des harten Kampfes, oder hatte der Angreifer tatsächlich versucht, ihm die Klinge in die Brust zu rammen?

Die unfreiwillige Rutschpartie über die Böschung mit ihren Baum- und Buschstümpfen hatte seinen unteren Rücken und den Bauch mit so vielen Kratzern und Schürfwunden übersät, dass es aussah, als wäre er mit einem Bandschleifer bearbeitet worden. Und eine weitere Sorge schoss ihm plötzlich durch den Kopf: Hatte er das Blut des Angreifers geschluckt? Wenn ja, würde er womöglich mit Hepatitis C oder etwas noch Schlimmerem rechnen müssen.

Der Typ hat versucht, mich umzulegen, dachte Jack. *Warum?* War ihm der Stoff ausgegangen, hatte er sich seit ein paar Stunden keinen Schuss mehr setzen können? War er vielleicht nur hinter den zwanzig Dollar und dem bisschen Kleingeld in Jacks Tasche her gewesen? Oder hatte er es auf das Auto abgesehen? Es war nicht das erste Mal, dass jemand versuchte, ihn aus der Welt zu schaffen, aber diese Sache fühlte sich irgendwie anders an.

2

Alexandria, Virginia

Am nächsten Tag wachte Jack schon vor der Morgendämmerung auf. Er hatte sehr unruhig geschlafen. Sogar im Halbschlaf war ihm immer wieder der Zwischenfall durch den Kopf gegangen, wie ein Film, der ständig wiederholt wurde, halb Traum, halb Realität, aber immer endete er auf dieselbe Weise: Der Angreifer starb, und er, Jack, fühlte sich, als hätte er ... Ja, was denn nun? Als hätte er etwas Unrechtes getan?

Er stellte sich unter die Dusche, vor allem, um seine Wunden noch gründlicher zu reinigen, und blieb so lange unter dem eiskalten Wasser, bis er es nicht mehr aushielt. Dann zog er sich an, warf die Klamotten, die er gestern getragen hatte, in die Maschine, nicht ohne vorher ein wenig Bleichmittel draufzuschütten, damit die Flecken auch rausgingen.

In der Küche machte er sich zunächst einen doppelten Espresso, trank ihn in einem Zug aus, schaltete dann die Kaffeemaschine auf Normal und ging zur Spüle, in die er das Messer des Angreifers gelegt hatte. Er legte das Messer in den Geschirrspüler und wählte das Intensivprogramm. Dann ging er ins Wohnzimmer, schaltete den Fernseher ein und zappte zu den Lokalnachrichten. So früh am Morgen, Stunden, bevor die regulären Frühstücksnachrichten begannen, wiederholten sie meistens die Berichte vom Vorabend oder der vergangenen Nacht.

Er musste nicht lange suchen.

»Wie die Polizei berichtet, wurde gestern kurz nach zwanzig Uhr ein Mann von einem Truck erfasst und getötet. Der Vorfall ereignete sich am North Kings Highway in der Nähe der Telegraph Road. Das Unfallopfer konnte noch nicht identifiziert werden. Sollten Sie zur Klärung seiner Identität beitragen können, bittet die Polizei um Anruf unter …«

Jack schaltete den Fernseher wieder aus. »Noch nicht identifiziert«, murmelte er vor sich hin. Keine Erwähnung von möglichen Zeugen, aber das hatte nichts zu bedeuten. Wenn sich der Mann gemeldet hatte, den Jack oben an der Stahlplanke gesehen hatte, würde die Polizei diese Information wahrscheinlich zurückhalten, bis sie mehr herausgefunden hatten.

Die nächsten zwanzig Minuten ging er im Wohnzimmer auf und ab, trank Kaffee und warf immer wieder einen Blick auf den Laptop, um online die aktuellsten Nachrichten zu verfolgen. Aber sie brachten nichts Neues. Am liebsten hätte er jemanden angerufen, hätte sich gerne jemandem anvertraut, aber er widerstand der Versuchung. Er musste nachdenken, und zwar sehr gründlich. Oder noch besser: Er musste etwas unternehmen.

Jack fuhr zum Supermarkt zurück. Unterwegs nahm er den Verkehr nur teilweise wahr.

Es hatte aufgehört zu regnen, aber es hingen noch dunkle, drohende Wolken am Himmel. Die Gehwege und Straßen waren immer noch nass, in den Schlaglöchern stand das Wasser bis zum Rand. An den überhängenden Zweigen zeigte sich der erste Hauch von grünen Knospen, die von den schweren Tropfen herabgezogen wurden.

Inzwischen war es nach sieben Uhr, die ersten Strahlen

der aufgehenden Sonne drangen zwischen den Wolken hindurch. Der Supermarkt würde erst in etwa einer Stunde öffnen. Der Parkplatz schien völlig leer zu sein, aber zur Sicherheit fuhr Jack noch ein zweites Mal daran vorbei und hielt nach Streifenwagen Ausschau. Als er keine sah, wendete er den Wagen, fuhr auf den Parkplatz und parkte in der Nähe des Markteingangs. Er stieg aus.

Die Morgenluft war kalt, sein Atem erzeugte weiße Dampfwolken. Er ging zu der Stelle vor der Stahlplanke, an der er am Vorabend geparkt hatte. Dort blieb er stehen und blickte die Böschung hinunter.

Die Szene wirkte so unauffällig wie am Vortag – von einem gelben Polizeiband abgesehen, das unten an den Betonelementen entlang gespannt war. In der Nacht, als ihm sein Kampf mit dem Angreifer immer wieder durch den Kopf gegangen war, hatte er sich vorgestellt, dass die Spuren auf der Böschung deutlich sichtbar sein müssten – ein einziges Chaos von aufgewühlter Erde, abgebrochenen Zedernzweigen, herausgerissenen Büschen und Grassoden. Jenseits der Betonleitplanken brauste unterdessen der Verkehr auf dem Kings Highway in stetem Strom vorbei.

Jack blickte sich um. Der Parkplatz war immer noch leer. Er stieg über die Stahlplanke und kletterte vorsichtig die Böschung hinunter, bis er den schmalen flachen Erdstreifen erreichte, der sich zwischen dem Fuß der Böschung und den Betonleitplanken entlangzog. Hier war der Boden vom Regen aufgeweicht, zertrampelt und mit grün-gelben Grasbüscheln übersät. Auf der anderen Seite der Leitplanken wirbelten die Reifen der vorbeirasenden Fahrzeuge grauen Sprühnebel auf.

Von seiner Erinnerung ließ er sich zu dem Betonelement leiten, gegen das der Angreifer gestürzt war, und ging davor in die Hocke. Auf dem grauen Beton waren keinerlei Blutspuren zu sehen. Entweder hatte sie der Regen weggewaschen, oder sie waren von einem vorbeirasenden Feuerwehrauto oder einem großen Truck weggesprüht worden. Jack stand wieder auf, ging langsam an der Leitplanke entlang und untersuchte die einzelnen Betonelemente in der Nähe nach irgendwelchen Spuren oder Hinweisen auf das, was gestern Abend hier geschehen war.

Aber er fand nichts.

Schließlich gab er auf und stieg wieder die Böschung hinauf. Als er knapp drei Meter vom oberen Rand entfernt war, bemerkte er aus dem Augenwinkel etwas Helles. Er blieb stehen und schaute genauer hin: Etwas Weißes ragte ein wenig unter einem Grasbüschel hervor, wie die Ecke einer Visitenkarte. Jack bückte sich und hob es auf. Nein, keine Visitenkarte, eine Schlüsselkarte von einem Hotel.

»He!«, schrie plötzlich ein Mann. »Was haben Sie da unten zu suchen?«

Jack blickte auf. Oben an der Stahlplanke stand ein Mann in dunkelblauem Anzug und hatte einen Fuß auf einen der Pfosten gestützt.

»Was?«, rief Jack zurück.

»Ich will wissen, was Sie da unten zu suchen haben! Kommen Sie rauf!« Der Mann holte ein kleines Etui aus der Jackentasche, klappte es auf und wies es vor. Aus der Entfernung konnte Jack nur vermuten, dass es eine Dienstmarke war. »Los, kommen Sie hier rauf.«

Shit, dachte Jack. Er holte tief Luft und versuchte, ruhig zu bleiben.

Die Hotelschlüsselkarte in der Handfläche verborgen, stieg Jack die restliche Böschung hinauf und kletterte über die Stahlplanke. Er schob die Hände in die Anoraktaschen. Unter dem rechten Unterarm spürte er eine beruhigende Beule – seine Glock 26 in ihrem Sicherheits-Paddle-Holster.

»Nehmen Sie die Hände aus den Taschen«, knurrte der Cop. Er war Mitte vierzig, bullig wie ein Ringkämpfer, mit welligem rotem Haar.

Jack befolgte den Befehl. Der Cop betrachtete ihn routiniert von oben bis unten.

»Sie heißen?«

»Jack Ryan.«

»Ausweis?«

Jack zog seine Brieftasche heraus und reichte ihm den Führerschein. Der Cop studierte die Karte fünf Sekunden lang aufmerksam, verglich Jacks Gesicht mehrmals mit dem Foto und nickte langsam. »Ah. Sind Sie ...«

»Yep«, antwortete Jack.

»Sollten Sie nicht einen Typen vom Secret Service oder so bei sich haben?«

»Offiziell ja, kann sein, aber ich fand das lästig und hab mich bei ihrem Boss beschwert, deshalb lassen sie mich frei herumlaufen«, erklärte Jack und grinste kumpelhaft.

Der Cop fiel nicht darauf herein. »Okay. Was hatten Sie da unten zu suchen?«

Jack hatte bereits krampfhaft über eine Antwort nachgedacht. Natürlich hatte er damit rechnen müssen, dass er es wegen dieser Sache früher oder später mit der Polizei zu tun bekommen würde. Nur hatte er nicht damit gerechnet, dass es so bald sein würde. Hatte sich der Zeuge gemeldet?

Er zögerte, teilweise weil er glaubte, dass das plausibler wirken würde, teilweise aber auch, weil ihm Zweifel an der Antwort kamen, die er sich zurechtgelegt hatte. »Ich war gestern Abend hier.«

Jetzt steckst du in der Sache drin, Jack. Noch war nicht

absehbar, ob ihm die Lüge Probleme ersparen oder ihn nur noch tiefer in den Schlamassel treiben würde.

Der Cop runzelte die Stirn. Er bedachte Jack mit dem harten Blick, der offenbar bei Polizisten zu einer Art Standardblick geworden war. »Als es passierte?«

»Ich glaube, ja.«

»Erzählen Sie es mir. Von Anfang an.«

»Ich kam vom Fitnesscenter ...«

»Welches?«

»Malone's, am Foundry.«

»Okay. Und weiter?«

»Danach fuhr ich hierher, um einzukaufen. Muss ungefähr acht Uhr gewesen sein.«

Der Cop hielt einen Finger in die Höhe und blickte wieder auf Jacks Führerschein. »Die Adresse hier ... das ist doch in der Nähe der Oronoco Street, richtig? Der Supermarkt hier liegt nicht gerade in Ihrer Nachbarschaft.«

»Nein, aber das ist der beste Markt für Obst und Gemüse. Ich zahlte und kam heraus. Es regnete.«

»Um wie viel Uhr ungefähr?«

»Muss so Viertel nach acht gewesen sein. Ich ging zu meinem Auto und hörte ...«

»Bevor Sie zum Auto kamen oder als Sie schon eingestiegen waren?«

»Gerade als ich beim Auto ankam«, antwortete Jack. »Unter dem Scheibenwischer steckte ein Flyer oder so was Ähnliches. Ich habe ihn hervorgezogen, dann hörte ich lautes Hupen von dort unten. Klang wie ein Truck, aber ein großer.«

Ein Flyer, dachte Jack. Das Wort blieb irgendwie in seinen Gedanken hängen. Aber bevor er weiter darüber nachdenken konnte, fragte der Polizist: »Was passierte dann?«

»Ich setzte die Tüte ab ...«

»Wo?«

»Auf der Motorhaube.«

»Paprika und Tomaten?«

»Was?«

»Ein Streifenwagen reagierte auf den Notruf. Der Kollege fand ein paar Paprika und Tomaten, die ungefähr hier herumlagen.«

»Oh. Ja, ich wollte ein Chili kochen. Jedenfalls ging ich zu der Schutzplanke hier und schaute hinunter. Ich hörte Bremsen quietschen, sah Scheinwerfer – und dann hörte ich einen Aufprall. Glaube ich jedenfalls.«

»Sie *glauben* es? Was soll das heißen?«

»Das soll heißen, dass es regnete und dunkel war und ich mir nicht sicher war, was ich gehört hatte. Es klang nicht wie ein normaler Autounfall. Erst als ich heute Morgen aufstand, brachten sie in den Nachrichten etwas über einen Burschen, der angefahren worden war, und ich habe dann zwei und zwei zusammengezählt.«

»Und sind dann hierher gefahren, um … was zu tun? Erste Hilfe zu leisten?«

Jack ging nicht auf den sarkastischen Ton ein. Beißender Sarkasmus gehörte zu den Verhörtechniken, die Polizisten gern einsetzten, um einen Verdächtigen in die Defensive zu drängen. Wenn man dann etwas fand, was nicht so recht zum Rest der Aussage passte, oder auch nur einen Anflug von schlechtem Gewissen, konnte man sich darauf stürzen und dann schauen, was passierte. So was durfte man nicht persönlich nehmen.

»Keine Ahnung, warum. Ich wünschte, ich wüsste es. Gewissensbisse vielleicht. Wenn das, was ich gesehen habe, wirklich …«

»War es wahrscheinlich. Warum haben Sie nicht die Polizei gerufen?«

Jack zuckte die Schultern. »Jetzt wünschte ich, ich hätte es getan.«

Der Polizist brauchte eine Weile, bis er das verdaut hatte. Er nickte bedächtig. »Na ja, es hätte ihm nichts mehr gebracht. Er war auf der Stelle tot. Auf der ganzen Straße verteilt. Kannten Sie ihn?«

»Keine Ahnung. Wer war er?«

»Wir versuchen immer noch, das festzustellen.«

»Wie hat er ausgesehen?«

»Sie meinen – vorher?«, fragte der Polizist mit grimmigem Lächeln.

»Ja, klar, vorher.«

»Groß, mager, weiß, Mitte dreißig.«

Jack schüttelte den Kopf. »Ich glaube nicht. Kein Ausweis? Niemand hat sich gemeldet?«

»Nö. Aber sagen Sie mal: Wie ist es da? Im Oval Office, meine ich.«

Die Frage erwischte Jack auf dem falschen Fuß. Vielleicht war das Absicht. »Wie man auf den Fotos sieht. Bin nicht mehr oft dort. Einmal die Woche zum Abendessen, ab und zu ein Empfang oder eine Party.«

»Sie sind wohl nicht gern der Erste Sohn?«

»Ist okay«, antwortete Jack gleichmütig. »Ich lebe lieber mein eigenes Leben. Glücklicherweise gehöre ich nicht zu den Typen, die in den Bars abhängen oder das Höschen vergessen und dann vor allen Paparazzi aus dem Taxi steigen …«

Der Cop ließ ein gutturales Lachen hören. »Ja, klar, das würde bei Ihnen nicht so gut aussehen. Und Ihre Mom ist so nett, wie sie aussieht?«

»Netter«, sagte Jack lächelnd.

»Na, dann sagen Sie mir jetzt doch mal die Wahrheit. Warum sind Sie heute Morgen wirklich hergekommen? Wenn es nichts Schlimmes ist, kann ich versuchen, es unterm Deckel zu halten.«

»Das hab ich doch schon gesagt. Sie glauben, ich lüge?«

»Ich bin seit zwölf Jahren Polizist. Ich glaube, jeder lügt. Mein Hund ausgenommen. Der lügt nie.«

Jack lächelte. »Ja, darin sind Hunde wirklich gut. Wie heißen Sie?«

»Doug Butler.« Der Cop hielt ihm die Hand hin.

Jack schüttelte sie. Die Bewegung schickte einen stechenden Schmerz durch sein Schulterblatt.

Butler sah, wie er das Gesicht verzog. »Schmerzen im Arm?«

Jack nickte. »Klimmzüge mit Zusatzgewicht. Allmählich glaube ich, ich sollte damit aufhören.«

»Sagen Sie bloß, Sie machen diesen ganzen Cross-Fit-Scheiß mit?«

»Nein, ich kämpfe nur gegen das Älterwerden. Hören Sie, Officer Butler. Ich weiß, dass Ihnen das seltsam vorkommen muss, was ich gesagt habe – warum ich hier bin. Obwohl ich für den Burschen nichts mehr hätte tun können. Ich weiß, ich hätte sofort die Polizei rufen müssen. Ich habe keine Ahnung, wie ich das erklären soll.« Und das war sogar die nackte Wahrheit.

»Na gut, ich hab's verstanden. Bisschen wie Schuldgefühle des Überlebenden. Sie haben die Sache vielleicht nicht direkt beobachtet, aber Sie haben letzte Nacht miterlebt, wie ein Mensch gestorben ist. So was muss man erst mal verdauen.«

Jack widerstand der Versuchung zu fragen, ob es noch andere Zeugen gegeben habe.

Polizisten hatten viele innere Radarschirme, darunter auch solche, die schon die feinsten Signale von zu großer Neugier auffingen – oder von zu großer Hilfsbereitschaft.

Butler sagte: »Sie wissen, dass ich Ihre Aussage aufnehmen muss, Jack.«

»Ja, das ist mir schon klar. Aber kommt das auch in die

Medien? Wenn ja, sollte ich wohl besser Dads Pressesprecher informieren.«

»Wahrscheinlich nicht. Unter uns, Jack: Der Trucker sagte aus, der Bursche sei praktisch aus dem Nichts aufgetaucht. Hätte sich nicht mal umgesehen. Vermutlich kriegte er überhaupt nichts mit. Eigentlich nicht die schlechteste Art abzutreten, alles in allem.« Jack glaubte ein gewisses Mitgefühl herauszuhören, das Butler, bewusst oder unbewusst, für die Art und Weise entwickelt hatte, wie Menschen starben. Ging vielen Polizisten so.

»Und Sie haben wirklich keine Ahnung, wer er war?«, fragte Jack.

»Ich würde da auf obdachlos tippen. Vielleicht war er auch high. Aber was er ausgerechnet da unten im strömenden Regen zu suchen hatte ... das weiß ganz allein der Himmel.«

»Aber warum sind Sie hier? Ich meine, warum ermitteln Sie in dieser Sache, wenn doch alles so klar ist?«

»Routineverfahren bei ungeklärter Todesursache. Wir haken nur einfach die Kästchen ab, um sicherzugehen, dass uns nichts entgangen ist. Außerdem sind wir hier keine acht Kilometer vom Weißen Haus entfernt.«

»Was heißt das?«

»Nichts. Vergessen Sie es.«

Butler zog eine Visitenkarte aus der Brieftasche. »Schreiben Sie mir doch bitte Ihre Telefonnummer auf.« Dann gab er Jack den Führerschein zurück, zusammen mit einer zweiten Visitenkarte. »Ich rufe Sie am Nachmittag wegen der Aussage an. Telefonisch sollte reichen.«

Jack fuhr gerade in die Garage des Oronoco-Apartmenthauses, als ihm plötzlich das Wort *Flyer* wieder durch den Kopf schoss. Er parkte den Wagen auf seinem Stellplatz,

27

stieg aus, blieb aber neben der Fahrertür stehen, die Hände in den Taschen, und dachte nach.

»Wie war das?«, murmelte er vor sich hin.

Dann kam es ihm. *Leer,* dachte er.

Der Flyer, der unter dem Scheibenwischer gesteckt hatte, war weder beschrieben noch bedruckt gewesen. Sondern einfach nur ein Stück weißes Druckerpapier.

3

Mugger waren Gelegenheitskriminelle, wie Jack wusste; sie planten ihre Verbrechen nicht von langer Hand. Ihre Überfalltaktik ist gewöhnlich unkompliziert, häufig spontan und beschränkt sich darauf, das Opfer unerwartet zu überrumpeln. Sie benutzen dabei meistens keine Gegenstände oder durchdachte Methoden, um seine Aufmerksamkeit kurzzeitig abzulenken. Und überhaupt: Wer steckte schon Flyer unter Scheibenwischer, wenn es derart stark regnete? Und als sich Jack den Parkplatz wieder vergegenwärtigte, erinnerte er sich nicht, Flyer unter den Scheibenwischern anderer Autos gesehen zu haben.

Oder fantasierte er zu viel in die Sache hinein?

Nein. Das Messer.

Jack stand von der Couch auf, ging in die Küche und öffnete den Geschirrspüler. Mit einem Geschirrtuch holte er das Messer aus der Besteckschublade und legte es auf die Arbeitsfläche. Er betrachtete es von allen Seiten und von der Spitze bis zum Ende des Griffs, entdeckte aber keine Gravuren oder Markenzeichen. Doch neben dem Daumenpin, der das schnellere Öffnen des Messers unterstützte, war eine sechsstellige Nummer eingeprägt.

Jack nahm sein Smartphone heraus, nahm ein paar Fotos auf und lud sie in seinen Dropbox-Account hoch. Dann setzte er sich an den Esstisch und bootete sein

Notebook. Im Browser rief er tineye.com auf, lud die Fotos auf die Seite und startete die Suche. Die Ergebnisse wurden ihm sofort angezeigt.

Das Messer wurde von Eickhorn Solingen hergestellt, dieses Modell hieß Secutor. Jack googelte die Firma. Der Sitz des Unternehmens befand sich in Solingen, Deutschland; es gab jede Menge Online-Verkäufer. Jack klickte mehrere Vertriebsstellen an und fand so den Preis heraus: stolze 175 Dollar.

Wie kam ein Junkie an ein derart teures Messer? Schon bei den ersten Entzugserscheinungen hätte ein Drogenabhängiger das Messer für ein paar Körner Crack verhökert. Jack zoomte das Messer näher heran. Auf der Klinge war das Wort Secutor zu sehen, darunter eine vierstellige Nummer. Direkt unterhalb des Daumenclips befand sich das Logo der Firma, ein aufrecht sitzendes Eichhörnchen mit einem Schwert in den Pfoten.

»Das gleiche Messer, aber unterschiedliche Markierungen«, murmelte Jack vor sich hin.

Er nahm das Telefon, durchsuchte kurz die Kontakte und rief die Nummer auf.

»Shiloh River Gun Club«, meldete sich eine Stimme am anderen Ende.

»Adam, bist du das?«

»Ja. Und wer will das wissen?«

»Jack Ryan.«

»He, Jack! Hab dich seit einer Ewigkeit nicht mehr hier bei uns gesehen. Komm doch mal wieder vorbei und ballere ein bisschen in der Schießanlage.«

»Ja, mach ich. Aber heute muss ich dich um einen Gefallen bitten. Ein Kumpel von mir sucht nach einem guten Messer und hat eines auf Ebay entdeckt, die Marke heißt Eickhorn Solingen …«

»Die machen echt coole Klingen.«

»… aber die Markierungen sehen ein bisschen seltsam aus. Könntest du dir das Ding mal ansehen?«

Adam Flores war der Mitbesitzer vom Shiloh River Gun Club, eines Privatclubs mit Schießanlage. John Clark und Ding Chavez hatten Jack in den Club eingeführt. Die Anlage befand sich in nächster Nähe zu einem Militärstützpunkt und verfügte über einen der realistischsten Kampfübungsplätze an der Ostküste. Adam war ein Fan von allem, was mit dem Militär zu tun hatte, und hatte sich mit Jack angefreundet. Wenn es um etwas ging, was *bum* machte oder scharf war: Nicht verzagen, Adam fragen.

Normalerweise hätte er diese Frage Gavin Biery gestellt, dem IT-Direktor des Campus, aber dieser Zugang war Jack derzeit versperrt. Schon viel zu oft hatte Gavin den Kopf für Jack hingehalten, als Jack noch für den Campus aktiv war, und würde das wahrscheinlich auch jetzt tun, aber Jack wollte ihn nicht ohne Not in Schwierigkeiten bringen.

»Klar«, antwortete Adam. »Schick mir die Pix per E-Mail, dann schau ich mir das mal an.«

»Danke.«

Jack beendete das Gespräch und zog die Hotelschlüsselkarte aus der Anoraktasche, die er am Tatort gefunden hatte. Auf der blauen Vorderseite prangte eine große rote Ziffer 6. *Motel 6 also,* dachte Jack. *Aber welches?* Er drehte die Karte um, suchte nach weiteren Markierungen. Auf der Karte waren mehrere Ziffernkombinationen eingedruckt. Er gab sie nacheinander in die Google-Suchseite ein, immer in Kombination mit »Motel 6«. Die dritte Nummer – 1403, offenbar die Kennnummer des Franchisemotels – brachte einen Hit: die Karte gehörte dem Motel 6 in Springfield, ungefähr zwölf Kilometer westlich von Alexandria.

Auch das ergab einen Sinn. Motel 6 war nicht gerade eine Fünf-Sterne-Hotelkette, aber es war ein Markenname der mittleren Preislage und hatte nach Jacks Einschätzung keinen schlechten Ruf. Immer angenommen, dass die Karte tatsächlich dem Angreifer gehörte, war es jedenfalls nicht die Art von Absteige, die sich ein Junkie leisten konnte.

Aber warum draußen in Springfield? Warum hatte er nicht eines der fünf oder sechs Motels gewählt, die in Gehweite zum Supermarkt lagen?

Seine Kopfhaut begann zu kribbeln. Jemand hatte letzte Nacht ernsthaft versucht, ihn umzubringen, und dieser Jemand kam ihm immer weniger wie ein drogensüchtiger Straßenräuber vor. Dass jemand seinen Kopf haben wollte, war nichts Neues, aber diese Sache fühlte sich irgendwie anders an. Ihm wurde klar, dass er seit seiner Trennung vom Campus in eine bequeme, nachlässige Routine abgeglitten war.

Ysabel!

Hastig griff er nach dem Telefon und wählte ihre Nummer – ein Apartment in London, das ihrem Vater gehörte. Jack warf einen Blick auf die Uhr: Dort würde es jetzt Nachmittag sein. Bevor es auf der anderen Seite zu klingeln begann, überlegte er es sich anders und drückte auf die rote Taste. Bevor er nicht mehr herausgefunden hatte, wollte er ihr nicht erzählen, was sich hier abgespielt hatte. Sie würde sich Sorgen machen. Und ins nächste Flugzeug steigen.

Stattdessen rief er Ysabels Vater direkt an. Er meldete sich sofort.

Arman Kashani konnte man ganz bestimmt nicht als Fan von Jack Ryan junior bezeichnen. Ob zu Recht oder nicht, er machte Jack jedenfalls voll und ganz für den Überfall auf seine Tochter verantwortlich. Jegor Morosows Männer hatten sie fast zu Tode geprügelt. Sie hatte drei Wochen im Krankenhaus verbracht, bevor man sie zuerst in eine private Rehabilitationseinrichtung in London und danach in die Wohnung ihres Vaters verlegt hatte. Jack nahm Arman die Feindseligkeit nicht übel. Wenn Jack ein eigenes Kind hätte – vor allem ein Mädchen ... nun, der Himmel mochte wissen, wie er reagieren würde, wenn dieses Kind bedroht würde. Ysabel wiederum hatte beharrlich daran gearbeitet, bei ihrem Vater einen Meinungswechsel in Bezug auf Jack herbeizuführen. Allmählich schien es zu funktionieren.

»Guten Tag, Jack. Was kann ich für dich tun?« Der Tonfall klang fast freundlich. Fast.

»Mr. Kashani. Ich habe da möglicherweise ein ...« Jack zögerte, suchte nach dem richtigen Wort. ».... Problem, auf das ich Sie aufmerksam machen muss.«

»Ein Problem, das meine Tochter betrifft?«

»Wahrscheinlich nicht, aber nur für den Fall, dass ...«

»Seit ihrer Ankunft hier wird sie gut geschützt, Jack. Ich habe zwei ehemalige SAS-Leute angeheuert, die nie weit von ihr entfernt sind.«

Das würde wohl reichen, dachte Jack. Hoffte er jedenfalls. Wenn der Überfall gestern Abend tatsächlich etwas mit Morosow zu tun hatte oder wenn irgendjemand eine alte Rechnung begleichen wollte, an die Jack noch nicht gedacht hatte, würde es Jack doch sehr beruhigen zu wissen, dass sie die halbe Mannschaft des Hauptstützpunkts des Special Air Service in Hereford um sich hatte. Trotzdem machte ihn der Gedanke wütend. Zuerst hatten sie Ysabel angegriffen, und nun ihn. Aber sie hatten ihn nicht erwischt, und er war entschlossen, diese Tatsache auszunutzen.

»Das gefällt ihr bestimmt«, meinte Jack.

»Es gefällt ihr in keiner Weise, Jack. Aber ich liebe sie,

33

und bis sie nicht vollständig wiederhergestellt ist, werde ich ...«

»Ich bin vollkommen Ihrer Meinung, Sir.«

»Gut. Sie halten mich auf dem Laufenden, was dieses ... Problem angeht?«

»Ja, absolut. Und, wie gesagt, wahrscheinlich hat es nichts zu bedeuten. Ich schlage vor, dass Sie ihr nichts erzählen, bis ...«

»Das hatte ich auch nicht vor. Passen Sie auf sich auf, Jack.«

Kashani beendete das Gespräch.

Jack legte das Telefon weg, schlenderte zum Balkonfenster und blickte hinaus. Unten wälzte sich der stark angeschwollene Potomac vorbei. Unter der ruhigen Oberfläche versteckten sich tückische, starke Strömungen, die jedes Frühjahr auftraten. Zwei gelbe Ruderrennbote zogen vorbei, beide Mannschaften legten sich mit aller Kraft in die Riemen und glitten an der kleinen Bucht vorüber. Jacks Blick folgte ihnen, bis sie aus seinem Blickfeld verschwunden waren.

Wer will mich tot sehen, fragte er sich.

Und warum?

Hatte der geheimnisvolle Angreifer etwas damit zu tun gehabt?

Die Antwort auf seine Frage, oder wenigstens einen Teil davon, erhielt er eine Stunde später, als Adam Flores zurückrief. »Jack, du hast da ein ziemlich ungewöhnliches Messer. Es ist tatsächlich ein Secutor, hergestellt von Eickhorn Solingen, aber es ist kein frei verkäufliches Modell. Die Klinge ist weitaus stärker, und es hat eine Tragbandöse ...«

»Gib mir einfach die Kurzfassung, Adam.«

»Also gut. Eickhorn Solingen ist der Lieferant für alle Kampfmesser der deutschen Bundeswehr, aber die Standardausführung ist das KM 2000 mit feststehender Klinge. Das Messer, das du meinst, ist ein spezielles Modell. Davon wurden nur hundert Stück ausgeliefert, und zwar an das KSK, wahrscheinlich für Testzwecke oder als Ehrengabe oder so.«

»KSK?«

»Kommando Spezialkräfte – die deutsche Version unserer Sondereinsatzkommandos. Gegen Ende der Neunzigerjahre führte die Bundeswehr ihre verschiedenen Sondereinsatzkräfte zu einem Verband zusammen. Das KSK ist die Crème de la Crème, Jack. Ungefähr so, als würde man die SEALs, Delta, Green Berets und die Marine Force Recon zu einer Truppe zusammenfassen.«

Das erklärte vieles, warf aber auch neue Fragen auf.

Es erklärte zum Beispiel, warum sich der Angreifer nicht wie der typische Straßenräuber verhalten hatte. Und es warf auch ein ganz anderes, wenn auch ein wenig verschwommenes Licht auf die Gestalt, die Jack oben an der Stahlplanke gesehen hatte. Verstärkung für den Fall, dass der Angriff schiefging? Wenn ja, warum hatte der Mann dann den Job nicht einfach zu Ende gebracht?

Andererseits: Warum war Jack überhaupt mit einem Messer angegriffen worden? Warum nicht mit einer Pistole und Schalldämpfer? Er hätte Jack aus zehn Meter Entfernung umnieten und davonspazieren können, und niemand hätte etwas bemerkt.

Messer waren leise, und vielleicht war die Aufforderung – »He, Mann, gib's auf!« – eine Antwort auf die Frage. Vielleicht sollte die Story nur vom wahren Zweck des Überfalls ablenken. Wenn das jemand zufällig mit anhörte und Jacks Ermordung mitbekam, würden die Details des Vorgangs – vom Erscheinungsbild des Mannes bis hin zu seiner Redeweise oder der Wahl der Waffe – eher zu einem normalen Straßenraub passen, ausgeführt von einem offenbar obdachlosen Junkie. Eine Pistole wäre zwar nützlicher gewesen, passte aber nicht zu diesem Szenario. Sie hatten auch das richtige Viertel ausgesucht. Außerdem würde die Ermordung des Präsidentensohnes einen gewaltigen Aufschrei und enorme Polizeipräsenz auslösen. Ein Straßenraub, der aus dem Ruder gelaufen war, würde, wenn er nur richtig inszeniert wurde, vielleicht sogar im Sand verlaufen. Während die staatlichen Organe bei einem profimäßig ausgeführten Mord das Land praktisch auf den Kopf stellen würden.

Das bedeutete aber: Jemand hatte sich mit dem Anschlag auf Jack sehr viel Mühe gegeben. Wenn das etwas mit Jegor Morosow zu tun hatte, ergab die ausgeklügelte Inszenierung sogar einen Sinn – nur das Timing passte dann nicht so recht. Warum monatelang warten, bis man ihn umlegte?

Auch die Wahl des Messers war eigenartig – ein seltenes und ziemlich teures Modell namens Secutor von Eickhorn in Solingen. Was hatte das zu bedeuten? Jack kannte jede Menge von Spezialagenten, die eine besondere Vorliebe für bestimmte Ausrüstungsgegenstände, Waffen oder Talismane hatten, ob es nun ein besonderes Messer oder einfach nur ein Plastikkrieger war, den ihm sein Sohn geschenkt hatte. In dieser Branche war man für jeden Glücksbringer dankbar, den man kriegen konnte. War das auch bei diesem Angreifer der Fall?

Eines stand jedenfalls fest: Wer auch immer hinter dem Überfall stecken mochte, würde es sicherlich nicht mit dem ersten Versuch gut sein lassen. Und Jack musste weiterhin davon ausgehen, dass sie in der Tat auch Ysabel auf dem Radarschirm hatten. Er musste sich entscheiden: Sollte er abtauchen, sich verstecken und Verstärkung anfordern? Oder die Sache selbst in die Hand nehmen? Abtauchen kam für ihn nicht infrage. Selbst wenn das in Jacks Natur gelegen hätte, musste er nur daran denken, welchen Aufwand seine Angreifer bisher betrieben hatten, um sich darüber klar zu werden, dass Abtauchen nichts bringen würde: Sie würden ihn finden.

Er entschied sich für die Alternative, zumindest bis auf Weiteres.

Er würde zurückschlagen.

4

Wie die meisten Spezialagenten hielt auch Jack ständig ein Einsatzpack in Bereitschaft, eine weitere Lehre von John Clark und Ding Chavez. Jack bevorzugte dafür den 5.11 Tactical Havoc, den Rucksack, in dem sich die üblichen Utensilien seines Berufs befanden.

Als erste Maßnahme stand eine Art »Verzweiflungsschuss« auf Jacks To-do-Liste – ein Versuch, bei dem er sich fast sicher war, dass er scheitern würde. Denn Jack hatte nicht den geringsten Zweifel, dass seine umfassenden Zugriffsrechte auf den Campus-Mainframe-Computer derzeit außer Kraft gesetzt waren, aber er hoffte dennoch, dass ein Teil davon vielleicht doch noch funktionierte.

Er bootete das Notebook, startete den Browser und rief die Website von Hendley Associates auf. Hier navigierte er zum gesicherten Backdoor-Portal. Er drückte sich geistig den Daumen, als er seinen Benutzernamen und das Passwort eingab. Nach einem kurzen Augenblick öffnete sich das Hauptfenster des Portals. Sämtliche Desktopsymbole waren ausgegraut, mit einer Ausnahme: Level One. Jack klickte auf den Tab, und ein neues Fenster öffnete sich. In seiner Mailbox war eine einzige neue Nachricht aufgelistet. Sie stammte von Gavin Biery.

Falls Du nicht gerade am Bartresen mit einer zwielichtigen Dame abhängst ...

Level One war zwar nur die Spitze des Informations-
eisbergs, den der Campus unterhielt, verschaffte dem Nut-
zer jedoch Zugriff auf die wichtigsten Ermittlungswerk-
zeuge. Im Grunde war Enquestor Services eine Strohfirma,
die von Hendley Associates als verdeckte private Ermitt-
lungsfirma unterhalten wurde. Ihr Hauptzweck bestand
darin, ihren operativen Mitarbeitern einen nützlichen
Schutzschild zu bieten. Enquestor Services existierte nur
im Cyberspace, aber die verschiedenen Lizenzen und Do-
kumentationen waren untadelig – und das galt auch für
den Ausweis eines Privatermittlers, den Jack besaß.

»Danke, Mr. Biery«, murmelte Jack vor sich hin.

Er klickte auf den Tab eines Magnetkartenlesers. Dann
holte er einen USB-Magnetkartenleser aus dem Rucksack,
schloss ihn an den USB-Port seines Laptops an und fuhr
mit der Motel-6-Schlüsselkarte durch den Leseschlitz. Er
wusste zwar, wo sich das Motel befand, kannte aber die
Zimmernummer nicht, zu der die Karte gehörte. Nach ein
paar Sekunden erschien die Information auf dem Monitor: Zimmer 142. *Glück gehabt,* dachte Jack. Offenbar ein
Zimmer im Erdgeschoss mit Außenzugang. Je weniger er
sich mit dem Personal an der Rezeption abgeben musste,
desto besser.

Ein paar Minuten später war er bereits auf dem Interstate Highway 95 Richtung Westen unterwegs. Es hatte
aufgehört zu regnen. Die Nachmittagstemperatur war auf
fast fünfundzwanzig Grad gestiegen, und Dampf stieg von
den immer noch feuchten Straßen auf. Eine Viertelstunde
nach seiner Abfahrt vom Oronoco bog er auf den Springfield Boulevard ein. Das Motel war ein langgestrecktes,
weiß verputztes vierstöckiges Gebäude, das hinter dem
riesigen Straßenkleeblatt Franconia Road/I-95 aufragte.

Jack fuhr einmal um das gesamte Gebäude herum, dann ließ er sich von den Wegweisern zum Eingangsbereich an der Ostseite leiten. Ungefähr fünfzehn Meter von der Einfahrt entfernt fand er einen Parkplatz, gut gedeckt durch eine hohe Hecke. Er stieß rückwärts in die Parklücke und schaltete den Motor aus.

Inzwischen schlug sein Herz schneller. Er wusste zwar mit absoluter Sicherheit, dass sein Angreifer nicht mehr zurückkommen würde, aber der geheimnisvolle Beobachter war eine unbekannte Größe, mit der er rechnen musste. Jack hielt es sogar für wahrscheinlich, dass der Fremde, sofern er etwas mit dem Überfall auf Jack zu tun hatte, inzwischen das Motelzimmer des Angreifers geräumt hatte. Aber er hoffte, dass das nicht der Fall war: Das Zimmer war Jacks einziger Anhaltspunkt. Aber in seinem Hinterkopf regte sich noch ein anderes Gefühl: eine gespannte Erwartung. Plötzlich wurde ihm klar, dass ihm genau das gefehlt hatte: Spannung, Aufregung. Ja, er vermisste den Campus.

Natürlich war er mit Dom, Ding und John Clark in Kontakt geblieben – sie trafen sich fast jede Woche einmal zum Lunch oder auf ein Bier, aber das war nicht dasselbe. Obwohl sie nichts dazu beitrugen, fühlte er sich allmählich wie ein Außenseiter. Für sie alle, auch für Jack selbst, waren Hendleys verdeckte Missionen so etwas wie ein Lebenselixier. In dieser Art von Geschäft war das Gefühl weit verbreitet, sowohl im zivilen als auch im militärischen Bereich. Es war eine natürliche Nebenwirkung, die sich bei Leuten ergab, die gut in diesem Job waren – obwohl es ein Job war, der ziemlich häufig versuchte, einen umzubringen. War das nicht eine recht passende Beschreibung für eine Sucht? Sicher, sie war ein bisschen zu allgemein formuliert, aber doch sonst zutreffend, nicht wahr? Vielleicht. Wenn es so war, hatte der monatelange

Entzug Jack nicht von seiner Sucht befreit, er spürte immer noch, wie ihn der Job anzog. Schließlich gab es schlimmere Abhängigkeiten, oder nicht? Andererseits war alles relativ, wie er Doug Butler gesagt hatte.

Er holte die Glock aus dem Holster, zog den Schlitten zurück, bis er das schimmernde Messing in der Kammer sah, schob die Waffe wieder ins Holster, stieg aus und ging zum Eingang.

Jack zog die Schlüsselkarte durch den Kartenschlitz an der Tür und hörte befriedigt ein Klicken. Er schob die Tür vorsichtig mit der Daumenrückseite auf und trat in den Vorraum. Eine Innentür führte in einen Flur, von dem mehrere Türen abgingen. Er folgte dem Schild zu Zimmer Nummer 142. Der Flur war menschenleer, aber als er an einigen Türen vorbeiging, hörte er gedämpfte Unterhaltungen und eine Quizsendung im Fernsehen.

Vor Nummer 142 blieb er stehen. Am Türgriff hing ein rotes »Bitte nicht stören«-Schild. Jack legte das Ohr an die Tür und lauschte. Drinnen herrschte Stille. Er blickte sich rasch im Flur um und vergewisserte sich, dass niemand kam, dann zog er die Glock, stellte sich dicht neben die Türscharniere und schob die Karte durch den Leseschlitz. Mit der Faust drückte er den Türgriff hinunter und schob die Tür mit dem Fuß ein Stück weit auf.

Wieder hielt er inne und horchte. Immer noch regte sich nichts. Er zählte bis zehn, atmete tief ein und langsam wieder aus.

Die Pistole in der tiefen Vorhalteposition, schob er die Tür mit der Schulter noch weiter auf und glitt in den kleinen Vorraum. Rechts das Bad. Links ein Einbauschrank mit zwei Spiegelschiebetüren. Beide Türen standen ein Stück weit offen; im Schrank stand ein schwarzer

Schalenkoffer mit Rollen. Hinter dem Durchgang zum Zimmer sah er eine Schubladenkommode und das Fuß-ende eines Doppelbetts, dahinter das Fenster. Die Gardinen waren vorgezogen, sodass ein blasses, diffuses Licht ins Zimmer fiel.

Als die Tür hinter ihm zuschwang, zog sich Jack einen Schritt zurück, um seine Distanz zur Badezimmertür zu vergrößern. Vorsichtig schob er die Tür auf und checkte das Bad: leer. Er stieß die Tür vollends auf; der Duschvorhang war zurückgezogen. Jack trat in den Vorraum zurück und spähte um die Ecke ins eigentliche Hotelzimmer. Auch hier war niemand zu sehen. Er schob die Glock ins Holster zurück.

Das Hotelzimmer glich jedem anderen Zimmer in derartigen Motels: Kurzhaarteppich, weiße Wände, ein Bett mit zwei Nachttischen, ein kleiner runder Tisch und zwei Stühle neben dem Fenster. Es roch leicht nach einem Desinfektionsmittel mit Tannennadelduft.

Jack blieb einen Moment lang mitten im Raum stehen und ließ ihn auf sich einwirken. Das Zimmer war sauber, aufgeräumt, aber eindeutig bewohnt. Hier und dort lagen Gegenstände anders, als es sein sollte, Dinge, auf die ein Zimmermädchen achten oder die es zurechtrücken würde, aber das Schild an der Tür ließ vermuten, dass das Zimmermädchen heute noch nicht hier gewesen war.

Auf den beiden Nachttischchen lag nichts Persönliches, auch nicht auf der Kommode oder auf dem Tisch. Kein Wechselgeld, keine Kassenbelege, keine Utensilien aus Hosentaschen. Der Bettüberwurf war über das Bett gezogen worden, aber das Bett selbst war nicht gemacht.

Und keinerlei Utensilien für Drogenkonsum.

Das war nicht das Zimmer eines obdachlosen Drogensüchtigen.

Jack ging noch einmal ins Bad. Auf dem Rand des

Waschbeckens standen eine Zahnbürste und eine Mini-tube Zahncreme direkt nebeneinander. In der Dusche fand er eine halb leere Flasche Gästeshampoo, und ein kleines benutztes Stück Seife lag in der Seifenschale. Ein Duschtuch war ordentlich über die Gleitstange des Dusch-vorhangs gehängt, daneben ein ordentlich der Länge nach gefalteter Waschlappen. Die von der Klimaanlage erzeugte extrem trockene Zimmerluft hatte den Wasch-lappen steif werden lassen. Der Mülleimer neben der Toilette war leer.

Er kehrte ins Zimmer zurück, streifte sich lederne Golf-handschuhe über und machte sich daran, den Raum ge-nauer zu durchsuchen. Die Schubladen der Nachttische waren leer, ebenso die beiden unteren Schubladen der Kommode. In der obersten Schublade lagen die üblichen Kleiderstapel: Hemden, Socken, Unterwäsche, Jeans, ein-farbige T-Shirts in Blau, Schwarz und Rot. Sorgfältig un-tersuchte er jeden Stapel, fand aber nichts – nicht einmal Etiketten: Alle waren sorgfältig herausgetrennt worden.

Schließlich holte er den Rollkoffer aus dem Wand-schrank und legte ihn auf das Bett. Ein Gepäckanhän-ger war nicht vorhanden, weder ein Adresspapierstrei-fen, wie man sie von Fluggesellschaften bekam, noch ein persönlicher Anhänger. Er zog den Reißverschluss auf. Der Koffer war leer. Jack tastete die Innenverkleidung ab. Nichts.

Dieses Zimmer war so aufgeräumt wie das eines Geheim-agenten. Alles hatte seinen Platz und lag auch genau dort. Funktional, effizient, anonym. Das Zimmer gab nichts preis.

»Aber vielleicht …«, murmelte Jack.

Er griff nach dem Telefon und rief den Empfang an.

»Motel Six. Was kann ich für Sie tun?«

»Hi, ich habe Zimmer 142«, sagte Jack. »Könnten Sie

mir bitte eine Rechnung für den Aufenthalt bis heute aus-
stellen? Mein Büromanager braucht sie für eine Zwischen-
abrechnung.«

»Kein Problem. Ich kann sie Ihnen mailen ...«

»Ah – ein Ausdruck wäre besser. Schieben Sie ihn einfach unter der Tür durch, ich geh jetzt erst mal unter die
Dusche.«

»Ich brauche höchstens fünf Minuten.«

»Danke. Noch eins«, fuhr Jack fort. »Können Sie nachschauen, an welchem Tag ich auschecke?«

»Äh ... einen Moment, bitte ... Übermorgen, Sir.«

»Danke.« Jack legte auf.

Der Mann an der Rezeption hielt Wort. Ein paar Minuten später wurde ein einzelnes Blatt Papier unter der Tür
durchgeschoben. Jack wartete, bis sich die Schritte entfernt hatten, dann hob er die Rechnung auf. Keine Adresse in der Sektion, in der die Information über den Hotel-
gast erfasst wurde. Wie hatte der Angreifer das geschafft,
fragte sich Jack verwundert. Es gab kaum noch ein Hotel,
das eine Reservierung ohne Angabe der vollständigen
Adresse entgegennahm. Zwar gab es Wege, die Adressan-
gabe zu umgehen, aber dazu brauchte man schon einiges
Geschick.

In der Sektion über die Zahlungsangaben war eine Kreditkarte angeführt, aber die letzten vier Ziffern waren
durch X ersetzt worden.

Wenigstens gab es einen Namen.

Eric Weber.

Selbst wenn man annahm, dass das der richtige Name
war, musste Jack doch einsehen, dass er ohne Adresse
nicht viel weiterkommen würde. Weber war ein recht
verbreiteter Familienname, und der Vorname Eric war

ebenfalls nicht selten. Er würde später auf die Sache zurückkommen.

Er verließ das Motel und stöberte durch ein paar Second-Hand-Bücherläden, um sich die Zeit zu vertreiben. Erst als es dunkel war, fuhr er auf der Telegraph Road nach Westen und bog in eine BP-Tankstelle ein, die dem Supermarkt gegenüberlag. Er parkte an der Seite des Gebäudes.

Aus dem Rucksack nahm er einen grauen Hoodie und eine Baseballmütze. Beides zog er an, schloss das Auto ab und ging ein paar hundert Meter bis zur Telegraph Road, die er überquerte, um zum Supermarkt zu gelangen. Der Parkplatz war ungefähr zur Hälfte belegt; an den Automatiktüren herrschte ständiges Kommen und Gehen, die meisten Kunden waren Latinos, aber auch einige weiße Amerikaner. Alte, reparaturbedürftige Einkaufswagen klapperten über den unebenen Parkplatzbelag. Unablässig zischten die Automatiktüren auf und zu.

Inzwischen war es Viertel vor acht Uhr, eine Viertelstunde vor dem Schichtwechsel.

Jack konnte nicht anders – er musste einen schnellen Blick hinüber zur Stahlplanke werfen, die sich am entfernten Ende des Platzes befand. Dort parkte heute niemand. Für ein paar Augenblicke blieb er in fast völliger Dunkelheit stehen und ließ den Blick über die Fassade des Marktes gleiten. Er suchte nach Überwachungskameras. Im Innern gab es zwar viele Kameras, die wie kleine verspiegelte Seifenblasen von der Decke hingen, aber hier draußen entdeckte er keine einzige.

Jack zog die Mütze tief über die Augenbrauen, ging zum Eingang und bezog daneben Stellung. Jeden Kunden quatschte er an und erzählte seine erfundene Geschichte: Er sei auf der Suche nach seinem obdachlosen Bruder, jemand habe ihn hier in der Gegend gesehen. Wer nicht sofort weiterging, durfte sich noch eine Beschreibung des angeblichen Bruders anhören, die auf Jacks Angreifer passte. Die meisten Kunden gingen einfach ohne Antwort weiter, ein paar murmelten eine Entschuldigung oder einfach nur nein. Nur ganz selten blieb ein Kunde stehen, hörte einen Moment lang zu, schüttelte bedauernd den Kopf und wünschte ihm viel Glück bei der Suche.

Um 19.55 Uhr erkannte er ein Gesicht: eine der Kassiererinnen, eine kleine Frau Anfang zwanzig mit großen dunklen Augen. Sie hatte ihn ein paarmal an der Kasse abgefertigt, war aber sehr schüchtern und hatte ihn nur selten direkt angeblickt.

»Hi, entschuldigen Sie bitte«, sagte Jack. »Ich suche meinen Bruder. Er wird vermisst.«

»Tut mir leid«, murmelte sie, wich ihm aus und ging zur Tür. »Ich muss jetzt …«

»Groß, ziemlich mager, wahrscheinlich trug er einen dunklen Hoodie. Er ist obdachlos. Wir machen uns Sorgen um ihn. Bitte.«

Die Kassiererin blieb stehen und drehte sich um. Sie zog sich einen Schritt weiter zurück, sodass sie im Lichtschein stand, der durch die Glastüren fiel, und ein wenig mehr Abstand zu ihm gewann. Jack vermutete, dass sie hier in der Gegend wohnte. Aber sie schien ihn nicht wiederzuerkennen.

»Wie groß?«, fragte sie.

»Sehr groß. Eins fünfundneunzig oder so.«

Die Frau zögerte kurz. »Warten Sie mal … Da war mal so einer. Hab ihn ein paar Mal gesehen, letzte Woche, glaube ich. Er bettelte um Kleingeld. Ich hab ihm ein paar Dollar gegeben, aber irgendwie komme ich mir jetzt blöd vor.«

»Warum?«

»Na ja, gestern Abend bin ich ein bisschen früher zur

46

Schicht gekommen, ungefähr um halb acht, und hab zufällig gesehen, dass ihn jemand aussteigen ließ, dort drüben.« Sie wies zum fernen Ende des Supermarkts.

Halb acht, dachte Jack. Eine halbe Stunde, bevor er selbst hier eintraf. Gutes Timing. Das war noch so etwas, was er sich angewöhnt hatte, seit er nicht mehr beim Campus war. *Du wirst nachlässig, Jack,* dachte er nicht zum ersten Mal. Er war ein Gewohnheitstier geworden.

»Es war ein richtig gutes Auto, keine Rostlaube oder so, und ich dachte, wer so ein Auto fährt oder einen Freund mit einer so teuren Karre hat, sollte eigentlich nicht betteln müssen.«

Jack runzelte die Stirn. »Das tut mir sehr leid. Er hat … Probleme, wenn Sie verstehen, was ich meine.«

»Ja, klar.«

»Was für ein Auto war es denn?«

»Weiß, ziemlich neu, sah aus wie ein Nissan oder Toyota oder so. Kompaktklasse nennt man das, glaube ich.«

»Haben Sie den Fahrer gesehen?«

Sie schüttelte den Kopf. »Warten Sie mal … War da nicht was in den Nachrichten … Wurde nicht gestern jemand auf der Kings angefahren?«

»Wirklich?«, fragte Jack. »Wurde eine Beschreibung gegeben? Oder wurde er identifiziert?«

»Nein. Ich weiß nicht. Tut mir leid … Sie sollten vielleicht die Polizei anrufen. Ich hoffe, er war es nicht, aber vielleicht …« Sie ließ den Satz in der Luft hängen und schüttelte bedauernd den Kopf. »Tut mir wirklich leid, aber ich muss jetzt …«

»Danke«, rief ihr Jack nach, als sie durch die Tür ging.

Weißer Kompaktklassewagen, dachte er. Gehörten die Scheinwerfer zu diesem Auto, in deren Licht der geheimnisvolle Fremde gestern Abend als Silhouette gestanden hatte?

Jack fuhr nach Hause, parkte in der Garage und nahm den Lift zu seinem Stockwerk. Als sich die Lifttüren öffneten, entdeckte er Doug Butler, der auf einer Couch im Vestibül vor Jacks Wohnung saß.

Jack trat aus dem Lift. »Hi, Detective«, sagte er vorsichtig.

Butler stand auf. »Wir müssen reden.«

5

Alexandria, Virginia

Wieso war er wieder auf Butlers Radarschirm aufgetaucht? Der Detective hatte Jacks Aussage bereits telefonisch aufgenommen; Jack hatte den Eindruck gehabt, dass die Aussage den Cop zufriedengestellt hatte. Blitzschnell schossen ihm mögliche Erklärungen durch den Kopf: Seine beiden Aussagen waren widersprüchlich. Ein Zeuge hatte sich gemeldet. Sie hatten Beweise am Tatort entdeckt, dass Jack doch stärker in die Sache verwickelt war, als er behauptet hatte. Innerlich stöhnte Jack auf: Er dachte bereits wie ein Krimineller. Der Gedanke gefiel ihm nicht.

Er schloss die Tür auf und trat in die Wohnung; Butler folgte ihm. Jack schaltete die Lampen in der Küche und im Wohnzimmer an und ging in die Küche. »Ich wollte Sie gerade fragen, wie Sie hier heraufgekommen sind«, sagte er. »Aber vermutlich haben Sie so etwas wie eine Generalschlüsselkarte für sämtliche Apartmenthäuser in der Stadt?«

»Ist manchmal ganz nützlich«, antwortete Butler ausweichend.

»Möchten Sie etwas trinken? Kaffee, Bier ...«

»Yeah, ein Bier wäre nicht schlecht. Also. Was schleppen Sie mit sich herum?«

Jack drehte sich um. Butler stand im Durchgang, die Hände tief in den Taschen. »Was?«

»In Ihrem Hüftholster.«

»Ach so. Eine Glock 26. Ich habe einen Waffenschein.«

»Weiß ich. Hatten Sie die Waffe auch heute Morgen beim Supermarkt dabei?« Als Jack nickte, schüttelte Butler ein wenig frustriert den Kopf. »Kann's nicht fassen, dass ich das nicht bemerkt habe. Ich glaube, ich werde alt.«

»Unsichtbares Spezialholster. Hat mich eine Stange Geld gekostet«, antwortete Jack mit einem Grinsen.

Butler schnaubte – es war kein richtiges Lachen, aber so nahe dran, wie Butler es zustande bringen konnte, vermutete Jack. Er nahm zwei Heineken aus dem Kühlschrank und reichte eine Dose an Butler weiter, der sofort den Verschlussring hochzog und einen kräftigen Schluck nahm. Er hielt den Verschlussring hoch. »Abfall?«

»Legen Sie ihn einfach auf die Arbeitsplatte«, sagte Jack und nahm ebenfalls einen Schluck. »Soll ich die Waffe ablegen?«

»Nö. Solange Sie sie nicht auf mich richten. Könnte einen Herzinfarkt auslösen. Übrigens: nette Wohnung. Sie sind wohl ziemlich reich?«

»Alles relativ.«

»Sie arbeiten für eine Finanzfirma? Hendley irgendwas, richtig?«

»Hendley Associates, ja. Arbitrage-Geschäfte, Finanzanalyse, solche Sachen.«

»Klingt interessant.«

»Alles relativ«, wiederholte Jack. »Im Moment nehme ich mir eine Auszeit, könnte man sagen.« Das war das erste Mal, dass er seine derzeitige Situation jemandem erklärte, der nicht zur engeren Familie gehörte.

Auszeit, unbezahlter Urlaub, Suspendierung ... Jeder Begriff war, für sich genommen, genau genug und zutreffend, aber im Wesentlichen bedeuteten alle dasselbe: Gerry Hendley hatte den unartigen Jungen Jack auf sein

Zimmer geschickt und ihm befohlen, eine Weile gründlich darüber nachzudenken, was er mal wieder angestellt hatte. *Großer Gott,* dachte Jack. Zu seinem Erstaunen musste er feststellen, dass er wütend war. Er verstand, warum Gerry zu dieser Maßnahme gegriffen hatte, aber dass er sie *verstand,* hieß noch lange nicht, dass er sie *akzeptierte,* oder? Hatte er sich in letzter Zeit etwas vorgemacht? Hatte er seinen Frieden mit der Zwangsbeurlaubung gemacht, oder redete er sich das nur ein? Er wusste es nicht, und im Moment hatte er auch nicht die geringste Lust, darüber nachzudenken.

»Haben Sie nicht ein paar Börsentipps für mich?«, fragte Butler.

»Kommt drauf an, wonach Sie genau suchen. Legal oder illegal?«

»Legal wäre wohl besser.«

»Gut. Die einzige Variante, die ich kenne.« Jack nahm noch einen Schluck und dachte nach. »Bei Tiefstand kaufen, bei Höchststand verkaufen.«

Butler grinste. »Klugscheißer.«

»Aber ich kenne ein paar gute Investmentmanager, falls Sie wirklich ernsthaft traden wollen.«

»Ja, vielleicht später mal. Hab noch acht Jahre vor mir, dann bin ich weg. Wenn ich bis dahin nicht den Jackpot in der Lotterie gewinne oder einen Krimibestseller herausbringe, muss ich mir was einfallen lassen.«

Eine Weile tranken sie ihr Bier und schwiegen sich an. Jack fragte sich, ob das Schweigen zu Butlers Vernehmungstaktik gehörte.

»Mein Großvater war Polizist«, sagte Jack.

»Ach ja?«

»Mordkommission Baltimore.«

Butler nickte gemächlich. »Meiner auch. Tulsa. Kleine Welt, nicht?«

»Warum sind Sie Polizist geworden?«

»War erst in der Army, bei der Militärpolizei. Im Mai 03 landete ich schließlich in Bagdad. Ich war gerade mal einen Monat dort, als wir mit Granaten beschossen wurden; ich kriegte ein paar Splitter ab. Verbrachte die nächsten sechs Monate im Walter-Reed-Militärhospital, dann entließen sie mich aus der Army. Die Polizei von Alexandria suchte gerade Nachwuchs, und ich dachte, das könnte was für mich sein.«

»Und – war es das?«

»Zum größten Teil. Kann nicht klagen. Wäre wahrscheinlich anders gelaufen, wenn ich in der Army geblieben wäre. Ich kenne Typen, die eine Tour nach der anderen gemacht haben, Irak, Afghanistan, was weiß ich. Das sind die, die sich später zu Hause nicht mehr zurechtfinden und Probleme kriegen.«

Wieder hing das Schweigen schwer im Raum.

»Also ...«, begann Jack, in der Hoffnung, dass Butler endlich zum Grund seines Besuchs kommen würde. Es funktionierte.

»Also ... Stecken Sie in irgendwelchen Schwierigkeiten, Jack?«

»Sie meinen, von gestern Abend abgesehen?«

»Ja.«

»Nicht dass ich wüsste. Warum?«

»Vor ungefähr einer Woche wurde ein Bursche auf der 395 getötet, in der Nähe vom Holmes Run Trail.«

»Hab was darüber gelesen. Ein Autodiebstahl, der aus dem Ruder lief, stimmt's?«

»Wahrscheinlich. Fakt ist, der Bursche wohnte hier, in genau diesem Gebäude. Parkte in derselben Garage, in der Sie parken. Fuhr eine schwarze Limo, so ähnlich wie Ihr Chrysler. Und der Typ sah Ihnen sogar noch ein bisschen ähnlich.«

In Jacks Magen ballte sich etwas zusammen. Er starrte Butler an. »Im Ernst?«

»Todernst. Anscheinend hatte er einen Platten, fuhr an den Straßenrand und wollte das Ersatzrad montieren. Soweit wir die Sache rekonstruieren konnten, hat wohl jemand angehalten und ihm Hilfe angeboten, hat ihm dann aber die Kehle durchgeschnitten und ist davongefahren.«

Jack starrte Butler immer noch an, es hatte ihm buchstäblich die Sprache verschlagen.

»Deshalb frage ich mich, ob jemand seinen Reifen sabotiert hat«, fuhr Butler fort. »Und dann hinter dem Burschen hergefahren ist und abgewartet hat, bis der Reifen platt gelaufen ist.«

»Um welche Zeit ist das passiert?«

»Ungefähr zwei Uhr morgens. Er war auf dem Heimweg von seiner Freundin – wie fast jeden Montag, Dienstag und Freitag in den letzten sechs Monaten.«

Genau meine Trainingstage im Fitnessclub, dachte Jack.

»Scheiße«, murmelte er. Mehr fiel ihm dazu nicht ein.

»So könnte man es ausdrücken«, meinte Butler. »Aber Sie haben meine Frage noch nicht beantwortet. Sind Sie in Schwierigkeiten?«

Ja, jetzt irgendwie schon. Sie hatten es zweimal versucht und ihn zweimal nicht erwischt, wobei ein unschuldiger Mann mit aufgeschlitzter Kehle am Straßenrand liegen blieb. Wenn sich ihnen eine dritte Gelegenheit bot, würden sie alles daransetzen, den Job zu Ende zu bringen. Aber worum ging es hier eigentlich?

Jack hatte nie viel Wert auf seinen Status als *First Son* gelegt. Das war ein Schatten, den sein Vater warf, obwohl das keineswegs beabsichtigt war. Außerdem gefiel Jack nicht, wie übertrieben das alles klang. Aber davon abgesehen, blieb immer noch eine grundsätzliche Wahrheit:

Jemand gab sich größte Mühe, den Sohn des Präsidenten der Vereinigten Staaten zu ermorden. Dazu brauchte man schon einen sehr guten Grund. Was könnte so wichtig sein? *Hier geht es nicht nur um altmodische Rache,* dachte Jack. Jegor Morosow und seinesgleichen waren frei von jeglichen Leidenschaften und dachten absolut rational, wenn es um Gewalt ging – sie hakten gewissermaßen ein Kästchen nach dem anderen ab und wogen die Vor- und Nachteile genau ab, bevor sie den Befehl gaben, auf den Abzug zu drücken.

»Vielleicht geht es um Spielschulden oder Sex oder ähnliche Sachen?«, sagte Butler.

»Nein, nichts dergleichen.«

»Hören Sie, ich versuche nicht, Sie irgendwie zu bedrängen, Jack. Selbst wenn ich zu dieser Art gehören würde, würde es mir mehr Probleme machen, Sie von Ihrem Sockel zu stürzen, als es die Sache wert ist. Aber wenn Sie in eine Sache geraten sind, die Ihnen über den Kopf gewachsen ist, kann ich Ihnen vielleicht helfen. Verstehen Sie mich bitte nicht falsch: Es ist doch bestimmt nicht so, dass es Ihnen an Hilfe fehlen würde, wenn Sie welche brauchen – CIA, FBI, meinetwegen sogar das Landwirtschaftsministerium ... Aber wenn Sie reden wollen ...«

»Nein. Ich weiß das zu schätzen, Detective, aber ...«

»Doug. Sind Sie sich sicher?«

Jack nickte. »Der Bursche, der umkam. Hatte er Familie?«

»Er hieß Mark. Ja, Eltern und zwei Schwestern. Den Eltern gehört eine Kette von Bäckereifilialen, sie verkaufen Spezialitäten – Macloon's heißt sie. Offenbar sollte Mark eines Tages die Firma übernehmen. Einer meiner Kollegen ermittelt in dem Fall, deshalb weiß ich nicht, ob an der Firma irgendetwas nicht ganz sauber ist. Hören

Sie, Jack: Das alles könnte auch reiner Zufall sein. Passiert öfter, als Sie sich vorstellen können. Halten Sie einfach die Augen offen, okay?«

»Mache ich.«

»Wäre vielleicht nicht schlecht, wenn Sie auch die Glock in Reichweite halten würden.«

Jack nickte. »Gibt es irgendwelche neuen Erkenntnisse über den Burschen von gestern Abend? Zeugen? Hat sich denn niemand gemeldet, um den Toten abzuholen? Was ist bei der Autopsie herausgekommen?«

»Nein und nein. Was die Autopsie betrifft, war nicht mehr viel übrig, was sie aufsägen konnten. Ich nehme an, der Gerichtsmediziner wird ihn auf Drogen testen und seine Fingerabdrücke nehmen, aber das war's dann auch schon. Wenn sich niemand mehr meldet, wird wohl die Stadtkasse seine letzte Wohnung zahlen müssen.«

»Was heißt das?«

»Stadtfriedhof. Tote, die nicht identifiziert werden können, erhalten eine Sozialbestattung. Auf Kosten des Steuerzahlers. Jedenfalls ...« Butler trank den Rest des Biers aus und stellte die Dose auf die Arbeitsfläche. »Danke für das Bier. Muss los.«

»Danke, dass Sie vorbeigekommen sind.«

»Geht klar. Und Jack, noch eins: Sie sollten überlegen, ob Sie nicht doch den Secret Service einschalten wollen. Vielleicht auch nur für eine gewisse Zeit.«

6

Schon zum zweiten Mal hintereinander wachte Jack noch vor der Morgendämmerung auf.

Er hatte ziemlich schlecht geschlafen, war immer wieder aus dem Schlaf hochgeschreckt, hatte auf den Wecker geblickt und war schließlich aufgestanden, um eine Weile auf den Fluss hinauszublicken, bevor er weiterzuschlafen versuchte. Beim ersten Mal hatte er sein Überleben einer Verwechslung mit einem anderen Mann zu verdanken gehabt; beim zweiten Mal einer Laune des Schicksals. Als er mit Weber die Böschung hinuntergerollt war, hätte ebenso gut sein Kopf gegen die Betonleitplanke krachen können. Weber hätte ihm dann ohne Probleme den Rest geben können.

Schieres Chaos und reines Glück.

Wenn Jack nicht einfach abwarten wollte, ob sie es noch einmal versuchen würden, blieb ihm nur noch eine Möglichkeit, die allerdings ausgesprochen unsicher war. Sollte der mysteriöse Beobachter Webers Komplize gewesen sein, hatte der Mann eigentlich nur drei Optionen: Er konnte die Sache abbrechen und aus der Gegend verschwinden, einen weiteren Anschlag auf Jack versuchen oder hier aufräumen und erst mal für eine Weile untertauchen. Jack setzte seine Wette auf die dritte Option.

Die Gegenseite wusste, dass Jack überlebt hatte. Sie würde annehmen, dass Jack inzwischen auch von dem ersten Anschlagsversuch erfahren hatte und dass ihm somit klar war, dass er nun schon zweimal das Ziel gewesen war. Außerdem musste die Gegenseite annehmen, dass er den Secret Service informiert hatte und dass die Bundesregierung bei den Ermittlungen ihre gesamte beträchtliche Machtfülle einsetzen würde. Und da Weber als (den Ermittlern unbekannter) Toter im Kühlfach des Leichenschauhauses lag, blieb nur noch ein einziger dünner Ermittlungsfaden übrig: Webers Besitztümer im Motel. Wenn jemand die einsammelte, dann wäre das Webers Komplize.

Nachdem Jack seinen Rucksack mit Nahrung und Wasser gefüllt und ein paar Krimis von seinem »Will-ich-irgendwann-lesen«-Regal eingepackt hatte, fuhr er nach Springfield zurück. Mit einem weiteren recht hilfreichen Gegenstand aus dem Rucksack – einem falschen Führerschein – checkte er im Motel 6 ein. Er bat ausdrücklich, in Zimmer 144 untergebracht zu werden, denn er wolle in genau diesem Zimmer mit seiner Freundin einen »ganz besonderen Jahrestag« feiern; seine Freundin würde später nachkommen. Das Teenagergirl hinter der Rezeption, das offenbar eine Stilmischung aus Gothic und Computernerd favorisierte, wünschte ihm mit anzüglichem Grinsen »Viel Spaß« und händigte ihm die Schlüsselkarte aus.

Jack fuhr zum Seiteneingang, parkte und betrat das Gebäude. Vor Zimmer 142 blieb er kurz stehen und lauschte. Das »Nicht stören«-Schild hing immer noch am Türgriff. Im Innern rührte sich nichts. Jack schob die Schlüsselkarte durch den Leseschlitz, ging hinein und führte eine schnelle Kontrolle durch. Nichts hatte sich verändert.

Er verließ das Zimmer, öffnete seine eigene Zimmertür und machte es sich für eine längere Wartezeit bequem.

Jacks Schachzug hing größtenteils von Webers Komplizen ab. Jack war es ein absolutes Rätsel, warum der mysteriöse Beobachter Weber nicht zu Hilfe gekommen war. Hatte er Angst bekommen? Durchaus möglich. Wenn ja, würde er dann genug Mut aufbringen, um Webers Sachen aus dem Motel zu holen? Vielleicht, vor allem, wenn er nur Befehlsempfänger war. Jack hatte in Webers Zimmer allerdings nichts gefunden, was nützlich sein könnte, und vielleicht gab es auch tatsächlich nichts zu finden. Aber wussten das auch der Komplize und die Leute, die im Hintergrund die Strippen zogen?

Der Vormittag zog sich zäh dahin. Da Jack befürchtete, das leise Piepen des Kartenlesers an Webers Tür zu überhören, hatte er direkt hinter seiner Zimmertür mit den Kopfkissen des Doppelbetts eine Leseecke eingerichtet. Die Zimmermädchen machten mit ihren quietschenden Gerätewagen langsam die Runde, klopften an Türen und riefen leise »Zimmerreinigung«, blieben dann eine Weile dort oder schoben ihren Wagen zum nächsten Zimmer. Aus schierer Langeweile stoppte Jack ihre Zeiten: sie brauchten durchschnittlich zwölf Minuten pro Zimmer. *War das gut, schlecht oder Durchschnitt,* fragte er sich. Schließlich hielt eines der Mädchen vor seiner Tür an.

»Zimmerreinigung ... Brauchen Sie etwas? Frische Handtücher, Seife?«

Jack gab keine Antwort. Sein »Nicht stören«-Schild

hing draußen am Türgriff. Hatte ihnen der Manager befohlen, trotzdem zu fragen, nur um ganz sicherzugehen? Vielleicht fanden die Mädchen die Vorstellung aufregend, mit ihren Rufen irgendwelche Pärchen beim Sex zu stören? Ihr Job war bestimmt so langweilig, dass man für ein bisschen Abwechslung dankbar war.

Nach fünf Sekunden hörte er, wie das Mädchen ihren Wagen weiterschob.

Bis zum späteren Nachmittag hatte er einen Krimi ausgelesen und fing mit dem zweiten an. Dazwischen döste er ein, knabberte ein wenig Studentenfutter und trank Wasser. Die Chance war ziemlich groß, dass er hier nur seine Zeit vergeudete. Aber es blieb ihm nichts anderes übrig, er hatte keine andere Spur. Vielleicht war es langsam an der Zeit, Gerry Hendley anzurufen, oder vielleicht zuerst einmal Clark. Seinen Dad – und damit auch das FBI und den Secret Service – einzubeziehen würde mehr Probleme verursachen als lösen, vor allem für den Campus.

Die Sonne ging unter; draußen wurde es dunkel.

Kurz nach neun Uhr, er war gerade ein wenig eingenickt, riss Jack die Augen auf. Er griff nach der Glock, die neben ihm lag. Er hatte ein doppeltes Piepen gehört. Oder hatte er sich das nur eingebildet? Von wo war das Geräusch gekommen? Er rollte sich auf die Seite und presste das Ohr an die Wand – gerade noch rechtzeitig, um zu hören, wie die Tür des Nachbarzimmers 142 mit leisem Klicken ins Schloss fiel.

Verdammt.

Eine volle Minute lang war nichts mehr zu hören – dann eine Stimme, männlich, durch die Wand klang sie dumpf und so undeutlich, dass Jack keine Wörter unterscheiden konnte. Geräuschlos kroch er ins Bad, nahm einen der gläsernen Zahnputzbecher und kroch wieder zurück. *Der Trick funktioniert doch sicher nur in den Hollywoodfilmen,* dachte er und kam sich idiotisch vor. Trotzdem presste er den Becher an die Wand und das Ohr an den Boden des Bechers. Die Klangqualität war kein bisschen besser. Er schob das Glas ein paar Handbreit weiter und versuchte es noch einmal. Die Stimme war zwar immer noch sehr leise, jetzt aber ein wenig klarer.

»…. weiß ich nicht. Hier jedenfalls ist nichts zu sehen.« Die Stimme klang aufgeregt; zögernd fügte der Mann hinzu: »Äh … Kleider … Toilettensachen, ein Koffer … Ja, okay, mache ich.«

Etwas krachte gegen die Wand direkt neben Jacks Kopf. Instinktiv zuckte er zurück, dann dachte er: Schrank. Der Schrank war in der gegenüberliegenden Wand eingebaut. *Holt er etwa Webers Koffer heraus,* fragte sich Jack.

Er stand auf, zog seine Jacke an und warf sich den Rucksack über die Schulter. Dann steckte er die Glock ins Holster und schlich leise aus dem Zimmer. Wer auch immer in Webers Zimmer war, musste das Motel entweder durch die Lobby verlassen oder durch den Seiteneingang, den auch Jack benutzt hatte. Jack warf geistig eine Münze und entschied sich für den Seiteneingang. Auf dem Weg zu seinem Auto ließ er den Blick über die geparkten Fahrzeuge wandern. Auf der fünften Stellfläche parkte ein weißer Nissan Altima, neueres Modell. Jack ging am Heck vorbei, bückte sich und machte mit dem Handy ein Foto des Kennzeichens.

Fünf Minuten später trat ein Mann aus der Seitentür. Im Licht der Außenleuchte neben dem Eingang erhaschte Jack einen Blick auf schütteres graues Haar und Hängebacken. Er schätzte den Mann auf Ende fünfzig. Der Unbekannte zog Webers schwarzen Rollkoffer hinter sich her und ging zum Nissan.

Weniger als eine Minute später stieß der Nissan rückwärts aus der Parkfläche, wendete und fuhr zur Ausfahrt. Jack folgte langsam und mit ausgeschalteten Scheinwerfern, bis er den Nissan auf den Springfield Boulevard einbiegen sah, dann fuhr er schnell bis zum Halteschild vor, wartete, bis ein weiteres Fahrzeug vorbeigefahren war, schaltete das Abblendlicht ein und folgte dem Nissan.

7

Alexandria, Virginia

Der Nissan fuhr in Richtung Osten, verließ Springfield und fuhr zum Interstate 495. Nach ein paar Kilometern bog er in den South Van Dorn Exit ein. In Franconia bog er erneut ab und fuhr wieder in östlicher Richtung weiter. *Was macht er? Versucht er etwa, einen Schatten abzuschütteln,* wunderte sich Jack. Nach weiteren zehn Minuten gelangte Jack nach Rose Hill, wo der Nissan in einen Wohnbezirk abbog. Auf der Climbhill Road leuchteten endlich die Bremslichter des Nissans auf, und er bog in eine Zufahrt ein. Das Haus war einstöckig, im sogenannten Rancho-Stil gebaut, lindgrün gestrichen, mit weißen Fensterrahmen und einer sauber getrimmten, kurzen und niedrigen Eibenhecke, die die Eingangsstufen auf beiden Seiten einfasste. Neben der Haustür brannte eine einzelne Außenlampe. Dem Haus gegenüber befand sich ein kleiner Park mit Spielgeräten.

Als Jack vorbeifuhr, blickte er durch das Beifahrerfenster. Der Nissan verschwand gerade in einer ans Haus angebauten Garage. Jack fuhr zum Ende des Straßenabschnitts, hielt am Straßenrand an und schaltete die Scheinwerfer aus.

Das Ziel der Fahrt verwirrte ihn. Rose Hill war ein grundsolides Mittelschichtviertel – Einfamilienhäuser, kleine Parks, Grundschulen. Wie kam es, dass sich die Wege des Nissan-Fahrers und Eric Webers gekreuzt hatten?

Was hatte dieser gutbürgerliche Vorortbewohner mit einem Mann zu schaffen, der Mark Macloon am Rand eines Highways kaltblütig abgeschlachtet und das dann erneut mit Jack selbst versucht hatte? *Nein, ihre Wege hatten sich nicht einfach gekreuzt: Sie waren Komplizen. Bei einem Mord und einem Mordversuch.*

Entscheide dich, Jack. Er konnte nicht ewig im Auto sitzen bleiben und womöglich riskieren, dass ihn eine Polizeistreife entdeckte. Einem Cop, der regelmäßig durch diese Gegend Streife fuhr, musste Jacks mächtiger Chrysler 300 sofort ins Auge stechen. Leute, die hier wohnten, fuhren keine Achtzylinder. Was wollte er noch hier? Er hatte das Kennzeichen und die genaue Adresse, und mit seinem Enquester-Zugriff würde es ihm keine Probleme bereiten, den Namen des Nissan-Fahrers herauszufinden.

Er wollte mehr als das.

Jack warf einen Blick auf die Uhr. Fünf Minuten. Es war das Risiko wert, beschloss er. Er griff in den Rucksack, fischte die Gegenstände heraus, die er brauchen würde, und stieg aus.

Mit einer Gangart, von der er hoffte, dass er einem zufälligen Beobachter »ich wohne hier« signalisierte, ging Jack die Straße zurück. Auf der Höhe des Hauses bog er vom Gehweg ab und ging an einer Reihe von Büschen entlang, die dringend zurückgestutzt werden mussten. Die Büsche zogen sich an der Schmalseite des Hauses entlang bis zum Garten hinter dem Haus. Links stand ein graues, ein wenig baufälliges Gartenhäuschen der Art, die man als Bausatz in jedem Baumarkt billig kaufen konnte. Rechts befand sich die Rückseite des Hauses mit einer großen Tür, an die eine leicht erhöhte Holzterrasse stieß. Rechts von der Terrasse war das Küchenfenster; hier brannte Licht. Auf der anderen Schmalseite, jenseits des Rasens, stand die Garage, in die man durch einen Nebeneingang gelangen konnte; die obere Hälfte der Tür wies einen in der Mitte geteilten Fenstereinsatz auf. An der Garagenmauer standen ein Gartentisch und eine Sitzbank aus Rotholz.

Jack wandte seine Aufmerksamkeit dem Küchenfenster zu. Dahinter war keine Bewegung zu erkennen. *Nicht denken, einfach losgehen,* dachte Jack. Er richtete sich auf und huschte schnell über den Rasen, wobei er das beleuchtete Fenster und die Glasschiebetür fest im Auge behielt. An der Garage kauerte er sich nieder und zog die Handschuhe an. Vorsichtig drehte er den Türknauf. Die Tür war verschlossen, aber das Schloss war alt und verrostet.

Er nahm sein Vielzweckwerkzeug heraus, klappte den Schlitzschraubendreher aus, führte ihn bis zum Anschlag in das Schlüsselloch ein und drehte den Schrauber und den Türknauf in entgegengesetzte Richtungen. Es knackte; der Knauf gab nach, ließ sich plötzlich frei drehen. Jack schob vorsichtig die Tür auf und glitt in die Garage.

Im Innern schaltete er seine rote Stiftlampe an und blickte sich um. Alles war so, wie er erwartet hatte: nackte Holzwände, ein paar Kartonschachteln auf primitiven Regalen aus rohen Brettern, eine gut gefüllte Werkzeugwand und eine kleine Werkbank, deren Schubladen fast die Stoßstange des Nissans berührten. Der Motor tickte leise beim Abkühlen in der Nachtluft.

Wieder blickte Jack auf die Uhr. Zwei der fünf Minuten, die er sich genehmigt hatte, waren fast verstrichen. Zwei weitere für das Durchsuchen der Garage, eine Minute, um zum Auto zurückzukehren.

Jack näherte sich der Beifahrertür, öffnete sie, beugte sich hinein und schaltete die Innenbeleuchtung aus. Er klappte das Handschuhfach auf und durchsuchte rasch den Inhalt: Betriebsanleitung, Versicherungskarte, Zulassungspapiere. Der Besitzer hieß Peter Hahn. *Ah. Noch ein deutscher Nachname,* dachte Jack. Er fotografierte die Versicherungs- und Fahrzeugpapiere mit dem Handy und legte alles wieder in das Fach zurück. Rasch überprüfte er den Inhalt des Ablagefachs auf der Mittelkonsole: ein paar Päckchen Kaugummi, eine kleine Dose Pfefferminzpastillen und eine Plastikpackung mit Lufterfrischer. Sowie ein veraltetes Nokia-Handy.

»Wird schon gehen«, flüsterte Jack vor sich hin. Mr. Hahn war offenbar kein Technikfreak, der ständig das neueste Handy brauchte. In der Hinsicht glich er Jacks Vater.

Er nahm einen kleinen Leinenbeutel aus der Tasche, zog den Reißverschluss auf und fand nach kurzer Suche einen Mikro-USB-Adapter. Er schob ihn in die Ladebuchse des Geräts und schloss seinen daumengroßen USB-Datenrettungsstick an – die frei käufliche und weniger leistungsfähige Version des maßgeschneiderten DRS, den Gavin Biery speziell für die Campus-Feldagenten konstruiert hatte. Diese Version konnte nur die Basisinformationen eines Mobiltelefons abgreifen – die Kontakte, die SMS, die Liste der Anrufe und den Browser-Verlauf –, aber nicht das Domain Name System, mit dem sich die numerischen Adressen auflösen und somit lesbar machen ließen. Das DNS hätte ihm mehr über die Webseiten sagen können, die der Handybesitzer besuchte, und über die Empfänger seiner E-Mails.

Jack schaltete das Telefon ein. Am DRS begann eine Diode grün zu blinken. Als sie rot blinkte, zog Jack das Gerät heraus und legte das Handy wieder zurück. Abschließend platzierte er einen GPS-Tracker, ein frei käufliches Modell von der Größe eines Packs Spielkarten, und fixierte ihn mit Klebeband unter dem Armaturenbrett auf der Beifahrerseite an einem Kabelbündel.

Er überprüfte noch einmal kurz den Wagen, um sicherzugehen, dass alles wieder so war wie zuvor, dann schob
er die Autotür so leise wie möglich zu und verließ die
Garage.

Von links blendete ihn der Strahl einer starken Taschenlampe.

Cop. Er widerstand dem Impuls, nach der Pistole zu
greifen.

»Eine Bewegung und ich schieße«, kam eine Stimme
aus der Dunkelheit. Jack nahm einen leichten Akzent
wahr, vielleicht deutsch. Peter Hahn? Als er aus der Garage kam, hatte Jack rasch einen Blick nach links geworfen. Der Mann hatte sich offenbar hinter der Garagenecke
postiert und einfach abgewartet. Ziemlich clever.

Jack versuchte es mit der Einbrechertour, harmlose
Variante. »He, Mann. Hab nur nach ein bisschen Geld
gesucht. Ich gebe es Ihnen zurück, okay? Waren ja nur
ein paar Münzen.«

»Umdrehen«, befahl der Typ. Seine Stimme klang tonlos, ohne die geringsten Anzeichen von Furcht. Bestimmt
nicht das erste Mal, dass er jemanden mit einer Waffe in
Schach hielt.

»Mann, kommen Sie schon, lassen Sie mich laufen. Ich
komm auch nie wieder, versprochen.«

»Umdrehen, hab ich gesagt. Langsam. Arme seitwärts
ausstrecken.«

Verdammt. Du rostest ein, Jack. Und wirst nachlässig.

Langsam drehte er sich um, blinzelte gegen das gleißend helle Licht an und senkte ein wenig den Kopf, sodass der Schirm seiner Baseballmütze sein Gesicht beschattete. Aber hinter dem grellen Lichtstrahl konnte er
den Typen immer noch nicht ausmachen.

Hahn murmelte: »Ihr kleinen Arschlöcher, warum könnt ihr nicht endlich damit aufhören ...«

Jack atmete erleichtert auf. Definitiv kein Cop. Wohl tatsächlich Hahn.

»He, warte mal«, sagte die Stimme plötzlich. »Nimm die Mütze ab. Ich will deine Fresse sehen.«

Jetzt bist du erledigt, dachte Jack. Er nahm die Mütze ab.

»Schau mich an!«, blaffte Hahn ihn an.

Blinzelnd hob Jack das Gesicht in den Lichtstrahl.

Für ein paar Sekunden herrschte Stille, dann sagte Hahn: »Dir ist doch klar, dass es für mich viel einfacher wäre, dich auf der Stelle zu erschießen?«

»Sie haben mich vorgestern Abend nicht getötet, als Sie die Chance dazu hatten«, antwortete Jack. »Warum sollten Sie es jetzt tun?«

Hahn gab keine Antwort.

Jack drängte weiter. »Mich umzubringen wird Ihre Probleme nicht lösen. Sie werden nur noch schlimmer. Ich nehme an, Sie wissen, wer ich bin.«

»Ja, ich weiß, wer Sie sind. Trotzdem könnte das vielleicht mein größtes Problem lösen.«

Gut. Sorge dafür, dass er weiterredet, dachte Jack.

»Um welches Problem geht es? Mit den Leuten fertigzuwerden, die Ihnen befohlen haben, Webers Motelzimmer auszuräumen?«

»Sie sind mir gefolgt.«

»Sie und Ihr Freund haben versucht, mich umzulegen. Ich will wissen warum.«

Auch darauf gab Hahn keine Antwort. Dann: »Er ist nicht mein Freund.«

»Mr. Hahn. Würden Sie bitte aufhören, mich ständig zu blenden?«

»Heben Sie bitte Ihre Jacke mit der linken Hand an und

drehen Sie sich langsam um.« Jack befolgte die Anweisung. »Und jetzt ziehen Sie langsam die Waffe heraus und legen Sie sie vor sich auf den Boden.« Auch das tat Jack und erhielt den Befehl, rückwärts zum Gartentisch zu gehen und sich auf die Bank zu setzen.

Hahn trat näher. Seine Pistole zitterte nicht. Er hob Jacks Glock auf, steckte sie in seinen Gürtel und senkte den Lichtstrahl, sodass er nun auf Jacks Brust gerichtet war.

»Ich habe ein paar Fragen«, sagte Hahn.

»Willkommen im Club.«

»Warum will man Sie tot sehen?«

»Hm. Hatte eigentlich gehofft, dass Sie mir das sagen könnten. Ich weiß nicht mal, wer diese Leute sind. Warum sind Sie vom Supermarkt weggefahren? Warum haben Sie mich nicht sofort erschossen?«

»Bin mir nicht sicher«, antwortete Hahn zögernd. »Ich glaube nicht, dass ich zu dieser Sorte Mensch zähle. Jedenfalls nicht mehr. War ich auch nie, glaube ich. Was sie verlangten, ergab einfach keinen Sinn. Es wäre einfach nur Mord gewesen.«

»Waren Sie dabei, als Weber den Jungen neulich auf dem Freeway umbrachte?«

Hahn atmete tief aus. Er senkte den Revolver.

»Ich hab versucht, ihm klarzumachen, dass er den Falschen im Visier hatte. Aber er wollte nicht hören. Schade. Ein völlig sinnloser Mord.«

»Wer hat ihn befohlen?«

»Das werde ich Ihnen nicht sagen. Wie die Dinge stehen, bin ich mir nicht mal sicher, ob ich genug getan habe, um ... um sie zu retten. Ich hoffe es.« Bevor Jack die logische nächste Frage stellen konnte, fuhr Hahn fort: »Sie haben mir nie direkt gedroht, verstehen Sie? Aber ich kenne ihn. Ich weiß, dass er es tun würde.«

»Vielleicht könnte ich Ihnen helfen.«

»Nein.«

Jack war sich im Klaren darüber, dass Hahn die nächstliegende Frage noch gar nicht gestellt hatte. Warum schlich der Sohn des Präsidenten der Vereinigten Staaten von Amerika persönlich hier in seinem kleinen Garten herum, warum nicht der Secret Service oder das FBI? Würde denn Madonna persönlich auftauchen, um ihr Auto zurückzuverlangen, wenn Hahn es gestohlen hätte? Nein, das würden andere für sie erledigen. Jack vermutete, dass es Hahn völlig gleichgültig war. Wer auch immer ihn unter Druck setzte, hatte ihn offenbar voll im Griff.

»Ich könnte ein paar Leute anrufen«, fuhr Jack fort, wobei ihm aber sofort klar wurde, wie absurd der Vorschlag war. Wie hätte er diesen »paar Leuten« die ganze Sache erklären sollen?

Hahn lachte verächtlich. »Anrufen. Sie könnten ein paar Leute anrufen. Ja klar, wie freundlich von Ihnen. Nein, was jetzt passiert, ist ...« Hahn zögerte, suchte offenbar nach dem richtigen Wort. »Absolut notwendig.«

Jack wurde es plötzlich eng um die Brust. Er hielt den Blick auf Hahns Hand gerichtet und wartete. Seine Chance, noch rechtzeitig reagieren zu können, sollte Hahn wirklich abdrücken, war verschwindend gering. Auf keinen Fall wollte er sich an einem Gartentisch sitzend erschießen lassen. Aber er würde es auch nicht zulassen, dass ihn Hahn an einen anderen Ort brachte. Andere Orte waren gewöhnlich Friedhöfe.

Doch dann überraschte ihn Hahn erneut. »Loyalität ist eine komische Sache, stimmt's?«

»Kommt drauf an. Sagen Sie mir, was los ist. Ich werde tun, was ich kann.«

»Unmöglich. Ich kann es Ihnen nicht sagen. Aber ich kann Sie in die richtige Richtung schubsen.«

»Was heißt das?«

»Das müssen Sie dann selbst herausfinden. Vermutlich haben Sie bestimmte Möglichkeiten, mich beschatten zu lassen? Egal. Natürlich haben Sie die. Es wird schon bald passieren, morgen oder übermorgen, also seien Sie bereit.«

Eine halbe Stunde später war Jack wieder zurück in seinem Apartment.

Vergeblich hatte er Hahn gedrängt, ihm mehr Informationen zu geben, über was auch immer, aber der Mann hatte einfach Jacks Glock auf den Boden gelegt, sich umgedreht und war ins Haus zurückgegangen. Jack war so verblüfft gewesen, dass er fast eine Minute lang stumm mit völlig wirren Gedanken im Dunkeln sitzen geblieben war, bevor er sich auf den Rückweg zu seinem Auto gemacht hatte.

Jetzt holte er sich eine Dose Bier aus dem Kühlschrank, setzte sich vor sein Notebook und schob den Datenrettungsstick in den USB-Port. Er musste ein wenig warten, bis das Programm mit dem Download der Daten aus Hahns Handyspeicher begann. Dann loggte er sich in das Enquestor-Portal ein und gab Hahns Informationen ein. Die Ergebnisse wurden innerhalb von Sekunden angezeigt. Jack überflog die Daten.

Peter Hahn, dreiundsechzig Jahre alt, eingebürgerter Staatsangehöriger, war vor sechzehn Jahren aus Deutschland gekommen. Hatte bei Xerox als »Betriebsanlagenmanager« gearbeitet und war vor drei Jahren in den Ruhestand gegangen. Verwitwet, ein erwachsenes Kind, eine Tochter. Solide finanzielle Verhältnisse, gute Kreditwürdigkeit, Hypothek auf das Haus in der Climbhill Road war abgezahlt, fast keine ungesicherten Schulden, keine Vorstrafen, keine schwebenden Verfahren. Und so weiter.

Hätte Jack Zugriff auf die höheren Ebenen des Campus-Systems gehabt, hätte er Hahns und Webers Daten mit den hauseigenen Rohdaten sowie den weiterverarbeiteten Datenbanken abgleichen können. Aber diese Möglichkeit stand ihm derzeit nicht zur Verfügung. Irgendwie hatte er den Eindruck, dass ihm das ohnehin nichts Substanzielles gebracht hätte.

Nirgends leuchteten Warnlampen auf. Peter Hahn war der typische Durchschnittsbürger. Abgesehen von der Art und Weise, in der er Jack behandelt hatte: wie ein Mann, der sich nicht zum ersten Mal in einer brenzligen Situation befand.

Jacks Notebook meldete mit einem Piepen, dass der Download der DRS-Daten abgeschlossen war. Jack rief den Text mit einem Doppelklick auf; die Datendumpdatei war ein einfacher, unformatierter Textblock, aber da Jack bereits wusste, wonach er suchte, konnte er die Daten recht schnell in SMS, Telefonate und Browserverlauf sortieren.

Peter Hahn hatte sein Handy nicht für SMS oder Websurfen benutzt, und die Liste seiner Anrufe war recht kurz: Pizzaservice, Theatertickets, eine öffentliche Bücherei, ein Mann namens »Larry, Bowling-Abend« – und jemand namens »BB«. Jack klickte die Kontakte nacheinander an. Der erste Kontakt, ein Larry Neil, wohnte ebenfalls in Rose Hill, ein paar Straßenblocks von Hahns Haus entfernt. BB, der nächste Name, vermeldete eine deutsche Adresse und Telefonnummer:

Kallmünzer Straße 20
81249 München
+49 89 87473814

Schon wieder Deutschland. Die Spur konkretisierte sich immer mehr. War er, Jack, irgendjemandem in Deutschland auf die Zehen getreten? Hatte er jemandem etwas getan, jemanden verletzt oder beleidigt? Ihm fiel niemand ein.

»Es wird schon bald passieren, also seien Sie bereit«, hatte Hahn gesagt.

Was wird bald passieren?

Und wer ist sie?

8

Alexandria, Virginia

Hahns Version von *bald* war der folgende Nachmittag.

Jack hatte sich wieder einmal die Zeit damit vertrieben, spärliche Bruchstücke zu einem halbwegs erkennbaren Muster zusammenzufügen und den Regenwolken nachzuschauen, die vor seinem Balkonfenster vorbeizogen. Um die Mittagszeit hatte ein gleichmäßiger Nieselregen eingesetzt.

Er war sich immer noch nicht sicher, ob der Kurs, den er eingeschlagen hatte, der richtige war. Der Angriff auf ihn musste etwas mit dem Campus zu tun haben. Nichts anderes ergab einen Sinn. Und wenn es so war, dann musste er Gerry Hendley einweihen. Es war ja möglich, dass er, Jack, nicht der Einzige war, den die Gegenseite im Visier hatte. Für Ysabels Sicherheit war gesorgt, aber was war mit all den anderen?

Er griff nach dem Telefon. Clark meldete sich beim zweiten Klingelton.

»He, Jack, wie geht's? Was gibt's?«

Clarks Stimme klang unbekümmert. Draußen im Feld war der Mann nur schwer zu durchschauen, der schlimmste Albtraum, den sich ein Pokerspieler als Gegner wünschen würde, aber solange er sich im Hendley-Hauptquartier aufhielt, machte Clark kein Hehl aus seinen Stimmungen. Wenn jemand hinter einem Campus-Mitarbeiter her war, hätte Jack es sofort aus Clarks Stimme herausgehört.

»Wollte nur mal hallo sagen. Schauen, ob ihr euch auch ordentlich abstrampelt.«

»Hier ist alles klar.« Wenn das nicht stimmen würde, hätte Clark es ihm wahrscheinlich nicht sofort gesagt, hätte es aber sicherlich durchschimmern lassen. Außerdem hätte Jack es längst erfahren, wenn jemand hinter Dom oder Chavez oder sonst jemandem her gewesen wäre. Er war zwar im Exil, gehörte aber immer noch zur Hendley-Familie. Clark fragte: »Und – was treibst du so?«

Das war eine durchaus logische, natürliche Frage, aber Jack kam sie dennoch reichlich absurd vor. *Ja, was genau treibe ich eigentlich? Wie wäre es mit »Versuche gerade zu verhindern, dass ich ermordet werde«?* Stattdessen sagte er: »Nichts Besonderes. Fitnesscenter, abends schau ich mir die neueste Staffel von *Real Housewives* an – das Übliche, du weißt schon.«

Clark lachte. »Klar, ich hab alle Folgen aufgenommen. Damit vertreibe ich mir nachts die Zeit. Du kommst doch bald wieder zurück, oder? Hast du schon mit Gerry gesprochen?«

»Nein. Ich bin immer noch am Überlegen.«

»Was gibt's da groß zu überlegen?«

Als Jack keine Antwort gab, fuhr Clark fort: »Ding hat sich nach dir erkundigt. Vielleicht treffen wir uns nächste Woche mal auf ein Bier?«

»Klar. Ich melde mich.«

Jack legte auf. Das kurze Gespräch schien zu bestätigen, was er vermutete: Bei dem Anschlag ging es um ihn persönlich, nicht um den Campus als Ganzes.

Kurz nach drei Uhr meldete sich sein Telefon. Er blickte auf das Display: *Tracking* stand da. Der Beschleunigungssensor der GPS-Einheit meldete Bewegung. Peter Hahns Auto fuhr aus der Garage – vermutlich mit Hahn am Steuer. Der Gedanke, dass er, Jack, in eine Falle gelockt werden könnte, war ihm bereits durch den Kopf gegangen. Aber vielleicht war ja »eingeladen« das bessere Wort, vielleicht war es ja der Versuch, Jack in »die richtige Richtung« zu bugsieren? Oder wollte er einfach nur den von Weber begonnenen Job zu Ende bringen, hatte Jack aber nicht in seinem eigenen Garten töten wollen?

Wie auch immer, es war jedenfalls Jacks einziger Anhaltspunkt.

Er warf sich den Rucksack über die Schulter und ging.

Hahn fuhr langsam in nordwestlicher Richtung und ließ Rose Hill hinter sich.

Jack hatte sein Smartphone mit dem bordeigenen Navigationsgerät des Chrysler synchronisiert. Auf dessen Display war das pulsierende blaue Signal jetzt deutlich zu sehen.

Hahns Wagen näherte sich dem Interstate 495, stoppte kurz und fädelte sich dann in westlicher Richtung in den fließenden Verkehr ein. Sofern Hahn nicht vorher abfuhr, würde der Highway nach etwa sieben Kilometern einen Bogen nach Norden in Richtung Annandale, Dunn Loring und Tysons Corner machen. Obwohl Hahn recht langsam fuhr, würde Jack ihn nicht einholen können. Für den Moment würde er sich mit der Fernbeschattung in gleichbleibendem Abstand zufriedengeben müssen.

Jack fuhr zum George Washington Memorial Parkway und fädelte sich in nördlicher Richtung in den Verkehr ein. Es herrschte nur mäßiger Verkehr, aber das würde nicht mehr lange so bleiben, denn schon bald würde die abendliche Rushhour einsetzen. Die Scheibenwischer fegten mit leisem Quietschen den Regen von der Windschutzscheibe. Jack hielt ein Auge auf Hahns Signal gerichtet, das den Bogen hinter sich hatte, nach Norden vorrückte und sich allmählich Annandale näherte. Im Geiste spielte Jack seine Optionen durch, sollte Hahn nach Westen abbiegen und sich damit noch weiter von ihm entfernen. Sobald Jack am Nationalfriedhof Arlington vorbei war, könnte er auf den Curtis Parkway wechseln und den zwölf Kilometer weiten Abstand zu Hahn verringern, bevor sich dieser zu weit absetzte.

Während der nächsten zehn Minuten fuhren beide Fahrzeuge nach Norden, Hahn immer noch auf dem 495, Jack auf dem GW Parkway, der am Potomac River entlangführte. Die beiden Straßen kamen einander immer näher und würden schließlich gemeinsam den Fluss überqueren und danach als Capital Beltway weiterführen.

Jacks letzte Chance für einen schnellen Übergang nach Westen war die Georgetown Pike, aber er nutzte sie nicht, weil Hahns Signal unbeirrt weiter nach Norden vorrückte. Jack gab mehr Gas, dabei inständig hoffend, nicht von einem Streifenwagen erwischt zu werden. Wenn Hahn auf seinem Highway blieb, würde er geradewegs über den Potomac fahren, während Jack noch eine große Schleife fahren musste, bis er zum 495 gelangte, was ihn sechs Kilometer kosten würde.

Jack war fast dort, fuhr gerade an der mittleren Ausfahrt von Langley Oaks Park vorbei, als Hahns Signal merklich langsamer wurde. Hahn fuhr nicht über den Potomac, sondern nahm die Abfahrt am Georgetown Pike – und hielt an.

»Was will er denn da?«, murmelte Jack vor sich hin.

Im Westen lagen die teureren Wohnbezirke von McLean,

wo man für ein Haus ein paar Millionen lockermachen musste. Jack zoomte den Kartenausschnitt auf dem Navi näher heran. Westlich des 495 erstreckte sich ein großes grünes Feld – ein Naturschutzgebiet, so wie es aussah. Abgelegen und an einem Tag wie heute wahrscheinlich menschenleer. Die Örtlichkeit schien gut geeignet für ein Treffen ohne Zeugen ... oder für einen Hinterhalt. Oder was auch immer Peter Hahn veranlasst haben mochte, ausgerechnet dorthin zu fahren.

»Komm schon«, sagte Jack zu Hahns Signal. »Tu was.«

Er hatte inzwischen Parkview Hills hinter sich und näherte sich der Kreuzung zwischen Georgetown Pike und dem Interstate 495. Hahns Auto war jetzt nur noch eineinhalb Kilometer voraus.

Jetzt rührte sich der Blip wieder, drehte nach Westen ab und fuhr auf den Pike.

Jack gab wieder Gas und erreichte die Ausfahrt vierzig Sekunden später. Westlich des 495 wurde der Pike Cardinal Drive genannt. Dem Navi zufolge war Hahn weniger als einen Kilometer voraus und wurde an der Swinks Mill Road langsamer. Er drehte nach rechts ab und fuhr auf etwas, was auf dem Display wie ein langgestreckter, gewundener Waldparkplatz aussah.

Jack ging vom Gas und fuhr langsamer weiter, bis er die Swinks Mill erreichte. Kurz vor der Einfahrt in das Naturschutzgebiet bremste er ab und ließ den Wagen langsam weiterrollen, bis er zwischen den Bäumen hindurch den Parkplatz sehen konnte.

Bei dem Wind und dem Regen herrschte nicht gerade Wanderwetter, obwohl die Temperaturen recht angenehm waren, und für die notorischen Pilzesammler war es noch zu früh im Jahr.

Er sah keine Autos, allerdings konnte er auch nur bis zur nächsten Biegung sehen.

Verdammt bescheuerte Idee, dachte Jack. Es gab jede Menge taktische Gründe, warum er das nicht tun sollte, und der wichtigste war seine Exfiltration. Sobald er in den Parkplatz einfuhr, blieb ihm nur noch ein Fluchtweg: die schmale Zufahrtsstraße, vor der er soeben angehalten hatte. Außerdem hatte er keine Unterstützung. Aber wenn er sich Zeit ließ und erst noch nach einem anderen Zugang zum Naturpark suchte, würde Hahn längst ausgestiegen sein und Jack würde ihn kaum mehr finden.

Er hatte keine andere Wahl. *Nichts ist perfekt.* Entweder fand er sich damit ab, oder er konnte die Sache vergessen.

Rasch suchte er nach Überwachungskameras, entdeckte aber keine.

Er bog in den Parkplatz ein und fuhr langsam zum hinteren Teil, eine Sackgasse von rund hundert Metern Länge. Am anderen Ende bog Hahns Nissan gerade in einen einspurigen Waldweg ein. Jack nahm das Fernglas aus dem Rucksack und fokussierte es auf das Auto. Am Rand des Waldwegs stand ein Schild: KEIN ZUTRITT FÜR UN-BEFUGTE! Neben dem Schildpfosten entdeckte er einen Kettenhaufen. Ein paar Sekunden später verschwanden die Rücklichter des Nissans zwischen den Bäumen.

»Scheiße«, fluchte Jack leise. Er sah kein anderes Fahrzeug auf dem Platz. Wen wollte Hahn treffen? Und wo? Der Wirtschaftsweg wurde auf Jacks Navi-Display nicht angezeigt. Durch das Seitenfenster entdeckte Jack einen kleinen überdachten Informationsstand; hinter Plexiglas waren mehrere vergrößerte historische Fotos ausgestellt. Daneben hing ein Plexiglasbehälter für kostenlose Wanderkarten; er war leer.

Er ließ beide vorderen Seitenfenster eine Handbreit herab und fuhr langsam weiter, wobei er die Bäume auf beiden Seiten ständig im Blick behielt, bis er den Waldweg erreichte.

Inzwischen läuteten Jacks innere Alarmglocken Sturm und meldeten: *Rückzug. Hendley anrufen.*

Noch nicht. Denn sein Bauchgefühl sagte ihm etwas anderes: etwas, was Hahn anging. Etwas an seinem Verhalten sagte Jack, dass er dem Mann vertrauen konnte. Nein, vertrauen war vielleicht nicht das richtige Wort. Aber Hahn hatte zweimal die Gelegenheit gehabt, Jack umzubringen, und hatte sie nicht genutzt. Möglich, dass jemand anders die Fäden zog, an denen Hahn hing, aber Hahn selbst hatte sich anders entschieden – wofür, wusste Jack allerdings nicht. Er würde jedoch schon bald herausfinden, welche seiner beiden inneren Stimmen recht hatte.

Jack zog die Glock aus dem Holster und schob sie unter den Schenkel.

Vorsichtig lenkte er den Chrysler zwischen den Kettenpfosten hindurch und fuhr den Waldweg entlang.

9

Alexandria, Virginia

Der Weg wand sich in nördlicher Richtung durch den Wald; er folgte einem Bach, den Jack durch das Fahrerfenster rauschen hörte. Gelegentlich leuchteten zwischen den Bäumen die Rücklichter des Nissans auf, oder er erhaschte einen Blick auf den weißen Kofferraum. Hahn fuhr fast Schritttempo. Der Baumbestand wurde allmählich dichter, und bald bog der Weg leicht nach rechts ab, entfernte sich vom Bach und stieg steiler an.

Weiter vorn leuchteten Hahns Bremslichter kurz auf, und mit ihnen erloschen auch die Rücklichter. Hahn hatte angehalten, mit den beiden Rädern der Beifahrerseite auf dem kleinen Erdwall, der die seitliche Wegbegrenzung bildete. Vor Hahns Nissan bog der Weg nach rechts ab. Er folgt wahrscheinlich ungefähr den Uferkonturen des Potomacs, vermutete Jack.

Jack ließ den Wagen ausrollen, dann legte er den Rückwärtsgang ein und zog sich ein kleines bisschen zurück, bis er Hahns Auto zwischen den Bäumen kaum noch sehen konnte.

Hahn stieg aus. Er öffnete einen grün-weißen Golfschirm. Ohne auch nur einen Blick in Jacks Richtung zu werfen, überquerte er den Waldweg, stieg über den Entwässerungsgraben auf der anderen Seite und verschwand aus Jacks Blickfeld.

Jack gab ihm eine halbe Minute Vorsprung, stieg aus, zog den Schirm der Mütze bis über die Augenbrauen und folgte ihm. Es regnete jetzt etwas stärker, die Tropfen platschten schwer in die schlammigen Randgräben des Waldwegs.

Als er sich der Stelle näherte, an der Hahn den Weg verlassen hatte, entdeckte er einen schmalen Pfad, der zuerst ein kleines Stück in nördlicher Richtung verlief, dann aber nach Westen um den Fuß einer Felsengruppe herumführte. Wenn sich schon eine höhere Position bot, wollte Jack die Gelegenheit nicht ungenutzt lassen. Wenn ihm jemand hier auflauern wollte, würde dieser Jemand wahrscheinlich irgendwo dort oben sein.

Jack ging noch ungefähr fünfzehn Meter auf dem Wirtschaftsweg weiter, bis er eine natürliche Lücke im Baumbestand entdeckte, sprang über einen Graben und stieg den Abhang hinauf. Das nasse Laub bildete einen schlüpfrigen Belag, aber Jack nutzte Wurzeln, felsige Stellen und Grasballen, sodass er sich langsam hinaufarbeiten konnte.

Kurz darauf gelangte er zu einer Felsnase, die zusammen mit anderen Felsformationen eine natürliche Treppe bildete, die zu einer höher gelegenen, von niedrigem Gebüsch bewachsenen Plattform führte.

Jack blieb stehen. *Wo ist Hahn?* Der Pfad, den der Mann eingeschlagen hatte, musste irgendwo links unter Jacks Position am Fuß der Felsgruppe entlang verlaufen. Jack stieg bis zur Plattform hinauf und schlich vorsichtig weiter. Zwei Meter von Rand entfernt kauerte er sich nieder und kroch weiter, bis er über die Felskante spähen konnte. Unter ihm lag eine kleine Schlucht, durch die der Bach verlief. Weiter links, am Ausgang der Schlucht, stürzte der Bach über einen kleinen Wasserfall in ein Auffangbecken, von dem sich das Wasser in eine kleine Bucht

des Potomacs ergoss. Über einen mit Steinplatten belegten Steg konnte man ein Stück weit flussaufwärts den
Bach überqueren.

Jack nahm eine Bewegung weiter links wahr. Er legte
sich flach auf den Bauch und suchte die Stelle mit dem
Fernglas ab. Auf dem Fußpfad war Peter Hahns grün-wei-
ßer Schirm aufgetaucht. Hahn betrat die Holzbrücke und
blieb in der Mitte stehen. Er legte die Hand auf das Geländer und beugte sich darüber, um einen besseren Blick
auf den Wasserfall zu haben. Das Regenwasser strömte
über den Schirm herab.

Fünf Minuten vergingen.

Eine Gestalt erschien, betrat die Brücke von der anderen Seite der Schlucht und näherte sich Hahn. Der Mann
trug einen khakifarbenen Trenchcoat und einen schwarzen Schirm. Jack zoomte ihn näher heran, konnte jedoch
von seiner Warte aus den Kopf des Mannes nicht sehen.
Nach Körperhaltung und Statur schätzte Jack, dass der
Mann jünger als Hahn war.

Hahn erblickte den Mann im Trenchcoat, wandte sich
in seine Richtung und streckte ihm die Hand zum Gruß
hin. Der Trenchcoat zog die Hand aus der Manteltasche –
doch nicht zum Gruß. Er hielt eine kleine halbautomatische Pistole in der Hand.

»Was zum Teu…«, murmelte Jack und zog die Glock.
Zu spät.

Ein orangefarbener Blitz kam aus der Pistolenmün-
dung. Über dem Rauschen des Wasserfalls war der Schuss
nur gedämpft zu hören. Hahn taumelte einen Schritt zurück, als hätte er einen Schlag in den Magen bekommen.
Der Trenchcoat feuerte ein zweites Mal. Hahns rechtes
Bein knickte ein; er fiel seitwärts gegen das Geländer und
rutschte daran herab, bis er halb an das Geländer gelehnt
saß. Der Schirm fiel ihm aus der Hand, federte ein paar-

mal auf den Holzbohlen ab und rollte davon. Der Trenchcoat hob noch einmal die Pistole und schoss Hahn direkt in das rechte Auge. Dann schob er die Waffe in die Manteltasche, drehte sich um und ging davon. Vom ersten Schuss bis zum Gnadenschuss waren keine zehn Sekunden vergangen.

Jacks instinktive Reaktion nach den beiden ersten Schüssen war, Hahn zu Hilfe zu kommen, aber als der dritte Schuss fiel, unterdrückte er den Impuls. Der Deutsche war tot, daran war nicht zu zweifeln. Dann kam der Impuls, Hahns Mörder zu stellen, aber auch diesem Drang widerstand er. Hatte Hahn ihn hierher gelockt, damit er Zeuge seiner eigenen Ermordung wurde, oder um ihm das nächste Glied in der Kette zu zeigen? Oder beides? Wie auch immer die Antwort lautete, nur der Mann kannte sie, der jetzt gelassen über die Brücke zurückging.

Jack hob das Fernglas und folgte der Gestalt. Der Trenchcoat hatte es nicht sonderlich eilig, als ob er einen Spaziergang unternahm. Am Ende der Brücke bog er nach rechts auf einen Pfad ein, und Jack verlor ihn hinter den Bäumen aus den Augen.

Jack stand auf und lief geduckt zur anderen Seite der Felsplattform, wo er sich wieder hinlegte und die Gegend mit dem Fernglas absuchte. Das Navi hatte ihm angezeigt, dass der Bach dort unten die Grenze des Naturschutzgebietes bildete. Das bedeutete, dass Mr. Trenchcoat irgendwo innerhalb des Reservats geparkt haben musste, vermutlich weiter unten an der Zufahrtsstraße oder in den weiter westlich liegenden Wohnbezirken. Angesichts der Tatsache, dass es sich um recht exklusive Wohngebiete handelte, erschien ihm Letzteres jedoch weniger wahrscheinlich. Wenn ein unbekanntes Fahrzeug in einem Viertel auftauchte, in dem vermutlich jeder jeden kannte, würde es recht schnell Aufmerksamkeit erregen.

Wie viel Zeit sollte er dem Trenchcoat lassen, fragte er sich. Neunzig Sekunden müssten reichen, entschied er. Er begann zu zählen und fokussierte das Fernglas auf den Steg, der über die Bucht führte.

Als er auf vierzig gezählt hatte, tauchte der Mann aus den dicht stehenden Bäumen auf, stieg über das Felsengeröll am Ufer und trat auf den Steg. Jack zoomte ihn näher heran. Aber das Gesicht des Mannes wurde vom Schirm verdeckt.

Jack zog sich vom Felsrand zurück und stieg auf demselben Weg wieder hinunter, auf dem er gekommen war. Er bewegte sich so schnell und so leise wie möglich. Am Randgraben des Waldwegs hielt er an und blickte nach links, da er Mr. Trenchcoat aus dieser Richtung erwartete. Noch war niemand zu sehen. Jack sprintete über den Weg und verschwand zwischen den Bäumen auf der anderen Seite.

Er musste Hahns Killer überholen.

Nach etwa zwanzig Metern bog er nach rechts ab, um zur Zufahrtsstraße zurückzugelangen. Vorsichtig näherte er sich der Straße. Als er zwischen den Bäumen die Straßenböschung ausmachen konnte, kauerte er sich nieder, hob das Fernglas und suchte die Straße ab.

Wo bist du …?

Da.

Mr. Trenchcoat kam die Straße entlang, immer noch ohne Eile und so gelassen, als befände er sich auf einem gemütlichen Nachmittagsspaziergang. Jack hatte eine neue Spur, aber viel wert war sie nicht. Er rief sich die Karte des Reservats in Erinnerung, die ihm auf dem Navi angezeigt worden war: Weiter vorn musste die Zufahrtsstraße eine Biegung nach Süden machen, wenn man auf dem Cardinal Drive zum Interstate 495 zurückfahren wollte.

Jack stand auf und zog sich vorsichtig durch den Wald zurück. Erst als er die Straße nicht mehr sehen konnte, drehte er sich um und rannte parallel zur Straße weiter. Er korrigierte die Richtung ein wenig nach Süden und schwenkte nach einer guten Minute nach links ab, bis die Straße wieder ins Blickfeld kam.

Zwischen den Bäumen hindurch fiel ihm kurz ein blau-metallisches Schimmern ins Auge. Er kauerte sich hinter einem Baumstamm nieder und hob das Fernglas. Es war die Kühlerhaube einer Mittelklasse-Limousine. Jack hatte einen zweiten Parkplatz entdeckt, kleiner als der erste; er hatte Hufeisenform und bot Platz für ungefähr zehn bis fünfzehn Autos. Bis auf ein einziges Auto war er leer.

Die Zufahrtsstraße mündete auf der linken Seite in den Platz und führte rechts wieder weiter.

Er richtete das Fernglas auf den Wagen: ein Chevy Malibu. Ein Sticker in der oberen rechten Ecke der Windschutzscheibe kennzeichnete den Chevy als Hertz-Mietwagen. Jack fokussierte auf das Nummernschild – der Wagen war in Maryland zugelassen. Er prägte sich die Nummer ein.

Er setzte das Fernglas ab und blickte nach links, von wo er Trenchcoat erwartete. Jack hatte zwei Optionen: den Mann abzufangen oder ihn zu beschatten, um mehr Informationen zu bekommen. Die erste Option war unpraktisch, vor allem deshalb, weil Jack nicht wusste, was er dann mit dem Mann machen sollte. Sollte er ihn fesseln, in die Speisekammer seines Apartments sperren und foltern? Nein – wenn er der Sache auf den Grund gehen und dafür sorgen wollte, dass die Anschläge aufhörten, musste er herausfinden, wer die Befehle gab.

Trotzdem widerstrebte es Jack zutiefst, einfach zuzusehen, wie ein Mörder in sein Auto stieg und davonfuhr.

Was auch immer Hahns Motive gewesen sein mochten, er war sich jedenfalls im Klaren gewesen, dass er bei diesem Treffen wahrscheinlich ums Leben kommen würde. Außerdem hatte er Jack zweimal das Leben gerettet. Jack hegte zwar keine freundschaftlichen Gefühle für Hahn, aber zumindest wollte er dafür sorgen, dass dessen Selbstopferung nicht vergeblich gewesen war.

Plötzlich hörte er von rechts das Knirschen von Autoreifen auf dem Kies. Er entdeckte einen roten Kompakt-SUV, der gerade in den Parkplatz einbog und gegenüber dem Malibu parkte. Kurz darauf erloschen die Rücklichter und die leichte Abgaswolke versiegte. Die Fahrertür ging auf.

Jacks Blick zuckte nach links, suchte nach dem Trenchcoat. Er war nur noch dreißig Meter vom Parkplatz entfernt.

Panik stieg in ihm auf. Was jetzt geschehen würde, hing allein davon ab, wie der Trenchcoat mit potenziellen Zeugen umzugehen gedachte. Würde er einen zweiten Mord in Kauf nehmen, um sauber vom Tatort wegzukommen?

Der SUV-Fahrer stieg aus, ging zum Heck seines Fahrzeugs und zögerte. Er blickte sich nach allen Seiten um, dann ging er zum Malibu hinüber, blieb am Heck stehen, holte sein Smartphone heraus und fotografierte das Kennzeichen. Schließlich ging er zur Fahrertür und spähte ins Wageninnere.

»Was zum Henker machst du da?«, murmelte Jack vor sich hin. Wer war dieser Typ? Ein Cop? Ein Autodieb? Beides kam Jack nicht sehr wahrscheinlich vor. Der Mann war Mitte zwanzig, hatte struppiges blondes Haar und ein stark ausgeprägtes Kinn. Er bewegte sich vorsichtig, ohne die machtbewusste Selbstsicherheit eines Cops.

Die Sache würde nicht gut enden.

Der Blonde richtete sich auf und ging zu seinem SUV zurück.

Gleichzeitig blinkten die Lichter des Malibus kurz auf, begleitet von einem gedämpften Piepton und dem halblauten Klick! der Türschlösser.

Jack blickte nach links; sein Herzschlag setzte aus. Mr. Trenchcoat war inzwischen auf dem Parkplatz angekommen; der Schirm bedeckte immer noch die obere Gesichtshälfte. Aber er verhüllte nicht die Pistole, die nun auf den SUV-Fahrer zielte. Schon blitzte die Mündung auf; der Knall war nicht lauter als ein Schlag mit einem nassen Handtuch. Der SUV-Fahrer stürzte getroffen zu Boden.

Verdammt, fluchte Jack innerlich. Wer immer der neu aufgetauchte Mann war, ob Zufallszeuge oder Mitspieler, Jack würde nicht zulassen, dass ihn der Trenchcoat umbrachte.

Er zog die Glock, sprang auf und sprintete über den Parkplatz, die Waffe auf den Killer gerichtet. »Keine Bewegung!«, brüllte er.

Mr. Trenchcoat blieb stehen, aber seine Waffe blieb unbeirrbar auf den neben dem Heck seines SUVs liegenden Unbekannten gerichtet. Langsam wandte der Trenchcoat den Blick von ihm ab und fasste Jack ins Auge.

»Waffe fallen lassen!«, brüllte Jack.

Volle drei Sekunden lang reagierte der Mann nicht. Unterhalb des Schirmrands konnte Jack nur die Mundpartie sehen.

Schließlich sagte der Trenchcoat: »Der Mann lebt noch.« Jack hörte keinen Akzent in seiner Stimme. »Wenn Sie wollen, dass er am Leben bleibt, lassen Sie die Waffe fallen.«

Der Killer hatte heute bereits einen Mann getötet und einen zweiten angeschossen. Wenn Jack die Waffe fallen ließ, würde er das dritte Opfer sein, entweder weil der Trenchcoat einen weiteren Zeugen stumm machen musste, oder weil er Jack als die Zielperson erkannte, die er schon zweimal hatte umbringen wollen.

Jacks Blick zuckte kurz zum SUV hinüber. Er sah nur die Füße des Fahrers, die hinter dem Hinterrad hervorragten; ein Fuß bewegte sich, schabte im Kies, als ob der Mann wegzukriechen versuchte.

»Können Sie vergessen«, antwortete Jack.

Der Mann starrte Jack ein paar Sekunden lang an, dann rief er dem SUV-Fahrer zu: »He, Sie! Können Sie mich hören?«

»Ja, ich höre Sie«, kam eine schwache Antwort. Jack hörte die Spur eines Akzents heraus – er klang vage wie ein Europäer, vielleicht ein Deutscher.

»Kriechen Sie zu mir herüber. Jetzt sofort, sonst schieße ich noch einmal.«

Jack rief: »Bleiben Sie, wo Sie sind!« Dem Killer rief er zu: »Geben Sie auf!«

»Sie sind gar kein Cop, richtig?«, fragte der Mann. Er klang leicht überrascht. Der Trenchcoat ließ sich nicht so leicht aus der Ruhe bringen, wie Jack jetzt klar wurde. Der hatte so etwas schon mal gemacht, öfter als nur einmal.

»Nein, aber ziemlich treffsicher«, gab Jack zurück. »Legen Sie die Waffe auf den Boden. Letzte Warnung.«

Aber der Trenchcoat fiel nicht darauf herein. »Lassen Sie mich gehen, dann überleben wir beide. Weichen Sie rückwärts zurück. Ich steige in mein Auto und fahre weg. Und Sie können dem Burschen hier helfen, bevor er verblutet.«

Statt einer Antwort rückte Jack drei Schritte vor, bis er an der Stoßstange des Malibus stand. Langsam kauerte er sich nieder, bis nur noch seine Schultern und sein Kopf über den Kofferraum ragten.

»Nein.«

»Ich nehme sein Auto. Sie haben mein Wort, dass ich ihn nicht töten werde.«

Bullshit.

Der Mann ging ein paar Schritte vor, während sein Blick zwischen Jack und dem SUV hin und her zuckte. Die Waffe hielt er immer noch auf den SUV-Fahrer gerichtet.

»Ich halte, was ich verspreche«, fuhr der Trenchcoat fort. »Ich will nur ohne Schießerei weg von hier.«

Jack brüllte: »Noch ein Schritt …«

In einer fließenden Bewegung drehte sich der Mann um, die Pistole schwang herum, die Mündung blitzte auf. Jack spürte, dass etwas seinen Jackenkragen streifte, direkt unter seinem Ohr. Er duckte sich hinter den Motorraum des Malibus, dann spähte er um die Stoßstange. *Verdammt schnell, der Bastard,* dachte er.

Der Trenchcoat sprintete zum SUV, schwang die Waffe wieder zum Fahrer herum. Wieder blitzte die Mündung auf. Jack folgte ihm mit der Glock, zielte etwas weiter voraus und feuerte. Das Geschoss schlug in die nasse Erde zwischen dem Killer und der hinteren Stoßstange des SUVs ein.

»Der Nächste geht dir in die Brust«, brüllte Jack. Das stimmte zwar nicht, da er den Mann lebendig haben wollte, aber ihn nur zu verwunden lief seiner gesamten Ausbildung zuwider.

Der Trenchcoat ließ sich davon nicht abhalten. Jack feuerte noch einmal. Dieses Mal traf er den Mann in der rechten Wade; er taumelte seitwärts, gewann aber schnell wieder das Gleichgewicht und verschwand hinter dem SUV. Jack sprang auf und sprintete näher heran, die Waffe erhoben, wobei er nach dem Schatten des Mannes im SUV suchte.

»Aussteigen!«, brüllte Jack. »Aussteigen!«

Drei Meter vom SUV entfernt, lief er langsamer und suchte nach Bewegungen. Er duckte sich, schaute unter den SUV, sah aber nur den bewegungslos auf dem Boden liegenden Fahrer.

Etwas weiter entfernt hörte er Zweige knacken. Jack war bei der hinteren Stoßstange angekommen und spähte vorsichtig um die Fahrzeugecke. Auf der anderen Straßenseite floh der Killer zwischen den Bäumen hindurch. Jack hob die Glock, aber es war schon zu spät. Es bot sich kein Ziel.

Rechts hörte er ein Stöhnen. Der Fahrer lebte noch.

»Können Sie mich verstehen?«, fragte Jack.

»Ja – wer sind Sie?«

»Bleiben Sie ruhig, bewegen Sie sich nicht. Warten Sie – ich muss mir erst sicher sein, dass er nicht aus einer anderen Richtung zurückkommt.«

Jack beobachtete die Bäume ein paar Sekunden lang, dann richtete er sich auf, trat neben den SUV-Fahrer und ging in die Hocke. Der Mann lag auf dem Bauch, das Gesicht in der aufgeweichten Erde, aber Jack zugewandt. Über dem rechten Ohr war das Haar blutverschmiert, ein wenig Blut rann ihm über die Wange, vom Regen zu einem rosafarbenen Rinnsal verwässert.

»Mein Kopf tut weh«, sagte der Mann.

»Kein Wunder. Können Sie die Bäume dort drüben sehen?«

»Ja.«

»Behalten Sie sie im Auge. Der Typ ist irgendwo dort im Wald. Warnen Sie mich bitte, sobald Sie eine Bewegung sehen.«

Er schob die Glock ins Holster zurück und beugte sich über den Mann. Blaue Augen, die Jack voller Angst anstarrten. Mit den Fingerspitzen tastete Jack vorsichtig die blutige Stelle unter dem Haar ab, bis er eine Kerbe spürte, ungefähr einen halben Zentimeter tief und fünf Zentimeter lang. Der Mann stöhnte auf. »Wie schlimm ist es?«

»Streifschuss«, antwortete Jack, tastete aber noch weiter. Hatte der Killer nicht zweimal geschossen? Gab es noch eine Wunde?«

»Es blutet so stark«, sagte der Mann.

»Das ist immer so bei Kopfwunden. Wie heißen Sie?«

»Effrem.«

Jack hatte eine lange Liste von Fragen, aber die mussten warten.

»Wir müssen hier weg, Effrem«, sagte er. »Können Sie aufstehen?«

»Ich glaube schon.«

Jack half ihm, sich aufzusetzen, den Rücken gegen das Rad gelehnt, dann ging er um das Fahrzeug herum und öffnete die Heckklappe. Im Gepäckraum lag ein gelber Hartschalen-Rollkoffer. Jack zog den Reißverschluss auf und durchsuchte den Inhalt, bis er mehrere Paar weiße Langsocken fand. Er knotete drei Socken jeweils mit den Enden zusammen und kehrte zu dem Verwundeten zurück.

»Drücken Sie das gegen den Kopf. Ich zeige Ihnen, wie.«

Jack führte dem Mann die Hand, bis er einen Sockenknoten direkt in die Wunde drückte. Dann zog er die beiden losen Enden um Effrems Kopf und verknotete sie, sodass die Socken einen Notverband bildeten.

»Es tut verdammt weh«, wiederholte Effrem.

»Das verheilt schnell wieder«, sagte Jack tröstend. »Heben Sie mal das Hemd hoch.«

»Was?«

Aber Jack tat es bereits selbst. Er zog Effrems Hemd und Jacke bis zu den Schultern hoch. Endlich verstand

Effrem, was zu tun war, und half ihm mit der freien Hand. »Sehen Sie was?«, fragte er. Jack hörte die Angst in seiner Stimme. Effrems Schock schien sich zu legen; jetzt wurde ihm allmählich klar, was geschehen war.

Jack drehte ihn um und untersuchte seinen Rücken. Er entdeckte keine weitere Wunde.

»Was ist mit meinen Beinen?«, fragte Effrem.

»Wenn er eine Arterie getroffen hätte, müssten wir das längst sehen. Glauben Sie's mir. Können Sie fahren? Wir müssen weg von hier.«

»Okay ... ich glaube schon. Sind Sie Polizist?«

»Schreien Sie, wenn Sie ihn zurückkommen sehen.«

Er ging zum Malibu zurück, bückte sich kurz, um die beiden leeren Patronenhülsen der Glock aufzusammeln, und öffnete die Fahrertür. Er entsperrte den Kofferraum und durchsuchte ihn kurz. Leer. Schließlich durchsuchte er auch das Fahrzeuginnere – Handschuhfach, Mittelablage, unter den Sitzen. Auf dem Boden vor dem Beifahrersitz lagen zwei zusammengeknüllte Fast-Food-Tüten, eine von Arby's und eine von McDonald's. In beiden fand er Kassenbelege, die er einsteckte.

Direkt neben dem Gaspedal steckte, hinter dem Rand der Fußmatte eingeklemmt, ein burgunderroter Pass mit einem Wappenadler und der Aufschrift *Europäische Union, Bundesrepublik Deutschland, Reisepass* auf der Vorderseite. Der Pass war auf einen Stephan Möller ausgestellt. Das Passfoto zeigte einen Mann Anfang vierzig, mit kurz geschnittenem schwarzem Haar und einem dichten Bart, der fast als Hipster-Bart durchgehen konnte. Jack bezweifelte, dass das der richtige Name des Killers war, aber wenigstens war es ein Anhaltspunkt, an dem er vielleicht anknüpfen konnte.

Er kehrte zu Effrem zurück, der sich inzwischen auf die Füße hochgekämpft hatte und sich auf wackeligen

Beinen an den SUV lehnte. Jack kniete neben dem Hinterrad nieder und stocherte im aufgeweichten Boden herum.

»Was suchen Sie?«, fragte Effrem.

»Meine Kugel.« Die andere Kugel war verschwunden, entweder steckte sie in Möllers Bein oder lag irgendwo zwischen den Bäumen auf der anderen Straßenseite. Er nahm sein Multitool aus der Tasche, kratzte die Kugel aus dem Boden und steckte sie ein. Schließlich stand er auf und wandte sich zu Effrem um.

»Geben Sie mir Ihre Geldbörse.«

»Was?«

»Ihre Geldbörse. Und Ihren Pass und das Handy.«

Effrem runzelte die Stirn, griff aber in die Tasche und reichte Jack einen belgischen Pass und ein schmales Kartenetui, in dem ein paar Kreditkarten sowie ein EU- und ein belgischer Führerschein steckten, ausgestellt auf Effrem Likkel.

»Sie wollen mich ausrauben?«, fragte Effrem ungläubig, als er Jack das Handy gab.

Trotz allem konnte Jack ein Lachen nicht unterdrücken. »Nein, ich will Sie nicht ausrauben. Wo wohnen Sie, in welchem Hotel?«

»Äh, Embassy Suites im Old Town.«

»Zimmernummer?«

»Vierhundertzwölf.«

»Gehen Sie direkt dorthin zurück«, sagte Jack und gab Effrem das Kartenetui und den Pass zurück. »Warten Sie dort, bis ich komme.«

Auf Effrems Handy navigierte er zum Adressbuch, rief die Nummer des Telefons auf und gab sie in sein eigenes Handy ein.

»Wieso sollte ich Ihnen vertrauen?«, fragte Effrem und steckte sein Handy wieder ein.

»Weil Sie noch am Leben sind.«

»Gutes Argument. Was haben Sie jetzt vor?«

»Weiß ich noch nicht. Was wissen Sie über den Bur-schen? Name, Adresse?«

»Nichts weiß ich. Ich bin ihm nur einfach gefolgt.«

Jack widerstand der logischen nächsten Frage – war-um? Stattdessen fragte er: »Können Sie in Ihr Zimmer gelangen, ohne durch die Lobby gehen zu müssen?«

»Ja.«

»Tun Sie das. Fahren Sie auf dem 495 zurück, bis Sie eine Tankstelle finden, wo Sie sich ein bisschen säubern können. Dann fahren Sie zum Hotel und bleiben in Ihrem Zimmer. Öffnen Sie niemandem die Tür, bis Sie meine Stimme hören.«

10

Jack sprintete zu seinem Auto. Fünf Minuten nachdem Effrem losgefahren war, fuhr Jack über den Cardinal Drive zum 495 hinüber und weiter auf die Georgetown Pike. An der ersten Ampel entdeckte er eine Tankstelle und fuhr auf den Parkplatz.

Er wusste, dass er nur diese eine Gelegenheit haben würde, und seine Chancen standen bestenfalls fifty-fifty. Obwohl Möller eine Kugel von Jacks Glock eingefangen hatte, war er auf seiner Flucht zwischen den Bäumen hindurch recht flott unterwegs gewesen, und sein Verhalten hatte gezeigt, dass er auch in der Krise einen ausgesprochen kühlen Kopf bewahrte. Jack nahm daher an, dass Möller zunächst seine Schusswunde versorgt und seine weitere Vorgehensweise geplant hatte. Entweder war er im Naturschutzgebiet untergetaucht, oder er hatte sich aus der Gegend abgesetzt. Die Frage war: Würde der Mann in sein Hotel zurückkehren, oder hatte er einen Plan B? Für Möller war die Sache bisher sehr schlecht gelaufen. Es hatte Zeugen gegeben, und er war in ein Feuergefecht verwickelt worden. Wie würde er reagieren?

Jack nahm die beiden Kassenbelege der Fast-Food-Restaurants heraus und rief auf dem Smartphone die Yelp-App auf, um sich die beiden Restaurants auf der Karte anzeigen zu lassen. Sie lagen nur einen halben Kilometer voneinander entfernt, in der Nähe des Richmond Highway.

Jack setzte einen Marker und suchte nach nahe gelegenen Motels. Es gab drei, die in Gehentfernung zu den Restaurants lagen, ein Holiday Inn, ein Days Inn und ein Comfort Inn – alle glichen dem Hotel, in dem Eric Weber übernachtet hatte: mittlere Preislage, sauber und nett, aber nicht luxuriös. Das mochte etwas bedeuten, oder vielleicht auch nicht.

Der Erfolg von Jacks Plan hing von der menschlichen Natur ab. Die meisten Leute, die in einer fremden Stadt nur schnell mal was essen wollen, suchen Restaurants in der Nähe ihrer Hotels auf. Ob sich ein Mann wie Möller diese Bequemlichkeit erlauben würde, konnte Jack nicht wissen, aber er hatte nichts anderes. Möller hatte bereits einen Fehler begangen, als er seinen Pass im Malibu liegen ließ; vielleicht würde ihm noch ein weiterer Fehler unterlaufen. Alle Profis, egal welchen Berufs, hatten dasselbe Problem: zu großes Selbstvertrauen, die Mutter der Überheblichkeit. Auch Jack war das schon passiert, vielleicht sogar erst kürzlich beim Supermarkt. Selbst John Clark hatte einmal – nur ein einziges Mal, nach ein paar Gläsern Bier – zugegeben, dass ihm aus genau diesem Grund gelegentlich berufliche Fehler unterlaufen waren. Die Frage war daher: Was macht man, wenn einem ein Fehler unterlaufen war? Was würde Möller nach alledem tun?

Jack verließ den Tankstellenparkplatz und fädelte sich wieder in den Verkehr auf dem Highway ein.

Nach rund zwanzig Minuten kam er zum Richmond Highway, fuhr nach Süden und nahm die erste Ausfahrt. Das erste Motel auf seiner Strecke war das Holiday Inn. Jack parkte vor dem Eingang. Mit einem Akzent, von dem er hoffte, dass er deutsch klang, nannte er seinen

Namen – Stephan Möller – und erklärte, er sei ein bisschen verwirrt, er sei so viel unterwegs, und jetzt habe er tatsächlich vergessen, ob er hier ein Zimmer genommen habe? Die Antwort lautete nein. Jack fuhr zum nächsten Motel, dem Days Inn, und erhielt dieselbe Auskunft. Aber beim dritten Hotel hatte er Glück.

»Ja, Sir, Sie haben ein Zimmer hier«, sagte der junge Hispano. »Kann ich Ihnen irgendwie helfen?«

»Ja, bitte.« Jack rieb sich die Augen. »War ein langer Tag heute. Ich habe mich total verfahren, und jetzt habe ich gerade entdeckt, dass ich den Schlüssel in meinem Zimmer gelassen habe.«

»Das tut mir leid. Haben Sie einen Führerschein oder Pass?«

Jack reichte ihm Möllers Pass. Der Empfangschef verglich das Foto, und Jack sagte mit dümmlichem Grinsen: »Ich weiß, der Bart ... Fragen Sie lieber nicht. Meine Frau hat sich bis heute noch nicht daran gewöhnt.«

Jack hielt den Atem an. Ohne Bart mochte Jack eine entfernte Ähnlichkeit mit Möller haben. Aber ob sie reichte, hing von der Aufmerksamkeit des jungen Mannes ab.

Der Mann lachte. »Verstehe. Einen Augenblick, bitte. Ich bin gleich wieder da.« Der Mann verschwand durch eine Tür hinter dem Empfang.

Zwei Minuten, dachte Jack und stellte sich vor, dass der Empfangschef bereits an der Strippe hing und die Bullen informierte. Keine Sekunde länger, sonst müsste Jack verschwinden.

Der Mann kam wieder, gab Jack den Pass zurück und überreichte ihm eine neue Schlüsselkarte. »Hier, bitte. Ich helfe Ihnen gern, falls Sie einen Stadtplan oder irgendwelche Informationen brauchen.«

»Herzlichen Dank.«

Jack ging ein paar Schritte, dann schwang er herum, als suchte er nach dem Weg. »Und mein Zimmer ist ...«

»Hundertfünfundzwanzig. Durch den Haupteingang, dann außen links am Gebäude entlang.«

Jack bedankte sich noch einmal und ging.

Er parkte den Wagen vier Stellplätze von Möllers Zimmer entfernt und schaltete den Motor aus.

Die Vorhänge waren nicht völlig zugezogen; der Spalt war etwa zweieinhalb Zentimeter breit. Durch den Spalt schimmerte schwaches gelbes Licht. Er blickte auf die Uhr: Seit Möllers Flucht vom Parkplatz im Schutzgebiet war eine Dreiviertelstunde vergangen. Hatte Möller im Schutzgebiet einen Komplizen gehabt? Wenn ja, konnte er bereits im Hotelzimmer sein. Andernfalls hatte er nur zwei Optionen: entweder per Anhalter oder ein Taxi zu rufen. Ersteres würde er mit all dem Blut am Bein wohl nicht riskieren, dachte Jack. Also blieb nur noch ein Taxi, in das er hinten einsteigen konnte, sodass der Fahrer das Blut nicht bemerken würde. Das wiederum bedeutete, dass Jack wahrscheinlich schneller als Möller gewesen war. Allerdings war sein Vorsprung sehr gering, sollte Möller tatsächlich ins Motel zurückkehren.

Damit stellte sich erneut eine Frage, die ihm schon früher durch den Kopf gegangen war: Sollte er Möller gefangen nehmen oder ihn nur beschatten? Wieder gelangte er zur selben Entscheidung: observieren. Jack musste annehmen, dass Möller nicht auf eigene Rechnung, sondern im Auftrag eines anderen agierte. Sicherlich hatte er den Zwischenfall im Park bereits an seine Befehlsgeber weitergemeldet, unabhängig davon, ob er Jack im Schutzgebiet erkannt hatte oder nicht.

Möller war verwundet und auf der Flucht; er würde also

äußerst genau darauf achten, ob er verfolgt oder beschattet wurde. Jack hielt es für unwahrscheinlich, dass er ganz allein Möllers Observation durchführen konnte, ohne bemerkt zu werden. Daher blieb ihm nur eine Option: Er musste den Mann passiv, aus der Ferne, observieren.

So viele Wenn und Aber. Zu viele.

Bevor ihm noch weitere Einwände einfallen konnten, stieg Jack aus und ging direkt zu Möllers Zimmertür. Es war Spätnachmittag, die Dämmerung brach an, und es regnete noch immer. Jack blickte sich um. Niemand war in der Nähe. Er blieb vor Möllers Tür stehen, zog die Glock und hielt sie dicht an den Oberschenkel gepresst. Dann atmete er tief ein und wieder aus, zog die Schlüsselkarte durch den Leseschlitz, schob die Tür auf und trat ein. Mit dem Absatz schob er die Tür hinter sich zu, hob gleichzeitig die Pistole und schwenkte sie durch den Raum.

Rechts in der Ecke brannte eine Stehlampe.

Mit der freien Hand schloss er den Sicherheitsriegel der Tür hinter sich.

»Hallo? Ich bin der Hotelmanager. Mr. Möller? Sind Sie da? Hallo?«

Jack sicherte schnell das Hauptzimmer, dann das Bad und die Toilette.

Wie schon in Webers Zimmer, durchsuchte Jack nun auch Möllers Raum, wobei er darauf achtete, alles genau so zu belassen, wie er es vorgefunden hatte. Wie Webers Kleider waren auch Möllers Klamotten absolut unauffällig und hatten entweder kein Etikett oder stammten aus einem örtlichen Billigkaufhaus. Es gab keinerlei persönliche Kennzeichen, keine Boarding Cards, keine Notizzettel oder Kreditkartenbelege.

Als Nächstes durchsuchte er die weniger offenkundigen Verstecke – öffnete die Reißverschlüsse der Kissen-

bezüge auf dem Stuhl, untersuchte den Bezug des Bügel-
bretts, tastete nach möglichen Klebestreifen auf der Unter-
seite der Schubladen und warf einen Blick in den Spül-
kasten der Toilette. Nichts.

Er hob die Duschvorhangstange aus ihrer Halterung,
kippte sie zum Boden hin und schüttelte sie. Aus dem
Innern der Plastikstange kam ein kratzendes Geräusch.
Jack schraubte die Kappe am Ende der Stange ab – und
heraus rutschte ein schmaler, verschraubter Alubehälter.
Er fing ihn mit der Hand auf, legte die Stange weg und
schraubte den Verschluss des Behälters auf.

Patronen.

Jack ging zum Waschbecken, verschloss den Abfluss
und ließ den Inhalt der kleinen Aluröhre ins Waschbecken fallen.

Auf den ersten Blick hielt Jack die Patronen mit den
schwarz eingefärbten Spitzen für Glaser Safety Slugs. Er
brauchte einen Moment, bis ihm klar wurde, was er hier
vor sich sah: Es handelte sich um Geschosse, die beim
Auftreffen zersplitterten – und dabei wahre Rattenlöcher
in ihr Ziel schlugen.

Die schwarze Beschichtung war eine Polymerkappe,
darunter war der ausgehöhlte Kern mit Schrot gefüllt. Diese Patronen hatten eine verheerende Stoppwirkung, aber
nur geringe Durchschlagskraft. Das mochte der Grund
sein, warum Möller Hahn in das Auge und nicht in den
Kopf geschossen hatte.

Jack nahm eine der Patronen in die Hand. Sie fühlte
sich sehr leicht an. Er hob sie direkt ans Ohr und schüttelte sie. Nein, definitiv keine Glasers. Außerdem hatten
Glasers eine blaue Polymerkappe, keine schwarze. Die
Patrone war auch die Erklärung für den überraschend
leisen Knall der Pistole: Diese Patronen hier waren Unter-
schallgeschosse, ihre geringere Treibladung reichte nicht

aus, um sie über die Schallgrenze zu beschleunigen. Ohne den Überschallknall blieb nur noch der Explosionsknall des Verbrennungsgases übrig, und nach dem Gewicht der Patrone zu urteilen, befand sich nur wenig Pulver in der Hülse. Nach zehn oder fünfzehn Metern würde die Flugbahn des Geschosses wie die einer Granate nach unten zeigen – was wiederum Möllers Schnellschuss auf Jack noch eindrucksvoller erscheinen ließ.

Jack folgerte, dass es sich um eine Sonderanfertigung einer Frangible-Munition handeln müsse. Er hatte keine Ahnung, ob die Produktion dieser Art von Munition ein boomender Industriezweig war, oder ob es sich um ein Nischenprodukt handelte, aber die Sache war es wert, genauer untersucht zu werden. Er steckte eine Patrone ein und hoffte, dass Möller ihr Fehlen nicht bemerken würde.

Die übrigen Patronen fotografierte er, wischte sie mit einem Stück Toilettenpapier ab, ließ sie in den Alubehälter fallen und schob die Röhre in die Vorhangstange zurück.

Danach setzte er die Suche fort – und stieß ein paar Minuten später erneut auf eine Goldader.

Unter der Papierfolie eines Stücks Seife entdeckte er eine auf Möller ausgestellte Kreditkarte. Er fotografierte ihre Vorder- und Rückseite und schob sie wieder in ihr Versteck zurück.

Kein zweiter Pass, dachte Jack. Wenn Möller tatsächlich einen besaß, hatte er ihn entweder bei sich oder anderswo versteckt. In diesem Fall schien es wahrscheinlich, dass Möllers Fluchtplan einen Flug vorsah, was bedeutete, das Jack ihn verlieren würde. Aber falls nicht, würde Möller zwangsläufig nach anderen Möglichkeiten suchen müssen, das Land zu verlassen, und würde, wie Jack hoffte, auf diese Kreditkarte angewiesen sein.

Zeit zu verschwinden, Jack.

Bevor er ging, ließ er den Blick noch einmal prüfend durch den Raum schweifen, aber alles war wieder genau so, wie er es vorgefunden hatte.

Jack fuhr ein paar Querstraßen weiter, hielt am Straßenrand an und loggte sich in das Campus-Enquestor-Portal ein. Nachdem er Möllers Kreditkartennummer eingegeben hatte, aktivierte er die Echtzeitwarnfunktion neben dem Eintrag. Dann überprüfte er, ob Möller die Kreditkarte schon früher benutzt hatte, fand aber keine Einträge. Die Karte war offenbar noch nie benutzt worden.

Wieder fuhr er zum Richmond Highway zurück, blieb fünf Minuten in nördlicher Richtung auf der Straße und nahm dann die Ausfahrt zur Duke Street. Effrems Hotel, die Embassy Suites, lag dem John Carlyle Square gegenüber, einer kleinen, gepflegten Grünanlage. Jack fand eine Parkmöglichkeit in einer Nebenstraße und ging den Rest der Strecke zu Fuß. Der Regen fiel jetzt viel dichter und wurde von einem kalten Wind quer über die Straße gepeitscht.

Jack hatte es eilig, in die Lobby zu kommen. Er zog die Jacke aus und schüttelte das Wasser heraus, während er über seinen nächsten Schritt nachdachte. Zwar wusste er nicht, wer Effrem Likkel war und aus welchem Grund er Möller gefolgt war, aber er war jedenfalls eine Spur, die Jack nicht einfach übergehen konnte. Die Schattenseite war, dass er sich hier auf eine unbekannte Größe einließ, die womöglich Fragen aufwerfen würde, die Jack nicht gern beantworten wollte. Er beschloss, sich erst darum zu kümmern, wenn sich das Problem stellte.

Mit dem Lift fuhr er zum vierten Stock hinauf. Dort bog er nach rechts in den Flur ein, bis er sah, wo sich Zimmer

Nummer 412 befand, dann ging er wieder zum Lift zurück. Er nahm das Handy heraus und rief Effrems Nummer an. Effrem meldete sich schon nach dem ersten Klingelton.

»Ich bin's«, sagte Jack.

»Der Mann vom ...«

»Ja. Sind Sie in Ihrem Zimmer?«

»Ja.«

»Gut. Kommen Sie in die Lobby.«

Jack beendete das Gespräch, zog die Glock und schob sie in die Seitentasche der Jacke, behielt sie aber im Griff.

Eine halbe Minute später hörte er, wie weiter hinten im Flur eine Tür geöffnet wurde.

Kurz darauf kam Effrem um die Ecke. Als er Jack vor sich sah, riss er die Augen auf und prallte buchstäblich zurück. Er hatte nasse Haare, wahrscheinlich frisch gewaschen. Weder Blut noch die Streifschusswunde waren zu sehen.

»Ich dachte ...«, begann Effrem.

»Hatten Sie Probleme auf der Rückfahrt?«, unterbrach ihn Jack.

»Nein, ich glaube nicht.«

»Gehen wir in Ihr Zimmer. Sie voraus.«

Jack folgte ihm, doch als sie vor der Tür ankamen, befahl Jack: »Stopp! Schauen Sie mich an.« Als Effrem sich zu ihm umdrehte, fragte er: »Ist noch jemand in Ihrem Zimmer?«

»Nein.« Effrems Antwort kam ohne Zögern, und er wich Jacks Blick nicht aus.

»Sie gehen voraus«, befahl Jack.

Effrem zog die Schlüsselkarte durch den Leseschlitz und ging hinein. Jack sicherte kurz Effrems Badezimmer und folgte ihm dann in das eigentliche Zimmer. Niemand sonst war anwesend. Jack befahl ihm, sich auf das Bett zu setzen.

Jack zog die Glock aus der Jackentasche und schob sie in das Holster zurück, bevor er sich auf den Stuhl setzte, der vor dem kleinen Schreibtisch stand. Er lächelte Effrem aufmunternd zu; der Mann hatte schließlich schon genug durchgemacht. Jack musste erst einmal dafür sorgen, dass Effrem sich ein wenig entspannte, da sonst die Gefahr bestand, dass der Junge einfach dichtmachen und die Polizei rufen würde – oder bei der ersten Gelegenheit aus der Stadt verschwinden würde.

»Was passiert ist, tut mir leid. Wie geht's dem Kopf?«

Automatisch tastete Effrem nach der Kopfwunde. »Fühlt sich an wie ein besonders schlimmer Kater, aber ich hab ein paar Aspirin geschluckt. Wird allmählich besser.«

»Womit haben Sie die Blutung gestillt?«

»Superkleber. Das hab ich mal in einer dieser Überlebensshows gesehen.«

»Hm. Sehen Sie verschwommen? Ist Ihnen schwindelig? Erinnerungsstörungen?«

»Nein, nichts davon. Ich hab verdammt viel Glück gehabt, glaube ich.«

»Scheint mir auch so. Wenn irgendwelche Symptome auftreten, rufen Sie mich an. Ich schicke dann jemanden vorbei.«

»Okay.«

»Gehen Sie nicht ins Krankenhaus. Dort wird man sofort sehen, was für eine Verletzung es ist.«

»Ja, verstehe.«

Danach herrschte für ein paar Augenblicke verlegenes Schweigen. Jack überraschte das nicht, wenn er bedachte, wie seltsam ihre erste Begegnung verlaufen war. Schließlich war es nicht so, als hätten sie sich in einem Café kennengelernt und ihre gemeinsame Liebe für die New York Jets oder sonst einen American-Football-Club entdeckt.

»Ihr Englisch ist sehr gut«, stellte Jack fest.

»Hab ein Jahr an der New York University studiert. Kaffee, Tee?«

»Nein danke. Reden wir mal über das, was passiert ist. Ich nehme an, Sie haben die Polizei nicht informiert?«

Effrem schüttelte den Kopf. »Nein.«

Jack glaubte ihm. *Interessant.* Natürlich hätten die meisten Leute sofort den Notruf angerufen, sobald Jack aus ihrem Rückspiegel verschwunden war. Effrem hatte bereits zugegeben, dass er Möller verfolgt hatte, und mit diesem Nein hatte er Jack auch gesagt, dass er die ganze Sache geheim halten wollte.

»Ich vermute mal, Sie haben sie auch nicht angerufen?«, fragte Effrem.

»Nein. Hören Sie, Effrem, wenn Sie wollen, trennen wir uns hier und jetzt. Nichts für ungut und tschüs. Oder wir können einander helfen. Es ist ziemlich klar, dass wir beide denselben Mann verfolgt haben.« Das war zwar nicht ganz korrekt, dachte Jack, aber für den Moment musste es reichen.

»Kann sein«, antwortete Effrem ausweichend. »Aber ich kenne ja nicht mal Ihren Namen.«

»Jack.«

»Jack wer?«

»Vorerst muss Jack reichen.«

Sie schüttelten sich die Hände.

Falls Effrem ihn erkannt hatte, ließ er es sich jedenfalls nicht anmerken. Jack hatte es bisher recht gut geschafft, sich vom Rampenlicht fernzuhalten. Seit er nicht mehr beim Campus arbeitete, hatte er das Haar kurz schneiden lassen und rasierte sich nur noch zweimal wöchentlich. Und im Fitnessstudio hatte er sich weitere fünf Kilo Muskeln antrainiert.

»Und wie weiß ich, ob ich Ihnen vertrauen kann?«, wollte Effrem wissen.

»In den letzten paar Stunden hatten wir beide genug Gelegenheit, einander an den Kragen zu gehen.«

Effrem nickte widerwillig. »Stimmt. Außerdem wäre da noch die Sache mit der Lebensrettung, denke ich. Übrigens vielen Dank dafür.«

»Kein Problem.«

Effrem wollte etwas sagen, zögerte, setzte erneut an. »Sie wissen jetzt meinen Namen und dass ich aus Belgien stamme. Ich bin Journalist, aber im Moment nur ein Free-lancer.«

Das machte die Sache noch komplizierter, wie Jack klar war. Das Letzte, was er jetzt brauchen konnte, war, sei-nen Namen in den Zeitungen zu sehen: Amerikas First Son, Mordanschläge, eine Mordverschwörung mit inter-nationalen Verknüpfungen ...

»Ich hoffe, mir bald einen Namen zu machen«, fuhr Effrem zögernd fort. »Habe die Uni erst drei Jahre hinter mir. An dieser Story arbeite ich seit sehr langer Zeit.«

»Eine Story, die Stephan Möller betrifft?«

»Sie sagen, dass er so heißt, und ich glaube Ihnen. Aber das ist das erste Mal, dass ich diesen Namen höre. Auf diesen Möller bin ich erst gestoßen, als ich einen an-deren Mann verfolgte. Einen gewissen Eric Schrader.«

»Beschreiben Sie ihn.«

»Groß, mager, kurzes Haar, sehr blond. Sagt Ihnen das was?«

»Kann sein. Und weiter?«

»Vor ein paar Tagen verfolgte ich Schrader zu einem Restaurant in Falls Church. Dort traf er sich mit diesem anderen Burschen, diesem Stephan Möller. Ich wusste, wo Schrader abgestiegen war, deshalb beschloss ich, das Risiko einzugehen und nun Möller zu beschatten, weil ich hoffte, auf diese Weise mehr herauszufinden. Was meinen Sie: Hat er deshalb auf mich geschossen? Hat er vielleicht bemerkt, dass ich ihn verfolgte, und mich deshalb in das Schutzgebiet gelockt?«

»Zur ersten Frage: wahrscheinlich«, antwortete Jack. »Zur zweiten: Glaube ich nicht. Er war aus einem anderen Grund dort.«

»Welchem?«

»Später. Was weiter?«

»Als ich dann später wieder zu Schraders Hotel ging, fand ich heraus, dass er nicht mehr in das Hotel zurückgekehrt war. Jemand fungierte als sein Fahrer, aber den verlor ich ebenfalls – ein älterer Mann in einem weißen Nissan. Seinen Namen kenne ich nicht, aber ich habe sein Kennzeichen.«

Der kürzlich verstorbene Peter Hahn. Zwei der drei Leute, die Effrem Likkel verfolgt hatte, waren tot, und Likkel wusste nichts davon.

»Sagen Sie mir, weshalb Sie hinter diesem Schrader her waren.«

Likkel rutschte nervös auf der Bettkante hin und her. »Sorry, aber das sage ich Ihnen nicht. Ich habe Ihnen schon eine Menge erzählt, aber Sie haben mir nichts gesagt. Was hatten Sie in dem Naturpark zu suchen?«

Jack hatte gehofft, noch mehr Informationen zu bekommen, bevor Likkel eine Gegenleistung forderte. Aber er durfte das Gespräch nicht abbrechen lassen; nur so konnte er sich seine Optionen offenhalten.

»Ich habe den Mann im weißen Nissan beschattet«, antwortete Jack. »Auf ihn bin ich durch diesen Schra der gestoßen, den ich allerdings unter dem Namen Eric Weber kannte.«

»Wie und wo sind Sie ihm begegnet?«

»Unsere Wege haben sich kurz gekreuzt.«

»Wie?«

»Die Frage will ich nicht beantworten«, sagte Jack.

»Noch nicht. Sie sind Journalist, Effrem. Das ist an sich nichts Schlechtes, aber auf der Jagd nach einer Story verhalten sich Journalisten manchmal ein bisschen ... eigensinnig – vor allem junge Journalisten, die sich erst noch einen Namen machen müssen. Nichts für ungut.«

»Verstanden. Aber überlegen Sie mal: Ich weiß Dinge, die Sie nicht wissen, und das gilt vermutlich auch in umgekehrter Richtung. Wenn wir unsere Informationen austauschen, kommen wir weiter. Außerdem habe ich das Gefühl, dass Sie nicht den Stoff für eine sensationelle Schlagzeile über meiner Story abgeben werden.«

»Und Ihr Instinkt ist das Ergebnis vieler Jahre mit hart erworbenen Erfahrungen?«, fragte Jack mit ironischem Grinsen.

»Bestimmt nicht, eher genetisch bedingt, denke ich.«

»Was soll das denn nun wieder heißen?«

»Suchen Sie mal nach Informationen über mich. Dürfte nicht schwer sein, jede Menge zu finden. Wenn Sie danach weiterreden wollen, wissen Sie ja, wo Sie mich finden. Und wenn nicht ...« Effrem zuckte die Schultern.

»Na, dann ... Nachdem ich allein so weit gekommen bin, kann ich auch allein weitermachen.«

11

Alexandria, Virginia

Effrem hatte zwar seine Neugier erregt, aber er hatte jetzt gerade wichtigere Dinge zu tun, als den Stammbaum des Journalisten zu recherchieren. Zuerst musste er noch eine Sache erledigen. Eine Sache, um die er sich schon früher hätte kümmern sollen.

Er fuhr nach Rose Hill zurück, kreuzte in Peter Hahns Nachbarschaft herum und hielt nach polizeilichen Aktivitäten Ausschau. Sollte jemand die Leiche im Naturreservat gefunden und den Notruf angerufen haben, würde der diensthabende Detective der Mordkommission sofort ein paar uniformierte Polizisten zu Hahns Haus beordern, entweder um nach weiteren Opfern zu suchen, oder um die Angehörigen zu benachrichtigen.

Doch Jack entdeckte weder einen Streifenwagen noch sonst irgendetwas Ungewöhnliches in der näheren Umgebung, sodass er zur Climbhill Road zurückfuhr. Kurz bevor er Hahns Haus erreichte, dimmte er die Scheinwerfer und ließ den Wagen am Straßenrand ausrollen. Inzwischen war es vollkommen dunkel; der dünne Nieselregen glitzerte in den Lampen, die sich an der Straße entlangreihten. Ein paar Häuser weiter begann ein Hund im Hinterhof zu bellen. Eine Frauenstimme rief schrill: »Snickers, rein mit dir!«, woraufhin das Bellen aufhörte.

Was Jack vorhatte, würde der Polizei nur schwer zu

erklären sein, sollte sie doch noch auftauchen. Er hoffte, dass es das Risiko wert war.

Bevor er ausstieg, schaltete er die Innenbeleuchtung aus. Er blickte sich nicht um, sondern ging zielstrebig über die Einfahrt zur Hinterseite des Hauses, wie ein Freund, der seinen alten Kumpel Pete besuchen wollte. Oder jedenfalls hoffte er, dass sein Verhalten danach aussah.

Schmale Betonstufen führten zur Hintertür. Jack zog das Fliegengitter auf, das mit leisem Quietschen zurückschwang. Er schaltete die Stiftlampe ein, steckte das Ende in den Mund und beugte sich tiefer, um das Schloss zu inspizieren. Es war in keinem besseren Zustand, als das Schloss am Nebeneingang zu Hahns Garage es gewesen war. Vielleicht hatte er auch hier Glück.

Mit dem Schlitzschrauber seines Multitools stocherte er im Schlüsselloch herum, bis er spürte, dass der Schrauber fast bis zum Griff im Schloss steckte. Er drehte den Türknauf und den Schrauber in entgegengesetzte Richtungen. Die ersten drei Versuche musste er abbrechen, weil er befürchtete, dass der Schrauber abbrechen könnte, aber beim vierten Versuch sprang das Schloss mit deutlichem Klacken auf.

Jack streckte den Kopf durch die Tür und rief: »Pete, bist du da? He, Mann, wir waren heute verabredet, schon vergessen?«

Natürlich war Hahn weder mit ihm verabredet noch überhaupt zu Hause, und nach zwei weiteren Rufen war sich Jack sicher, dass sich auch sonst niemand im Haus aufhielt. Er zog die Glock, betrat die Küche und schob die Tür mit dem Fuß hinter sich zu. Eine halbe Minute lang blieb er unbeweglich in der Dunkelheit stehen, ließ das Haus auf sich einwirken. Es fühlte sich beengt an, wahrscheinlich in den Vierzigern grob zusammengezimmert,

vermutete Jack, mit engen Fluren und zusammengewür-
felter Einrichtung. Als dieses Haus gebaut wurde, hatte
man vom Konzept offener, heller Innenarchitektur noch
nichts gehört gehabt. Das kam erst Jahrzehnte später.

Jack hatte keine Ahnung, wonach er eigentlich suchte,
und plante auch nicht, mehr als ein paar Minuten im
Haus zu bleiben. Eins war ihm klar: Hahn hatte sich nur
widerwillig am Mord an Mark Macloon beteiligt, und das
galt auch für den Mordanschlag auf Jack selbst. Es musste
einen Grund geben, warum er überhaupt mitgemacht
hatte. Jack rief sich in Erinnerung, was Hahn gestern
Abend gesagt hatte. *Wie die Dinge stehen, bin ich mir nicht
mal sicher, ob ich genug getan habe, um sie zu retten.*

Wer war »sie«? Seine Tochter? Es war klar, dass sie
irgendwie – vielleicht wider Willen – etwas mit demjeni-
gen zu tun hatte, der hinter dieser ganzen Sache steckte.
Aber was?

Jack ging in das kleine Fernsehzimmer, in dem sich
auch eine Essecke befand. Auf dem rechteckigen Esstisch
mit abgenutzter Resopalplatte stand ein Desktop-Com-
puter. Der Bildschirmschoner flimmerte und produzierte
bunte, sich ausdehnende und drehende Linien und Spi-
ralen auf dem schwarzen Monitor. Auf dem Tisch stapelten sich unordentlich Zeitungen, Magazine und Sudo-
ku-Rätselbücher der Art, die man an Supermarktkassen
findet. Neben der Tastatur lag ein Exemplar von *Windows
für Dummies*. Es war auf einer Seite aufgeschlagen, auf
der es um E-Mails und Skype ging.

Zur Sicherheit unternahm Jack einen schnellen Rund-
gang durch das Haus, bis er überzeugt war, allein zu sein,
dann kehrte er zur Essecke zurück und setzte sich vor
den Computer. Er klickte auf die linke Maustaste. Der
Bildschirmschoner verschwand; der Monitor leuchtete
auf. Der Webbrowser war geöffnet und gab ein geöffnetes

E-Mail-Postfach frei. Jack klickte durch die Browsertabs und entdeckte ein paar Websites für Kreuzworträtsel und Lückentextsuche, das Fernsehprogramm eines Lokalsenders und eine Seite mit dem Programm der Regal Cinemas Kingstowne, die ein paar Kilometer entfernt waren. Schließlich öffnete Jack den Browserverlauf und schaute sich die Einträge der letzten Zeit an. Eine Seite forderte »Präsident Ryan muss weg!«. Jack klickte darauf – die Seite war einer der üblichen Hassblogs, die gegen Jacks Vater gerichtet waren. Wieder kehrte er zum Verlauf zurück und entdeckte weitere Anti-Ryan-Seiten, von Beschwerden über Ryans Wirtschaftspolitik bis hin zu Verschwörungstheorien, wonach er im Alter von zwölf Jahren in Kentucky eine Frau ermordet haben soll und dass er in Wirklichkeit ein chinesischer Geheimagent sei.

Jack rief die Metadaten für die zuletzt besuchten Seiten auf. Alle waren während der letzten sechs Tage aufgerufen worden, kurz vor dem Überfall auf ihn vor dem Supermarkt.

Zusätzliche Rücksicherung, dachte Jack, *damit die Sache glaubwürdiger erscheint.* Beim Überfall auf ihn war Eric Schrader alias Weber als Junkie-Mugger aufgetreten; er hatte sich auf die Rolle gut vorbereitet, indem er eine Zeitlang vor dem Supermarkt gebettelt hatte. Wenn es Zeugen für Jacks Ermordung gegeben hätte, würde die Polizei nach einem Messer schwingenden Drogensüchtigen fahnden. Wenn die Täuschung aufgeflogen wäre und man Schrader/Weber mit Hahn in Verbindung gebracht hätte, würde die Polizei natürlich anhand des Browserverlaufs einen politischen Wirrkopf mit einem konkreten Motiv vorfinden – auch wenn es ein bisschen mühsam konstruiert erschien, den Sohn des angeblich verhassten Präsidenten zu töten.

Aber Peter Hahn war kein Wirrkopf gewesen, dessen

war sich Jack sicher. Und ein Mann, der eine Anleitung für Laien brauchte, um E-Mails lesen oder versenden zu können, gehörte mit Sicherheit auch nicht zu den Leuten, die regelmäßig ihren Browserverlauf überprüften und löschten. Wenn Möller oder Schrader/Weber den Browserverlauf in Hahns Computer manipuliert hatten, würde Hahn den Schwindel wahrscheinlich gar nicht entdeckt haben. Entweder war es so, oder Hahn hatte die Seiten tatsächlich selbst aufgerufen, aus demselben Grund, aus dem er Schrader/Weber geholfen hatte – unter Zwang, weil er jemanden schützen wollte.

Als Nächstes befasste sich Jack mit Hahns E-Mails. Im Postfach befanden sich nur ein paar Dutzend, die aber alle Junkmails und Werbemails waren; im Spamordner fand er noch mehr Mails dieser Art. In der Seitennavigation befand sich auch ein Ordner namens *BB*. Jack öffnete ihn und stieß auf Hunderte E-Mails, die über sechs Monate zurückreichten. Er öffnete eine beliebige Mail.

Hi, Dad, ich hab das Buch erhalten, das du mir geschickt hast. Es ist irre komisch! Meine Katze macht so viele von den Sachen, die da drin stehen, dass mir vor lauter Lachen der Bauch wehgetan hat ...

Die Mail war mit *Bee Bee* signiert. Jack klickte auf den Absender: *belinda.b.hahn@gmail.com*.

BB. Hahns Tochter.

Für die Sicherheit seines kleinen Mädchens würde ein Vater wohl alles tun.

Jack klickte auf die jüngste Mail; sie war am selben Morgen abgeschickt worden.

Tut mir leid, dass du die Skype-Session absagen musst. Ich hatte mich schon darauf gefreut. Bevor man es selber merkt, wird man zum Computernerd! Aber ruf mich bitte an, sobald du Zeit hast. Sonst mach ich mir nur immer Sorgen, dass du deine Medikamente nicht einnimmst und so. Ich schicke dir auch ein neues Sudoku-Buch. Schwerer als die anderen, vielleicht brauchst du dafür ein bisschen länger. LOL.

Verdammt. Vater und Tochter standen sich wirklich sehr nahe. Bis man Hahns Leiche gefunden und Belinda benachrichtigt hatte, würde sie sich Sorgen machen, weil ihre Mails nicht mehr beantwortet wurden. Sie tat Jack leid.

Jack wählte die letzte Mail, rief den Header auf und studierte ihn, entschied aber, dass er zu viele Informationen enthielt, um sie in kürzester Zeit zu überprüfen. Er schob seinen USB-Stick ein, kopierte den Header in ein Word-Dokument und wiederholte den Vorgang noch zehn Mal, wobei er die Mails so auswählte, dass sie die gesamte Dauer der Korrespondenz zwischen Vater und Tochter umspannten.

Jack wollte das E-Mail-Programm gerade wieder schließen, als ihm ein neuer Gedanke kam. Wenn Hahn die Anti-Ryan-Websites nicht selbst aufgerufen hatte, musste es jemand anders für ihn getan haben, entweder persönlich von diesem Computer oder aus der Ferne.

Er gruppierte sämtliche Mitteilungen im Belinda-Ordner nach Dateigröße und überflog die Liste. Alle Mails hatten einen Umfang von 40 bis 70 Kilobytes – mit einer Ausnahme, die 1,2 Megabytes umfasste. Eine Briefklammer wies darauf hin, dass die Mail einen Anhang hatte. Peter hatte die Mail vor sechs Wochen empfangen.

Jack rief sie mit einem Doppelklick auf. Neben einem Miniaturfoto, das eine junge Frau mit kurz geschnittenem braunem Haar zeigte – Belinda, wie Jack annahm –, stand die Mitteilung:

Hey, Dad, kannst du mal meine Website aufrufen und schauen, ob sie einwandfrei geladen wird?

Darunter stand ein Hyperlink.

Die Mail hatte alle Anzeichen eines Phishing-Betrugs.

Es konnte einfach nicht sein, dass die angehängte Datei mit der Minitaturansicht eines Fotos 1,2 Megabytes groß sein sollte. Also gab es noch etwas anderes, was so viel Platz beanspruchte. Jack navigierte zum Fenster *Eigenschaften* und kopierte den Inhalt sowie den Link auf seinen USB-Stick.

Abschließend öffnete er noch einmal den Browserverlauf, kopierte den Link in die Suchzeile und drückte auf Eingabe. Da war es: Hahn hatte den Link am selben Tag angeklickt, an dem er ihn von Belinda erhalten hatte.

Malware, dachte Jack. Aber wozu? Wollte man Hahn fernobservieren, oder nur die falsche Webseitenspur zu den Ryan-Hassmails legen? Oder beides? Und was war mit Belinda? Hatte sie wissentlich oder unwissentlich mit der Sache zu tun?

Eine halbe Stunde später war Jack wieder in seinem Apartment. Vom Chili, das er im Schongarer zubereitet hatte, war noch etwas übrig, was er aufwärmte, dazu holte er sich ein Heineken aus dem Kühlschrank und setzte sich mit seinem Laptop auf die Couch. Schon zwei Minuten nachdem er den Namen Effrem Likkel eingegeben hatte, wurde ihm klar, dass der junge Belgier nicht übertrieben hatte. Jack hätte sich am liebsten selbst in den Hintern getreten, dass er den Familiennamen nicht erkannt hatte.

In Europa stand Effrem dem journalistischen Adel so nahe, wie man nur sein konnte, ohne schon selbst dazuzuzählen. Doch Effrems Mutter war offenbar die unangefochtene Königin des Journalismus. Marie Likkel war vierundsechzig Jahre alt, geschieden und war inzwischen im Ruhestand. Doch zuvor hatte sie sich vor allem auf Weltpolitik, Krieg, Korruption und die unterschiedlichsten Formen von Prozess- und Verfahrensmissbrauch konzentriert – und das schon Jahre, bevor Jack geboren wurde. Sie hatte sich in den verschiedensten Medien – von Presse über Rundfunk bis hin zum Fernsehen – einen Namen gemacht.

Effrem hatte sich offenbar schon frühzeitig entschlossen, in die Fußstapfen seiner Mutter zu treten, legte jedoch Wert darauf, wie er Jack erzählt hatte, sich selbst einen Namen zu machen. Und anscheinend hatte er beschlossen, dabei nicht von der Großzügigkeit und vom Ruhm seiner Mutter zu zehren – was wohl auch im Sinne seiner Mutter war, wie aus den meisten Artikeln zu erkennen war.

Jack kam das alles durchaus bekannt vor. Er wusste, wie es sich anfühlte, ständig im größeren Schatten des Vaters leben zu müssen, so sehr man sich auch bemühte, den eigenen Weg ins Sonnenlicht zu finden. Das war zweifellos etwas, worum sich auch Effrem Likkel sehr bemühte, während ihm gleichzeitig klar war, dass er immer besser und sauberer sein musste als alle anderen, die keinen »großen Namen« mit sich herumschleppten. Ob das nun hieß, dass er Effrem vertrauen konnte, würde man sehen. Aber wollte oder brauchte er überhaupt einen Partner? Wie Effrem war auch er bisher ganz gut allein zurechtgekommen.

Andererseits arbeitete Effrem nun schon verdammt lang an dieser Story, was immer diese Story auch sein mochte.

Vielleicht hatte er tatsächlich bereits eine Menge Informationen gesammelt?

Jack griff nach dem Handy, scrollte durch seine Kontakte und drückte auf eine Kurzwahl. »Alicia Dixon«, meldete sich eine Stimme.

»Alicia, hier ist Jack Ryan. Erwische ich dich noch in der Redaktion, oder bist du schon zu Hause?«

Alicia arbeitete als Reporterin für die *Washington Post*. Kurze Zeit hatten sie sich getroffen, aber die Sache hatte nicht funktioniert. Ihre jeweiligen Zeitpläne hatten sich nie so verknüpfen lassen, dass sich eine echte Beziehung hätte entwickeln können, aber immerhin waren sie Freunde geblieben, gingen gelegentlich miteinander zum Abendessen aus oder trafen sich auf einen Drink.

»Jack Ryan ...« Alicia lachte. »Wenn es noch nicht zehn Uhr ist, bin ich gewöhnlich in der Redaktion. Willst du dich etwa entschuldigen, dass du mich wieder mal versetzt hast?«

»Ich hab dich nicht versetzt, Alicia, ich kam nur ein bisschen zu spät. Und hab ich mich dafür nicht schon entschuldigt?«

»Doch, hast du, aber ich hab den Film bis heute nicht zu sehen bekommen.«

»Ich schick ihn dir auf DVD. Hör mal, ich möchte mal kurz deine Fachkenntnisse anzapfen.«

»Schieß los.«

»Was weißt du über einen gewissen Effrem Likkel?«

»Den Namen Likkel kenne ich natürlich. Marie Likkel. Und das ist ihr Sohn, richtig?«

»Ja. Was weißt du über ihn?«

»Na ja, in Europa ist Marie eine Legende. Sie hat so ziemlich jede Auszeichnung für Journalisten gewonnen – Pulitzer, SPJ, Baycux-Calvados, Bastiat ... Nach ihr sind sogar Schulen benannt worden, verdammt.«

»Und keine Leichen im Keller?«

»Keine einzige«, antwortete Alicia. »Und du kannst mir glauben: Ein paar wirklich sehr mächtige Leute haben in ihrem Leben herumgebohrt, vor allem ein paar der ganz großen Fische, denen sie auf die Zehen getreten ist.

Man konnte ihr nie etwas vorwerfen, untadelig, die Frau. Schon als ich noch an der Northwestern University war, hatte ich ein Foto von ihr am Monitor kleben. Meine Freunde dachten immer, es sei Madeleine Albright.«

»Du bist also ihr Fan?«, sagte Jack geradeheraus.

»Wenn sie einen Fanclub hätte, wäre ich Präsidentin.«

»Und was weißt du über ihren Sohn?«

»Hab ihn noch nicht kennengelernt. Man sagt, er sei genau wie sie – zäh, hartnäckig, redlich und so weiter. Vielleicht noch ein bisschen grün hinter den Ohren und vermutlich auch ein bisschen übereifrig, aber in unserem Job ist das beim Jungvolk eher die Regel.«

»Hatte er schon irgendeine große Story?«

»Eigentlich nicht. Ich hab ein paar von seinen Sachen gelesen. Er ist solide, hat auch den richtigen Touch.« Alicia zögerte. »Jack ... warum fragst du das alles? Hat dich Likkel wegen irgendwas kontaktiert?«

Mit dieser Frage hatte Jack nicht gerechnet, aber die Lüge glitt ihm leicht über die Lippen. »Nicht mich, aber einen Kumpel. Wollte wissen, ob er Likkel vertrauen kann.«

Er war zwar nie besonders pingelig gewesen, wenn es hin und wieder nötig war, zu lügen, aber er konnte sich noch an Zeiten erinnern, in denen er dabei zumindest kurz gezögert, vielleicht sogar einen Anflug von Gewissensbissen verspürt hatte. Lügen waren in seinem Job unvermeidbar, das war ihm völlig klar, und er fragte sich, ob Clark oder Chavez dabei jemals Gewissensbisse bekommen hätten. *Du grübelst zu viel, Jack.*

Alicia meinte: »Likkel ist zuverlässig. Bei seinem Familiennamen kann er sich gar nichts anderes leisten. Er müsste nur ein einziges Mal über die Stränge schlagen, und schon würde die gesamte Journalistenmeute über ihn herfallen – inklusive seiner Mutter. Und das weiß er auch, da bin ich mir sicher. Aber vergiss nicht, Jack: *Off the record* wiegt nur immer so viel wie die Integrität und Ehrlichkeit eines Journalisten. Sag deinem Kumpel, er soll immer davon ausgehen, dass alles, was er sagt, am nächsten Tag in der Zeitung steht.«

12

Alexandria, Virginia

Am nächsten Morgen stand Jack früh auf. Was Effrem betraf, hatte er seinen Entschluss gefasst und wollte nicht noch mehr Zeit verschwenden. Nach einem kurzen Stopp bei der nächsten Starbucks-Filiale fuhr er zu den Embassy Suites und klopfte noch vor sieben Uhr an Effrems Tür.

Der Belgier öffnete; er trug einen Flanellpyjama, rieb sich die Augen und blinzelte Jack verschlafen an. Ein schwerer Fall von Schlafmütze, nach seinem wirren blonden Haar zu urteilen, das auf einer Seite völlig plattgedrückt war.

»Ich hab Ihnen doch gesagt, Sie sollen nicht öffnen!«, sagte Jack vorwurfsvoll.

»Ich hab Sie durch den Türspion gesehen.«

»Trinken Sie Kaffee?«

»Eimerweise.«

Jack trat ein, reichte Effrem einen der Starbucks-Becher und setzte sich in einen der Sessel am Fenster. Er zog die Vorhänge ein wenig auseinander, sodass die Morgensonne in den Raum fallen konnte. In der Nacht hatte der Regen endlich aufgehört, und die Temperatur lag schon jetzt bei über zwanzig Grad. Die noch feuchten Gehwege begannen zu dampfen.

Gähnend schlurfte Effrem zum anderen Sessel und setzte sich Jack gegenüber.

»Ich hab mich über Sie informiert«, begann Jack. »Ziemlich große Schuhe, in die Sie treten wollen.«

Effrem grinste ein wenig schief. »Wenigstens macht sie sich nichts aus High Heels. Aber hab ich recht, dass auch Sie in einem ziemlich großen Schatten leben? Sie kamen mir nämlich gleich irgendwie bekannt vor, und als ich dann gestern den Präsidenten in den Nachrichten sah, klickte es endlich bei mir. Allerdings sehen Sie im Moment nicht so adrett aus wie auf dem offiziellen Familienporträt.«

Jack schaute ihn durchdringend an. »Sie sind Journalist, und offenbar ein recht guter, nach allem, was ich gehört habe. Wenn Sie hinter einer pikanten Story her sind, dann haben Sie jetzt eine. Wenn Sie das bringen, was gestern passiert ist …«

»Hab ich nicht vor«, unterbrach ihn Effrem.

»Warum nicht?«

»Beleidige ich Sie, wenn ich sage, dass ich hinter einem größeren Fisch her bin?«

»Wenn es stimmt, nein.«

»Außerdem, so klischeehaft das auch klingt, haben Sie mir das Leben gerettet. Was für ein Typ wäre ich, wenn ich Sie zum Dank den Wölfen zum Fraß vorwerfen würde?«

»Viele Ihrer Kollegen würden keine Sekunde zögern.«

»Kann sein, aber ich zähle nicht dazu. Hören Sie, Jack: Sie kennen doch bestimmt das Sprichwort ›Egal wer gewinnt oder verliert, es kommt drauf an, wie man spielt‹. Daran hat sich meine Mutter immer gehalten, und für mich gilt das genauso.«

Theoretisch konnte ihm Jack zustimmen, aber in Jacks Branche konnte man sich den Luxus nicht immer leisten, völlig fair zu spielen. Im Journalismus mochte man diese Möglichkeit haben, aber dann musste man in Kauf nehmen, dass der Job sicherlich sehr viel schwerer wurde.

»Na schön. Dann sagen Sie mir doch mal, welches Spiel Sie spielen?«, fragte Jack.

»Sind wir uns einig: Quid pro quo?«

Jack zögerte kurz, doch dann nickte er. »Okay.« Es war Effrems gutes Recht, eine Gegenleistung zu verlangen, wenn er seine Fakten auf den Tisch legte.

Effrem trank einen Schluck Kaffee und starrte ein paar Sekunden vor sich hin, als müsste er seine Gedanken ordnen. »Haben Sie schon mal den Namen René Allemand gehört?«

»Kommt mir irgendwie bekannt vor. Französischer Soldat, richtig?«

»Richtig, aber bei Weitem kein gewöhnlicher. Dazu komme ich später. Letztes Jahr verschwand Allemand von seinem Posten in Port-Bouët, Elfenbeinküste. Er gehörte der Operation Unicorn an – einer Friedenssicherungsmission, die dort stationiert wurde, nachdem der Bürgerkrieg begonnen hatte. Anfänglich gab es Gerüchte, dass er desertiert sei, aber das wurde bald ausgeschlossen. Inzwischen geht man allgemein davon aus, dass er von der einen oder anderen Kriegspartei gekidnappt und exekutiert wurde.«

»Ja, das kam damals in den Nachrichten, glaube ich. Daher kenne ich den Namen wohl. Gab es Lösegeldforderungen? Videos?«, fragte Jack. »Hat jemand die Verantwortung übernommen?«

»Ich habe bisher nichts entdecken können. Und es gibt auch keine nicht identifizierten Leichen in der Region, die Ähnlichkeiten aufweisen. Aber ich habe noch ein, zwei weitere Spuren, denen ich nachgehen will.«

»Verschwunden, sagten Sie? Heißt das, dass er zu dem Zeitpunkt nicht auf Patrouille war? Dass er sich in der Basis aufhielt?«

»Das ist ein wenig unklar. Ich komme später darauf

zurück. Jedenfalls habe ich Grund für die Vermutung, dass Allemand nicht nur am Leben ist, sondern dass sein Verschwinden inszeniert wurde.«

»Inszeniert? Von wem? Und aus welchem Grund?«

»Quid pro quo, Jack«, antwortete Effrem grinsend.

Obwohl Jack bereits entschlossen war, sich mit dem Journalisten zusammenzutun, blieb ihm nicht verborgen, wie absurd die Situation eigentlich war. Und auch nicht, welche potenziellen Stolperfallen sich noch auftun könnten. Aber war denn irgendwas im Leben völlig sicher?

Jack seufzte. »Vor ein paar Tagen hat der Mann, den Sie als Eric Schrader kennen, versucht, mich umzubringen.«

Effrem beugte sich ruckartig vor. »Das ist nicht Ihr Ernst.«

»Doch. Und der Mann im weißen Nissan heißt Peter Hahn. Sowohl er als auch Schrader sind jetzt tot.«

»Was!« Effrem starrte ihn geschockt an. »Wie?«

»Schrader geriet auf eine Fahrbahn und wurde von einem Truck erfasst. Hahn wurde von Möller erschossen – ungefähr zehn Minuten, bevor er Sie umzubringen versuchte. Im selben Naturreservat. Ich habe es beobachtet, weil ich Hahn beschattete.«

»Fangen Sie bitte von vorn an. Und lassen Sie nichts aus.«

Das tat Jack dann auch. Er begann mit dem Überfall auf dem Supermarktparkplatz und endete mit seinem und Effrems Zusammentreffen mit Möller im Naturpark. Außerdem erwähnte er auch, was ihm Doug Butler über den Mord an Mark Macloon erzählt hatte.

»So viele Fragen«, murmelte Effrem.

»Willkommen im Club.«

»Warum? Warum versuchen die, Sie umzubringen? Warum hat dieser Peter Hahn den Job nicht zu Ende gebracht? Warum ...«

Jack hob die Hand. »Zu der ersten Frage: Ich habe keine Ahnung. Ich habe mir die Sache von allen Seiten angesehen. Ursprünglich hatte ich eine vage Vermutung, aber die kommt mir jetzt immer unwahrscheinlicher vor. Bei Ihren eigenen Nachforschungen – sind Sie da jemals auf meinen Namen gestoßen?«

»Nein, nie. Was ist mit Hahn? Wieso hängt er in der Sache drin?«

»Schwer zu sagen. Er hätte zweimal Gelegenheit gehabt, mich umzubringen, und hat es nicht getan. Ich vermute, dass er unter Druck gehandelt hat. Und ich glaube auch, als er zum Naturpark fuhr, war ihm bewusst, dass er möglicherweise nicht mehr zurückkehren würde.«

»Wie bitte?«

»Ich glaube, dass er mich als Zeugen dabeihaben wollte. Ich habe mir ein paar Dateien von seinem Computer runtergeladen. Vielleicht bekommen wir ein klareres Bild, wenn ich sie durchgesehen habe.«

Wir. Er musste zugeben, dass er eine gewisse Erleichterung verspürte, einen ... Partner zu haben. Aber konnte er Effrem als Partner ansehen? Oder als Verbündeten? Sicher, es war nicht so wie mit Chavez oder Dom, auf die er sich blind verlassen konnte, aber Effrem Likkel war aufgeweckt und intelligent und, wenn Jacks Charakterradar nicht völlig danebenlag, auch vertrauenswürdig. Er hätte an schlimmere Verbündete geraten können.

»Ich muss schon sagen, Jack, für einen Finanzberater sind Sie ziemlich einfallsreich. Sie sind doch Finanzberater, oder nicht?«

»Mehr oder weniger.«

»Sie sagen viel, aber Sie geben nichts preis.«

Jack zuckte die Schultern. »Was soll ich darauf antworten?«

»Gar nichts. Es war eine Beobachtung, keine Frage. Ich

bin von Natur aus neugierig, zu sehr, wie meine Freunde behaupten. Jack – wir beide werden Geheimnisse vorein- ander haben, denke ich. Das ist unvermeidlich. Solange sie unser gemeinsames Ziel nicht behindern, ist das okay.«

»Einverstanden. Wir sind jetzt Partner und reden auch so miteinander. Mach mal weiter: Du bist Schrader ge- folgt – übrigens: ist das sein richtiger Name?« Als Effrem nickte, fuhr Jack fort: »Wie bist du mit ihm in Kontakt gekommen?«

»Durch René Allemand – zumindest bin ich mir ziem- lich sicher, dass er es war. Er traf sich mit Schrader in Lyon, also in Frankreich, in der ersten Januarwoche.«

Jack dachte nach: Lyon ... Januar. »Moment. Was willst du damit ...?«

Effrem nickte, noch bevor Jack die Frage stellen konnte. »Ich glaube, Eric Schrader und René Allemand trafen sich im Geheimen, eine Woche vor den Terroranschlägen in Lyon.«

13

Zum Zeitpunkt der Terroranschläge in Lyon hatte Jack bereits seine Auszeit vom Campus angetreten, sodass seine Informationen nur aus den Medien stammten, die sich nicht nur begierig auf die Ähnlichkeiten mit den Anschlägen von Paris gestürzt hatten, sondern auch auf das Timing. Lyon war fast genau zwei Monate nach Paris geschehen. Nach Sprengkraft und Zahl der Todesopfer waren die Angriffe zwar hinter denen von Paris zurückgeblieben, aber bei beiden hatte es mehrere dicht aufeinander folgende Sprengstoffexplosionen sowie Massenschießereien in Restaurants und in der Métro gegeben. Der Modus Operandi war in beiden Fällen ganz offenkundig darauf ausgelegt, es den Franzosen so richtig nachdrücklich unter die Nase zu reiben: Egal wie gut ihr euch vorbereitet, wir können euch auf genau dieselbe Art und Weise angreifen, und zwar an jedem Ort und zu jeder Zeit. Schon deshalb erzielten die Lyoner Anschläge eine größere Wirkung auf die Psyche der Franzosen und ihrer Regierung.

»Du glaubst also nicht, dass das ein Zufall war?«, fragte Jack.

»Nein. Ich bin mir zwar nicht sicher, wie, aber ich denke, dass Allemand in die Angriffe verwickelt ist – aber möglicherweise nicht ganz freiwillig.«

»Was meinst du damit?«

»Ich denke, er agierte unter falscher Flagge. Äh ... ist

das der richtige Ausdruck, wenn man bei einer verdeckten Operation die wahre Urheberschaft verschleiern will, oder wenn man von einem Feind angeworben wird, der sich als Verbündeter ausgibt?«

»Mehr oder weniger. Die Methode ist auch bei der CIA nicht unbekannt. Du glaubst also, dass ihn Schrader dabei als seine Marionette tanzen ließ?«

»Das ist nur eine Vermutung. Ich glaube, dass Schrader nur als eine Art Agentenführer für Allemand fungierte. Aber wer dahintersteckte, weiß ich nicht. Vielleicht dieser Möller. Der ist ja für uns beide ein großes Fragezeichen. Übrigens: Weißt du, wo er jetzt ist?«

»Nein, aber mit ein bisschen Glück finden wir das bald heraus. Ich tracke seine Kreditkarte. Ich habe seinen Pass, also wird er ziemlich verzweifelt sein, was seine Optionen angeht. Aber zurück zu diesem Eric Schrader. Was kannst du mir über ihn sagen?«

»Deutscher Staatsbürger, einundvierzig Jahre alt, ehemaliger Feldwebel der Bundeswehr – ich glaube, bei euch würde man First Sergeant dazu sagen.«

Jack konnte sich den Rest denken. »Er gehörte zum Kommando Spezialkräfte.«

»Ja, KSK. Woher weißt du das?«

Jack erzählte ihm, was er über das Eickhorn-Messer herausgefunden hatte, das er Schrader abgenommen hatte – oder richtiger: vom Boden aufgehoben hatte, nachdem sich Schrader den Schädel an einem Betonblock eingeschlagen und das Messer fallen lassen hatte.

Effrem pfiff leise durch die Zähne. »Ui, krass. Ist dir schon mal der Gedanke gekommen, dass du halb Katze sein könntest, Jack?«

»Katzen landen normalerweise auf den Pfoten. Bei mir sah das noch nie so elegant aus. Bisher hatte ich nur einfach Glück. Was hast du sonst noch?«

»Zwei Wohnungen, die Schrader in den vergangenen Monaten aufsuchte, eine in Zürich und eine in München. Die Züricher Wohnung kommt mir eher wie eine Art ... Zwischenlösung vor, aber die Münchener Wohnung könnte seine Heimatbasis sein.«

»München«, murmelte Jack nachdenklich. »Dort wohnt auch Hahns Tochter.«

»Echt jetzt?«

»Wie kommst du darauf, dass Zürich nur eine Zwischenlösung ist?«

»Nach seinem ersten Treffen mit Allemand in Lyon habe ich ihn dorthin verfolgt. Das Apartment ist luxuriös und liegt in einem wohlhabenden Viertel. Schraders Wohnung in München ist schäbig und damit in keiner Weise zu vergleichen. Deshalb glaube ich, dass sie einem anderen gehört.«

»Hielt sich Schrader in München auf, bevor er hierher flog?« Als Effrem nickte, sagte Jack: »Jetzt bräuchte man einen genauen Zeitablauf.«

»Hab ich schon. Große Geister denken gleich.«

»Und ich würde auch gern erfahren, wie du darauf kommst, dass zwischen Allemands Verschwinden in Port-Bouët und seinem Treffen mit Schrader in Lyon eine Verbindung besteht.«

»Natürlich. Wir können uns wieder treffen, nachdem du Hahns E-Mails durchgesehen hast.«

Also immer noch Quid pro quo, dachte Jack. Er konnte es Effrem nicht verübeln, aber er hoffte, dass dieses Schattenboxen nicht mehr sehr lange dauern würde. Je schneller sie ihre verschiedenen Puzzlestücke auf den Tisch legten und zu einem einzigen Bild zusammenfügten, desto besser.

Allerdings war Jack sich nicht sicher, ob es ihm gelingen würde, Hahns Daten voll zu nutzen. Selbst die einfachsten E-Mails waren ein alphanumerischer Eintopf, der Jack Bauch- und Kopfschmerzen verschaffte. Er konnte nur einen Teil der verfügbaren Informationen analysieren, und seine übliche Anlaufstelle für solche technischen Dinge, Gavin Biery, stand ihm derzeit nicht zur Verfügung. Er musste sich etwas anderes einfallen lassen.

Ein Gedanke kam ihm. »Du sagst, du arbeitest als Freelancer an dieser Story. Weiß noch jemand darüber Bescheid?«

»Ein Herausgeber oder Redakteur, meinst du? Nein – niemand außer dir hat auch nur die kleinste Information bekommen. Das ist meine Story. Ich ziehe die Sache voll durch, da steht kein anderer Name drüber.«

»Und wer übernimmt die Kosten?«

»Ich. Und meine Kreditkarten.«

Damit schien Jack einen empfindlichen Nerv getroffen zu haben; er beschloss, noch ein bisschen tiefer zu bohren, um zu sehen, wie leicht sich Effrem erschüttern ließ. »Du gehörst praktisch zum Hochadel der Vierten Gewalt in Belgien. Gibt's da keinen Unterhaltszuschuss? Keinen Treuhänderfonds zu deinen Gunsten?«

»Nicht vor meinem dreißigsten Geburtstag. Und bis dahin habe ich längst meinen Pulitzer-Preis«, sagte Effrem grinsend. »Jack, als ich von der Uni abging, schenkte mir meine Mutter eine Packung rote Bleistifte und eine Glückwunschkarte, auf der stand: *Immer scharf redigieren*. Deshalb ist die Antwort auf deine Frage ein klares Nein. Kein Unterhaltszuschuss. Nur drei Kreditkarten mit fast ausgeschöpftem Limit und eine Schachtel rote Bleistifte.«

Jack lachte. Er konnte nicht anders – er mochte diesen Effrem Likkel. Offenbar hatten Marie Likkel und Jacks Eltern dieselbe Mutterschule besucht – die Universität für Selbstständigkeitspädagogik. Für Jack hatte das bedeutet, dass er sich dem Campus anschloss, und für Effrem, dass er einer Story nachjagte, nach der sich die meisten Journalisten die Finger lecken würden. Der Junge hatte Mut, so viel stand fest.

Jack überlegte, welche Vor- oder Nachteile es für den Belgier haben könnte, dass nun auch er, Jack, in die Sache verwickelt war. Schon jetzt waren mindestens drei Menschen gestorben; es fehlte nicht viel, und Jack wäre der vierte gewesen. Wenn er die Todesopfer hinzurechnete, die bei dem Anschlag in Lyon umgekommen waren, stieg die Zahl sogar beträchtlich. Die Figuren in diesem grausamen Spiel waren anscheinend ziemlich willkürlich aus dem Spielkasten genommen worden: ein vermisster und womöglich verräterischer französischer Soldat, ein deutscher KSK-Soldat, der sich als Junkie ausgab, ein einsamer Witwer aus Rose Hill und eine Terroristengruppierung, die den zweitschwersten Anschlag auf französischem Boden in der Geschichte des Landes ausgeführt hatte, aber bisher nicht identifiziert worden war. *Und dann wäre da noch ich,* dachte Jack. *Ich bin der Außenseiter. Aber warum – was habe ich damit zu tun?*

»Was ist mit dir, Jack?«, fragte Effrem. »Solltest du nicht mit ein paar Bodyguards oder so herumlaufen? Oder, warte mal, hör ich da einen Hubschrauber auf dem Dach?«

Jack lachte noch einmal. »Wenn da einer ist, hat er nichts mit mir zu tun.«

Effrem trank seinen Kaffee aus und warf den leeren Becher in den Papierkorb neben der Kommode. »Und was jetzt? Machen wir zusammen weiter oder jeder für sich?«

Jack dachte kurz darüber nach. »Ich hoffe, dass ich das nicht bereuen muss, aber ich bin für die erste Lösung.«

Effrem nickte. »Ich unterstütze den Antrag.«

Bevor Jack ging, gab er Effrem zwei Aufgaben. Erstens sollte er seinen gemieteten SUV nach Spuren des zweiten Geschosses absuchen, das Möller auf ihn abgefeuert hatte. Das war zwar nur eine sehr vage Möglichkeit und würde wahrscheinlich nichts bringen, aber Stephan Möller hatte vor Zeugen in einem Naturschutzpark einen Mord und einen Mordversuch begangen. Jack besaß eine nicht verschossene Patrone, eine Sonderanfertigung, die für die Mordwaffe bestimmt war, und sollte sich eine von Möllers Frangible-Patronen in Effrems SUV finden, hätten sie auch eine verschossene Patrone für einen Vergleich. Die Chance, dass Stephan Möller für diese Verbrechen vor Gericht gestellt würde, war zwar gleich null, aber Jack wollte diese Möglichkeit keinesfalls außer Acht lassen.

Effrems zweiter Auftrag lautete, sein Gepäck so zu packen, dass er fünf Minuten nach Jacks Anruf auschecken konnte. Wenn Möllers Kreditkarte in Jacks Trackingsystem pingte, würden er und Effrem sich beeilen müssen, wenn sie an Möller dranbleiben wollten.

In seinem Apartment schaltete Jack den Fernseher ein und surfte durch die Lokalsender. Auf WJLA-TV, dem ABC-Ableger für die Region Washington, D.C., entdeckte er einen Newsticker, der am unteren Bildschirmrand entlang kroch: »... wurde der Name des Opfers von der Polizei noch nicht bekannt gegeben, da noch immer nach Angehörigen gesucht wird ...« Jack wartete, bis ein Bericht darüber erschien. »Ein in Rose Hill wohnhafter Mann wurde gestern tot in einem nahe gelegenen Naturpark aufgefunden. Ein Wanderer, der den Toten am frühen Morgen entdeckte, verständigte die Polizei. Zu den näheren Umständen des Todes erklärten die Behörden bislang lediglich, dass ein Gewaltverbrechen nicht ausgeschlossen werden könne. Auch wurde der Name des Opfers noch nicht ...«

Sie hatten Hahn gefunden. Jack hoffte, dass sie nicht allzu lange brauchten, um Belinda zu verständigen. Für sie würde es ein herber Schicksalsschlag sein, aber das war immer noch besser, als in München zu sitzen und sich Sorgen zu machen, weil ihr Vater weder ans Telefon ging, noch ihre E-Mails beantwortete.

Unerwartet drängte sich plötzlich ein Bild in seine Gedanken: Hahn, wie er gegen das Brückengeländer fiel, langsam daran herunterrutschte und Möller anstarrte, als dieser ihm die Pistole ans Auge hielt ...

Hätte er, Jack, nicht wenigstens anonym die Polizei benachrichtigen müssen? Hahn hatte die ganze Nacht über tot auf der Brücke gesessen, im strömenden Regen, bis er am Morgen gefunden wurde. Der Gedanke war irrational, wie Jack klar war, aber als er sich die Szene vorstellte, drehte sich ihm fast der Magen um.

Jetzt begann das große Warten. Das Warten darauf, dass Stephan Möller den Kopf aus seinem Schlupfloch reckte.

Und das Warten auf das harte Klopfen an der Tür – das unweigerlich kommen würde, sollte es doch noch einen weiteren Zeugen gegeben haben, der Jack im Naturpark beobachtet hatte.

Um Viertel nach vier Uhr nachmittags dudelte das Telefon. Eine SMS von Effrem.

Die Polizei war hier.

Jacks Herz pochte heftig gegen die Rippen. Er zwang sich zur Ruhe, zum Nachdenken. Waren sie womöglich noch bei Effrem, hatten sie ihm über die Schulter geblickt, als er die SMS abschickte, fragte er sich. Effrem war ein anständiger Bursche, in dieser Hinsicht war sich Jack sicher, aber wenn die Polizei plötzlich vor der Tür stand und Fragen stellte, die einen brutalen Mord betrafen, würde wohl jeder klein beigeben. Oder hatte sich diese Übervorsicht bereits so tief in Jacks Bewusstsein eingegraben, dass es an Paranoia grenzte?

Jack textete zurück: *Und?*

Effrem antwortete sofort: *Sie hatten einen anonymen Tipp bekommen, dass mein Wagen im Naturpark gesehen wurde.*

Jack drängte ein wenig mehr: *Was heißt das?*

Effrems Antwort kam prompt. *Anonymer Tipp. Es war sonst niemand da. Wonach klingt das wohl?*

Es klang nach Möller, der versuchte, seine Verfolger abzuschütteln. Das war sogar eine recht gute Nachricht. Wenn Möller das Land bereits verlassen hätte, würde er sich keine große Mühe mehr geben, falsche Spuren zu legen.

Effrem textete weiter: *Ich habe ihnen gesagt, dass ich mich nur verfahren hätte, und als mir das klar wurde, hätte ich umgedreht. Scheint so, als hätten sie das akzeptiert.*

Erleichtert schrieb Jack zurück: *Gut gemacht. Kaffee in einer halben Stunde?*

Jack gab Effrem einen Vorsprung von zwanzig Minuten, dann verließ er das Apartment und fuhr nach Westen zur Wythe Street. Er kreuzte zehn Minuten lang durch die Gegend und hielt nach Anzeichen für eine Observation Ausschau, bevor er zur Washington Street weiterfuhr, in die er nach links einbog. Durch das Seitenfenster auf der Fahrerseite suchte er auf dem Parkplatz vor dem Starbucks nach Effrems SUV. Der Wagen parkte dort, mit der Motorhaube zur Straße hin. Jack fuhr weiter, suchte nach einer Telefonzelle, offenbar eine Seltenheit heutzutage. Tatsächlich entdeckte er eine vor einem Alkohollizenzladen und parkte am Straßenrand. Nachdem er ein paar Münzen eingeworfen hatte, wählte er Effrems Handynummer.

»Hast du mir nichts zu sagen?«, fragte Jack, als sich Effrem gemeldet hatte.

»Was? Äh – was meinst du?«

»Denk mal nach.«

»Oh ... ach so, verstehe. Ich bin allein, Jack. Sie haben mich ungefähr zehn Minuten lang befragt und sind dann wieder gegangen. Du bist eine Quelle, Jack – na ja, mehr als das, du verstehst, was ich meine. Ich gebe meine Quellen nicht preis.«

»Warte noch zwei Minuten, dann fährst du zu deinem Hotel zurück.«

Jack legte auf und fuhr zum Starbucks zurück. Nach genau zwei Minuten bog Effrems SUV aus dem Parkplatz in die Washington Street ein und fuhr nach Norden. Jack ließ sich zurückfallen, bis zwei oder drei Autos zwischen ihm und Effrem fuhren, und folgte Effrem bis zu den Embassy Suites zurück. Soweit Jack erkennen konnte, wurden sie nicht verfolgt.

Zehn Minuten später klopfte er an Effrems Tür. Der Belgier ließ Jack eintreten. »War der ganze Zirkus wirklich nötig?«

»Alles ist relativ«, gab Jack zurück. »Nimm es nicht persönlich. Bist du dir sicher, dass dich niemand gesehen hat, als du vom Naturpark weggefahren bist?«

»Es war niemand da. Als ich zur Cardinal kam, bog ich nach links ein und fuhr direkt zum 495 weiter. Ich habe kein einziges anderes Auto gesehen, bevor ich auf dem 495 war.«

»Haben die Cops Hahns Leiche erwähnt?«

»Nein, aber ich habe gefragt. Die Frage kam mir völlig natürlich vor. Ich hätte die Nachrichten gesehen und sei ungefähr zu der Zeit in einem Naturpark gewesen, und jetzt tauchten sie auf und stellten mir Fragen.«

»Wie haben sie darauf reagiert?«

»Gar nicht. Sind die Bullen nicht überall gleich? Versteinerte Gesichter. Ich zeigte ihnen meine Website, erfand eine Story, dass ich gerade an einem Artikel über die boomende Gentrifizierung von McLean arbeitete, zeigte ihnen ein paar Notizen und fragte natürlich, ob ich jemanden über den Todesfall interviewen dürfe. Sie rieten mir, die Presseabteilung anzurufen, und gingen wieder. Ich hatte den Eindruck, sie ärgerten sich ein wenig.«

Effrem hatte sich geschickt verhalten, fand Jack. Er war aufgeweckt, schlagfertig und nicht leicht zu erschüttern. »Stimmt das denn, die Sache mit der Gentrifizierung von McLean?«

»Keine Ahnung. Gibt's das Wort überhaupt?«

»Klugscheißer.«

Kaum hatte Jack zwei Schritte in sein Apartment getan, als auch schon sein Smartphone dudelte – dieses Mal war es ein Enquestor-Alarm. Möllers Kreditkarte war für den Kauf von Benzin im Wert von zwanzig Dollar und von weiteren »Waren« für fünf Dollar benutzt worden, und zwar in Mike's Mini Mart in West Haven, Connecticut. Jack glaubte nicht, dass Möller einen zweiten Pass besaß, aber vielleicht benutzte er ein zweites Fahrzeug.

»West Haven?«, murmelte Jack vor sich hin. »Was zum Teufel ist in West Haven?«

Nichts. Aber wenn man von West Haven geradewegs nach Norden durch Vermont fuhr, konnte man in fünf oder sechs Stunden in Kanada sein. *Möglich,* dachte Jack.

Vermont hatte eine rund hundertfünfzig Kilometer lange Grenze mit Kanada, und der größte Teil davon war wilde, unbewohnte und abgelegene Landschaft.

Mit der Map-App auf seinem Smartphone checkte er die Route von Alexandria nach New Haven: mindestens 530 Kilometer, eine sechsstündige Autofahrt. Zu lang. Er bootete das Notebook, rief ein Reiseportal auf und wählte Washington Dulles als Abflugort und Hartford als Ziel-flughafen. Nein. Der früheste Flug ging morgen früh. Er änderte die Suche mit New York JFK als Ziel.

Nur noch ein Flug heute, ein Jet Blue Shuttle, Abflug in drei Stunden. Das war zu schaffen.

14

New York, New York

Um Viertel nach zehn Uhr abends verließen sie den JFK Airport in einem gemieteten Hyundai Sonata Richtung Queens. Jack saß am Steuer, während Effrem mit seinem Smartphone navigierte. Über die Bronx-Whitestone-Brücke gelangten sie auf den Interstate 91, der sie nach Norden bringen sollte.

Eine halbe Stunde hinter New Haven meldete sich erneut der Enquestor-Alarm. »Was steht drin?«, fragte Jack.

»Äh … etwas über ein Motel in Hartford. Ein Best Western. Rechnung für ein Zimmer, glaube ich.«

»Wie lang ist das her?«

»Eine Stunde. Wo ist Hartford?«

»Ungefähr fünfundvierzig Minuten nördlich von New Haven. Und entsprechend näher an der kanadischen Grenze.«

»Aber warum nimmt er in Hartford ein Zimmer?«, fragte Effrem. »Er könnte doch einfach auf einen Rastplatz fahren und eine Runde im Auto pennen. Warum verrät er seinen Aufenthaltsort?«

»Wahrscheinlich denkt er, dass er absolut sauber ist. Ich habe seine Kreditkarte genauso zurückgelassen, wie ich sie gefunden habe. Wenn er misstrauisch geworden wäre, hätte er sie gar nicht benutzt.«

»Ja, stimmt vermutlich. Was machen wir jetzt?«

Jack dachte darüber nach. Wenn Möller für die Nacht einen Stopp eingelegt hatte, gab ihnen das genügend Zeit, vor dem Morgen bei Möllers Hotel einzutreffen. Hatte Möller aber nur ein Zimmer gebucht und war dann sofort nach Norden weitergefahren, hatten sie ihn schon jetzt verloren. Diesen Rückstand würden sie nicht mehr aufholen können.

»Wir machen zuerst mal die Beinarbeit«, entschied Jack.

Kurz vor Mitternacht bogen sie auf den Parkplatz vor Mike's Mini Mart ein. Der Markt lag an der Saw Mill Road, nicht weit vom I-95 entfernt. Jack sah zu seiner Erleichterung, dass die Innenbeleuchtung des Ladens eingeschaltet war; ein Neonzeichen neben der Tür verkündete OPEN 24/7. Er parkte den Wagen vor einer Gasflaschengitterbox und schaltete den Motor aus. Auf der Bordsteinkante direkt vor dem Eingang hockten zwei Teenager, schlürften Slushies und balancierten ihre Skateboards auf den Knien.

»Die sollten längst im Bett sein«, bemerkte Effrem. »Ist morgen keine Schule?«

»Quatsch ein bisschen mit ihnen. Ich geh mal rein.«

Jack öffnete die Tür; Effrem wollte ebenfalls aussteigen, aber Jack sagte: »War nur ein Scherz. Bleib im Auto, sonst schütten sie dir am Ende noch ihr Slushie über die Klamotten.«

Er öffnete die Hintertür, nahm seinen blauen Blazer heraus und zog ihn an. Im Laden ging er direkt zum Tresen. An der Kasse stand ein Jugendlicher mit dünnem hellbraunem Schnurrbart und preisverdächtiger Akne auf dem Kinn. Jacks Erfolgschancen verbesserten sich.

»'n Abend«, grüßte er.

»Hi.«

»Vielleicht kannst du mir helfen?« Jack zog seinen Privatdetektivausweis aus dem Blazer, zeigte ihn kurz dem Jungen und steckte ihn wieder ein. »Wie heißt du?«

»Äh, Nate.«

»Seit wann bist du hier im Einsatz, Nate?«

»Äh, seit acht Monaten oder so.«

»Heute Abend«, sagte Jack geduldig.

»Oh, äh, seit vier.«

»Ich suche einen Typ. Hat hier um 17.35 Uhr getankt.« Jack zog die Fotokopie heraus, die er von Stephan Möllers Passfoto gemacht hatte. »Kommt dir der hier bekannt vor?«

»Keine Ahnung. Kann sein.«

Jack ließ seine Stimme ein bisschen härter klingen. »Er war hier, du warst hier. Er kommt herein, kauft Snacks. Also: Erkennst du ihn wieder?«

»Yeah. Glaub schon.«

Mit einer lässigen Bewegung wies Jack auf die drei winzigen Schwarz-Weiß-Monitore, die neben der Kasse installiert waren. »Funktionieren die?«

»Yeah, aber sie decken nur die Tanksäulen ab. Die hier drin sind kaputt.«

»Zeig sie mir.« Ohne auf eine Einladung zu warten, ging er um die Ladentheke herum. Jetzt zögerte der Junge ein bisschen, weshalb ihn Jack ein bisschen antrieb. »Es war ungefähr um halb sechs. Welche Tanksäule hat er benutzt?«

»Äh, okay, Sekunde.« Der Junge kniete vor einer Art DVD-Rekorder nieder, der auf einem Regal unterhalb des Tresens stand, und spulte die Aufnahmen zurück, bis die Anzeige auf den Monitoren *1725* zeigte.

»Du machst das ganz prima, Nate. Versuch dich zu erinnern. Welche Tanksäule?«

»Drei? Nein, zwei. Das ist der linke Monitor.«

»Okay. Drück auf Schnellvorlauf«, befahl Jack. »Lang-samer, nicht so schnell ...«

Als die Zeitanzeige auf *1731* sprang, hielt eine dun-kelblaue oder schwarze Limousine vor der Tanksäule an. Die Fahrertür ging auf. Stephan Möller stieg aus.

»He, das ist er!«, rief der Junge aufgeregt, dem die De-tektivarbeit offenbar immer mehr Spaß machte. »Ist er doch, oder nicht? Der Bart stimmt ...«

»Ja, das ist er. Du hast ein gutes Auge, Nate. Was hat er gekauft? Nicht nachdenken, sag einfach, was dir spontan durch den Kopf geht.«

»Kakaogetränk, Thunfischsandwich und eine Packung Fritos.«

»Kannst du das Bild vergrößern? Ich brauche das Kenn-zeichen.«

»Ich kann es heranzoomen, aber optimal ist das nicht, es ist ja digitalisiert. Es kommt dann stark gepixelt raus. Auf dem Fernseher im Büro ist es vielleicht besser zu sehen.«

»Wo steht er?«

»Den Flur entlang, die linke Tür.«

»Danke.«

Jack schob sich durch die Schwingtür, an der ein Blatt Papier klebte, auf dem – mit rotem Filzstift flüchtig hin-gekritzelt – »Zutritt nur für Mitarbeiter« stand. Vom La-den war ein warnendes *Bing-Bong* zu hören. Jack warf einen Blick über die Schulter, und Nate zeigte ihm den erhobenen Daumen. *Aufregendster Tag seines Lebens,* dachte Jack.

Das »Büro« entpuppte sich als Lagerraum. An der lin-ken Wand stand ein Stahlregal mit unzähligen Rollen Toilettenpapier, Putzmitteln und Kisten voller Mineral-wasser und Softdrinks. In einer Ecke stand ein kleiner

Kartentisch, auf dem ein 18-Zoll-Flachbild-Fernseher stand. Nate hatte bereits das Bild von der Videokamera an den Fernseher geschickt.

»Ich zoome ihn jetzt näher ran!«, rief Nate voller Eifer.

»Roger«, rief Jack zurück.

Langsam vergrößerte sich der Bildausschnitt, Möllers Autokennzeichen rückte näher und verbreiterte sich.

»Halt!«, rief Jack. Das Bild fror ein.

Nate hatte recht. Das Bild war zwar sehr stark gepixelt, aber es musste reichen. Am unteren Rand des Kennzeichens prangte der Spruch »Besteuerung ohne Repräsentation«, was bedeutete, dass das Fahrzeug in Washington, D.C., zugelassen war – der Bundesdistrikt ist direkt dem Kongress unterstellt und hat bei Besteuerungsfragen kein Stimmrecht. Die Kamera hatte das Schild jedoch in einem Winkel aufgenommen, der es Jack unmöglich machte, mehr als die ersten beiden Buchstaben zu entziffern: EB. Die vier weiteren Zeichen rechts vom D.C.-Flaggensymbol waren nur sehr verschwommen zu sehen.

Jack kehrte wieder in den Verkaufsraum zurück. Nate fragte neugierig: »Haben Sie es lesen können?«

»Teilweise. Du hast was gut bei mir, Nate. Danke. Wir sehen uns.«

Jack war fast wieder durch die Tür, als Nate ihm nachrief: »He – er hat auch eine Karte mitgenommen, falls das wichtig ist.«

»Was für eine?«

»Aus dem Ständer dort neben den Chips. Hinter Ihnen.«

Jack drehte sich um. Der Ständer war etwa hüfthoch, mit kleinen Fächern für 20 oder 30 kleine Reisebroschüren, Karten, Bus- und Bahnfahrplänen und Restaurantsbons. »Nate – hast du gesehen, welche Karte er nahm?«

»Nein, tut mir leid, Mann.«

»Nur eine oder ein paar?«

Nate verzog vor angestrengtem Nachdenken das Gesicht. »Nicht sehr viele jedenfalls. Eine, vielleicht auch zwei.«

Jack stieg wieder in den Sonata ein.

»Was herausgefunden?«, fragte Effrem.

»Bin mir nicht sicher.«

»Soll heißen?«

»Möller hat was mitgenommen – eine Karte oder Broschüre.«

»Und?«

»Wie viel Zeit lag zwischen dem Tankstopp hier und dem Einchecken im Best Western in Hartford? Fünf Stunden, mehr oder weniger? Dabei beträgt die Entfernung höchstens eine Autostunde. Was hat er in der Zwischenzeit getrieben?«

Jack hatte das Gefühl, dass er etwas übersah. Es war wie ein Flüstern irgendwo im Hinterkopf, das man hören, aber nicht genau bestimmen konnte. Er schloss die Augen und spulte den Erinnerungsfilm noch einmal zurück.

»Hm«, murmelte er.

Schließlich stieg er wieder aus und ging in den Laden zurück. »He, Nate, steht das Foto noch auf dem Fernseher im Büro?«

»Ja, klar.«

»Guter Junge. Bin gleich zurück.«

Im Büro starrte Jack das Foto an – Möller, der neben seinem Auto stand. Jack beugte sich näher, kniff angestrengt die Augen zusammen.

Der Wagen war ein Ford Fusion. Hybrid.

Jack ging wieder zurück, rief Nate ein »Bleib sauber«

zu und zeigte ihm den erhobenen Daumen, bevor er den Laden verließ.

»Effrem, Google: Ford Fusion Hybrid, Fassungsvermögen des Tanks und Reichweite.«

Es dauerte nicht mal eine halbe Minute. »52 Liter, der durchschnittliche Verbrauch liegt bei 5,7 auf 100 Kilometer. Die Reichweite ... hm ... 910 Kilometer.«

»Von Washington hierher sind es rund 450 Kilometer, er hat für zwanzig Dollar getankt, also rund 27 Liter, richtig?«

»Ja, ungefähr eine halbe Tankfüllung.«

»Aber damit fährt er nur rund 65 Kilometer Richtung Hartford und checkt im Best Western ein. Warum die Pause? Warum fährt er nicht gleich weiter?«

»Vielleicht war er hungrig?«

»Aber warum benutzt er für 25 Dollar die Kreditkarte? Möller ist zu clever, als dass er keine Bargeldreisekasse mit sich führen würde.«

»Du glaubst also, er führt uns an der Nase herum? Lässt bewusst ein paar Krümel fallen, um uns auf eine falsche Spur zu locken?«

»Wäre möglich.« Der Gedanke, dass Möller die Kreditkarte benutzen würde, die Jack in seinem Motel in Alexandria gefunden hatte, war ihm von Anfang an eher unwahrscheinlich vorgekommen. Zu glauben, dass etwas wahr sein könnte, war noch lange nicht dasselbe wie die Wahrheit, mahnte sich Jack.

Andererseits: Warum sollte sich Möller überhaupt die Mühe machen, eine falsche Spur zu legen? Warum tauchte er nicht einfach unter? Dafür hatte Jack keine Erklärung.

Er griff nach dem Handy und rief den letzten Enquestor-Alarm für Möllers Kreditkarte noch einmal auf: Best Western Hartford Hotel & Suites, 185 Brainard Road,

Hartford, CT 06114. Vorautorisierung. Jack zeigte Effrem die Anzeige auf dem Display. »Es ist nur eine Vorautorisierung. Die Karte wurde noch nicht belastet.«

»O Mann. Hab ich übersehen. Tut mir leid.«

»Vergiss es. Es hätte mir gleich auffallen sollen. Möller hat keinen Pass, sonst wäre er längst in einen Flieger gestiegen, und man kann kein Zimmer buchen, ohne sich zu identifizieren.«

»Was heißt das? Haben wir ihn verloren?«

»Geh noch mal rein und hole die Broschüren für Amtrak, Metro-North und Greyhound. Nate hat meine Visage schon zu oft gesehen.«

Nach einer Minute kam Effrem mit den Broschüren zurück. »Woran denkst du, Jack?«

»Greyhound akzeptiert vorbezahlte und Gutschein-tickets. Jemand anders kauft ein Ticket, das dann mit einem Passwort an der Abfahrtstation hinterlegt wird. Bei Zügen ist es nicht so leicht, ohne Ausweis ein Ticket zu kaufen, aber machbar. Ist man erst mal im Waggon, muss man nur die gelegentlichen Stichkontrollen vermeiden, dann kann einem nichts mehr passieren. Ein Typ wie Möller wird bestimmt einen Weg finden, sich durchzumogeln.«

Jack sah die verschiedenen Fahrpläne durch. Die Union Station in New Haven war ein Knotenpunkt für Greyhound, Amtrak und Shore Line East; sie lag ungefähr zehn Autominuten weiter nördlich. Aber die Metro-North Railroad fuhr von einem Bahnhof in West Haven ab – und der lag gerade mal zweihundert Meter von Mike's Mini Mart entfernt.

Jack erklärte Effrem, was ihm durch den Kopf ging.

»Nehmen wir mal an, du hast recht«, sagte Effrem. »Dann hätte er also hier angehalten, weil die Tankstelle direkt am Bahnhof von West Haven liegt. Wohin würde er von hier aus fahren?«

»Und an der Union Station hätte er eine viel größere Auswahl an Reisemöglichkeiten«, sagte Jack.

Jack spürte förmlich, wie sein Gehirn zu rotieren anfing, als es all diese Variablen zu verarbeiten versuchte. Er zwang sich zur Ruhe, einen Schritt zurückzutreten und neu nachzudenken. Er hatte längst auf die harte Tour lernen müssen, dass sich die Gedankenspirale nur aufhalten ließ, wenn man eine Entscheidung traf und entsprechend handelte, statt ständig zu grübeln, was richtig oder falsch war.

Wieder schaute er die verschiedenen Abfahrtszeiten durch. Einem Instinkt folgend, legte er den Greyhound-Busfahrplan beiseite. Busse boten zu wenig Platz, dachte er. Wenn es hart auf hart kam, würde Möller in einem Zug besser manövrieren können. Damit blieben drei Eisenbahnen übrig: Amtrak, Shore Line East und Metro-North.

»Denken wir die Sache noch mal durch«, sagte Jack. »Wenn Möllers Ziel immer noch die kanadische Grenze ist, wird er so direkt und schnell wie möglich dorthin wollen. In nördlicher Richtung geht Shore Line nur bis New London, das können wir von der Liste streichen. Wenn er mit Amtrak bis Boston fährt, hat er eine ganze Menge weiterer Zieloptionen, muss aber auch mehrfaches Umsteigen in Kauf nehmen.«

»Was wiederum Verspätungen und sonstige Komplikationen bedeuten könnte«, fügte Effrem hinzu. »Und größere Bahnhöfe mit strengeren Sicherheitskontrollen.«

»Genau. Dann bleibt nur noch Metro-North übrig«, sagte Jack. »Und da bleibt ihm eigentlich nur ...« Er fuhr mit dem Zeigefinger über die Abfahrtszeiten. »Die Waterbury-Linie. Der letzte Zug ist um 22.46 Uhr abgefahren.«

Effrem warf einen Blick auf die Uhr. »Vor fast einer Stunde.«

Der Zug war abgefahren, aber Jack war sich keineswegs sicher, dass Möller tatsächlich eingestiegen war. So einleuchtend ihre Spekulationen auch sein mochten, sie waren und blieben doch nur genau das: Spekulationen.

Aber vielleicht gab es eine Möglichkeit, sie bestätigt zu bekommen?

In diesem Augenblick fühlte sich Jack von der schieren Absurdität der Situation schier überwältigt: Warum zum Henker rief er nicht einfach beim Secret Service an? Dann würden Möllers Chancen, aus dem Land zu fliehen, praktisch auf null sinken. Und doch saß er, Jack, nun hier, auf dem trostlosen Parkplatz vor einer Tankstelle, gab sich als Privatermittler aus, machte gemeinsame Sache mit einem Nachwuchsjournalisten und studierte Zugfahrpläne.

Nur eine einzige Kurzwahltaste, und die Sache wäre erledigt, dachte Jack.

Nein.

Er spürte, dass er den Kurs beibehalten musste, den er schon nach dem Angriff am Supermarkt eingeschlagen hatte; er war geradezu darauf programmiert. Sicher, er folgte wieder einmal seinen Impulsen und warf jede Disziplin über Bord. Konzentrierte sich auf einzelne Bäume und verlor dabei den Wald aus dem Blick. Tat genau all das, was ihm Gerry Hendley als Gründe für Jacks temporären Rauswurf aus dem Campus aufgezählt hatte.

Doch jetzt stellte Jack fest: Es war ihm egal.

Nach Effrems Anweisungen fuhr Jack auf der Saw Mill Road bis zur Railroad Avenue und bog dann nach rechts ein. Auf dieser Seite des aus rotem Backstein und viel Glas erbauten Bahnhofsgebäudes gab es zwei Parkplätze, die durch die Zufahrt zum Bahnhof in eine Nord- und eine Westhälfte geteilt waren, ein weiterer großer Park-

platz erstreckte sich auf der Südseite entlang der Gleisanlagen. Die Parkplätze waren geräumig, schwarz geteert
und von einem Maschendrahtzaun umgeben. Im Licht
der Straßenbeleuchtung konnte Jack erkennen, dass der
nördliche Teil ungefähr zu einem Viertel besetzt war;
Fußgänger waren nicht zu sehen. Kein Wunder, war doch
der letzte Zug für heute abgefahren.

»Glaubst du, er hat hier geparkt?«, fragte Effrem.

»An seiner Stelle würde ich es tun. Solange man genügend Parkgebühren bezahlt hat, achtet niemand mehr auf
das Auto. Wenn ich auf der Flucht wäre, würde ich nicht
lange nach einem öffentlichen Parkplatz suchen wollen,
schon gar nicht mitten in der Nacht.«

»Aber hier stehen jede Menge Autos.«

»Du alte Spaßbremse.«

Jack bog in die Zufahrt zum Nordteil des Parkplatzes
ein.

»Wir suchen nach einem dunklen Ford Fusion Hybrid«, sagte er.

»Mit Washingtoner Kennzeichen, richtig? EB und noch
was.«

»Genau. Aber verlass dich nicht darauf. Er könnte die
Nummernschilder ausgetauscht haben.«

Jack fuhr die erste Reihe entlang, den Blick auf die
geparkten Autos gerichtet. Effrem blickte durch das Beifahrerfenster auf die Autos auf seiner Seite und murmelte
ständig vor sich hin: »Nein, falsche Farbe ... oh, oh, das
ist ein SUV ... ah, knapp daneben ...«

Unwillkürlich musste Jack grinsen. Das Kid musste
man einfach mögen, dachte er. Kid? Er selbst war Effrem
nicht sehr weit voraus, jedenfalls nicht altersmäßig.

Sie erreichten das Ende der ersten Reihe und bogen in
die nächste ein.

»Ford Fusion«, meldete Effrem. »Kann aber nicht erkennen, ob es ein Hybrid ist. Und er hat Maryland-Kenn-zeichen.«

»Überprüfen«, befahl Jack knapp und hielt an. »Schau durchs Fenster – ob eine Milchflasche, Sandwichpapier und eine Tüte Fritos herumliegen.« Als Effrem ausstieg, rief er ihm nach: »Und suche nach dem Sticker der Auto-vermietung, oder auch nach dem Rest davon.«

Effrem kehrte eine halbe Minute später zurück. »Nichts. Und das ist auch kein Hybrid.«

Sie machten weiter, bis sie den Parkplatz vollständig abgesucht hatten, dann lenkte Jack den Wagen zur Zu-fahrt zurück und bog in den westlichen Parkplatz ein. Inzwischen hatten sie mehr Übung und kamen schneller voran. Sie hatten die zweite Durchfahrt fast hinter sich, als Effrem plötzlich rief: »Hab ihn!«

Jack bremste und blickte durch Effrems Fenster.

Ein schwarzer Ford Fusion Hybrid mit Washingtoner Nummer – EB 9836.

»Mach schon«, sagte Jack.

Effrem sprang aus dem Wagen, umkreiste den Ford und blickte ins Wageninnere. Nach einer Minute kam er zu-rück und beugte sich zum offenen Fenster herab. »Frito-Tüte, aber von einem Sticker der Autovermietung ist nichts zu sehen.«

»Bist du dir da sicher?«

»Hundertprozentig.«

Jack hatte angenommen, dass Möllers Reservefahrzeug ebenfalls ein Mietwagen sein würde. Wenn das hier ein Privatfahrzeug wäre, hätten sie jetzt eine weitere Spur. »Mach ein Foto vom Kennzeichen.«

15

Sie hatten einen Sieg errungen, aber es war nur ein Etappensieg, flüchtig und nicht sehr wichtig. Möller saß vermutlich im Zug der Metro-North-Waterbury-Line, allerdings hatte die Linie nördlich von West Haven zwischen Derby-Shelton und Waterbury insgesamt sechs Haltestellen, und wenn der Zug im Zeitplan war, musste er bereits vier davon durchlaufen haben. Somit blieben nur noch Naugatuck und Waterbury.

»Ich brauche eine Route«, sagte Jack.

»Bin schon dabei.« Effrem studierte eingehend die Anzeige auf seinem Handydisplay. »Zurück auf den I-95. Bis Naugatuck sind es dreißig Minuten. Wir verpassen den Zug um fünf Minuten.«

»Dann also Waterbury.«

»Dorthin sind es vierzig Minuten. Wird knapp.«

Ein paar Kilometer vor West Haven, kurz nach der Einmündung der Prindle Hill Road in den Highway 114, stellte Jack den Tempomat des Sonatas ein paar Kilometer schneller ein, als auf dem Highway zulässig war.

Schweigend fuhren sie eine Weile. Jack hatte sich in dem Gedankenspiel »Was wäre, wenn Möller das und jenes täte?« verloren, während Effrem seine E-Mails las und beantwortete. Doch nach einer Weile fragte er: »Hast

du die Metadaten von Hahns E-Mails schon genauer analysieren können?«

»Noch nicht. Keine Ahnung, was ich dabei herausfinden werde. Ich kenne mich mit diesen Dingen nicht sehr
gut aus – nicht mein Fachgebiet.«

»Warum hast du das nicht gleich gesagt? Ich kenne da
einen Burschen.«

»Geht's etwas genauer?«

»Eine ... Quelle«, antwortete Effrem. »Eine von vielen.
Na gut, okay, der ist auch ein Freund. Absolut vertrauenswürdig. Ich schicke ihm eine Mail und frage ihn, ob er
dazu bereit wäre.«

»Ja, mach das.«

Jack hatte sich eine ganze Liste von Fragen überlegt, die
er Effrem stellen wollte – und ganz oben stand die Frage,
wie Effrem überhaupt auf das Verschwinden dieses René
Allemand aufmerksam geworden war. Und: Wie war es
Effrem gelungen herauszufinden, dass Allemand noch
lebte? Und: Wie hatte er sogar Renés Aufenthaltsort entdecken können, während doch die gesamten militärischen
und zivilen Geheimdienste Frankreichs bei genau diesen
Fragen kläglich versagt hatten? Wieso glaubte Effrem, dass
der Soldat mit einer »falschen Flagge« markiert worden
war, wie man das in Geheimdienstkreisen nannte?

Und so weiter. Für den Augenblick beschränkte sich
Jack darauf, mehr über den Hintergrund des Soldaten zu
erfahren. »Erzähle mir mehr über Allemand.«

»Er hat eigentlich ziemlich viel Ähnlichkeit mit dir
und mir.«

»Wie meinst du das?«

»Auch er schleppt eine Erblast mit sich herum«, erklärte Effrem. »René ist die sechste Generation einer Sol-
datenfamilie, die bis zu den napoleonischen Kriegen und
zur Schlacht von Waterloo zurückreicht. René absolvierte

Saint-Cyr als Bester seines Jahrgangs – der erste in seiner Familie, dem das gelang.«

Saint-Cyr, genauer: École Spéciale Militaire de Saint-Cyr, war die französische Version der US-Militärakademie von West Point. Beide Einrichtungen wurden im selben Jahr, 1802, gegründet. Jack hatte im Laufe der Jahre ein paar Absolventen von Saint-Cyr kennengelernt – alle waren hervorragende Soldaten.

»Nachdem Allemand von der Akademie abgegangen war, konnte er sich seine Einsatzbereiche praktisch aussuchen, aber er entschied sich für die harten Jobs. Das erstaunte anscheinend niemanden. Er entschied sich für das 1. Schützenregiment, das in Épinal stationiert ist, und wurde dann auch dort stationiert.«

»Standardinfanterie«, warf Jack ein.

»Es war das letzte Kommando seines Vaters gewesen. Ob René dorthin wollte, um seinem Vater nachzueifern oder ihn gar zu übertreffen, weiß wohl nur er selbst.«

»Wie auch immer, er scheint nicht ein Typ zu sein, der desertieren würde.«

»Auf keinen Fall. Ich habe mit einigen seiner Freunde gesprochen, und alle sagten, René habe die Armee geliebt. Ursprünglich war er wohl ziemlich unsicher gewesen, ob er sozusagen ins Familiengeschäft einsteigen solle, aber als er erst einmal in Saint-Cyr war, blühte er förmlich auf.«

»Also kann man eigentlich davon ausgehen, dass er jemanden benachrichtigt hätte, wenn er entführt worden wäre, aber dann entkommen konnte.«

»Das glaube ich auch. Aber niemand hat auch nur ein Wort von ihm gehört, weder sein Vater noch einer seiner Freunde, nicht einmal seine Verlobte. Wenn er nicht den Verstand verloren hat, macht er das, was er tut, aus einem ganz bestimmten Grund.«

»Wie sicher bist du dir denn, dass du in Lyon wirklich René gesehen hast?«

»Neunzig Prozent, würde ich sagen. Ich zeige dir später ein paar Fotos, dann kannst du es selbst einschätzen.«

»Gut«, nickte Jack. »Und sobald wir ein bisschen Zeit haben, will ich die Einzelheiten erfahren, Effrem. Und zwar alle.«

»Abgemacht.«

Wir schaffen es nicht, dachte Jack, als er auf die Borduhr des Sonatas blickte. Sie waren jetzt noch zehn Minuten vom Bahnhof in Waterbury entfernt, aber der Zug würde dort schon in vier Minuten einfahren. Sofern Möller nicht noch eine Weile am Bahnhof herumhing, würden sie ihn verpassen.

Jack gab noch mehr Gas.

Acht Minuten später passierten sie das Ortsschild von Waterbury. Nach Effrems Anweisungen bog Jack in die Freight Street ein, überquerte den Naugatuck River und bog dann nach rechts in die Meadow Street ein. Ein paar hundert Meter weiter sahen sie den aus rotem Ziegelstein errichteten Uhrenturm des Bahnhofs, der einem kleinen Park gegenüberlag. Der MTA-Bahnhof war kaum mehr als ein langer, höher gelegter Bahnsteig, der von einem Aluminiumdach geschützt und von Natriumdampflampen beleuchtet wurde. Einen Ticketschalter oder einen Parkplatzwärter schien es nicht zu geben.

»Der Parkplatz ist dort vorne rechts«, sagte Effrem warnend.

Jack fuhr langsamer und blickte noch einmal auf die Borduhr. Der Zug war vor fünf Minuten eingefahren.

Durch das Seitenfenster sah er eine Gestalt – nach Körperhaltung und Gang ein Mann –, der den von Bäumen gesäumten Gehweg entlangging. In der Dunkelheit konnte Jack sein Gesicht nicht erkennen. Soweit er sehen konnte, trug der Mann weder einen Koffer noch irgendein anderes Gepäckstück.

»Ist er das?«, fragte Effrem.

»Kann ich nicht sagen. Siehst du sonst noch jemanden in der Nähe?«

Effrem starrte angestrengt durch sein Seitenfenster zum Bahnsteig hinüber. »Ein paar Leute, aber sie sind zu weit weg, um ihre Gesichter zu sehen.«

Jack fuhr an den Straßenrand und beobachtete den einzelnen Fußgänger im Rückspiegel. Nach ein paar Augenblicken wurde die Gestalt von der Dunkelheit verschluckt.

Er traf eine spontane Entscheidung. »Setz dich ans Steuer. Fahr den Block entlang, dann biegst du in die nächste Straße links ab. Versuche, ihn parallel zu überholen, bis du ihn auf dich zukommen siehst. Aber sei vorsichtig. Wenn er es ist, kennt er dein Gesicht. Bleib in Kontakt.«

Jack stieg aus. Als Effrem hinter das Lenkrad glitt, fragte er: »Und was machst du?«

»Ich schaue mich mal auf dem Bahnsteig um«, antwortete Jack.

Effrem fuhr davon, und Jack überquerte die Straße, ging zur unbefestigten Einfahrt des Parkplatzes und blieb unter einem Baum stehen. Er zog die Kapuze über den Kopf: Waterbury lag über fünfhundert Kilometer nördlich von Alexandria, und Jack spürte den Unterschied in der kalten Nachtluft.

Der Parkplatz war weiträumig und bot Platz für mehrere hundert Fahrzeuge, aber im Moment standen weniger als zehn Autos darauf, alle auf den Stellplätzen, die direkt an der Bahnlinie lagen. Die ganze Umgebung hatte den Charme eines Industriegebiets; auf der anderen Seite der Gleisanlagen standen niedrige Gebäude, anscheinend Lagerhäuser, und hinter diesen konnte er die Straßenbrücken des Highway-Dreiecks ausmachen. Jack hatte den Eindruck, dass der Bahnhof nur deshalb an dieser Stelle erbaut worden war, weil es hier genug Platz gab, und nicht, um den Fahrgästen einen möglichst bequemen Zugang zu ermöglichen. Aus der Ferne drang schwach der Verkehrslärm vom Interstate 84 herüber.

Nachdem er die Umgebung eine Minute lang beobachtet und niemanden zu sehen bekommen hatte, überquerte Jack den Parkplatz und hielt direkt auf den Bahnsteig zu. Er ging in einen schnellen Lauf über, um wie ein Fahrgast zu erscheinen, der befürchtete, seinen Zug zu verpassen. Als er dreißig Meter von den geparkten Autos entfernt war, setzte eines der Fahrzeuge rückwärts aus dem Stellplatz heraus. Der Rückfahrtscheinwerfer schnitt grell durch die Dunkelheit. Es war ein weißer Subaru.

»O Mann ...!«, rief Jack, hielt an, warf einen Blick auf die Armbanduhr und rief in frustriertem Ton: »Scheiße!« Gleichzeitig griff er unter die Jacke und zog die Glock, hielt sie aber versteckt.

Ob seine Schauspielkunst den Fahrer des Wagens beeindruckte, konnte Jack nicht feststellen, aber er beschloss, lieber ein bisschen vorsichtiger zu sein. Wenn Möller in dem Subaru saß, bot Jack ein leichtes Ziel. Hier hatte er keinerlei Deckung.

Der Subaru war noch ungefähr zwanzig Meter entfernt. Er war jetzt aus dem Stellplatz heraus; die Fahrzeugnase schwenkte in Jacks Richtung herum, und das Fahrzeug kam auf ihn zu. Die Scheinwerfer erfassten ihn nun voll. Der Wagen beschleunigte, korrigierte aber den

Kurs ein wenig nach links, sodass er mit der Beifahrerseite an Jack vorbeifahren würde.

Als der Subaru fast auf Jacks Höhe war, wurde das Beifahrerfenster herabgelassen. Leichter Jazz tönte leise heraus.

»He«, rief ein Mann heraus, aber Jack konnte den Fahrer in dem dunklen Wagen nicht sehen. »Sie haben ihn gerade verpasst.«

Jack ließ niedergeschlagen den Kopf hängen. Die Kapuze schirmte sein Gesicht vollkommen ab, doch er hob dankend die Hand. »Echt? Und sonst ist niemand ausgestiegen?«

»Nein, tut mir leid. Machen Sie sich nichts draus – wollte meine Frau abholen, aber sie war nicht im Zug.«

Die Stimme klingt nicht wie Möllers Stimme, dachte Jack. Sofern der Mann sie nicht verstellt hatte, aber das kam ihm unwahrscheinlich vor. Aber warum hatte er angehalten, warum war er nicht einfach weitergefahren?

»Kann ich Ihnen irgendwie helfen?«, fragte die Stimme.

»Nö, danke«, antwortete Jack mit einem, wie er hoffte, einigermaßen echt klingenden Neuengland-Akzent. In seinen eigenen Ohren klang es allerdings eher wie eine schlechte Imitation von *Good Will Hunting.* »Ah, Mann, dann wohl kein Sex für uns beide heute Abend, wie?«

Der Mann lachte. »Sieht ganz danach aus, Kumpel.«

Als der Wagen davonfuhr, prägte sich Jack das Nummernschild ein. Das Auto bog in die Meadow Street ein und fuhr in Richtung Highway.

Jack steckte die Glock wieder ein, zog das Handy heraus und tippte Effrems Kurzwahl ein. Es klingelte viermal, dann meldete sich die Mailbox. »Was soll das denn?«, murmelte Jack vor sich hin. »Komm schon, nimm ab …«

Er wählte noch einmal – wieder nur die Mailbox. Schließlich schickte er eine SMS: RUF AN!

Danach ging er zum Bahnsteig hinüber. Entlang der Gleisanlagen standen immer noch neun Autos. Er wollte ganz sichergehen, dass er nichts übersehen hatte. Als er sich der Stellfläche näherte, auf der der weiße Subaru gestanden hatte, entdeckte er etwas auf dem Boden, was im Licht der Bahnsteiglampen glitzerte. Er zog die Stiftlampe heraus und ließ den Strahl vor sich über den Boden gleiten.

Mitten im Kiesbelag entdeckte er einen kleinen Haufen Glasscherben, die grünlich schimmerten.

Autoglas. An der Stelle, an der die Fahrertür gewesen sein musste.

Jack wirbelte herum und rannte los.

Die Verfolgung war sinnlos, was ihm auch vollkommen klar war, aber zu wissen, dass er womöglich vor Minuten mit Stephan Möller gesprochen und zugelassen hatte, dass der Mann einfach davonfahren konnte, blockte jeden rationalen Gedanken ab. Er, Jack, hatte einen Fehler begangen, einen unverzeihlichen Anfängerfehler, auch das war ihm vollkommen klar, und es steigerte seine Wut noch weiter. Hatte er denn in den wenigen Monaten, seit er nicht mehr beim Campus war, sein Handwerk schon völlig verlernt? Er bog in die Meadow Street ein und sprintete den Gehweg entlang zur nächsten Kreuzung, die ungefähr dreihundert Meter entfernt war, wobei er unterwegs auch auf die geparkten Fahrzeuge achtete.

Keuchend erreichte er die Kreuzung und blieb stehen. Die kalte Luft brannte in seiner Lunge. Ein Blick nach links: nichts. Nach rechts: Einen halben Kilometer ent-

fernt hatte ein weißes Auto an einem Stoppzeichen angehalten; der rechte Blinker war eingeschaltet.

Der Wagen bog ab und verschwand aus Jacks Blickfeld.

Jacks Handy klingelte. Er zog es hastig heraus, warf
einen Blick auf das Display: Effrem.

»Wo bist du?«, bellte Jack.

»Äh, weiß nicht. Ein paar Blocks vom Bahnhof entfernt. Warte mal … ah, State Street. Dachte, ich hätte ihn
gesehen, also bin ich ihm gefolgt. Aber er war es nicht.«

Was du nicht sagst, dachte Jack. *Verdammte Scheiße!*

»Warum keuchst du denn so?«, fragte Effrem un-
schuldig.

16

Bis Effrem zur Kreuzung kam, hatte sich Jack bereits in das Enquestor-Portal eingeloggt und das
Kennzeichen des Subarus eingegeben. Gerade als er ein-
stieg, erschien das Ergebnis auf dem Display.

Eunice Miller
6773 Willow Drive
Wolcott, CT 06716

Ohne aufzublicken, sagte Jack: »Such nach einem Kaffee-
haus oder einem Diner.«

Mit seiner Yelp-App lokalisierte Effrem ein Denny's an
der Division Street, knapp zwei Kilometer westlich, und
lenkte den Wagen in die Richtung.

Jack war inzwischen wieder zu Atem gekommen. So
ruhig wie möglich sagte er: »Nächstes Mal meldest du
dich, wenn ich dich anrufe.«

»Ging grad nicht. Ich hatte Angst, ihn zu verlieren.«

Jack wiederholte: »Nächstes Mal meldest du dich,
wenn ich dich anrufe.«

»Okay, okay. Tut mir leid.«

»Und ich hab dir nicht befohlen, dass du jemanden verfolgen sollst. Sondern dass du in Kontakt bleiben sollst.«

»Aber du hast mir auch nicht *verboten,* jemanden zu
verfolgen.«

Jack verbiss sich eine scharfe Antwort. Effrem hatte nicht unrecht. Sie lebten in verschiedenen Welten. Was Jack für offensichtlich oder zumindest für wahrscheinlich hielt, mochte Effrem völlig irrelevant erscheinen. Der Junge war Journalist; er hatte einfach nicht genug Erfahrung in der Feldarbeit, um zu wissen, wann eine Initiative in Unbedachtsamkeit oder Rücksichtslosigkeit umschlug. Und womöglich hatte er auch nicht genügend Selbstdisziplin, um sich im letzten Moment noch hinter die sicheren Linien zurückzuziehen.

Als sich Jack wieder ein wenig beruhigt hatte und nüchtern darüber nachdachte, wurde ihm klar, dass Gerry Hendley oder John Clark genau dasselbe auch über ihn, Jack, sagen könnten. Und damit hätten sie nicht einmal unrecht.

»Was war denn los?«, fragte Effrem.

»Ich glaube, ich habe gerade eben mit Möller gesprochen. Ich hatte ihn vor mir, eine Armlänge entfernt«, antwortete Jack und schilderte Effrem das Zusammentreffen.

Aber wenn es tatsächlich Möller gewesen war – hatte er dann Jack erkannt oder nicht? Im Naturschutzpark hatte Möller seine Aufmerksamkeit auf zwei Gefahren gleichzeitig richten müssen: auf Effrem und dessen SUV sowie auf Jack und dessen Waffe. Außerdem hatte er den Schirm der Baseballmütze tief über die Stirn gezogen. Um die Frage zu beantworten, konnte er ebenso gut eine Münze werfen.

»Wenn er es war – warum hat er dann überhaupt angehalten?«

»Vielleicht um ganz sicherzugehen, dass ich es war.«

»Möglich, aber diese Typen haben zweimal versucht, dich umzulegen. So, wie es aussieht, warst du da auf dem Parkplatz ein leichtes Ziel. Warum hat er die Chance nicht genutzt?«

»Gute Frage.«

Aber wenn Möller voll und ganz auf seine Flucht konzentriert war ...

Jack gab sich einen Ruck. *Hör auf damit.*

In der Welt, in der er und die anderen vom Campus operierten, war nichts so, wie es auf den ersten Blick erscheinen mochte. Glaubte man, eine Sache geklärt zu haben, tauchten plötzlich weitere Komplikationen auf – wie ein Zahnrad, das weitere Zahnräder in Bewegung setzte.

Irgendwann kam der Moment, in dem man die ständig rotierenden Gedanken abschalten und eine Entscheidung treffen musste. Für jemanden wie Jack, der über eine lebhafte Vorstellungskraft verfügte, stellte das oftmals eine echte Herausforderung dar. Es war ein bisschen wie Schach, ein Spiel, das er gleichzeitig liebte und hasste. Irgendwo hatte er mal gelesen, die Zahl der möglichen Stellungen der Schachfiguren werde auf 10^{43} geschätzt – eine Eins, gefolgt von 43 Nullen. Und das bezog sich auf ein Spiel mit strengen Regeln und einem begrenzten Spielfeld. In Jacks Welt waren diese beiden einschränkenden Faktoren nicht vorhanden – und das ergab schier unendlich viele Möglichkeiten.

Trotzdem: Dass Möller den Subaru gestohlen hatte, passte nicht zu seiner bisherigen Vorgehensweise. Bisher hatte sich der Mann strikt an einen Plan gehalten, der aus den Elementen Ausweichen und Fliehen bestand. Der Plan erinnerte ein bisschen an das Malen nach Zahlen und ließ sehr wenig Raum für Improvisation. Möller hatte seine Kreditkarte benutzt, um seine Verfolger auf seine Position aufmerksam zu machen – eine riskante, aber oft sehr effektive Strategie, vor allem dann, wenn die Verfolger zu einem größeren, weniger flexiblen System wie zum Beispiel dem Secret Service oder dem FBI gehörten. Denn Möller hatte damit rechnen müssen, dass diese beiden

Organisationen eingeschaltet würden, wenn es darum ging, den möglichen Attentäter eines VIP unschädlich zu machen. Vielleicht hatten er und seine möglichen Auftraggeber seinen Exfiltrationsplan auf genau dieser Annahme aufgebaut. Schrader war ein ehemaliger KSK-Soldat. Das mochte durchaus auch auf Möller zutreffen. In diesem Fall würden seine Reaktionen wohl eher routinemäßig und wenig flexibel erfolgen.

Aber wenn es so war, passte der Autodiebstahl nicht ins Bild.

Es sei denn, dachte Jack, *Möllers Schussverletzung am Bein hat sich so sehr verschlimmert, dass er von seinem Drehbuch abweichen musste.*

Effrem parkte direkt neben dem Eingang zu Denny's. »Kaffee? Irgendwas zu essen?«

»Nur Kaffee.«

Während Effrem in das Frühstücksrestaurant ging, rief Jack über das Enquestor-Programm die Zulassungsdaten von Eunice Millers Fahrzeug auf. Das Bild zeigte eine Frau mit rundem Gesicht und kurzem, grauem Lockenhaar. Nach dem Geburtsdatum war sie fünfundsechzig Jahre alt. Und laut Google Maps lag ihre Wohnung in Wolcott, ungefähr fünfzehn Autominuten nördlich von Waterbury, in der Nähe des Highway 69.

Effrem kehrte mit zwei großen Bechern Kaffee zurück. Jack zeigte ihm Eunice Millers Foto.

»Nette alte Dame?«, meinte Effrem.

»Die interessantere Frage ist: War sie im Zug? Und hat ihr Möller etwas angetan?« War sie im Auto mit Möller, gefesselt und geknebelt, oder tot auf dem Rücksitz?

Scheiße, dachte Jack. Er war wütend auf sich selbst, weil er die niedrige Hecke, die sich zwischen dem Parkplatz und der Gleisanlage hinzog, nicht durchsucht hatte. Wenn Eunice Miller dort sterbend gelegen hätte, keine zwei Meter von Jack entfernt ...

»Ich brauche eine Telefonzelle«, sagte er.

»Ein paar Blocks hinter uns war eine.«

Effrem fuhr zurück, wendete und hielt am Straßenrand neben der Zelle. Jack ging in Gedanken noch einmal durch, was er sagen wollte, und wählte den Notruf. Als sich die Zentrale meldete, verstellte er seine Stimme, sodass sie tiefer und rauer klang. »Hi, bin grad am Bahnhof in der Meadow vorbeigejoggt. Dachte, ich hätte eine Frau schreien hören. Entweder auf dem Bahnsteig oder im Zug, bin mir da nicht sicher.«

Er legte auf.

Bitte, findet niemanden, dachte er.

Zu dieser nächtlichen Stunde herrschte fast kein Verkehr, sodass sie die Strecke nach Wolcott in zehn Minuten zurücklegten. Eunice' Haus, das auf Google Earth wie eine einstöckige Streichholzschachtel ausgesehen hatte, lag zwei Häuserblocks hinter einer Bowlingbahn, nicht weit von einer der Durchgangsstraßen entfernt.

Effrem hielt kurz an dem Stoppzeichen an, hinter dem ihr Straßenblock begann. Jack wies ihn an, die Kreuzung zu überqueren, auf der anderen Seite am Straßenrand zu parken und die Scheinwerfer auszuschalten.

»Und nun?«

Jack überlegte.

Dann sagte er: »Okay – wir fahren erst mal an ihrem Haus vorbei. Mal sehen, ob ihr Auto vor dem Haus steht.«

Effrem wendete und bog in den Willow Drive ein.

»Sollte das fünfte oder sechste Haus auf deiner Seite sein«, sagte Jack.

Sie schauten beide durch Effrems Seitenfenster und suchten nach den Hausnummern. Als sie an der Nummer 6773 vorbeifuhren, fuhr Effrem langsamer. »Nein, fahr normal weiter«, sagte Jack.

Es stand kein weißer Subaru vor dem Haus. Eine Garage war nicht vorhanden.

Doch zwei Häuser weiter stand ein Subaru. Das Nummernschild stimmte mit dem vom Bahnhof überein. Direkt vor dem Subaru stand ein grüner SUV, ein Toyota Rav4. Das Haus glich fast genau Eunice' Haus, nur war es blassgelb statt weiß gestrichen. Es lag im Dunkeln, nur über der Haustür brannte eine Lampe, und rings um die Vorhänge im Wohnzimmer schimmerte ein schmaler Lichtstreifen.

»Das ist nicht ihr Haus«, bemerkte Effrem.

»Nein, falsche Nummer.«

»Das heißt ...?«

»Weiß nicht. Fahr weiter, bieg um die Ecke und halte dort.«

Effrem hielt unter den tiefhängenden Zweigen einer Ulme an und schaltete die Scheinwerfer aus.

Jack gab die mysteriöse neue Adresse in den Enquestor ein. Der Grundbucheintrag lautete auf eine Kaitlin Showalter.

Er zeigte Effrem das Display. »Kaitlin klingt nach einer jüngeren Frau.«

Jack rief Facebook auf und suchte nach dem Namen. Er erhielt mehrere Hits und suchte eine Weile weiter, bis er auf eine Adresse in Wolcott, Connecticut, stieß. Kaitlin war alleinstehend und arbeitete als Versicherungsagentin in Bridgeport. Ihr letzter Post, erst vor zwei Stunden eingestellt, zeigte ein Smiley:

Langer Tag heute, endlich fast vorbei! Auto nicht angesprungen, Zug verpasst, zu spät zur Arbeit, Mittagessen

ausfallen lassen. Jetzt noch Chicken von KFC und eine Früh-
lingsrolle für meine Retterin Eunice.

Also hatte Kaitlin sich offenbar Eunice' Auto ausgelie-
hen, um zum Bahnhof zu kommen.

»Könnte doch auch ihr Freund gewesen sein, oder?«,
meinte Effrem.

»Möglich.« Doch dann schüttelte Jack den Kopf. »Nein.
Der Typ hat *meine Frau* gesagt. Dass er seine Frau abholen
wollte, die aber nicht im Zug war.«

Und wenn Kaitlin auf Facebook ihren neuen Status als
Ehefrau nicht verschwiegen hatte, war sie immer noch
Single.

»Okay. Wie finden wir raus, ob Möller in dem Haus
ist?«

Die schnellste Antwort war die, die Jack am wenigsten
mochte: in Kaitlin Showalters Haus einzubrechen und
Möller zu schnappen, sollte er sich tatsächlich im Haus
aufhalten. Aber dann hätte er, Jack, nicht nur einen Ge-
fangenen am Hals, sondern auch einen Rattenschwanz
von Problemen. Die andere Option war abzuwarten, bis
Möller wieder aufbrach, und ihm zu folgen. Wenn der
Mann Kaitlins Haus nur als improvisierte Zwischensta-
tion benutzte, würde er sich darin sicherlich nicht sehr
lange aufhalten wollen.

Jack überlegte kurz, wie er mit Möller verfahren solle.
Vielleicht war das eine der Gelegenheiten, bei denen man
das Problem tatsächlich am besten mit Gewalt lösen
konnte. Also Möller zu töten und damit die ganze Sache zu
beenden. Aber dann würde es zweifellos viel schwieriger
sein, die Antworten zu finden, die er haben wollte, und
wenn es so etwas wie eine Glückssträhne gab, hatte Jack
mit Sicherheit langsam das Ende seiner Strähne erreicht.
Einen Menschen auf amerikanischem Boden kaltblütig zu
ermorden würde ihm nur eine ganze Reihe neuer und noch

größerer Probleme aufhalten, angefangen mit der roten Linie, die er unter keinen Umständen überschreiten oder für seine Zwecke ausdehnen wollte.

Er drehte sich um und holte seinen Rucksack vom Rücksitz, wühlte kurz darin herum und holte schließlich einen GPS-Tracker heraus, dasselbe Modell, das er auch an Peter Hahns Auto befestigt hatte.

»Was ist das?«, wollte Effrem wissen.

Jack erklärte es ihm, und Effrem meinte: »Dann können wir nur hoffen, dass er nicht schon wieder das Auto wechselt. Ständig diese Hoffnungen und Vermutungen, was er als Nächstes tun ...«

»Willkommen in meiner Welt«, sagte Jack. »Warte kurz, bin gleich wieder zurück.«

17

Nachdem Jack den GPS-Tracker an Möllers Auto befestigt hatte, fuhren sie zu einem anderen Diner in der Nähe der Lakewood Road, der die ganze Nacht über geöffnet hatte, und bestellten ein spätes Abendessen oder auch ein frühes Frühstück. Als sie satt waren, richteten sie sich auf eine längere Wartezeit ein. Inzwischen war es kurz nach drei Uhr. Wenn Möller nicht vor Tagesanbruch aufbrach, würden sie zum Haus zurückfahren.

Schweigend nippte Jack an seinem Kaffee, bis er spürte, dass das Koffein seine Lebensgeister wieder geweckt hatte. Er nahm sich ein paar Augenblicke Zeit, um seine Gedanken zu ordnen, dann fragte er: »Bist du bereit für ein paar Fragen?«

Effrem zuckte die Schultern. »Okay, sofern ich dabei nicht gründlich nachdenken muss. Ohne meine normalen zehn Stunden Schlaf bin ich nicht in Höchstform.«

»Wie bist du denn eigentlich auf die Allemand-Story gestoßen?«

»Anfangs war es reine Neugier. Natürlich verschwinden Soldaten immer wieder mal, vor allem in Ländern wie Afghanistan, dem Irak oder der Elfenbeinküste. Dort geht es zu wie früher hier bei euch im Wilden Westen. Aber mir fiel auf, dass Allemands Verschwinden nicht so viel Aufmerksamkeit erregte, wie man eigentlich hätte erwarten können. In französischen Militärkreisen hat seine Familie

schließlich einen guten Ruf. Die Story war einfach zu ...
undurchsichtig. Niemand, nicht einmal sein eigener Vater,
General Allemand, hat groß darüber geredet.«

»Vielleicht hat es der General einfach akzeptiert. Be-
rufsrisiko, sozusagen.«

»Würdest du es einfach hinnehmen, wenn dein Sohn
verschwände? Du würdest Antworten hören wollen.«

»Das stimmt«, gab Jack zu. »Du wurdest also neugierig. Und was war dann? Bist du zur Elfenbeinküste geflogen?«

»Genau. Zuerst habe ich versucht, über militärische
Kontakte ein paar Interviews zu bekommen, aber damit
kam ich nicht weit. Ich konnte aber ein paar von Renés
alten Freunden aufspüren, die immer noch am Port-
Bouët-Airport in Abidjan stationiert waren. Dort hatte
auch die Operation Unicorn ihr Hauptquartier. Was sie
mir über Renés Verschwinden erzählten, passte irgendwie nicht so recht zusammen. Und René selbst passte
auch nicht zu dem Profil eines Deserteurs. Außerdem war
er Soldat und galt auch nicht als so naiv oder sorglos, dass
er sich ohne Weiteres hätte kidnappen lassen. Alle, die
dort stationiert waren, kannten die Bezirke von Abidjan,
die tabu waren. Tatsächlich war René wohl so etwas wie
die Stimme der Vernunft und warnte manchmal die anderen, wenn sie vorhatten, in den gefährlichen Bezirken
herumzustreunen.«

Jack fiel auf, dass Effrem Allemand ständig beim Vornamen nannte. Als redete er von einem guten Freund.
Der junge Journalist engagierte sich nicht nur, um die
Wahrheit über Allemands Verschwinden herauszufinden,
sondern ihm lag auch etwas an dem Mann persönlich.
*Aber bedeutet das, dass Effrem seine Objektivität verloren
hat?*

»Und was hast du sonst noch herausgefunden?«

»In den vorangegangenen eineinhalb Jahren waren dort bereits zwei andere Soldaten verschwunden. Einer war von der COJEP gekidnappt worden. Die Gruppe nennt sich Junge Patrioten und kämpft gegen die Vereinten Nationen. Sie haben ihn später wieder freigelassen. Der andere Soldat desertierte und wurde eine Woche später in Korhogo festgenommen.«

»Mit anderen Worten: Du hast keine anderen Fälle gefunden, in denen ein Soldat einfach verschwand.«

»Keinen einzigen. Aber hier wird die Sache noch interessanter. Natürlich waren nur wenige Militärs zu einem Interview bereit, aber nachdem ich ein paar interviewt hatte, fing ich an, auch die Kneipen und sonstigen Treffs zu besuchen, in denen die Soldaten normalerweise abhängen. Die meisten lagen in der Commune Koumassi ...«

»Was ist das?«

»Die Communes sind selbstständige Stadtgemeinden und bilden zusammen Abidjan-Ville. Koumassi ist einer der drei Bezirke auf Little Bassam Island. Die Insel liegt mitten in der Ébrié-Lagune, ungefähr vier Kilometer vom Port-Bouët-Airport entfernt.«

»Aha. Und weiter?«

»Irgendwann stieß ich in Koumassi auf einen Cafébesitzer namens Fabrice, der behauptete, Renés Entführung beobachtet zu haben. Er sei auf der Straße entführt worden und die Entführer hätten Sturmmasken getragen.«

»Hat er die Polizei gerufen?«

»Er behauptet es, allerdings konnte ich das nicht überprüfen. Aber ich glaubte ihm.«

»Warum?«, fragte Jack.

»Erstens habe ich ein wenig über den Mann recherchiert, und zweitens ... reiner Instinkt. Vermutlich hast du das so ähnlich gemacht, nachdem wir uns begegnet waren.«

Das hatte Jack in der Tat. Er nickte. »Fabrice hat dir also die Entführungsstory erzählt. Konntest du damit etwas anfangen?«

»Nicht viel. Kurz nachdem ich Fabrice interviewt hatte, musste ich nach Frankreich zurück. Als ich mit den Recherchen anfing, nahm ich zuerst einmal Kontakt mit seiner Verlobten Madeline auf. Von allen, die mit René zu tun hatten, schien sie diejenige zu sein, die über Renés Verschwinden am stärksten frustriert war – oder vielmehr über den Mangel an Interesse an dem Fall. Wir sind sofort gut miteinander ausgekommen, könnte man sagen. Jedenfalls behauptete Madeline, von René gehört zu haben.«

»Wie?«

»Er habe ihr ein paar SMS geschickt, sagte sie. Natürlich kamen sie nicht von seinem eigenen Telefon, aber Madeline war sich sicher, dass sie von ihm stammten. Sein Sprachstil, seine Interpunktion, ein paar Wörter hier und da ... alles passte auf René.«

»Was stand in den Nachrichten?«

Effrem zog ein kleines Notizbuch aus Naturleder heraus und schlug es auf. »Die erste SMS lautete: *Lebe noch. Sag es niemandem. Probleme. YIA, R.*«

»Was heißt YIA?«

»Yours in all. Dein in Körper, Geist und Seele. Das war ihr Kürzel für *ich liebe dich.*«

Das war ein recht glaubwürdiges Detail. Zwar kein Beweis, kein direktes Lebenszeichen, aber immerhin klang es echt. »Und sie hat dann noch weitere Mitteilungen erhalten?«

»Ja, drei weitere. Eine Mitteilung, die sie an seinen Vater weiterleiten sollte. In der zweiten nannte er Ort und Zeit für ein Treffen mit ihr. Aber bevor du fragst: Sie weigerte sich, mir zu verraten, was in der SMS an seinen

169

Vater stand. Aber wenigstens hat sie mir das Treffen beschrieben.«

»Warum vertraut sie dir Details über das Treffen an, aber nichts über die Nachricht an General Allemand?«

»Keine Ahnung. Jedenfalls war ich vor ihr am Treffpunkt – der Parc de la Feyssine in Lyon. Ich blieb in Deckung, nahm aber ein paar Fotos auf. Hier sind sie.« Effrem schob sein Smartphone über den Tisch. »Die beiden ersten Fotos zeigen René, bevor er zu seinem Einsatz in der Elfenbeinküste abgereist ist und während er dort stationiert war. Die letzten drei Bilder zeigen ihn bei dem Treffen mit Madeline.«

Jack blätterte durch das Album. Sämtliche Bilder zeigten einen jungen Mann Ende zwanzig mit stark ausgeprägtem Kinn und dünnen Lippen. Auf den beiden ersten Fotos war sein schwarzes Haar militärisch kurz geschnitten; auf den beiden letzten reichte es fast bis auf die Schultern. Effrem hatte recht: Sollten die letzten drei Bilder nicht René zeigen, so zeigten sie jedenfalls seinen Klon.

»Okay, jetzt bin ich überzeugt«, erklärte Jack.

»Gut. René und Madeline trafen sich nur für ungefähr zehn Minuten. Ich folgte ihm dann zu einer Brasserie in der Nähe der Claude-Bernard-Universität. Dort sah ich Eric Schrader zum ersten Mal. Ich dachte, dass ich durch Madeline relativ leicht an René dranbleiben könnte, deshalb bin ich Schrader gefolgt ...«

»Was dich letztlich hierhergebracht hat«, vollendete Jack den Satz.

»Das stimmt. Aber zuerst ging's noch nach Zürich und München.«

»Und was hat Schrader dort gemacht?«

»In Zürich ist er zu einem Bürogebäude im Geschäftsviertel gegangen. Leider weiß ich nicht, welche Firma er aufsuchte. Aber ich habe eine Liste von den Firmen, die Büros in dem Haus haben. Er übernachtete in dem Apartment, das ich schon erwähnt habe ...«

»Das, von dem du glaubst, dass es nicht ihm gehört?«

»Genau. Und in München wohnte Schrader in seiner eigenen Wohnung. Er ging ins Fitnesscenter, besuchte ein paar Nachtclubs, ein Restaurant und einen Markt in der Nähe seiner Wohnung.«

»Hattest du seit deiner Abreise aus Lyon noch einmal Kontakt mit Madeline?«

»Ja, ein paar Mal, aber sie will offenbar nichts mehr mit mir zu tun haben. Weicht mir aus. Ich glaube, was immer René ihr erzählte, hat ihr große Angst eingejagt. Und das heißt etwas, denn du kannst mir glauben, dieses Mädchen ist kein Angsthase. Man muss schon ziemlich tough sein, um vom Allemand-Clan akzeptiert zu werden – vor allem vom General.«

Jack nickte, aber seine Gedanken schweiften bereits ab, entwickelten einen ersten, provisorischen Aktionsplan. Wenn sie mit Möllers Beschattung nicht mehr weiterkamen, würde Jack noch einmal mit allen Personen sprechen müssen, die Effrem interviewt hatte, von Fabrice in Abidjan bis hin zu Madeline in Lyon, bevor er sich die Örtlichkeiten in Zürich und München genauer anschaute. Alles, was er bisher getan hatte, änderte nichts daran, dass er immer noch im Dunkeln tappte; er musste nach allem greifen, was sich ihm bot, in der Hoffnung, endlich den Lichtschalter zu finden.

Allmählich wurde ihm bewusst, dass er sich so sehr in die Saga des René Allemand hatte hineinziehen lassen, dass er sein eigentliches, vorherrschendes Ziel fast aus den Augen verloren hatte: aufzudecken, wer ihn umzubringen versuchte und warum. In Wahrheit gab es nur eine einzige direkte Verbindung zwischen ihm und diesem René Allemand: Eric Schrader. Von diesem Mann abgesehen, stellte sich die Frage, ob der Anschlag auf Jacks Leben und das Verschwinden Allemands miteinander verknüpft oder ob die beiden Ereignisse nur rein zufällig in einen gewissen Zusammenhang geraten waren. Wenn Ersteres zutraf, wie hingen sie zusammen?

Die Frage hatte Jack Effrem bereits gestellt, und jetzt stellte er sie ihm noch einmal.

Effrem zuckte die Schultern. »Wenn es eine tiefere Verbindung gibt, habe ich sie jedenfalls noch nicht entdeckt. Aber wie gesagt, du kannst dir meine Aufzeichnungen gern anschauen. Vielleicht habe ich etwas übersehen.«

»Du hast gesagt, du hättest dir überlegt, ob Allemand nicht vielleicht absichtlich in die Irre geführt wurde. Wie kommst du darauf?«

»Madeline hat bei unserem letzten Gespräch eine seltsame Bemerkung fallen lassen. René habe gesagt: ›Er ist nicht der, für den er sich ausgibt.‹«

Jacks Telefon piepte. Nach einem kurzen Blick auf das Display sagte er: »Möller verlässt das Haus.«

18

Wolcott, Connecticut

Im Auto behielt Jack den roten Blip im Auge, der Möllers Auto darstellte – oder, wie er hoffte, Möller in Eunice Millers Auto. Das Fahrzeug bog aus dem Willow Drive ab, fuhr langsam zum Highway 15 und fädelte sich dort in Richtung Norden ein. Jack gab Möller knapp zwei Kilometer Vorsprung.

Möller fuhr fast direkt nach Norden, erst zum 84, dann auf den Interstate 91 nach Hartford. Eine Stunde später überquerte er die Grenze nach Massachusetts. Und wieder eine Stunde später erreichte er Vermont und folgte dem I-91 am Connecticut River entlang, der Vermont von New Hampshire trennte. Schon bald waren erste Schneereste in den Straßengräben am Highway und rund um die Stämme der Fichten zu sehen. Die Schilder von Siedlungen und Städten mit eindeutig kolonial klingenden Namen flogen an den Fenstern des Sonatas vorbei – Putney, Walpole, Charleston –, und mit jedem zurückgelegten Kilometer wurde die Landschaft noch ländlicher, und dichte Wälder säumten den Highway.

»Wohin zum Teufel fährt er?«, fragte Effrem nach einer Weile. »Kanada?«

»Weiß nicht, aber ich überlege, ob es nicht Zeit wird, die Sache zu beenden.«

»Wie denn?«

»Eine verlassene Landstraße, mitten in der Nacht«, antwortete Jack. »Wir drängen ihn einfach von der Straße ab ...«

»Und dann?«, stieß Effrem hervor, eindeutig alarmiert. »Zerren wir ihn aus dem Auto, schleppen ihn in den Wald und fesseln ihn an einen Baum? Du machst Witze, oder?«

»Mehr oder weniger.«

Um fünf Uhr plärrte Jacks Telefon. Effrem blickte auf die Anzeige. »Google News Alert?«

Jacks Herzschlag setzte kurz aus. »Ich habe einen Alert für den Bahnhof in Waterbury und den Metro-North eingerichtet. Lies vor.«

»Es ist von WTNH. Also ... O Gott, Jack.«

»Was?«

»Frau tot in der Toilette eines Waggons der Metro-North aufgefunden. Der Waggon war im Depot. Die Frau konnte noch nicht identifiziert werden. Sie scheint schwer misshandelt worden zu sein. Die Polizei hat Ermittlungen eingeleitet.«

Jack schlug mit der Faust auf das Lenkrad. »Dieses Schwein!«

Zwanzig Minuten später verkündete Effrem: »Er fährt langsamer ... vom Highway ab. Jetzt hält er an. Biegt nach Osten ab.«

Jack trat stärker auf das Gaspedal; kurz danach streiften die Scheinwerfer über ein Ausfahrtsschild: EXIT 8/VT-131/ASCUTNEY-WINDSOR. »Das ist es«, sagte Effrem.

»Wo ist er jetzt?«

»Weniger als einen Kilometer voraus, biegt nach links ab ... ich sehe keinen Wegweiser. Ich sage es dir, sobald ich etwas sehe.«

Jack nahm die Ausfahrt und bog ebenfalls nach Osten ab. Ein paar Hundert Meter weiter kam er zu einer Nord-Süd-Kreuzung.

»Hier nach links.«

Jack bog erneut ab. Auf einem Schild am Straßenrand stand CONNECTICUT RIVER BYWAY, kurz darauf folgte ein weiteres Schild: ASCUTNEY. 540 EINWOHNER.

Sie fuhren jetzt am Fluss entlang, weiter nach Norden in Richtung der Hauptdurchfahrtsstraße durch Ascutney. Hatte schon auf dem Highway 91 wenig Verkehr geherrscht, so war die Straße nun völlig leer. So weit sie voraussehen konnten, leuchteten die wenigen Ampeln grün. An jeder Kreuzung blickte Jack nach rechts und links und sah nur dunkle Straßen und einzelne beleuchtete Fenster oder Hauseingänge.

»Fahr langsamer«, sagte Effrem. »Er ist jetzt nur noch ein paar Hundert Meter voraus.«

Jack nahm den Fuß vom Gas, bis die Geschwindigkeit nur noch knapp zwanzig Stundenkilometer betrug.

»Er biegt nach links ab ... auf die Black Mountain Road. Dort oben liegt ein Campingplatz, kurz danach kommt eine Abbiegung. Okay, jetzt kannst du ein bisschen schneller fahren.«

Kurz danach glitten die Scheinwerfer erneut über ein Straßenschild: nach links zu einer Firma namens STAFFORD CONSTRUCTION, nach rechts auf die Black Mountain Road. »Effrem, such auf Google nach Stafford Construction.«

»Mach ich bereits. Er fährt jetzt sehr langsam, Jack. Was meinst du, hat er sich verfahren?«

Jack bezweifelte es. Männer wie Stephan Möller verfuhren sich nicht. Jack dimmte die Scheinwerfer, bog in die Black Mountain Road ein und reduzierte die Geschwindigkeit noch weiter. Der Vollmond wurde teilweise durch

Wolken verdeckt; die dicht am Straßenrand stehenden Bäume sorgten dafür, dass Jack in fast völliger Dunkelheit fahren musste. Er konzentrierte sich auf die schwach schimmernde gelbe Mittellinie.

Schweigend fuhren sie zwei Minuten lang weiter.

»Das Netz wird schwächer. Ich glaube, er biegt wieder ab, dieses Mal nach rechts, ungefähr hundert Meter vor uns. Könnte das ein Steinbruch sein, was meinst du? Was hat er in einem Steinbruch zu suchen?«

»Ich habe nicht den blassesten Schimmer.«

Rechts fiel die Böschung zu einer flachen Rinne ab, die auf beiden Seiten von kniehohem Gestrüpp fast überwuchert war, doch konnte Jack in der Mitte der Rinne einen schmalen, gewundenen Wirtschaftsweg ausmachen, dessen graubrauner Kieselbelag sich deutlich aus der dunklen Umgebung heraushob.

»Nicht die Abbiegung, sondern die nächste«, sagte Effrem. »Sie kommt gleich da vorn.«

»Ich weiß.«

Jack hielt an, legte den Rückwärtsgang ein und stieß zurück, bis die Motorhaube über die Böschungskante ragte. So konnten sie den Wirtschaftsweg überblicken.

Ein paar Augenblicke später strichen Scheinwerfer über den Kiesbelag, und dann kam von links Möllers weißer Subaru ins Blickfeld. Die Scheinwerfer wurden ausgeschaltet. Der Wagen verschwand zwischen den Bäumen.

»Bist du auf Maps oder auf Satellit?«, fragte Jack.

»Maps. Das ist alles, was das schwache Netz noch hergibt. Sieht so aus, als wäre das die Zufahrt zum Steinbruch.«

»Schalte mal auf Satellit um und sag mir, was du dann siehst.«

»Das dauert aber eine Minute oder so.«

Jack schob den Schalthebel wieder auf Drive und lenkte den Wagen die Böschung hinunter, wobei er vorsichtig

zwischen dem Gestrüpp hindurchsteuerte. Auf dem Zu-
fahrtsweg schob er den Hebel auf N und ließ den Wagen
im Leerlauf den leicht abfallenden Weg hinunterrollen. Er
lenkte ihn so weit nach rechts, dass er fast an der Rinnen-
seite entlangscheuerte, bremste und schaltete den Motor aus. Dann ließ er beide Vorderfenster herunter. Angestrengt lauschte er in die Dunkelheit hinaus. Er hörte
nichts, nur das Quaken von Fröschen. »Siehst du ihn
noch?«

»Warte – das Satellitenbild wird gerade schärfer ... Ich
sehe Baugerät, Bulldozer, Bagger, Trucks ... Was meinst
du – trifft er sich hier mit jemandem?«

»Entweder das, oder er wechselt das Fahrzeug.«

»Ich sehe aber nur schweres Gerät da unten.«

»Das Satellitenfoto könnte Monate alt sein«, meinte
Jack. »Komm, wir schauen uns das selbst mal an.«

Er nahm das Fernglas aus dem Rucksack; sie stiegen
aus und gingen zum Abhang. Als sie den Rand des Kies-
wegs erreichten, ging Jack in die Knie. Auf der anderen
Seite des Wegs ragte eine Abraumhalde von der Größe
eines zweistöckigen Hauses in die Höhe.

Jack flüsterte Effrem zu: »Bleib genau in meinen Fußstapfen. Bleib immer sofort stehen, wenn ich stehen bleibe.« Effrem nickte entschlossen, aber Jack sah ein kaum
wahrnehmbares Flimmern der Angst in seinen Augen.
»Wird schon nichts passieren«, beruhigte er ihn.

Jack schlich bis zum Wegrand und spähte nach rechts in
den Steinbruch. Die Zufahrtsstraße, neben der sie standen, mündete in einen mehrstufigen Steinbruch; das flache
Areal in der Grube wurde von mehreren großen Kiesel-
und Sandhalden in Sektionen unterteilt. Die Abstände
zwischen den Halden waren breit genug für Schaufellader
und Kiestransporter. Hier und dort hoben sich von Bäumen bewachsene Bermen vom Nachthimmel ab.

Der Subaru war nirgends zu sehen. Jack durchsuchte die Umgebung mit dem Fernglas: nichts.

Gebückt rannte er über den Fahrweg zur ersten Abraumhalde und schlich an der Rückseite um sie herum. Als er stehen blieb, tippte ihm Effrem auf die Schulter und zeigte ihm das Smartphone. »Stafford Construction«, flüsterte Effrem. »Direkt hinter der Halde. Siehst du, was ich meine?«

Jack zoomte das Bild näher. Das Gelände der Baufirma zwängte sich zwischen die Black Mountain Road und den Connecticut River und erstreckte sich über eineinhalb Kilometer, mit einer Breite von fast fünfhundert Metern. Wo sein westlicher Rand dem Steinbruch am nächsten kam, lagen mehrere Gebäude. Im Osten, parallel zum Fluss, durchzog eine lange, geteerte Straße das Gelände, an deren Rand Anhänger und lange Container aufgereiht standen.

Etwas an diesem Bild stimmte nicht, wie Jack klar wurde. Er versuchte herauszufinden, was es war.

Durch die Dunkelheit kam ein kurzes, hartes Geräusch: eine Autotür wurde zugeschlagen.

Effrem zuckte zusammen und blickte über die Schulter. »War das Möller? Will er abhauen?«

Jack gab keine Antwort. Er zoomte das Foto auf dem Display noch näher heran und scrollte nach unten. Und dann sah er es. Auf dem Belag an beiden Enden der langen Querstraße war ein großes weißes X aufgemalt.

Dieses Symbol kannte er: Es kennzeichnete eine stillgelegte Start- und Landebahn.

Damit war die Sache klar: Die Startbahn gehörte zu Möllers Flucht- und Evakuierungsplan. Und für diesen Teil seines Plans benötigte Möller kein Fahrzeug.

Und schon hörte Jack aus der Ferne das leise Brummen eines Flugzeugmotors.

»Bleib dicht hinter mir«, flüsterte Jack.

19

Ascutney, Vermont

Sie schlichen am Fuß der Halde entlang, bis sie die nächste Fahrstraße erreichten. Hier blieb Jack kurz stehen, dann sprintete er nach links, wobei er den weißen Subaru im Blick hielt und nach Bewegungen Ausschau hielt. Möller würde nach Osten gehen, vermutete Jack, hinüber zu dem von Bäumen bewachsenen Abhang, der sich am Gelände entlang erstreckte, aber wohin genau? Die Auflösung des Fotos auf dem Display war nicht gut genug, außer Straßen und Fahrwegen auch Fußpfade erkennen zu können.

Von weiter vorn hörte Jack das Knirschen von Schuhen auf Kiesel, dann das Rieseln von Sand. Jack erstarrte, duckte sich nieder. Effrem stieß gegen ihn und flüsterte »Sorry«.

Jack schloss kurz die Augen, versuchte sich die Geräusche in Erinnerung zu rufen. *Welche Richtung? Links,* entschied er, um den Sandhaufen herum, der vor ihnen lag. Er richtete sich wieder auf und schlich weiter, bis er die Halde erreichte; dort wandte er sich nach rechts.

Das Geräusch des Flugzeugs war inzwischen lauter und schriller geworden. Jack blickte auf, aber die Halde versperrte teilweise den Blick auf den Himmel. Effrem tippte ihm auf die Schulter und deutete nach rechts. Der Kofferraum des Subarus ragte hinter der nächsten Kieselhalde hervor.

Denk genau nach, Jack, mahnte er sich. *Nichts überstürzen.* Wenn Möller wusste, dass er verfolgt wurde, würde dieser Steinbruch die perfekte Örtlichkeit für einen Hinterhalt abgeben; das Gelände war ideal, ebenso das Timing. Wann würde sich eine bessere Gelegenheit bieten, die Sache zu Ende zu bringen? Wenn Möller auf der Lauer lag, würde er sich entweder für den bewaldeten Abhang am östlichen Rand des Steinbruchs entscheiden – oder irgendwo weiter hinter ihnen warten, bis sie zu den Gebäuden hinüberschlichen.

Jack war sich im Klaren darüber, mit wem er es hier zu tun hatte. Möller war absolut gewissenlos und eiskalt, das stand fest, und Jack vermutete, dass Möller und Eric Schrader einen ähnlichen Hintergrund hatten: die deutschen Spezialkommandos. Das zu wissen wirkte im Hinblick auf die vor ihm liegende Aufgabe keineswegs beruhigend.

Spielt keine Rolle, dachte er. Hinterhalt oder nicht, sie mussten zu der Landebahn gelangen, und die Zeit rann ihnen durch die Finger. Sich bei der Verfolgung durch GPS leiten zu lassen oder Kreditkarten zu überwachen war eine Sache; eine ganz andere Sache war es, aktiv ein Flugzeug im Flug zu verfolgen – das überstieg Jacks derzeitige Ressourcen. Höchste Zeit, dass sie Möller schnappten. Was sie dann mit ihm anfingen, konnten sie entscheiden, wenn es so weit war.

Er beugte sich zu Effrem zurück und flüsterte: »Behalte unsere Sechs im Auge, bis ich dir etwas anderes sage. Bleib dicht hinter mir. Wir holen uns Möller.«

»Was ist unsere Sechs?«

»Hinter uns.«

»Alles klar.«

Jack zog die Glock und hob sie auf »Low Ready«, die tiefe Vorhalteposition, die den Blick auf die Hände des

Gegners freihielt, aber dennoch schnelles, gezieltes Feuern ermöglichte. Er trat hinter der Halde hervor und ging nach Osten, wobei er jede Deckungsmöglichkeit nutzte, die sich ihm bot, von Kieshalden bis zu Erdwällen, in der Hoff- nung, dass sie ihn und Effrem vor wachsamen Blicken schützen würden. Doch wenn Möller hinter ihnen lauerte, konnte Jack nur hoffen, dass Effrems Augen schneller wa- ren als der Abzugsfinger des Deutschen.

Vor ihnen lag die letzte Kieshalde; dahinter erstreckten sich rund fünfzehn Meter offenes Gelände bis hin zur östlichen Begrenzung des Steinbruchs.

»Es kommt näher«, flüsterte Effrem.

Auch Jack hörte das Flugzeug; es schien aus nördlicher Richtung zu kommen, und dem Geräusch nach befand es sich im Landeanflug. Jack blickte in die Richtung, sah aber keine Positionslichter am Himmel. »Augen auf un- sere Sechs«, mahnte Jack.

Er schlich nach links um die Kieshalde, blieb stehen und scannte den freien Geländeabschnitt. Nichts regte sich. Die Bäume am Abhang standen so dicht, dass sie wie eine einzige schwarze Mauer wirkten, und nur an ihren zackigen Kronen vor dem Himmel waren einzelne Bäume zu unterscheiden.

Er entdeckte jedoch eine Anomalie am Fuß des Hangs, einen schmalen, etwas helleren Streifen, der zwischen den Bäumen verschwand. Ein Pfad? *Ein perfekter Fla- schenhals.* Wenn sie vom relativ helleren Licht, das im Steinbruch herrschte, in den dunklen Wald eindrangen, würden sie momentan blind sein. Und leichte Ziele ab- geben.

Hör auf. Er war im Begriff, sich von der Analyse in die Paralyse treiben zu lassen, wie Clark es ein wenig hoch- gestochen ausdrücken würde. Oder einfacher: Zu viel Grübeln führt zur Lähmung.

»Effrem, direkt vor uns – siehst du den Pfad, der zwischen die Bäume führt?«

»Ja.«

»Dorthin wollen wir. Bleib dicht hinter mir. Wenn geschossen wird, läufst du zurück, gehst in Deckung und machst dich unsichtbar, bis ich wieder zu dir stoße.«

Jack wartete die Antwort nicht ab, sondern erhob sich und ging mit schnellen Schritten auf die Bäume zu. Er hielt den Blick fest auf die Baumreihe gerichtet, ließ ihn nirgendwo haften und achtete auch auf das periphere Blickfeld – im schiefen Winkel waren Bewegungen oftmals leichter auszumachen. Hatte wohl etwas mit den Zapfen und Stäbchen im Auge zu tun, schoss es Jack kurz durch den Kopf, den Fotorezeptoren der Netzhaut, die Lichtenergie in Nervenzellimpulse umwandelten.

Und tatsächlich nahm Jack aus dem Augenwinkel eine Bewegung wahr, aber viel weiter links und höher. Er blickte hinüber. Ein einmotoriges Flugzeug strich über die Bäume an der Nordseite, verlor rasch an Höhe und schwenkte auf die Landebahn ein. Kurz darauf verschwand es hinter dem Dach des nördlichsten Gebäudes.

Jack trabte mit pochendem Herzen los. Er hob die Glock auf Schulterhöhe, vergewisserte sich, dass er sein Blickfeld gut im Visier hatte, und senkte sie wieder ein wenig.

Hinter ihm geriet Effrem ins Stolpern. »Alles okay, bin noch da«, flüsterte er keuchend.

»Sobald wir zwischen den Bäumen sind, verlässt du den Pfad nach links und bleibst stehen.«

»Mach ich. Ich hab Angst.«

»Nicht daran denken. Einfach nur weiterlaufen.«

Die Baumreihe ragte nun dicht vor ihnen auf; eine Sekunde später waren sie von tiefster Dunkelheit umgeben. Jack blieb stehen, duckte sich, trat nach rechts in das Unterholz. Wenn Möller irgendwo weiter oben am Pfad versteckt lauerte, würde er sich zwar nicht von diesem kleinen Trick täuschen lassen, aber er hätte nur auseinan-derstehende und undeutliche Ziele.

Effrem flüsterte: »Wie lange warten wir?«

»Gar nicht. Bleib dicht bei mir.«

Jack richtete sich wieder auf und rannte den Pfad hinauf. Er wurde steiler, schon spürte er ein Brennen in den Beinen. Das Gestrüpp verfing sich in den Kleidern, Zweige und Laub peitschten ihm ins Gesicht. Der Pfad schwenkte nach links ab, dann in einer Spitzkehre wie-der nach rechts. Jacks Fuß blieb an einem Baumstumpf hängen, aber er konnte sich wieder fangen und rannte weiter. Vor sich sah er eine ovale Lücke zwischen den Bäumen, kurz darauf entdeckte er dahinter eine Well-blechwand.

Fünf Meter vor der Lücke flüsterte er: »Nach links! Duck dich!«, und wieder trennten sie sich und kauerten auf beiden Seiten des Pfads nieder. Jack spähte hinaus, sah aber nichts.

»Ich höre den Motor nicht mehr«, flüsterte Effrem.

»Ich auch nicht.«

Jetzt schlichen sich Zweifel in Jacks Gedanken. Wenn es ihnen nicht gelang, Möller zu erwischen, bevor er das Flugzeug bestieg, was wäre dann? Sollten sie das Feuer auf das Flugzeug eröffnen? Was, wenn der Pilot nur ein harmloser Unbeteiligter war? Und was, wenn dieser un-schuldige Unbeteiligte Zeuge wurde, wie sie Möller kid-nappten?

Jack war sich zwar zu neunundneunzig Prozent sicher, dass der Mann am Lenkrad von Eunice Millers Subaru Möller gewesen war, aber weder er noch Effrem hatten den Mann seit Mike's Mini Mart in West Haven direkt zu sehen bekommen. Außerdem: Wenn es ihnen gelungen war, Möller bis hierher zu verfolgen, ohne dass er es bemerkte, wäre es ein Fehler, ihn jetzt auf seine Verfolger aufmerksam zu machen. *Verdammt!*

Alarmiere ihn nicht, Jack. Es war wohl besser, Möller seinen Geschäften nachgehen zu lassen und zu hoffen, dass sie ihn später wieder aufspüren konnten.

»Was machen wir, Jack?«, fragte Effrem.

Aus östlicher Richtung war jetzt wieder ein startender Flugzeugmotor zu hören.

»Jack ...?«

»Wir lassen ihn gehen.«

»Was! Du hast doch gesagt ...«

»Ich hab's mir anders überlegt. Wie gut sind deine Augen?« Jack reichte ihm das Fernglas. »Du hast nur einen einzigen Job: die Flugzeugnummer auf dem Heck zu entziffern, bevor die Maschine aus dem Blickfeld gerät.«

»Okay, und was machst du währenddessen?«

»Ich sorge dafür, dass Möller nicht auf die Idee kommt, die Falle zuschnappen zu lassen.«

Bevor Effrem protestieren oder nachfragen konnte, stand Jack auf und rannte die letzten paar Meter bis zu der Öffnung im Gestrüpp, durch die der Pfad hinausführte. Vorsichtig trat er hindurch. Vor ihm lagen acht Lagerschuppen, in Nord-Süd-Richtung aufgereiht. Zwischen den Gebäuden führten jeweils schmale Durchgänge zur Landebahn.

Wohin? Das Flugzeug war von Nord nach Süd gelandet, was bedeutete, dass es in umgekehrter Richtung starten würde.

»Mir nach.«

Im schnellen Lauf rannten sie an den Gebäuden entlang, wobei Jack jede Lücke zwischen den Schuppen zuerst sicherte. An der sechsten blickte Jack nach rechts und sah das Flugzeug, das auf der Startbahn nach Norden rollte und beschleunigte. Der Motor heulte immer lauter;

das Flugzeug würde jede Sekunde abheben. Es war eine einmotorige Propellermaschine, aber weder eine Cessna noch eine Piper PA-46, wie Jack sofort erkannte. Diese Maschine war größer: ihr Rumpf war höher, und sie hatte eine größere Spannweite.

»Schnell weiter«, befahl Jack und rannte los.

Sie kamen zum letzten Schuppen; Jack spähte um die Ecke. Niemand war zu sehen. »Los!«, befahl er, und Effrem sprintete an ihm vorbei bis zur vorderen Ecke des Gebäudes, wo er niederkniete und das Fernglas an die Augen hob.

Das Flugzeug raste vorbei, seine Positionslichter blitzten über den Startbahnbelag. Dann war es auch schon hinter den Bäumen verschwunden.

»Effrem?«, rief Jack. »Hast du sie?«

»Ich hab sie.«

20

Jack döste, den Kopf an das Flugzeugfenster gelehnt; ab und zu öffnete er kurz die Augen und warf einen Blick hinunter: Die dunkle Landschaft hatte sich verändert, und jetzt sah er auch endlich in der Ferne die Lichter der bayrischen Hauptstadt funkeln. Er gähnte und streckte sich. Effrem, der neben ihm saß, arbeitete konzentriert an seinem Laptop.

Über die Lautsprecher wurde der Landeanflug angekündigt, zunächst auf deutsch, dann auf englisch. Jack stellte den Sitz aufrecht.

»Klapptisch«, sagte Jack.

»Hä?«

»Klapptisch hoch – sonst schimpft Brunhilde.«

Die Stewardess, eine stattliche Blondine mit freundlichem Lächeln, managte die Kabine mit teutonischer Gründlichkeit. Jack hatte die Blicke bemerkt, mit denen Effrem die Stewardess verfolgte – entweder stand der Junge auf dominante Frauen, oder er fühlte sich eingeschüchtert. Vielleicht auch beides.

»Sorry.« Effrem fuhr den Laptop herunter und verstaute ihn in seiner Tasche, die er unter den Sitz schob. »Hat sie mich erwischt?«

Jack grinste. »Das hättest du wohl gern, wie?«

»Schnauze. Wie sieht der Plan aus, wenn wir gelandet sind?«

»Hotel. Schlafen. Kaffee. Strategiesitzung.«

Inzwischen waren sie fast vierzig Stunden unterwegs, zuerst von Alexandria nach Vermont und dann, nachdem Möllers Flugzeug abgehoben hatte, weiter zum JFK Airport und schließlich zurück zum Dulles Airport. Um zehn Uhr waren sie wieder in Jacks Apartment und suchten nach Flügen nach München. Sie fanden einen Lufthansa-Nonstopflug von Dulles am selben Nachmittag. Kaum waren sie an Bord und hatten sich angeschnallt, war Jack prompt eingeschlafen.

Mit der von Effrem notierten Kennnummer auf dem Höhenleitwerk war es Jack gelungen, das Flugziel herauszufinden: Deutschland oder die Schweiz. Das warf allerdings nur wieder neue Fragen auf. Der Website des Schweizerischen Bundesamts für Zivilluftfahrt zufolge war das fragliche Flugzeug eine in der Schweiz gebaute Pilatus PC-12 NG. Die Maschine trug die Registrationsnummer HB-FXT und gehörte einem gewissen Alexander Bossard, wohnhaft in Zürich. Jack und Effrem hatten unabhängig voneinander sowohl das Flugzeug als auch Bossard recherchiert, aber nur herausfinden können, dass Bossard reich genug war, sich einen Vier-Millionen-Dollar-Privatjet leisten zu können und die Maschine mal schnell über den Atlantik zu schicken, um Möller von einer stillgelegten Startbahn im ländlichen Vermont abholen zu lassen. War Bossard auch der Eigentümer des Luxusapartments, in dem Eric Schrader während seines Aufenthalts in Zürich gewohnt hatte? Auch das schien eine naheliegende Annahme zu sein.

Jack beschäftigte allerdings eine noch größere Sorge: Belinda Hahns Sicherheit. Ihr Vater hatte angedeutet, dass sie in Gefahr sein könnte, was er aber nicht weiter erläutert hatte. Mit der Ermordung ihres Vaters war ein »loses Ende« permanent verknotet worden. Drohte ihr nun dasselbe

Schicksal? Oder ging Jack von falschen Annahmen aus? Obwohl ihre E-Mails an Peter Hahn wie Botschaften einer liebevollen Tochter geklungen hatten, konnte Jack die Möglichkeit nicht völlig ausschließen, dass sie willentlich an dieser ganzen Sache beteiligt war – was auch immer diese »Sache« sein mochte. Auf jeden Fall stand ganz oben auf Jacks To-do-Liste, den Kontakt zu Belinda Hahn aufzunehmen.

Jack hatte über ein Hotelportal Zimmer im selben Hotel reserviert, in dem er schon einmal gewesen war, dem München Palace im Stadtteil Bogenhausen, einen Steinwurf von der Luitpoldbrücke und der Isar entfernt. Der Fluss teilte die Stadt praktisch in eine Ost- und eine Westhälfte. Bei seinem früheren Aufenthalt war Jack stundenlang durch die Parks und auf den Uferwegen entlang spaziert, die sich an beiden Seiten des Flusses hinzogen.

Eine halbe Stunde nachdem sie den Zoll hinter sich gebracht und einen Wagen, einen Citroën, gemietet hatten, hielten sie vor dem Hoteleingang an. Inzwischen war es fast drei Uhr nachts. Ein Türsteher öffnete ihnen sofort die Tür und ging zum Kofferraum, um ihr Gepäck herauszunehmen.

»Danke schön«, sagte Jack auf deutsch und gab ihm ein Trinkgeld.

»Es ist mir ein Vergnügen.«

Jack ging zur Tür, bemerkte aber, dass Effrem stehen geblieben war und auf sein Smartphone starrte. Sein Gesicht war ernst. Jack ging zu ihm zurück. »Was ist los?«

»Sie haben die Tote in der Zugtoilette identifiziert. Es ist tatsächlich Kaitlin Showalter.«

Jack schüttelte den Kopf. Kaitlin Showalter hatte sterben müssen, weil sie zur falschen Zeit im falschen Zug gesessen hatte und etwas besaß, was Stephan Möller dringend brauchte: ein Auto. Was mochten er und seine

Kumpels Belinda Hahn antun, zumal Belinda keineswegs nur ein Zufallsopfer sein würde? Jack fragte sich, ob er und Effrem nicht bereits zu spät kamen.

Sie genehmigten sich trotzdem wenigstens eineinhalb Stunden Schlaf, dann verließen sie das Hotel. Sie fuhren durch die Morgendämmerung zur Prinzregentenstraße. Die Stadt erwachte langsam, Lieferwagen hielten vor den Geschäften, Busse ließen Fahrgäste an den Haltestellen einsteigen. Obwohl die Stadt nur etwa fünfzig Kilometer vom Nordrand der Alpen entfernt lag, war der Frühling feucht und ungewöhnlich warm gewesen, sodass die Bäume bereits in voller Blüte standen.

Effrem blickte nachdenklich hinaus. »So viel Grün. Und alles ist so sauber! Ich war schon ein Dutzend Mal hier und könnte die Abfälle an den Fingern abzählen, die auf der Straße herumliegen.«

»Deutsche Gründlichkeit.«

Sie überquerten die Isar; Jack folgte dem Navigationssystem zum Stadtteil Neuaubing. Belindas Wohnung befand sich in einem vierstöckigen Apartmenthaus ein paar Querstraßen südlich der Bodenseestraße. Die Cafés und Läden, an denen sie vorbeikamen, hatten alle noch geschlossen, da es noch nicht einmal sechs Uhr war; Jack wollte Belinda unbedingt noch vor der Arbeit zu Hause antreffen.

Langsam fuhr er am Haus vorbei. Der Eingangsbereich war nur spärlich beleuchtet, aber hinter der gläsernen Haustür war ein kleiner Vorraum zu erkennen, von dem eine Glastür ins Treppenhaus mit dem Aufzug führte; an einer Wand vor der Innentür befand sich eine Gegensprechanlage mit beleuchteten Klingeltasten.

Eine Weile überlegte er, ob er einfach klingeln und Belinda um ein Gespräch bitten sollte. Doch dann verwarf

189

er den Gedanken wieder. Was konnte er ihr schon sagen? *Ich war dabei, als Ihr Vater ermordet wurde?* Wenn sie nur ein bisschen Verstand hatte – und nach den E-Mails an ihren Vater zu urteilen, hatte sie davon eine Menge –, würde sie sofort die Polizei rufen. Also blieb nur Plan B.

Sie fuhren zur S-Bahn-Station Westkreuz zurück, wo Jack einen Lebensmittelladen entdeckte, der schon geöffnet hatte. Effrem blieb im Auto, und nach einer Weile kam Jack mit einer Plastiktüte voller Gemüse und Obst wieder heraus. Er stellte sie auf Effrems Schoß.

»Ich kann nicht kochen«, sagte Effrem.

»Dann wird es höchste Zeit, dass du es lernst. Gehört zum Grundwissen eines Junggesellen.«

»Wer sagt, dass ich Junggeselle bin?«

»Ich. Stimmt es nicht?«

Effrem zögerte. »Ja ... doch. Sieht man mir das wirklich an?«

Sie fuhren zu Belindas Wohnung zurück; Jack parkte etwa dreißig Meter vom Hauseingang entfernt.

»Siehst du den Eingang?«

Effrem drehte sich um und blickte durch das Heckfenster des Citroëns zurück. »Ja.«

»Bleib hier und beobachte die Tür. Du wirst schon wissen, was du zu tun hast, wenn was passiert.«

»Ach ja? Geht's nicht noch ein bisschen ungenauer?«

»Ich kann's ja mal versuchen.«

Schweigend beobachteten sie die Haustür eine Weile, bis Jack sich sicher war, dass ihnen niemand hierher gefolgt war. Schließlich nahm er die Papiertüte und stieg aus. Außerhalb des Hauses bezog er unter einem Baum Stellung, der Haustür genau gegenüber. Von hier aus konnte er den Lift im Auge behalten.

Jacks Plan hing von zwei Faktoren ab: dem richtigen Zeitpunkt und einem freundlichen Hausbewohner.

Zehn Minuten später ging der erste der beiden Wünsche in Erfüllung. Über der Lifttür leuchtete ein Dreieck auf, das nach unten wies.

Jack trottete über die Straße, öffnete die äußere Haustür und trat in den Vorraum. Direkt vor der inneren, verschlossenen Tür ließ er einen Teil der Einkäufe auf den Boden fallen. Er kniete nieder und fing einen Salatkopf ein, der davonrollen wollte. Im Treppenhaus glitt die Lifttür auf. Jack griff nach oben und versuchte, einen seiner eigenen Hausschlüssel in das Schloss der Innentür zu stecken. Er tat so, als würde ihm der Schlüsselbund aus der Hand fallen, und während er ihn wieder aufheben wollte, ließ er drei Orangen aus der Tüte rollen.

»Warten Sie, ich helfe Ihnen!«, rief eine Frauenstimme von innen.

Jack blickte auf. Eine Frau Anfang dreißig kam zur Tür geeilt. Sie trug Joggingkleidung und hatte das blonde Haar zu einem Pferdeschwanz zusammengebunden.

»Danke«, rief Jack.

Er wich ein wenig zurück, damit sie die Tür öffnen konnte, wobei noch mehr Orangen herausrollten.

Sie lachte und kniete nieder, um ihm beim Einsammeln zu helfen.

Jack lächelte sie ein wenig dümmlich an und murmelte verlegen: »Danke.«

Als alles eingesammelt war, stand er auf und bedankte sich noch einmal. Sie hielt ihm die Tür auf, und er trat in den inneren Vorraum.

»Schönen Tag noch«, sagte sie.

»Ja. Danke.«

Jack winkte ihr nach, als sie davonjoggte.

Kurze Zeit später erschien Effrem an der Tür, und Jack ließ ihn herein. Sie gingen zum Lift.

»Ganz schön clever, Jack«, sagte Effrem und nickte anerkennend.

»Wer hätte kein Mitleid mit einem Tollpatsch?«

Sie fuhren zum vierten Stock hinauf. Belindas Apartment lag am Ende des Flurs.

»Und was jetzt?«, erkundigte sich Effrem. »Was willst du ihr sagen?«

Das war eine gute Frage. Jacks kleines Drama mit der Einkaufstüte hatte sie ins Haus gebracht, aber das eigentliche Problem war damit nicht gelöst: wie sie den Kontakt zu Belinda herstellen konnten, ohne sie in Panik zu versetzen. Die Möglichkeit, dass sie in die ganze Sache involviert sein könnte, hatte er vorerst in den Hintergrund geschoben. Sofern sie kein eiskaltes Luder war, hatte sie mit dem Tod ihres Vaters nichts zu tun; aber ob das auch auf den Anschlag auf ihn zutraf, wusste er noch immer nicht. Eins nach dem anderen.

»Ich werde mir erst einmal anhören, was sie zu sagen hat.« Jack gab Effrem die Tüte und drückte auf den Klingelknopf.

Eine halbe Minute verstrich; Jack klingelte noch einmal. Jetzt hörte er Bewegungen in der Wohnung, nackte Füße auf Parkettboden. Hinter dem Türspion bewegte sich etwas.

»Wer ist da?«, kam eine Frauenstimme gedämpft durch die Tür.

Jack atmete ein und fragte ruhig: »Frau Hahn?«

»Ja. Wer sind Sie?«

»Sprechen Sie englisch?«

Eine lange Pause. »Ja, ich spreche englisch.«

»Miss Hahn«, fuhr Jack auf englisch fort. »Ich wohne in Alexandria, nicht weit vom Haus Ihres Vaters entfernt. Ich habe etwas dabei, was ihm gehört. Darf ich es unter der Tür durchschieben?«

Wieder eine lange Pause. »Okay.«

Jack nahm eines der Sudoku-Hefte aus der Tasche, die er in Peter Hahns Haus gefunden hatte. Wie alle anderen Hefte hatte Belinda auch dieses mit einem handschriftlichen Gruß versehen. »Training fürs Gehirn. Alles Liebe, Belinda.«

Jack schob es unter der Tür durch und wartete.

»Ich rufe die Polizei«, sagte sie schließlich.

»Bitte, tun Sie das nicht«, antwortete er. *Mach vorwärts, Jack, spring ins kalte Wasser.* »Ich war dabei. Ich habe gesehen, was mit ihm passiert ist. Ich möchte Ihnen helfen.«

»Wer ist der andere Mann?«

»Ein Freund von mir. Hören Sie, wählen Sie den Notruf bis auf die letzte Ziffer. Wenn wir etwas tun, was Ihnen nicht gefällt, rufen Sie die Polizei.«

»Ich habe ein Pfefferspray.«

»Gut. Holen Sie es. Hören Sie, Belinda: Ich kenne den Namen des Mannes, der Ihren Vater ermordet hat. Ich bin nur gekommen, um Ihnen zu helfen.«

Eine gute halbe Minute verstrich, dann klickte das Türschloss.

21

Belinda hatte nicht geblufft. Sie hielt tatsächlich ein Pfefferspray in der Hand, aber keineswegs eines der üblichen kleinen Handtaschenmodelle, sondern eine coladosengroße Version, mit der sie wahrscheinlich auch einen Grizzlybär in die Flucht schlagen könnte. Sie stand am hinteren Ende des Flurs, einen Finger auf dem Druckventil der Dose, in der anderen Hand hielt sie ihr Mobiltelefon. Vor ihren Füßen lag das Sudokuheft.

»Ist das Ding echt?«, murmelte Effrem Jack zu. »Wusste nicht, dass die so groß sein können.«

»Können sie. Und sie sind viel wirksamer als ein normales Pfefferspray.«

Im Lauf der Jahre hatte Jack Messerstiche eingefangen, war niedergeschlagen, verprügelt und beschossen worden, und einmal war er auch mit einer ordentlichen Dosis OC, auch Pfefferspray genannt, eingenebelt worden. Eher würde er alle anderen Versionen von Misshandlungen erdulden, als noch einmal eine solche Dosis einzufangen. Mit anderen Schmerzen konnte man zurechtkommen. Aber OC war nacktes, unverfälschtes Elend, so intensiv und grausam, dass die Zeit stillzustehen schien. Schon bei der Erinnerung daran drehte sich ihm schier der Magen um.

»Stehen bleiben!«, befahl Belinda.

Peter Hahns Tochter war klein und zierlich, höchstens 1,55 Meter groß, mit kurzem, dunklem Haar und rechteckiger Brille. Sie trug eine einfache hellgraue Sweathose und ein rotes T-Shirt mit dem Logo des Basketballteams Washington Wizards.

»He, Sie, mit dem Wuschelkopf!«, blaffte sie Effrem an. »Tür zu! Schließen Sie ab!«

Effrem tippte sich verblüfft auf die Brust. »Äh … ich?«

»Ja, Sie! Sofort, sonst kriegen Sie die erste Dusche!«

Jack glaubte ihr aufs Wort. Peter Hahn hatte keinen Angsthasen großgezogen. »Beweg dich nur langsam, Effrem«, sagte er.

Effrem hob die freie Hand auf Schulterhöhe und schloss mit der anderen die Tür ab.

»Also: Wer sind Sie?«, wollte Belinda wissen.

»Ich bin Jack. Er heißt Effrem.«

»Waffen?«

»Nein.«

»Zeigen. Hebt die Jacken hoch, und dreht euch langsam um.« Sie folgten der Anweisung.

»Okay. Was ist mit meinem Vater geschehen?«

Noch draußen vor der Tür hatte sich Jack eine sanfte Antwort auf die Frage überlegt. Aber Belinda war tough. Und im Moment war sie wütend; sie verdiente eine ungeschmückte Antwort. »Er wurde erschossen. Zuerst in den Bauch, dann in den Kopf.«

»Wo in den Kopf? Ich weiß es, also versuchen Sie gar nicht erst zu lügen. Die Polizei hat es mir gesagt.«

»Ins rechte Auge«, sagte Jack.

Das Pfefferspray zitterte ein wenig, dann packte sie es wieder fester.

Jack fuhr fort: »Effrem und ich haben seither den Mann verfolgt, der Ihren Vater erschossen hat. Sein Name ist Stephan Möller. Sagt Ihnen der Name etwas?«

Belinda überging die Frage. »Warum haben Sie nicht die Polizei informiert?«

»Möller arbeitete mit einem gewissen Eric Schrader zusammen. Schrader hat versucht, mich umzubringen, und Ihr Vater hat ihm dabei geholfen.«

»Sie lügen! Mein Vater würde niemals ...«

»Ich glaube, er hat ihm so wenig wie möglich geholfen, und selbst das wollte er eigentlich nicht. Er hatte zweimal die Gelegenheit, mich zu töten, hat es aber nicht getan. Belinda, Männer wie Möller und Schrader kümmern sich nicht groß um die Polizei. Verstehen Sie, was ich sagen will?«

»Kann sein.«

Interessante Antwort. »Ich glaube, dass er versuchte, Sie zu schützen. Könnte das sein?«

»Möglich.«

Effrem fragte: »Was soll das heißen?«

Belinda schwenkte die OC-Dose kurz in seine Richtung. »Schalten Sie das Licht ein.«

Effrem drückte auf den Schalter, und der Flur erstrahlte in hellem Licht.

Mit drohend ausgestreckter OC-Dose kam Belinda ein paar Schritte näher, hob das Handy und nahm ein Foto von Jacks und Effrems Gesichtern auf. Mit dem Daumen gab sie einen Befehl auf dem Display ein. »Ihr Foto ist jetzt in meiner Cloud gespeichert. Und in meinem Photobucket-Konto. Die Polizei wird die Fotos entdecken, wenn mir etwas zustoßen sollte. Die haben Programme zur Gesichtserkennung.«

»Klar – wir würden nicht mal mehr aus der Stadt herauskommen«, nickte Jack. »Belinda, wenn wir Ihnen etwas antun wollten, hätten wir ganz bestimmt nicht höflich geklingelt. Sie können uns entweder vertrauen oder uns befehlen zu gehen. Wie auch immer, Sie haben hier das Sagen.«

Nach ein paar Augenblicken senkte Belinda die Spraydose. »Kaffee?«

Belindas Wohnung war klein – ein Wohnzimmer mit Kochnische und ein Schlafzimmer. Sauber, aufgeräumt, mit viel hellem Holz und Edelstahl. Ihr winziger Balkon war so sehr von Farnen und Hängepflanzen überwuchert, dass man kaum das gegenüberliegende Gebäude sehen konnte.

Belinda stellte Kaffeetassen auf einen kleinen Esstisch in der Ecke; sie setzten sich. Sie legte das Handy dicht neben ihre Tasse, daneben auch das Sudokuheft. Das Pfefferspray legte sie auf den Schoß. »Vertrauen ist gut, Kontrolle ist besser«, erklärte sie mit leichtem Schulterzucken.

»Kein Problem«, sagte Effrem.

»Jack, woher haben Sie das Heft?«

»Nachdem Ihr Vater tot war, ging ich zu seinem Haus.«

»Sie sind in sein Haus eingebrochen?«, fragte sie scharf.

Jack hob beide Hände. »Schuldig im Sinne der Anklage. Ich habe die Sudokuhefte entdeckt, Ihre E-Mails an ihn gelesen und dabei auch Ihre Adresse herausgefunden.«

Sie starrte ihn fassungslos an. »Sie … Und Sie glauben, dass mein Vater versucht hat, mich zu beschützen. Wie kommen Sie darauf?«

Jack erzählte ihr seine Konfrontation mit Peter Hahn im Garten des Hauses. Belinda fragte: »Und er hat sich genau so ausgedrückt: *Ich bin mir nicht mal sicher, ob ich genug getan habe, um sie zu retten,* und: *Sie haben mir nie direkt gedroht?*«

»Wortwörtlich. Wen oder was hat er damit gemeint?«

»Ich bin mir nicht sicher.«

Effrem stieß nach. »Aber Sie haben eine Vermutung.«

Belinda trank einen Schluck Kaffee, ließ geistesabwesend das Handy auf dem Tisch kreiseln und starrte es ein paar Augenblicke lang an. Schließlich sagte sie: »Jürgen Rostock. Er ist mein Boss.«

Jack kannte den Namen. Jürgen Rostock war CEO der Rostock Security Group, auch unter dem Akronym RSG bekannt. Die Firma war auf Personen- und Objektschutz spezialisiert – Bodyguards für die Reichen und Berühmten und Schutz von gefährdeten Geschäftsgebäuden und Produktionsanlagen gegen Anschläge. In ganz Europa genoss die RSG einen so guten Ruf, dass sie nicht mehr um Kunden werben musste – die Kunden kamen zu ihr, und Rostock machte seine Geschäfte längst nur noch mit wirklich wichtigen VIPs oder Konzernen.

Wie Allemand in Frankreich war auch Rostock in Deutschland zumindest in Politiker- und Militärkreisen ein bekannter Mann. Selbst Sohn eines Milchbauern, war er in der Bundeswehr rasch aufgestiegen, hatte es bis zum General gebracht und schließlich sogar zum Generalinspekteur der Bundeswehr. Nachdem 2005 in Afghanistan bei einem Selbstmordattentat auf ihn seine Frau ums Leben gekommen war, hatte er sich zunehmend radikalisiert, bis er schließlich für die Bundeswehr und die Bundesregierung nicht mehr tragbar war. Er wurde in den Ruhestand versetzt und hatte danach die RSG gegründet.

Auch Effrem kannte den Namen offenbar gut. »Jack, Rostock war eine Zeit lang auch Kommandeur der Division Schnelle Kräfte der Bundeswehr. Zu der Division gehört auch der Großverband Kommando Spezialkräfte.«

Und Eric Schrader war ein ehemaliger KSK-Soldat, dachte Jack.

Wie seine Kunden suchte sich Jürgen Rostock auch seine Angestellten sehr sorgfältig aus. Die große Mehrheit seiner Mitarbeiter rekrutierte er in den Rängen der

GSG 9, der bundesdeutschen Antiterroreinheit, oder warb sie anderen Einheiten ab, etwa den Spezialkräften der Bundeswehr, dem Militärischen Abschirmdienst und dem Bundesnachrichtendienst.

Es fiel Jack nicht schwer, sich vorzustellen, dass auch Stephan Möller aus einer dieser Einheiten kam.

»Mein Vater war beim KSM, dem Kommando Spezialkräfte Marine, Bereich Aufklärung. Er war mit Rostock befreundet. Ungefähr einen Monat nachdem ich von der Universität von Virginia abgegangen war, zog ich hierher, nach München.«

»Hat Rostock Sie jemals bedroht? Oder können Sie sich erklären, warum Ihr Vater das gedacht haben sollte?«

»Nein. Jürgen hat mich nie bedroht.« Belinda seufzte und zuckte die Schultern. »Mein Vater war ein kluger Mensch. Bodenständig. Wenn er so etwas dachte oder vermutete, hätte er dafür seine Gründe gehabt.«

»Was genau ist Ihr Job bei der RSG?«, fragte Effrem.

»Ich bin eine von Jürgens persönlichen Referentinnen. Er hat zwei – eine hier in München, die andere begleitet ihn auf seinen Reisen. Alle drei Monate wechseln wir uns ab. Im Moment bin ich hier.«

»Hat er sich denn seit dem Tod Ihres Vaters bei Ihnen gemeldet?«

»Er hat mir gestern eine mitfühlende E-Mail und einen Strauß Blumen geschickt. Was er schreibt, klingt aufrichtig. Traurig. Nachdem ich die Nachricht vom Tod meines Vaters erhalten hatte, bin ich zu Hause geblieben. Ich habe keine Ahnung, was ich jetzt tun soll. Das Grab meiner Mutter ist in Alexandria, aber meinen Vater möchte ich eigentlich gern hier in der Nähe beerdigen.«

Jack rief auf dem Smartphone ein Foto auf. »Das erste Foto zeigt Stephan Möller, das zweite Eric Schrader.«

»Möller habe ich noch nie gesehen, aber der andere,

Schrader ... Ich glaube schon. Ich glaube, den habe ich vor ein paar Wochen in Jürgens Büro gesehen. Ist das der Mann, der versucht hat, Sie umzubringen?«

Jack nickte. »Ich versuche herauszufinden warum.«

Belindas Blick wanderte zu Effrem. »Und warum sind Sie hier? Was haben Sie damit zu tun?«

»Ich bin Journalist. Ich arbeite an einer Story, die mit Schrader zu tun hat.«

»Ich will nichts über mich in den Zeitungen sehen!«, sagte Belinda scharf.

»Das werden Sie auch nicht«, antwortete Jack beruhigend. »Wurden Sie in letzter Zeit beschattet? Ist Ihnen irgendetwas aufgefallen, das nicht wie sonst war? Kommt Ihnen etwas in Ihrem Leben ... seltsam vor?«

»Abgesehen davon, dass mein Vater ermordet wurde? Nein, nichts.«

»Wischen Sie zum nächsten Bild«, sagte Jack. »Das ist eine E-Mail, die er vor ein paar Tagen von Ihnen erhielt.«

Aber Belinda schüttelte bereits den Kopf. »Das habe ich ihm nicht geschickt. Sicher, es ist von meinem Gmail-Account, aber ich habe es ihm nicht geschickt. Er erwähnte mal einen Link, der nicht funktionierte, aber ich hab mir dabei nichts gedacht.«

»Wie benutzen Sie Gmail?«

»Im Browser, hauptsächlich bei der Arbeit, aber auch zu Hause.«

»Kennt jemand in Ihrer Firma Ihr Passwort?«

»Sollte es jemand kennen, dann jedenfalls nicht von mir. Übrigens, was für einen Link meinte er?«

»Wahrscheinlich irgendeine Malware«, antwortete Jack. »Wir sind dabei, es herauszufinden.«

Belinda legte Jacks Smartphone auf den Tisch und schob es von sich, als wäre es ein faules Ei. »Das ist zu viel. Warum schalten wir nicht einfach die Polizei ein? Dann können Sie ihnen von Möller und Schrader erzählen, und von dieser E-Mail, und dann werden sie ...«

»Werden wir irgendwann auch tun, aber erst müssen wir noch ein wenig tiefer bohren.«

Effrem mischte sich wieder ein. »Sagt Ihnen der Name René Allemand etwas?«

»Nein.« Belinda fuhr sich mit der Hand durch die Haare und schloss gequält die Augen. »Ich fasse es nicht! Es ist völlig ausgeschlossen, dass Jürgen befohlen haben könnte, meinen Vater umzubringen! Aber genau das vermuten Sie doch, oder nicht?«

»Ich sage nur, dass es eine Verbindung gibt. Aber wie das alles miteinander zusammenhängt, wissen wir nicht.«

»Das reicht nicht. Sie müssen schon ein wenig mehr liefern.«

»Werden wir auch. Geben Sie uns noch ein wenig Zeit.«

Belinda betrachtete beide Männer mit gerunzelter Stirn. »Warum sind Sie überhaupt hier? Was wollen Sie von mir?«

»Das müssen Sie selbst entscheiden«, antwortete Jack. »Aber wenn Sie uns nicht helfen wollen, gehen wir wieder und lassen Sie in Ruhe. Für den Moment haben wir Ihnen vielleicht schon zu viel zugemutet. Können Sie noch eine Weile freinehmen?«

»Jürgen sagte, ich könne mir so viel Zeit nehmen, wie ich brauche.«

»Gut. Haben Sie eine Möglichkeit, für eine Weile woanders unterzukommen?« Als Belinda nickte und etwas sagen wollte, fiel ihr Jack ins Wort: »Sagen Sie es uns nicht. Sie bekommen ein Telefon mit Prepaid-Karte von mir. Behalten Sie es stets bei sich. Sie müssen über vieles nachdenken. Rufen Sie uns an, wenn Sie mit uns reden wollen.«

Als sie zum Auto zurückgingen, meinte Effrem: »Wie hoch ist das Risiko, dass sie jetzt am Telefon hängt und Rostock anruft?«

»Dazu ist sie zu clever«, antwortete Jack und setzte hinzu: »Hoffe ich jedenfalls.«

Letztlich hatte Belinda Hahn drei Möglichkeiten: Sie konnte Rostock zur Rede stellen, die Polizei informieren oder sich dazu durchringen, den beiden Fremden zu vertrauen und zu helfen, die plötzlich vor ihrer Tür gestanden hatten – mit einer Story, die ihre gesamte Welt auf den Kopf stellte.

Nach Effrems Anweisungen lenkte Jack den Citroën zur Bodenseestraße zurück. Inzwischen war die Sonne aufgegangen; ein paar Cafés hatten bereits geöffnet. Leute saßen unter Sonnenschirmen und Markisen beim Frühstück. Sie fuhren weiter nach Westen, bis sie in nördlicher Richtung auf die A 99 einbogen.

Effrem rief auf dem Smartphone eine Nummer an. »Mitch, ich weiß, dass du zu Hause bist. Wir stehen in einer Stunde vor deiner Tür, also setz gefälligst schon mal Kaffee auf.« Er beendete den Anruf. »Mein IT-Kumpel. Kein Frühaufsteher.«

»IT-Kumpel oder Hacker?«

»Je nachdem. Er ist kein Black Hat, wenn du das meinst. Dunkelgrau vielleicht, aber definitiv kein destruktiver Hacker.«

Effrem hatte herausgefunden, dass Schraders Wohnung im Stadtteil Hasenbergl lag, einer Gegend mit hohem Migrantenanteil. »Man kann nicht behaupten, dass es eine kriminelle Gegend ist, aber der Stadtteil hat einen gewissen Ruf. Kein Vergleich zu Belindas grünem Wohnbezirk in Neuaubing.«

Als die Autobahn nach Osten schwenkte, dirigierte Effrem Jack auf eine Ausfahrt. Sie bogen nach Süden auf die Dachauer Straße ein. In dieser Gegend gab es mehr Bürohäuser und Industriebetriebe, mehr betonierte Flächen und weniger Grün. In den Seitenstraßen standen lange Häuserreihen im Stil der Sechzigerjahre und graue Wohnblocks, deren Wände von Graffiti bedeckt waren.

»Du hast dich allein in diese Gegend gewagt?«, fragte Jack.

»Gewagt? Ich hab sogar in seiner Wohnung gepennt. Ich bin härter, als ich aussehe, Jack.«

»Scheint so. Vielleicht, um mit dieser Lufthansa-Brunhilde fertigzuwerden.«

»Sie hieß Sylvia«, korrigierte ihn Effrem. »Dort vorne nach rechts, dann an der nächsten Kreuzung links.«

Jack folgte den Anweisungen, bis Effrem an sein Seitenfenster klopfte. »Hier ist es.«

Sie blickten über ein leeres Grundstück, das offenbar seit Langem als eine Art Müllkippe benutzt wurde. Am hinteren Ende stand ein dreistöckiges Gebäude aus Betonschalungssteinen. Breite Betonstufen führten zur Haustür, die durch eine Windfangnische geschützt wurde. Auf den Stufen saßen zwei Jugendliche, die rauchten und lauthals über irgendetwas lachten.

»Schraders Bude ist im obersten Stock, drittes Fenster, das mit dem schwarzen Vorhang«, sagte Effrem.

Die Bezeichnung »Fenster« war ziemlich großzügig gewählt, fand Jack. Es war, wie auch die übrigen Fenster in den beiden Obergeschossen, eher ein schmaler horizontaler Schlitz, zusätzlich durch Eisenstangen geschützt.

»Wohnung oder Knast?«, fragte er.

Effrem lachte. »Gute Frage. Das Haus war früher mal ein Resozialisierungszentrum für Drogensüchtige. Und wozu braucht man einen Superblick auf die Alpen, wenn man eine Müllkippe direkt vor dem Haus hat? Was erhoffen wir uns eigentlich von dem Besuch?«

»Ich habe keine Ahnung. Ich nehme, was ich kriegen kann.«

Und genau das meinte Jack wirklich. Immer stärker drängte sich die Frustration in seine Gedanken, wann immer er über die Frage »Wer will mich tot sehen?« nachdachte. Wenn Belinda recht hatte und sie tatsächlich Eric Schrader in der RSG-Zentrale gesehen hatte, würde das zwar bedeuten, dass eine Verbindung zwischen der RSG und Schrader bestand, aber bestenfalls eine sehr unbestimmte. Jack hatte längst den Eindruck, dass sie trotz allen Bemühungen und der vielen Beinarbeit kaum etwas erreicht hatten.

»Gibt es noch einen weiteren Eingang, hinter dem Haus vielleicht?«, fragte er.

Effrem dirigierte ihn um den Block herum. Auf der hinteren Seite entdeckten sie eine schmale, von Hecken gesäumte Zufahrt zu einem kleinen Parkplatz, der an den Hinterhof des Gebäudes stieß. Der Hinterhof selbst war ein schmaler, betonierter Streifen, auf dem vier Picknicktische standen. Dazwischen stand ein Pflanzentopf von der Größe eines Ölfasses, der von Zigarettenkippen überquoll. Niemand war zu sehen.

Sie stiegen aus, überquerten den Hinterhof und gelangten in einen schmalen Durchgang, der zu einer massiven Holztür führte. Sie traten ein und befanden sich in einem Vorraum. Die Wände waren hellgelb gestrichen, der Boden mit schwarz-weißen Fliesen im Schachbrett-muster belegt. Das Haus stank nach verdorbenem Obst.

»Der Geruch kommt vom Merkel-Punsch«, erklärte Effrem. »Das Gesöff kam in der Finanzkrise von 2008/09 in Mode. Es ist billiger als normaler Fusel und lässt sich eimerweise zusammenbrauen.«

Jack folgte Effrem durch eine Doppeltür in ein Trep-penhaus zu den oberen Stockwerken. Im dritten Stock hörten sie ein rhythmisches Pochen, vermutlich deut-scher Rap. Effrem führte ihn zu Schraders Tür. Die Musik dröhnte hier noch lauter und kam offenbar aus der gegen-überliegenden Wohnung.

»Wie funktioniert das?«, fragte Effrem. »Ich bin noch nie in irgendwas eingebrochen.«

Jack grinste nur, kniete vor der Tür nieder und be-trachtete kurz das Schloss: ein schlichtes Zylinder-schloss. Er hatte ein paar einfache Werkzeuge mitge-bracht, darunter eine Elektrikerzange, eine Büroklammer und einen Schlagschlüssel. Er wollte es zuerst einmal mit dem Schlüssel versuchen. Er zog ein paar Gummidich-tungen aus der Tasche, die er über den Schlüsselbart bis zum Griff schob.

Dann schob er den Schlüssel in das Schloss und drückte ihn gegen den Widerstand der Dichtungen so weit hin-ein, wie es ging, zog ihn dann wieder einen halben Zen-timeter heraus und wiederholte den Vorgang, jedoch etwas schneller. Nach zehn Sekunden gab das Schloss nach. Jack schob die Tür auf und trat ein, gefolgt von Effrem. Jack wischte den Türgriff mit dem Saum seines T-Shirts ab.

Im Innern war es dunkel, von einem schmalen Licht-streifen abgesehen, der am Rand des schwarzen Vorhangs durchschimmerte. Jack schaltete die Taschenlampe seines Smartphones an und ließ den Strahl durch den Raum gleiten. Das Zimmer war ungefähr fünfzehn Quadratmeter groß und spartanisch eingerichtet – eine einfache Liege mit Schlafsack in einer Ecke, eine umgedrehte Getränke-kiste, auf der ein kleiner Stapel sauber gefaltete Wäsche lag, ein kleiner Schreibtisch am Fenster, eine Kochnische, ein WC mit Handwaschbecken.

Die Wohnung erinnerte Jack sehr an die Quartiere jun-ger, unverheirateter Berufssoldaten in einer Militärbasis. Schrader war viel unterwegs, vermutete Jack, und wollte sicherlich nicht viel Geld für eine bessere Bleibe ausge-ben. Würde ein Angestellter bei Jürgen Rostocks Firma nicht besser bezahlt werden? War Schrader vielleicht nur als Freiberufler tätig gewesen? Wenn dem so war, dann war die Mission, Jack zu töten, vielleicht nur eine Auf-tragsarbeit gewesen.

»Ich nehme an, Schraders Wohnung in Zürich war ein bisschen luxuriöser?«

Effrem lachte. »Wie Tag und Nacht. Champagner gegen Merkel-Punsch. Okay – filzen wir die Bude?« Das sagte er mit einer gewissen Vorfreude.

Jack zog zwei Paar Latexhandschuhe heraus und warf Effrem ein Paar zu. »Wir fangen mit den Schubladen an. Du nimmst dir die Kochnische vor. Suche nach Brie-fen, Notizbüchern, Zetteln ... alles, worauf er etwas no-tiert haben könnte. Lege alles wieder genau so hin, wie du es vorgefunden hast. Und pass auf die Sprengfallen auf.«

»Äh ... wie bitte?«

»War nur ein Scherz.«

Jack durchsuchte erst das Bett, dann den Kleiderstapel auf der Kiste, schließlich die Schubladen am Schreib-tisch. Sie waren leer. Das Zimmer wurde wohl eher als Biwak denn als Wohnung genutzt.

»Hab was gefunden«, rief Effrem. Er kniete vor dem

Spültisch, Kopf und Schultern im Unterschrank. »Sieht wie ein Planer aus oder so was Ähnliches. Steckt zwischen dem Abflussrohr und dem Spülbecken.«

»Suche nach Fangdrähten, bevor du es herausziehst.«

»Ha, ha. Sehr komisch.«

Effrem tauchte mit einem in schwarzes Kunstleder gebundenen Kalender wieder auf. Die Jahreszahl war in goldenen Ziffern aufgedruckt. Jack blätterte rasch durch den Kalender. Auf vielen Seiten waren kurze handschriftliche Notizen eingetragen. Er blätterte zu den beiden letzten Wochen und stieß dabei auf einen Eintrag »US/VA«.

United States, Virginia.

Für den heutigen Tag gab es keinen Eintrag, aber für den folgenden: S.M./Friedenstr. 8/2100.

Effrem blickte Jack über die Schulter. »Alles klar, aber was bedeutet die Zahl am Ende?«

»Militärische Zeitangabe«, sagte Jack.

S.M.?

Stephan Möller?

Effrem leitete Jack am Englischen Garten vorbei. Sie befanden sich nun in Schwabing, einem der gehobenen Wohnbezirke Münchens. Der Englische Garten war so etwas wie das Münchener Gegenstück zum etwa gleich großen New Yorker Central Park. Er zog sich am Westufer der Isar entlang, war zum Teil mit dichtem Wald bedeckt und von unzähligen Pfaden und Wegen durchzogen; es gab viele Pavillons, Cafés, Biergärten und Restaurants. Bei seinem früheren Aufenthalt in München hatte Jack hier oft seinen Morgenlauf absolviert. Eine Oase, eine grüne Lunge mitten in der Stadt. Jack hatte viele der Häuser und Villen gesehen, die diesen Teil von Schwabing beherrschten, und glaubte nicht, dass im Umkreis von einem halben Kilometer um den Englischen Garten irgendein Haus für weniger als eine Million Euro zu haben war.

»Dein Typ – wohnt er hier in der Gegend?«, fragte er Effrem.

»Hast du was anderes erwartet?«

Jack wurde klar, dass seine stereotype Vorstellung von einem Privathacker wohl ziemlich überholt war – introvertierte Sonderlinge mit teigigen Gesichtern und dicken Brillengläsern in dunklen Kellerräumen, umgeben von flimmernden Monitoren und stinkenden Fast-Food-Packungen. »Das hier jedenfalls nicht«, murmelte er.

»Mitch hat in seinem Job eine Menge Kohle gemacht. Er ist ein Expat, gebürtiger Amerikaner. Arbeitete früher bei einem der ganz großen IT-Konzerne, der sogar auf der Fortune-500-Liste stand. Hat vor ein paar Jahren seinen Hut genommen.«

»Und macht seither was?«, fragte Jack. »Hilft Nachwuchsjournalisten?«

»Nachwuchsjournalisten mit berühmten Müttern«, antwortete Effrem. »Tatsächlich war Mitch der einzige Kontakt, den sie mir mitgab, als ich von der Hochschule abging.«

Das sagte eine Menge, dachte Jack, wenn man bedachte, wie viele Kontakte und Quellen Marie Likkel wahrscheinlich im Laufe ihrer Karriere gesammelt hatte.

»Vertraust du ihm?«

»Sie vertraut ihm. Er hat sie nie im Stich gelassen.«

Mitchs Haus lag nicht direkt am Englischen Garten, doch stieß sein Grundstück an den Schwabinger Bach, der am Westrand des Parks entlangfloss.

Jack bog in die lange Zufahrtsallee ein und hielt auf einem mit grauen und weißen Natursteinen im Fischgrätmuster gepflasterten Vorplatz. Das Haus selbst war ein zweistöckiger, weiß verputzter, schlichter Kasten, jedoch mit einem Walmdach, auf dessen dem Park zugewandter Seite eine große Gaube mit vollkommen verglastem Gewölbedach eingelassen war.

Ein großer japanischer Ahornbaum beschattete den Vorplatz. Jack parkte den Wagen am Rand des Vorplatzes und folgte Effrem zum Eingang, einer starken Holztür mit einer senkrecht eingearbeiteten Glasfläche. Effrem drückte auf die Taste der Gegensprechanlage.

Die Tür schwang auf; ein Mann stand vor ihnen. Er war etwa Ende vierzig und trug schwarze Gymnastikshorts und ein hellblaues Polohemd. Sein Gesicht war von der Sonne tief gebräunt. »Herein mit euch«, sagte er, drehte sich um und ging voraus.

»Haben wir dich aufgeweckt?«, erkundigte sich Effrem.

»Nein, dafür sorgt meine Blase. Hab deine Mitteilung auf Voicemail gehört und beschlossen, sie erst mal zu ignorieren. Sie müssen entschuldigen, Effrems Freund, aber ich war grad mitten in einem Cyber-Tag-Spiel mit einem Idioten in Belarus.«

»Kein Problem«, sagte Jack.

Die Inneneinrichtung entsprach dem, was Jack schon erwartet hatte: weiß verputzte Wände, weiße Möbel und helle Holzböden. Das Obergeschoss bestand größtenteils aus einer Galerie, von der man auf den offenen Wohnbereich herabblickte. Sie folgten Mitch in die ebenfalls vollkommen weiß eingerichtete Küche. Jacks Augen begannen zu schmerzen.

»Möchte jemand eine Virgin Mimosa?«, fragte Mitch.

»Ist das nicht einfach nur ein Orangensaft?«, wollte Effrem wissen.

»Ding-dong. Mama Likkel hat keinen Vollpfosten großgezogen. Aber im Ernst: bedient euch. Kaffee, Orangensaft, Bagels, worauf ihr Appetit habt. Und Sie – haben Sie auch einen Namen?«

»Hab ich«, antwortete Jack.

Als klar wurde, dass Jack nichts mehr hinzufügen würde, nickte Mitch nachdenklich. »Hm. Ist okay für mich. Womit kann ich euch beiden helfen?«

Effrem sagte: »Kannst du für uns ein paar E-Mail-Header und einen verdächtig aussehenden Hyperlink analysieren?«

»Kein Problem. Schick sie an mlakattack@hushmail.com.«

Jack nahm sein Smartphone heraus und schickte einen Dropbox-Link an Mitch mit den E-Mail-Headern von Belinda und dem verdächtigen Link, den Jack auf Peter Hahns Computer gefunden hatte. Mitch studierte die Mails kurz und meinte: »Na gut, die Header sind nicht verdächtig. Schauen wir uns mal den Link an.« Kurz darauf: »Interessant.«

Von dem Augenblick an murmelte Mitch in einer Art von innerem Monolog vor sich hin, der in Jacks Ohren nur entfernte Ähnlichkeit mit dem Englischen hatte.

»Muss meine IP verbergen ... Schauen wir mal den Proxy in Ecuador an. Boote die VM, ab in die Sandbox mit dir ... Schauen wir mal, wie gut du bist. O Traceroute, wie ich dich liebe ...«

Zwei Minuten vergingen, dann richtete sich Mitch auf und sagte: »Also, Effrems Freund: Haben Sie diesen Link schon mal angeklickt?«

»Nein.«

»Cleveres Bürschchen. Na schön: Ich habe eine gute und eine schlechte Nachricht für euch. Die gute Nachricht ist, dass ich damit etwas anfangen kann. Die schlechte: Es wird ein paar Stunden dauern, vielleicht auch den ganzen Tag. Ich melde mich.«

22

M itch meldete sich am nächsten Vormittag. Effrem schaltete den Lautsprecher an. »Hört Mr. X auch mit?«, fragte Mitch.

»Ja«, antwortete Jack.

»Okay. Der Computer, von dem Sie den Hyperlink hatten … Haben Sie auch den Browserverlauf gecheckt? Ist Ihnen dabei etwas aufgefallen?«

»Das könnte man wohl sagen.«

»Dachte ich mir. Sie haben recht. Die Website, zu der der Link führen soll, ist deaktiviert, aber ich konnte trotzdem etwas Interessantes ausgraben. Es ist eine Malware, genauer: ein Bot, der sich im Browserverlauf des Zielcomputers festsetzt. Er ist so programmiert, dass er den betreffenden User bei verschiedenen Diskussionsforen anmeldet, selbstständig Troll-Posts abschickt und so weiter.«

»Was für Foren?«

»Politischer Scheiß, Verschwörungszeug und so.«

Das passte zu dem, was Jack auf Hahns PC gefunden hatte. »Sonst noch was? Wurde er damit auch überwacht?«

»Nö«, antwortete Mitch. »Der Bot sollte nur seinen Browserverlauf an den Eiern packen. Ziemlich clever konstruiert.«

»Irgendeine Idee, wer ihn programmiert haben könnte?«, fragte Effrem.

»Ich weiß ganz genau, wer ihn programmiert hat. Sämtliche Server, die er benutzte, waren Anagramme für Figuren aus *Game of Thrones:* Storkbarb, Hotboarbanterer, Tinylionsranter.«

»Du machst wohl Witze?«

»Nö. Der Bursche ist gut, aber jeder hat nun mal seinen kleinen Spleen. Und das ist eben seiner.«

»Wie heißt er und wo finden wir ihn?«, fragte Jack.

»Der Name ist kein Problem: Er heißt Gerhard Klugmann. Aber wo er wohnt ... das ist ein bisschen schwieriger. Der Bursche gehört nicht zu den Leuten, die man einfach googeln kann. Ich kann ein bisschen tiefer graben, aber er scheint ziemlich scheu zu sein. Man müsste ihn festnageln, ohne dass er misstrauisch wird, denn sonst bricht er seine Zelte ab und verschwindet.«

»Digital oder physisch?«, fragte Effrem.

»Vielleicht beides. Burschen wie er können überall arbeiten.«

»Dann finden Sie ihn«, befahl Jack.

Nachdem sie noch ein paar Besorgungen erledigt hatten, verbrachten sie den Nachmittag in Jacks Zimmer im Hotel Palace. Sie warteten auf den Anruf von Mitch, auf einen Anruf von Belinda, auf einen Anruf von einem von Jacks eigenen Kontakten, einem Waffenliebhaber, den Jack bei einer früheren Routinemission des Campus kennengelernt hatte. Angesichts der Strafen, die einem Ausländer für das unbefugte Mitführen von Waffen in Deutschland drohten, hatte Jack gar nicht erst versucht, an eine Waffe zu kommen. Aber Effrems Recherchen in Sachen Friedenstraße führten zu einer Örtlichkeit namens Kultfabrik. Jacks Ansicht nach war das in einem urbanen Umfeld der ideale Ort für einen Hinterhalt.

Sie war ein populärer Hangout, der hauptsächlich das anzog, was auf einer Website als bacchantische Nachtmenschen bezeichnet wurde. Die frühere Knödelfabrik war in einen Kaninchenbau von Bars, Pubs, Spielhöllen und Second-Hand-Shops verwandelt worden. Bei dem rund 25.000 Quadratmeter großen Komplex handelte es sich um ein ehemaliges Werksgelände direkt östlich der Gleisanlagen des Ostbahnhofs. Die Kultfabrik sei inzwischen geschlossen, erklärte ihm Effrem, und das gesamte Gelände werde derzeit in das sogenannte Werksviertel umgebaut, einen riesigen Komplex aus Apartments und Bürogebäuden. Kurz und gut, die Kultfabrik sei gegenwärtig ein riesiges Baugelände.

Das allein hätte schon genügt, Jacks Wachsamkeit drastisch zu steigern, aber beim Blättern in Eric Schraders Terminkalender hatte Effrem eine besorgniserregende Unstimmigkeit entdeckt: Im Verlauf der letzten vier Monate hatte sich Schrader sechs Mal mit S.M. – also mit Stephan Möller – hier in München getroffen. Aber an drei dieser Termine hatte sich Schrader gar nicht in München aufgehalten, sondern in Lyon, Zürich oder in den Vereinigten Staaten. Das ließ zwei Folgerungen zu: Erstens, dass Schrader nicht gut mit Terminen umgehen konnte, oder zweitens, dass der Terminkalender eigens versteckt wurde, um mögliche Verfolger in die Irre zu führen – was wiederum bedeuten konnte, dass sie absichtlich zur Kultfabrik gelockt würden. Aber von wem? Die nächstliegende Antwort lautete Möller, was aber wiederum bedeuten würde, dass Möller genau gewusst haben musste, dass sie ihn verfolgten, oder dass er von ihrer Ankunft in München erfahren und angenommen hatte, dass sie Schraders Adresse herausfinden würden.

Gegen neunzehn Uhr meldete sich Jacks Waffenlieferant. Sie verabredeten sich eine Stunde später am Ostbahnhof.

Jack rief Belindas Handynummer an, erreichte aber nur ihre Voicemail. Er hinterließ keine Nachricht.

»Gehen wir«, sagte er.

Sie verließen das Hotel. Jack stieg in den Citroën, Effrem in seinen frisch angemieteten Audi. In einer Seitenstraße nordwestlich des halbmondförmigen Orleansplatzes, der dem Bahnhof gegenüberlag, fanden sie Parkgelegenheiten.

Die Abenddämmerung war angebrochen; die Lichter der Läden leuchteten auf und warfen bunte Lichtstreifen zwischen den Bäumen hindurch auf die Parkwege. Der Park, der tagsüber hauptsächlich von Eltern mit ihren Kindern bevölkert wurde, leerte sich allmählich; immer mehr Teenagergruppen tauchten auf.

An einem der Stände kaufte Jack eine kleine Dose Mineralwasser und nahm auch zwei Papierservietten mit. Sie setzten sich auf eine Bank in der Nähe. Jack trank die Dose halb aus und gab sie Effrem, der den Rest trank. Dann schüttelte Jack die letzten Tropfen Wasser heraus und blies eine Weile in die Öffnung, um die Dose so gut wie möglich auszutrocknen, rollte fünf Hunderteuro-scheine in die Servietten ein, die als Saugpolster dienten, und stopfte die Rolle durch die Öffnung. Schließlich bog er den Verschluss wieder so zurück, dass die Dose fast wie ungeöffnet aussah.

Um halb acht überquerten sie die Orleansstraße zum Ostbahnhof hinüber, einem breiten Gebäude mit flacher Fassade. Aus der Ferne hörte Jack das Rattern und Quietschen ankommender oder abfahrender Züge und die Ansagen einer Frauenstimme aus den Lautsprechern. Der Bahnhof wimmelte von Berufspendlern.

In der Vorhalle schlängelten sie sich durch die hin und her eilenden Menschen bis zu einem Kaffeestand an der Nordseite der Halle. Jacks Kontakt – eigentlich war er Ding Chavez' Kontakt –, ein Mann, den Jack nur als Freddy kannte, wartete bereits und winkte ihm mit einer zusammengerollten Zeitung zu.

»Warte hier«, sagte Jack zu Effrem und ging allein hinüber.

Er schüttelte Freddy die Hand. »Wer ist das?«, fragte Freddy mit schwerem deutschem Akzent.

»Mein Praktikant. Wie geht's dir?«

»Super. Konnte nicht genau das kriegen, was du haben wolltest, aber nahe dran. Und sie ist sauber.« Freddy legte einen Messingschlüssel mit rotem Plastikanhänger auf den Bistrotisch. »Schließfach sechsundzwanzig.«

Jack war klar, dass *sauber* Verschiedenes bedeuten konnte. Dass die Waffe noch nie bei einer Straftat verwendet wurde. Dass sie nicht gestohlen wurde. Oder dass sie nicht zurückverfolgt werden konnte. Mit den beiden ersten Erklärungen konnte Jack gut leben; die dritte konnte man verschieden interpretieren. Höchstwahrscheinlich meinte Freddy ganz einfach nur, dass man die Waffe nicht *zu ihm selbst* zurückverfolgen konnte.

»Kann ich sonst noch was für dich tun?«, erkundigte sich Freddy.

»Vielleicht. Ich melde mich.« Jack stellte die Getränkedose vor Freddy auf den Bistrotisch und steckte den Schlüssel ein. »Wie gut bist du außerhalb von München vernetzt?«

»Ich habe ein paar Freunde in der Umgebung. Kommt drauf an, welche Art von Unterstützung du brauchst.«

»Danke. Wir sehen uns.«

Jack ging davon, nickte Effrem zu, ihm zu folgen, und ging quer durch die Halle zur Schließfachanlage. Er schob den Schlüssel in die Tür mit der Nummer 26 und nahm einen kleinen blauen Rucksack heraus. Sie gingen zu den Autos zurück.

Jack fuhr die Rosenheimer Straße entlang in Richtung Osten, unter den Bahnunterführungen hindurch und bog dann nach Nordosten in die Friedenstraße ein. Dort fuhr er langsamer, bis Effrem aufgeholt hatte.

Jack setzte das Headset auf, das sie sich am Vormittag bei Conrad Electronic in der Innenstadt besorgt hatten, und drückte auf die Sprechtaste. »Hörst du mich?«

Nach ein paar Sekunden kam Effrems Antwort. »Ja. Gute Verbindung. Ziemlich schick, diese Dinger, nicht?«

»Hab extra schicke Headsets verlangt, damit du ein bisschen besser aussiehst«, gab Jack zurück. »Bleib dicht an mir dran.«

Jack fuhr weiter, bis sie zum Eingang der Optimol-werke kamen, einer großen, gelb beleuchteten Tordurch-fahrt, hinter der Hunderte Jugendliche feierten, tranken, rauchten, lachten. Die meisten trugen recht spärliche Kla-motten, verziert mit Knicklichtern und Leuchtarmreifen in allen Farben des Regenbogens. Am Straßenrand knie-ten zwei blonde Mädchen und kotzten in die von Unrat übersäte Gosse.

»He, Effrem, ist die linke nicht deine zukünftige Braut?«, fragte Jack grinsend.

Effrem grunzte nur.

Wie Effrem beschrieben hatte, lagen die Optimolwerke direkt neben dem Baugelände, auf dem sich die Kult-fabrik befunden hatte, durch einen drei Meter hohen, oben mit Natodraht gesicherten Zaun getrennt. Der Zaun zog sich an einer Reihe von Gebäuden im bayrischen Stil entlang, in denen sich die Pubs und Läden der Optimolwerke befanden. Jack fühlte sich an den Satellitenblick auf die koreanische Halbinsel bei Nacht erinnert: auf der einen Seite rabenschwarze Dunkelheit, auf der anderen ein Lichtermeer.

Als hätte er Jacks Gedanken gehört, funkte Effrem: »Sieht aus wie der Eiserne Vorhang, auf einer Seite bevölkert von besoffenen Halbnackten.«

Im Rückspiegel beobachtete Jack einen Halbwüchsigen in einer Art Fred-Feuerstein-Kostüm, der Effrem zuwinkte und schrie: »Was geht ab, Arschloch?«

Effrem sagte über Funk: »Ich glaube, der Typ hat mich gerade Arschloch genannt.«

»Ich würde das nicht so wörtlich nehmen«, antwortete Jack. »Fahr einfach weiter. An der nächsten Kreuzung nach rechts.«

Jack und Effrem hatten mehrere Stunden lang auf Google Maps das Gelände der ehemaligen Kultfabrik und ihre Umgebung studiert, aber wie bei allen Satellitenbildern hatte ihnen das nur einen ungefähren Überblick verschafft. Auf dem Boden sah alles ganz anders aus und fühlte sich auch anders an. Vor allem bei Nacht. Die erste Aufgabe war daher, sich anhand der verschiedenen Orientierungspunkte ein realistischeres Bild zu verschaffen.

Jack fuhr langsam am mit Ketten und schweren Vorhängeschlössern gesicherten Tor der ehemaligen Kultfabrik vorbei und bog in die Grafinger Straße ein. Wie an der Grundstücksgrenze zu den Optimolwerken war das Baugelände auch nach Norden und Osten durch einen hohen Zaun mit Stacheldrahtkrone gesichert, allerdings erschwerten die hier stehenden Bäume den Blick auf das Gelände.

Jack erkundete die Umgebung mehrere Minuten lang, bevor er wieder in die Friedenstraße einbog und den gesamten Prozess wiederholte. Dieses Mal jedoch widmete er den Gassen und Durchfahrten zwischen den Büro- und Wohngebäuden in der Nachbarschaft mehr Aufmerksamkeit, um die Satellitensicht vom Monitor mit der Bodensicht in Einklang zu bringen. Erst als er mit den Ergebnissen der Erkundung zufrieden war, fuhr er zur Grafinger Straße zurück, wo er sich auf dem Parkplatz einer um diese Zeit geschlossenen Autowerkstatt mit Effrem treffen wollte.

Effrem hielt in umgekehrter Richtung neben ihm; beide ließen die Fenster herab.

»Na?«, fragte Effrem. »Was denkst du?«

Was Jack wirklich dachte, war: *Wenn ich nur drei Scharfschützen hätte, ein L1-GPNVG-18-Panorama-Nachtsichtgerät, ein 3-D-Modell des ganzen Areals... Und wenn das Wörtchen wenn nicht wär...* Laut sagte er nur: »Je schneller ich dort hineinkomme, desto besser.«

Inzwischen war es 20 Uhr 30, eine halbe Stunde vor der Treffzeit. Wenn das hier wirklich eine Falle war, würden Möller und seine Leute wahrscheinlich genau das tun, was auch Jack versuchte: frühzeitig hier zu sein und nach einer günstigen Position zu suchen. Was Möller plante, war Jack vollkommen klar: ihn und Effrem umzulegen. Jacks eigenes Endziel war nicht so klar. Nur eines wusste er: Wenn Möller tatsächlich auftauchte, war das eine Gelegenheit, die Jack nicht ungenutzt lassen wollte.

»Ich wünschte, du würdest es dir doch noch anders überlegen«, sagte Effrem. »Du brauchst jemanden, der deine Sechs im Auge behält. Hab ich das richtig gesagt?«

»Perfekt.« Jack hatte beschlossen, Effrem außerhalb des Baugeländes zu postieren, als schnelle Einsatzreserve, aber das war nur die halbe Wahrheit. Jack konnte es sich nicht leisten, auch noch auf den unerfahrenen jungen Journalisten aufpassen zu müssen. »Es ist mir lieber, wenn ich weiß, dass du den Perimeter im Auge behältst.«

Jack öffnete den Rucksack, den er aus dem Schließfach geholt hatte, und nahm zwei Handwaffen heraus, eine HK USP45 mit Gemtech-Blackside-Schalldämpfer und einen kurzläufigen .38er Revolver. Er wollte Effrem nicht mit komplizierten Waffen überfordern, daher reichte er ihm den Revolver und drei Reserve-Speedloader.

»Wie lautet Regel eins?«, fragte Jack.

»Richte niemals die Waffe auf Personen, die du nicht töten willst.«

»Dich selbst eingeschlossen.«

Effrem warf ihm einen vernichtenden Blick zu. »Ich hab schon mal eine Pistole in der Hand gehalten, weißt du?«

»Und? Wurde zurückgeschossen?«

»Äh ... nein.«

»Riesiger Unterschied«, antwortete Jack knapp. »Du postierst dich an der Ecke dort, dann fangen wir an.«

»Viel Glück.«

Effrem fuhr los, Jack folgte ihm, hielt aber an der Ausfahrt kurz an, bis er sah, dass Effrems Audi an der Kreuzung der Grafinger mit der Friedenstraße anhielt und die Scheinwerfer erloschen. Von dort aus konnte Effrem zwei der drei möglichen Zufahrten auf das Baugelände im Auge behalten.

Jack bog nach links ab, fuhr hundert Meter nach Süden und bog auf den Parkplatz des Apartmentgebäudes ein. Die Vorderseite wurde durch die Straßenlaternen recht gut beleuchtet, aber als Jack um das Gebäude herum fuhr, musste er feststellen, dass hier Dunkelheit herrschte. Er bog nach rechts ab und hielt unter einer Eiche mit ausladendem Astwerk an. Er schaltete den Motor aus, stieg aus, schob die Tür so leise wie möglich zu und schloss den Wagen manuell ab.

Von den Optimolwerken dröhnte das Wummern einer

Band herüber. Zwischen und über den Bäumen zuckten rote, gelbe und violette Lichtblitze im Rhythmus der Musik in den Nachthimmel.

Jack zog seine Jacke aus, legte das Schulterholster um und zog die Jacke wieder an. Er richtete das Holster so, dass der Schalldämpfer nicht unten aus der Jacke herausragte. Dann setzte er auch den letzten Einkauf auf, den er getätigt hatte: ein Nachtsichtgerät, das mit einem Gurt befestigt wurde. Es glich eher einem View-Master aus den Siebzigerjahren als einem auch für militärische Zwecke geeigneten Gerät. Er schaltete es ein und blickte sich um. Das gedämpfte, grau-grüne Sichtfeld war körnig und an den Rändern verschwommen, aber doch scharf genug, um zu verhindern, dass er den bösen Jungs blind in die Arme lief. Wie lange die Batterien durchhalten würden, wusste Jack nicht. Er nahm das Gerät wieder ab.

»Bist du bereit?«, fragte er Effrem leise über Funk.

»Bereit. Ein paar Autos kamen durch die Friedenstraße, aber keines bog ins Areal ab. Auf der Grafinger Straße ist es ebenfalls ruhig.«

»Gut. Ich gehe jetzt rein.«

23

München, Deutschland

Jack duckte sich unter den tief hängenden Zweigen hindurch und ging bis zum Zaun des Baugeländes, dem er folgte, bis er zum Gehweg an der Grafinger Straße kam, wo er in Effrems Richtung abbog. Auf der anderen Straßenseite, etwa hundert Meter entfernt, sah er den Audi stehen.

»Siehst du mich?«, fragte er.

»Nein.«

»Gut.«

Etwa auf halber Strecke blieb Jack stehen und blickte sich nach Markierungspunkten um. *Fast da.* Er ging noch fünfzehn Meter weiter, orientierte sich erneut und schlüpfte dann zwischen die Bäume zur Linken. Vorsichtig schlich er durch das Gestrüpp, bis seine ausgestreckte Hand an den Maschendrahtzaun stieß. Bei seinen Erkundungen hatte er entdeckt, dass sich ungefähr hier eine Lücke im Zaun befinden musste. Er setzte das Nachtsichtgerät auf und schaltete es ein.

Er fand die Lücke sofort – ein dreieckiges Stück war aus dem Maschendraht herausgeschnitten worden. Die Schnittflächen waren alt und angerostet, Gestrüpp wucherte bereits durch die Öffnung. Durch den Zaun und die Lücke sah Jack zwei Schaufelbagger und hinter diesen eine Reihe Baufahrzeuge und Anhänger. Das hier war offenbar der Parkplatz für das schwere Gerät, außerdem standen hier ein paar Bürocontainer. Er kroch durch die Lücke, huschte geduckt zum nächsten Schaufelbagger und ging in der mächtigen Schaufel in Deckung.

Die Kultfabrik hatte zu viele Gebäude, um sie alle zu durchsuchen, und obwohl das Areal geschlossen und menschenleer war, boten die Flächen zwischen den Gebäuden für Jacks Geschmack zu wenig Deckung. Nur ein paar Gebäude waren der Abrissbirne entgangen, darunter ein langgestrecktes, in Nord-Süd-Richtung verlaufendes Arkadengebäude an der hinteren Seite, in dem sich einst Pubs und Billardhallen aneinandergereiht hatten, und eine Art Open-Air-Amphitheater in der Mitte auf Jacks linker Seite. Direkt an der Grundstücksgrenze in der Kreuzungsecke der Friedenstraße und der Grafinger Straße befand sich ein L-förmiges, noch im Bau befindliches Bürogebäude. Die Mauern der ersten vier Stockwerke standen bereits, allerdings ohne Fenster, aber der fünfte Stock bestand bisher nur aus einem Skelett von Stahlträgern und -streben, die sich vor dem Nachthimmel abzeichneten. Darüber spannten sich überlappende blaue Plastikplanen als provisorisches Dach. Die unteren Stockwerke waren von einem Aluminiumgerüst umgeben.

Dieses Gebäude war Jacks Ziel. Müsste Jack jemanden in eine Falle locken, würde er eine höher gelegene Ausgangsposition vorziehen. Zumindest boten die oberen Stockwerke eine gute Beobachtungsplattform. Und auch als Standort für einen Heckenschützen war das Gebäude brauchbar.

Jack blickte auf die Uhr: 20 Uhr 45.

Er betrachtete das Bürogebäude aufmerksam durch das NSG, von links nach rechts und von unten bis oben. In der Monochromansicht erschienen die Mauern grau und die Fensteröffnungen wie rabenschwarze Rechtecke. Er sah keine Schatten, keine Bewegungen. Schließlich hob

222

er einen Stein auf und warf ihn über den Bagger. Der Stein schlug mit lautem *Klong* auf dem Dach des nächsten Trucks auf. Jack behielt das Gebäude genau im Blick. Wieder konnte er keinerlei Bewegungen ausmachen. Er wiederholte den Vorgang noch zweimal, immer mit demselben Ergebnis, dann schleuderte er einen Stein gegen die Hausmauer. Wieder nichts.

Entweder hatten sich Möllers Leute noch nicht eingenistet, oder sie waren so clever und erfahren, dass sie nicht auf Jacks Täuschungsversuche hereinfielen. Wie auch immer, für Jack wurde es Zeit, etwas zu unternehmen.

Jack zog sich wieder zum Zaun zurück und wandte sich nach links, wobei er die tief hängenden Zweige als Deckung nutzte. Als er das Gebäude erreichte, blieb er stehen und sondierte das Umfeld, dann schlich er weiter bis zur nächsten Zaunecke. Durch Geäst und Laub auf der rechten Seite konnte er gerade noch Effrems Umrisse auf dem Fahrersitz des Audis ausmachen.

»Ich bin jetzt auf deiner Neun.«

Effrem wandte den Kopf in die Richtung. Durch das NSG sah Jack Effrems leicht glimmende Augen suchend hin und her zucken. »Kann dich nicht sehen«, informierte er Jack. »Hier gibt's nichts Neues. Alles ist ruhig. Vielleicht haben wir uns getäuscht.«

Irgendwo in Jacks Hinterkopf regte sich eine leise Stimme, die ihm einflüsterte, dass es besser wäre, wenn Effrem recht behielte. Sich auf fremdem Boden in einen Schusswechsel verwickeln zu lassen sollte man besser vermeiden. Und eine Schießerei mit bösen Buben in einer Großstadt konnte man nur als Dummheit bezeichnen. Die Kakofonie, die von den Optimolwerken herüberdröhnte, würde zwar den Lärm der Schüsse übertönen, aber das war kein großer Trost. *Man führt nie den Krieg, den man sich wünscht,* dachte Jack. *Man führt den Krieg, den man bekommt.*

»Wir werden es bald herausfinden«, antwortete er. »Ich gehe jetzt rein.«

Er zog die HK aus dem Holster, trat aus seiner Deckung und schlich zu dem Gebäude hinüber, die Waffe in tiefer Vorhalteposition. Er bewegte sich in Richtung des Knicks in dem L-förmigen Bauwerk; der Platz innerhalb des L diente den Bauarbeitern offenbar als Lager für Schubkarren, Betonmischer und Sägeböcke. Die Pistole hin und her schwenkend, behielt er die Fensteröffnungen über sich und das Gelände vor sich immer im Blick. Vorsichtig bewegte er sich zwischen dem Baugerät hindurch zu einem breiten Durchgang, der vermutlich schon bald der Haupteingang zur Lobby sein würde. Dort huschte er nach links und drückte sich eng an die Innenwand. Der Lärm der feiernden Menschen und die pulsierende Musik von den Optimolwerken wurde von den Mauern ein wenig gedämpft. Er blickte sich um.

Obwohl die Außenmauern fast fertig waren, war das Gebäudeinnere weit davon entfernt. Die Lobby war nichts als eine raue Betonfläche mit einem chaotischen Gewirr von Kabeln und Druckluftschläuchen. Die Stahlträger an den Decken waren noch völlig offen, ebenso die Wasserrohre und Stromleitungen. Halb fertige Belüftungskanäle hingen direkt über Jacks Kopf von der Decke. Direkt vor ihm gähnte die Öffnung eines Liftschachts in der Wand, auf beiden Seiten des Schachts führten Treppen nach oben.

Effrem meldete sich. »Jack, ich sehe etwas.«

Jack deckte das Mikro des Headsets mit der hohlen Hand ab. »Was und wo?«

»Licht, nur kurzes Aufblitzen. Erster Stock ... nein, zweiter Stock, auf meiner Seite.«

Links über mir, dachte Jack. Instinktiv richtete er das NSG in die Richtung. »Roger. Nächstes Mal will ich nicht nachfragen müssen.«

Sie hatten das durchgesprochen: Je weniger Jack über Funk rückfragen musste, desto besser standen seine Chancen. Effrems Berichte mussten daher nicht nur knapp, sondern auch sehr präzise sein.

»Äh, ja, sorry.«

»Ich gehe jetzt zum ersten Stock hinauf.«

Effrem bestätigte mit einem Doppelklick.

Jack schlich zur linken Treppe und machte sich an den Aufstieg. Auf dem ersten Treppenabsatz hielt er inne, beugte sich vor und spähte nach oben, sah aber nichts und schlich weiter bis zum ersten Stockwerk. Hier befand sich eine Türöffnung, allerdings ohne Tür.

Jack schob sich durch die Öffnung, die HK in tiefer Vorhalteposition, bis er nach links in den Flur blicken konnte.

Effrem meldete sich erneut. »Auto fährt durch das Tor. Zwei Männer steigen aus.«

Scheiße.

»Auto fährt ab … oh, verdammt!« Effrem brach ab, schwieg ein paar Sekunden, meldete sich wieder. »Biegt in die Grafinger Straße ein. Glaube nicht, dass sie mich bemerkt haben.«

»Kennzeichen?«

»Hab ich verpasst, sorry. Okay, die beiden Typen sind jetzt am Tor. Es ist nicht verschlossen, sie nehmen einfach die Kette weg.«

Das bestätigte in gewisser Weise, dass sich Effrem bei dem kurzen Lichtschein nicht geirrt hatte. Möllers Leute befanden sich bereits im Gebäude, und zwei weitere kamen gerade an. Entweder war es so, oder die beiden Neuankömmlinge gehörten zum Sicherheitsdienst der Baustelle;

vielleicht war nur einfach vergessen worden, das Vorhängeschloss der Kette richtig abzuschließen.

»Kann nicht sehen, ob sie bewaffnet sind«, flüsterte Effrem. »Okay – sie sind jetzt durch das Tor, gehen in deine Richtung. Jetzt außer Sicht.«

Jack bestätigte mit einem Doppelklick.

Er wagte sich einen weiteren Schritt vorwärts, spähte nach rechts, sah aber nichts Verdächtiges.

Von irgendwo weiter oben kam das statische Knistern eines Funkgeräts, dann eine Männerstimme: »Ja ... zweiter Stock.«

Jack hörte Schritte, schwere Stiefel auf der Treppe. Er blickte über den Handlauf und sah zwei Männer, die rasch die Treppe heraufkamen. Beide trugen kompakte Sturmwaffen – entweder eine FAMAS Bullpup oder ein vergleichbares Modell. Mit solchen Waffen gehörten die Männer auf keinen Fall zum Sicherheitsdienst einer Baustelle. Rasch schob sich Jack vollends durch die Türlaibung und vier Schritte an der Wand entlang; er hob die HK auf Schulterhöhe. Holte tief Atem, ließ die Luft wieder entweichen. Zwang sich, ruhiger zu atmen.

Warte, bis beide durch die Türöffnung sind, mahnte er sich.

Die Schritte erreichten den Treppenabsatz ... und stiegen die nächste Treppe hinauf.

Die Party fand offenbar im zweiten Stock statt.

Jack zählte bis fünf, schlich wieder zur Türöffnung zurück und spähte um die Ecke, gerade noch rechtzeitig, um die Männer auf den nächsten Treppenabsatz einbiegen zu sehen. Er folgte ihnen äußerst behutsam. Auf dem Treppenabsatz beugte er sich über das Geländer und spähte nach oben. Die Männer verschwanden gerade durch die Türöffnung in den Flur des zweiten Stocks. Jack stieg die restlichen Stufen hinauf.

Er hatte gerade den Absatz vor der Türlaibung erreicht, als sich Effrem wieder meldete. »Jack, hörst du mich?«

Jack erstarrte mitten im Schritt und drückte hastig zweimal auf die Taste.

»Hab mich verzählt. Das Licht war im dritten Stock. Bewegt sich jetzt wieder. Tut mir echt leid ...«

Also doch dritter Stock. Die Männer sind über *mir.*

Schnell drehte er sich nach rechts und richtete die HK auf die Treppe. Eine dunkle Gestalt kam die Treppe herab. Der Mann sah Jack sofort, murmelte »scheiße« und riss das Sturmgewehr hoch. Jack schoss ihn zweimal in die Brust; der Mann stürzte zu Boden. Leblos rollte er die restlichen Stufen herab und landete direkt vor Jacks Füßen. Der Schalldämpfer hatte Jacks Schüsse wie Hammerschläge auf ein dickes Telefonbuch klingen lassen.

»Was war das?«, flüsterte eine Stimme.

Wo? Hinter mir.

Er drehte sich um, sah einen Mann durch die Türöffnung kommen, dicht gefolgt von einem zweiten. Jack feuerte einmal, trat vor, schoss noch einmal, stürmte voran und prallte mit voller Wucht gegen den zweiten Mann, der instinktiv seinen Partner hatte auffangen wollen, der durch den Schuss nach hinten geschleudert wurde. Jack gab dem zweiten Mann eine Kugel in die Stirn. Beide Männer stürzten übereinander auf den Boden. Eines ihrer Sturmgewehre fiel mit lautem Klappern auf den Betonboden.

Jack wirbelte herum, blickte im Treppenhaus nach oben und unten.

Niemand zu sehen.

Er trat durch die Türöffnung, blickte nach rechts und links, dann überprüfte er schnell die Gesichter der zwei Toten. Keiner der beiden war Stephan Möller. Er ging an den Leichen vorbei und kauerte sich hinter einer großen Abfalltonne nieder. Sein Herz raste. Ein bitterer Geschmack lag auf seiner Zunge. Er nahm die HK in die linke Hand und wischte die schweißnasse rechte Hand am Hosenbein trocken.

Effrem meldete sich erneut. »Jack, was ist los? Ich höre …«

Jack unterbrach ihn mit einem Doppelklick auf die Taste.

Effrem verstummte.

Drei Männer ausgeschaltet, dachte Jack. *Fünf Patronen verschossen, sieben bleiben übrig.*

War da noch jemand weiter oben?

Wahrscheinlich mindestens noch einer, dachte er. *Vielleicht Möller?* Drei Männer ergaben keinen Sinn. Solche Einsätze wurden gewöhnlich paarweise durchgeführt. Wenn das auch hier zutraf, musste dem vierten Mann dort oben inzwischen klar geworden sein, dass etwas aus dem Ruder gelaufen war. Jacks HK war zwar leise, aber doch nicht leise genug, vor allem nicht für Männer mit gut trainiertem Gehör.

Jack versuchte, sich in die Lage des Gegners zu versetzen. *Was würde ich an seiner Stelle jetzt tun?*

In Deckung gehen, einen Hinterhalt vorbereiten und warten, bis der Gegner angreift. Ihn zwingen, sämtliche Räume auf dem dritten Stockwerk zu überprüfen und zu sichern. Die Angst würde in ihm nagen. Er würde Verstärkung anfordern.

Jack schlich geduckt zu den beiden Toten hinüber und durchsuchte sie schnell. Bei beiden fand er eine Geldbörse und ein Mobiltelefon, die er einsteckte. Dann nahm er eines der Sturmgewehre an sich, eine FAMAS F1, und hängte sie über die Schulter. Danach wandte er sich dem dritten Mann zu, der am Fuß der Treppe lag, und durchsuchte ihn ebenfalls, fand aber weder eine Börse noch ein Handy. In seiner Tasche steckten jedoch zwei Autoschlüssel.

Was jetzt, Jack? Die Schießerei hatte ihm zwar ein paar Informationen eingebracht, aber was sie wert waren, konnte er noch nicht einschätzen. Aber sollte sich Möller tatsächlich im dritten Stock aufhalten, würde Jack ihn auf keinen Fall davonkommen lassen.

Er kehrte zu seinem Versteck hinter der Abfalltonne zurück und drückte auf die Ruftaste des Headsets. »Effrem.«

»Hier. Alles okay bei dir?«

»Ja. Was tut sich draußen?«

»Nichts.«

»Ich gehe jetzt in den dritten Stock hinauf. Pass genau auf. Warne mich so frühzeitig wie möglich, falls noch ein Auto auftaucht.«

»Mach ich.«

Jack schlich zum anderen Treppenhaus und bezog neben dem Türdurchgang Stellung. Wieder führte er seine Spähsicherung durch, bevor er sich auf die Stufen wagte. Knapp vor dem Treppenabsatz erstarrte er.

Von irgendwo weiter oben hatte er ein Knattern und Rascheln gehört, gefolgt von einem Klappern. Draußen war der Wind stärker geworden, wie er erst jetzt bemerkte, sodass die Dachplane flatterte.

Jack schlich weiter hinauf, bis er auf dem Absatz vor dem dritten Stock ankam. Wieder hielt er inne. Hinter der Türöffnung lag der Flur, der in einen großen offenen Bereich mündete, der offenbar gerade in Einzelbüros, Konferenzräume und ein Großraumbüro unterteilt wurde.

Jack blickte durch sein NSG von rechts nach links, sah aber niemanden.

Klong!

Jack drehte sich um und legte den Kopf schief, als er mit höchster Konzentration festzustellen versuchte, von wo das Geräusch gekommen war.

Im selben Moment meldete sich Effrem. »Jack, hier tut sich was. Ein Mann, kann ihn zwischen den Bäumen kaum ausmachen. Bleib dran, ich schaue mal nach.«

»Nein!«, flüsterte Jack wütend. »Bleib im Auto!«

»Bin fast da.«

Jack hörte erneut ein halblautes *Klong;* jetzt wurde ihm klar, was es war: Jemand kletterte das Gerüst hinauf.

Effrem flüsterte: »Sehe ihn. Er steigt das Gerüst hinauf. Auf meiner Seite, äh, also Nordseite. Was soll ich machen?«

»Zurück zum Auto und fahr weg!«, befahl Jack. Wenn Effrem den Mann sehen konnte, musste man annehmen, dass auch dieser Effrem sehen konnte. »Fahr um den Block und weiter die Grafinger entlang. Ich stoße dann später zu dir.«

»Okay, okay, ich geh ja schon.«

Jack trat in den Flur und wandte sich nach rechts, zur Nordseite des Gebäudes. Auf halbem Weg hörte er ein schwaches *Popp, Popp, Popp.* Schüsse! Jack rannte los.

Effrem rief: »Scheiße, was war das? Oh ... Jack, ich habe ein Problem. Brauche Hilfe!«

Jack rannte noch schneller. Er hörte metallische Geräusche vom Baugerüst, konnte aber nicht ausmachen, aus welcher Richtung sie kamen. Der Gurt seines Nachtsichtgeräts lockerte sich, das Sichtfeld vibrierte, die Eindrücke verschwammen zu einem grauen Mosaik von leeren Räumen, Fluren, fensterlosen Öffnungen ... Er rannte durch den offenen Bereich, blickte nach links: Eine Gestalt kauerte in einer Fensteröffnung, ein Bein auf dem Gerüst draußen, das andere auf dieser Mauerseite.

Eine Waffe blitzte auf, das Mündungsfeuer warf einen

orangefarbenen Schein auf sein Gesicht: Möller. Den Bart hatte er abrasiert, aber Jack erkannte ihn trotzdem.

Jack stürmte voran wie ein Baseballspieler, krümmte sich aber zusammen, um, wie er hoffte, ein schlechteres Ziel abzugeben. Sein Schwung trieb ihn durch den halben Raum, bis er gegen einen Sägebock prallte. Eine darauf liegende Sperrholzplatte fiel herab, eine Plattenecke kam direkt auf sein Gesicht herab. Schützend riss er die Hände hoch und wandte den Kopf ab, aber die Tischecke traf ihn dennoch an der Schläfe, direkt neben dem Auge. Er rollte sich zur Seite, blickte sich um, versuchte sich zu orientieren.

Rechts sah er die Fensteröffnung, aus der Möller geschossen hatte. Sie war leer.

Er schob die Platte von sich, kam taumelnd auf die Füße, riss die Waffe hoch.

»Effrem, bist du da?«, rief er.

Keine Antwort.

Jack rannte zum Fenster.

Weiter unten klapperten die Aluminiumstreben des Gerüsts; jemand kletterte hastig hinunter.

Jack wagte einen schnellen Blick hinaus und sah links eine Gestalt, die an den Kreuzstreben des Gerüsts hinunterkletterte, offenbar in höchster Eile. Jack zielte, aber bevor er abdrücken konnte, war der Mann verschwunden. Jack rannte zum gegenüberliegenden Fenster, streckte den Kopf hinaus. Möller war unter ihm, auf dem Gerüst vor dem Erdgeschoss. Er blickte auf, sah Jack, feuerte sofort und rannte davon.

Jack sprintete durch den Raum bis zum Treppenhaus und stürmte die Treppe hinunter, zwei Stufen auf einmal nehmend. Sekunden später rannte er durch die Lobby ins Freie und blickte nach rechts. Möller war verschwunden.

Er blieb still stehen und horchte.

Er hörte ein leises, langsames *Ding... Ding... Ding...*

Eine offene Autotür, dachte Jack.

Er drückte auf die Sprechtaste. »Effrem?«

Stille.

»Effrem! Melde dich!«

Keine Antwort.

Jack rannte zum Haupttor; es stand ein Stück weit offen. Er rannte hindurch, die Waffe immer noch im Anschlag, und weiter bis zur Kreuzung.

Auf der anderen Straßenseite stand Effrems Audi mit geöffneter Fahrertür. Die Innenbeleuchtung schimmerte schwach durch die Dunkelheit. Er rannte hinüber und schaute hinein, der Schlüssel steckte.

Effrem war verschwunden.

24

H e, du Arschloch!«
Der Ruf kam von hinten. Jack wirbelte herum.
Durch das Tor der Optimolwerke strömte gerade eine
Menschenmenge auf die Straße hinaus und versperrte
Jack damit teilweise den Blick auf ein Auto, von dem er
nur das Dach und die zwischen den vielen Beinen durch-
schimmernden Rücklichter zu sehen bekam.

SUV, silber oder hellgrau, dachte Jack. *Könnte sein.*

Er sprintete zu Effrems Audi hinüber, ließ den Motor
an und fuhr mit überhöhter Geschwindigkeit die Friedenstraße entlang. Die Menge am Tor der Optimolwerke
begann sich zu zerstreuen; Jack hatte klare Sicht auf die
Rücklichter des SUVs, der bereits ein gutes Stück entfernt war. Er drückte stärker auf das Gaspedal, fuhr
schwungvoll um die Ansammlung herum. Wütende und
betrunkene Gesichter flogen am Fenster vorbei. Jack trat
das Gaspedal voll durch, und der starke Motor heulte auf.

Weiter vorn bog der SUV in die Rosenheimer Straße
ein.

Wenn sich Effrem nicht in dem Fahrzeug befand, war
Jack am Ende seiner Weisheit. Und wenn er sich darin
befand, handelte es sich um eine Entführung; Jack
konnte sich jetzt den Luxus nicht mehr leisten, die Beschattung verdeckt weiterzuführen. Wenn Möller, oder
wer auch immer am Steuer des SUVs saß, Effrem zu einer

sicheren Wohnung brachte, war die Sache zu Ende. Die einzige Frage lautete dann, ob sie ihn zuerst noch foltern oder ihm gleich eine Kugel in den Kopf jagten.

Wenn sie das nicht schon getan hatten, dachte Jack erbittert.

Du hättest Effrem von Anfang an aus der Sache heraushalten müssen, Idiot.

Ein paar Sekunden später kam er am Stoppzeichen an, trat kurz auf die Bremse und blickte nach links. Die Straße war frei, er bog ein und gab wieder Gas. Das Heck des Audis brach kurz aus, aber dann griffen die Reifen, und der Wagen schoss voran. Der SUV war nur noch fünfzig Meter vor ihm und schien es nicht besonders eilig zu haben. Um die Insassen nicht zu alarmieren, verringerte Jack den Abstand nur so weit, dass er das Kennzeichen ausmachen konnte: MOD ZL 292.

Durch das Rückfenster des SUVs sah er eine Gestalt, die sich auf dem Rücksitz aufrichtete. Es entstand Unruhe. Der Beifahrer drehte sich um und schlug auf die Gestalt ein, bis diese wieder aus Jacks Blickfeld verschwand. Effrem hatte sich offenbar zur Wehr gesetzt. *Bleib still liegen, dachte Jack. Mach ihnen keine Probleme, du kannst nur den Kürzeren ziehen. Vorerst jedenfalls.*

Jack gab Gas, bis sich die Stoßfänger fast berührten, dann blendete er mehrfach auf. Natürlich war nicht zu erwarten, dass sie anhalten würden, aber immerhin wussten sie jetzt, dass es einen Zeugen gab: Jack war jetzt wie ein Dorn in ihrem Fleisch. Wenn sie Effrem aus dem Weg räumen wollten, würden sie sich zuerst noch mit Jack beschäftigen müssen.

Der SUV zog davon, aber Jack ließ nicht locker und schloss den Abstand rasch wieder. Plötzlich blitzten die Bremslichter des SUVs auf. Jack war zu einer Vollbremsung gezwungen, schwang nach rechts und fand sich plötzlich neben dem SUV wieder. Er musste nicht erst hinüberschauen, um zu wissen, was nun kommen würde. Schon glitt das Beifahrerfenster des SUVs auf. Jack riss das Lenkrad hart nach links und rammte den SUV von der Seite. Ein Spinnennetz breitete sich auf Jacks Seitenfenster aus, dann noch eines, schließlich platzte die Scheibe nach innen. Wind rauschte in den Wagen.

Jack stieg auf die Bremse, ließ den SUV vorausfahren und schwenkte hinter ihm wieder ein, während sie durch eine Unterführung rasten. Dann trat Jack wieder voll aufs Gas und rammte den SUV von hinten. Er ließ sich zurückfallen, holte Anlauf und rammte ihn noch einmal, jetzt jedoch richtete er die Nase des Audis auf die rechte Seite des Hecks, um den SUV ins Schleudern zu bringen. Doch der Fahrer steuerte hart dagegen und machte Jacks Versuch zunichte.

Das konnte so nicht lange weitergehen, das war Jack klar. Wenn die Polizei nicht bereits unterwegs war, konnte es jedenfalls nicht mehr lange dauern. Damit würde Effrem vielleicht befreit, aber wenn die Insassen des SUVs das Feuer auf die Polizei eröffneten, würden womöglich bald ein paar Leichen auf der Straße liegen, und Jack würde, wenn er Glück hatte, im Gefängnis landen. Er hatte keine andere Wahl: Er musste diese Sache so schnell wie möglich zu Ende bringen.

Die Straße verlief jetzt abschüssig; der SUV glitt in eine lange Unterführung, aber Jack blieb bis auf ein paar Handbreit an ihm dran. Scheinwerfer blitzten durch die Windschutzscheibe, wildes Hupen scholl durch den Tunnel. Jack zog den Audi nach rechts und versuchte auf dem Standstreifen zu überholen, aber wieder steuerte der andere Fahrer dagegen und schob Jack an die Leitplanke, sodass er hart abbremsen musste. Der SUV raste davon, schoss aus der Unterführung heraus und bog dann an der nächsten Kreuzung scharf ab. Jack verlor ihn momentan aus den Augen, doch als er ebenfalls abbog, sah er gerade noch, wie er mit ausbrechendem Heck hart abbog und durch ein Tor verschwand, das sich in einem langen, hohen Holzzaun befand. Jack konnte nicht mehr rechtzeitig abbremsen und schoss über das Tor hinaus. Hastig setzte er den Wagen zurück und fuhr ebenfalls durch das Tor.

Auf beiden Seiten huschten große Lagerbuchten vorbei, in denen lange Holzbalken aufgestapelt waren. Eine Holzhandlung. Grelle Sicherheitsscheinwerfer auf hohen Masten leuchteten auf und warfen scharfe Lichtkreise auf die Zufahrt.

Aus einer Lagergasse auf der rechten Seite tauchte plötzlich ein Gabelstapler auf. Jack riss das Steuer nach links, aber es reichte nicht. Die Zinken des Gabelstaplers waren halb hochgefahren; sie scheuerten über die gesamte Wagenseite und zerschmetterten das hintere Seitenfenster. Jack stieg hart auf die Bremse, blickte in den Rückspiegel und sah, dass der Gabelstapler immer noch aufrecht stand. Der Fahrer sprang gerade aus der kleinen Kabine. Wieder trat er das Gaspedal durch.

Weiter vorn bog der SUV nach rechts ab und verschwand hinter einem Lagerschuppen.

Jack kam keine fünf Sekunden später an der Ecke an. Doch der SUV war verschwunden.

Rechts ragte nur die Wand des Lagerschuppens in die Höhe. Die nächste Tür, die durch einen Scheinwerfer von oben beleuchtet wurde, befand sich etwa fünfzig Meter entfernt und stand ein Stück weit offen. Zu weit weg. Jack blickte nach links in eine Gasse, an der entlang Eisenbahnschwellen aufgestapelt waren. Auch hier war vom SUV nichts zu sehen. Jack fuhr weiter, blickte im Vorbeifahren in die nächste Gasse. An der dritten Abzweigung schließlich sah er gerade noch das Heck des

SUVs hinter einem großen Holzstapel verschwinden. Er fuhr parallel zu Jack und hatte die Scheinwerfer ausgeschaltet.

Wieder trat Jack aufs Gaspedal, trat dann hart auf die Bremse und riss den Wagen nach links, sodass er buchstäblich in die nächste Quergasse hineinschleuderte. Als das Heck wieder zurückschwenkte, beschleunigte er und kam im selben Moment an der nächsten Abzweigung an, als der SUV vorbeiraste. Jack bremste nicht ab, sondern raste sofort zur nächsten Abzweigung weiter, wo er die Handbremse hochriss und den Wagen nach rechts schleudern ließ. Er raste durch ein Ausfahrtstor; hier war der Boden von schweren Fahrzeugen und Trucks durchfurcht. Durch das Beifahrerfenster sah er eine Baumreihe, und durch diese blitzten Lichter, die sich parallel zu ihm bewegten. Offenbar ein Zug.

Wieder warf er einen Blick durch das Beifahrerfenster: Die Scheinwerfer des SUVs tauchten das Innere des Audis in gleißend helles Licht und blendeten Jack. Er stieg auf die Bremse. Vor seiner Windschutzscheibe schleuderte der SUV herum, sodass sein hinterer Stoßfänger über die Motorhaube des Audis scheuerte. Jack gab Gas, steuerte in den anderen Wagen, verpasste ihn aber knapp und schoss daran vorbei. Plötzlich ragte seitwärts ein hoher Stapel Eisenbahnschwellen auf; er versuchte gegenzusteuern, aber es war zu spät. Der Audi streifte den Stapel; ein paar Schwellen krachten auf die Motorhaube herab, die rechte Hälfte der Windschutzscheibe überzog sich mit einem Spinnennetz, und die Schwellen polterten über das Autodach und das Heck.

Jack riss das Lenkrad herum und brachte den schlingernden Audi direkt hinter dem SUV wieder auf Kurs.

Jetzt ist es aber wirklich höchste Zeit, die Sache zu beenden. Halt dich fest, Effrem.

Er lenkte leicht nach links und gab Gas. Der SUV-Fahrer fiel auf den Köder herein und steuerte ebenfalls nach links, um dem Audi den Weg zu versperren. Nun trat Jack auf die Bremse, riss den Wagen nach rechts und schob sich seitwärts an den SUV heran, dann riss er das Lenkrad wieder hart herum und ließ den Stoßfänger in den rechten Hinterreifen des SUVs krachen. Der Fahrer hatte keine andere Wahl, als dem Stoß weiter auszuweichen, aber er übertrieb es. Während das Fahrzeug noch von seinem eigenen Schwung vorwärts raste, wurde das Heck des SUVs zur Seite gerammt, die Räder rutschten in die tiefen Reifenfurchen; der Wagen geriet in eine gefährliche Schieflage; ein weiterer Rammstoß des Audis warf ihn vollends auf die Seite. Der SUV rutschte, vom eigenen Schwung getrieben, auf die Bäume zu. Lehmbrocken und Teile der Karosserie wirbelten durch die Luft und prasselten auf Jacks Windschutzscheibe. Der trat auf die Bremse. Schleudernd kam der Audi zum Stillstand.

Schon sprang Jack aus dem Wagen, hielt kurz inne, um sich zu orientieren. Staubwolken wirbelten durch die Scheinwerferstrahlen des Audis. Das abrupte Ende der wilden Jagd hatte Jack momentan schwindelig werden lassen.

Wohin?

Er hob die HK und stürmte auf die dunkle Baumreihe zu.

In der Dunkelheit knallte ein Schuss.

Eine Kugel in Effrems Kopf, fragte er sich hektisch.

Er bremste ab, duckte sich, versuchte, den Schuss zu lokalisieren, und schwenkte ein wenig weiter nach links. Irgendwo in der Ferne pfiff der Zug, dann wurde es wieder still. Der Staub legte sich schnell; Jack sah, dass er bereits die Baumreihe erreicht hatte. Er prallte so hart mit der Stirn gegen einen Ast, dass er das Gleichgewicht verlor und rückwärts zu Boden stürzte. Rasch kam er wieder auf die Füße. Weiter rechts blinkte das vordere Blinklicht des SUVs gelb durch die Dunkelheit. Er wandte sich in die Richtung.

»Jack – er ist irgendwo da draußen!«, hörte er Effrem rufen.

Jack erstarrte mitten im Schritt und ging mit einem schnellen Schritt hinter einem Baumstamm in Deckung. Er nahm an, dass Effrem Möller meinte.

»Nur einer?«, rief er zurück.

»Der Fahrer regt sich nicht.«

»Bist du verletzt?«

»Keine Ahnung. Hab eine Pistole.«

Jack wusste nicht, ob das stimmte, aber es war jedenfalls recht clever.

»Bleib, wo du bist.« Von irgendwo hörte Jack das Jaulen eines Martinshorns. Noch sehr leise, noch sehr weit entfernt. »Die Polizei kommt gleich.«

Das war allerdings für Jack und Effrem kein geringeres Problem als für Möller. Jack hoffte jedoch, dass der Deutsche in Panik geriet und fliehen würde, ohne sich die Zeit zu nehmen, genauer nachzudenken. Andererseits machte dieser Möller nicht den Eindruck, als würde er sich unter Stress irrational verhalten.

»Nein, ich muss raus!«, rief Effrem zurück. »Dieses Ding verliert Benzin.«

Auch Jack konnte es jetzt riechen.

Von den Bahngleisen war nun das Rattern von Stahlrädern zu hören – ein Zug kam.

Jack wurde plötzlich klar, dass das Nachtsichtgerät immer noch an seinem Hals baumelte. Mit der freien Hand setzte er es auf. Das linke Okular war zersplittert, sodass er jetzt nur noch eine graue Monokelsicht der Umgebung hatte, die mit jedem Herzschlag vibrierte. Er atmete tief ein und aus und blickte zuerst hinter sich, dann drehte er den Kopf langsam zum SUV.

Und hielt inne.

Eine Bewegung.

Er richtete das NSG wieder auf die Stelle und konzentrierte sich auf ein Gebüsch. Dort ist etwas, dachte er, eine gerade Linie mitten in den verworrenen Zweigen. Ein zu großer, massiver Fleck mitten im Laub. Er zielte auf den Umriss und feuerte. Nichts bewegte sich.

Dann knackte ein Zweig; Jack wirbelte nach rechts. Etwa sechs Meter entfernt schlich eine Gestalt zwischen den Bäumen hindurch; sie kam auf ihn zu. Jack hob die HK, zielte genau auf die Mitte der Gestalt.

»Hallo, ist da jemand?«, rief eine Männerstimme.

Jack behielt die Gestalt im Visier. Konnte es Möller sein?

»Wer ist da?«, rief er zurück.

Der Mann antwortete; Jack verstand zwar nur »… im Holzlager«, aber mehr war auch gar nicht nötig. Ein Lagerarbeiter.

»Polizei!«, rief er zurück. »Gehen Sie!« Womit sein deutscher Wortschatz praktisch erschöpft war. Mit ein bisschen Glück würde der Mann die Polizei warnen, dass im Wald Schüsse gefallen waren. Die Beamten würden dann zweifellos erst Verstärkung anfordern und so Jack und Effrem einen kleinen Vorsprung verschaffen.

»Okay, okay«, hörte Jack den Mann antworten. Er wartete, bis sich der Mann entfernt hatte, dann schlich er zu dem umgestürzten SUV hinüber. Er durfte jetzt keine Zeit mehr verlieren. Wenn Möller immer noch auf der Lauer lag, würde Jack es bald genug merken. Trotzdem blieb er vorsichtig und nutzte die Stämme als Deckung. Als er nahe genug heran war, sah er Effrems Hände im zerschmetterten Rahmen des Dachfensters auftauchen.

Soweit er erkennen konnte, waren sie mit einem extra-starken Kabelbinder gefesselt. »Jack, bist du das?«

»Ja. Kannst du herausklettern?«

»Glaube schon.«

Je näher Jack kam, desto stärker wurde der Benzinge-stank, sodass er in der Nase brannte. Weiter hinten ratterte der Zug vorbei, die beleuchteten Fenster flimmerten zwischen den Bäumen hindurch.

Jack trat an die Windschutzscheibe und blickte ins Innere. Der Fahrer lag nach vorn verkrümmt, halb auf dem Armaturenbrett, halb auf der Tür. Doch sein Kopf war in unnatürlichem Winkel verdreht; offenbar hatte er sich das Genick gebrochen.

Effrem wuchtete sich aus dem Dachfenster, kam aber ins Taumeln und musste sich am SUV festhalten. »Hoppla. Schwindelig.«

»Wo ist die Waffe?«, fragte Jack.

»War gelogen. Ich hab gehofft, dass Möller es hören würde.«

»Was ist mit deiner Achtunddreißiger? Wir dürfen sie nicht zurücklassen.«

»Oh ... ach so, ja. Die liegt im Audi, im Mittelfach.«

Jack nahm sein Taschenmesser heraus, schnitt den Kabelbinder durch und steckte ihn in die Tasche.

»Souvenir?«, fragte Effrem.

»DNS.« Effrems Fingerabdrücke würden zwar überall im SUV sein, aber ein so offenkundiges Beweisstück wie den Kabelbinder wollte Jack auf keinen Fall zurücklassen. »Wir müssen schleunigst verschwinden. Kannst du rennen?«

»Versuchen kann ich es ja mal.«

Jack hatte keinen genauen Plan; er wusste nur eins: Sie mussten einen möglichst großen Abstand zwischen sich und den zerstörten SUV bringen. Ihre beste Option war, in östlicher Richtung zu fliehen, dachte er. Sie mussten versuchen, zu Jacks Auto zurückzukommen, das in der Nähe der Kultfabrik geparkt war.

Einen halben Kilometer vom SUV entfernt stießen sie an die Gleisanlagen und folgten ihnen in Richtung Ostbahnhof, wobei sie die Bäume und das Gestrüpp am Bahndamm als Deckung benutzten.

Die Verfolgungsjagd und die Zusammenstöße der Autos hatten eine Menge Aufmerksamkeit erregt, von überall her sah man das blaue Aufblitzen der Polizeiwarnleuchten. Von Polizeihubschraubern war noch nichts zu sehen, aber sie würden nicht mehr lange auf sich warten lassen. Jack konstruierte bereits in Gedanken das Worst-Case-Szenario:

Die Polizei würde zunächst den Unfallort sichern, damit sich die Feuerwehr mit dem ausgelaufenen Benzin beschäftigen konnte. Dann würde man die Umgebung nach den Fahrzeuginsassen absuchen. Es hatte einen Toten gegeben, und während einer wilden Verfolgungsjagd war es zu einer Schießerei gekommen. Nach dem, was der Lagerarbeiter der Polizei berichten würde, war offenbar ein netter Münchener auf rätselhafte Weise verschwunden, möglicherweise das Opfer einer Entführung.

Der Baumbestand wurde dünner; weiter vorn standen Straßenlaternen.

»Warte hier«, sagte Jack und lief voraus, bis er zu einem Bürgersteig kam.

Ein Streifenwagen fuhr vorbei, den Suchscheinwerfer auf die Bäume gerichtet. Jack zog sich rasch in den Schatten zurück, bis der Wagen außer Sicht war, und ging dann zu Effrem zurück. Der lehnte an einem Baumstamm und rieb sich die Schläfe.

»Wir sind an der Rosenheimer Straße. Zur Kultfabrik ist es nicht mehr weit.«

»Wir könnten ein Taxi rufen«, schlug Effrem vor.

»Nein. Wir können uns keine weiteren Zeugen leisten.«

Wenn es nicht schon geschehen war, würde sich die Polizei mit der Taxizentrale in Verbindung setzen und sie genau nach dem fragen, was Effrem gerade vorgeschlagen hatte.

»Ich habe wahnsinnige Kopfschmerzen. Der Typ hat mir die Knarre über den Schädel gezogen.«

»Möller?«

»Wer sonst. Nur weil ich ihn gegen den Kopf gekickt habe.«

Effrem hatte Möller eine ziemlich unfreundliche Behandlung zu verdanken – erst einen Streifschuss, dann den Schlag mit der Pistole auf den Kopf. »Allmählich mag ich den Kerl nicht mehr so arg.«

Jack konnte sich ein Lachen nicht verkneifen. »Das kann ich gut verstehen.«

»Was machen wir jetzt? Wohin gehen wir?«

Jack blickte rasch auf die Uhr: Seit die Verfolgungsjagd begonnen hatte, waren noch nicht einmal zwanzig Minuten vergangen. Es kam ihm viel länger vor. Er fragte sich, ob die Polizei bereits herausgefunden hatte, dass die ganze Sache in der Kultfabrik begonnen hatte. Er bezweifelte es; im Moment hatte die Polizei ganz andere Prioritäten, als sich mit den Beschwerden der Besoffenen in den Optimolwerken zu befassen.

Er zog die Jacke aus und drehte sie auf links, sodass nun das rote Innenfutter außen war. Er gab sie Effrem. »Zieh die Kapuze über den Kopf. Du siehst beschissen aus.«

Effrem zuckte die Schultern. »Übrigens: Danke, dass du mich herausgeholt hast.«

Wieder raste ein Polizeifahrzeug mit eingeschalteten Warnlichtern die Rosenheimer Straße entlang, gefolgt von einem mattschwarzen Mannschaftswagen, in dem sich, wie Jack vermutete, ein Spezialeinsatzkommando befand.

»Wie erklären wir die Sache, Jack? Sie werden schnell herausfinden, dass der Audi von mir angemietet wurde.«

Jack dachte kurz nach. »Du gehst ins Hotel zurück. Die Polizei wird dort aufkreuzen und dich befragen. Erkläre ihnen, dass das Auto gestohlen worden sein musste. Und dass du idiotischerweise den Schlüssel hast stecken lassen. Bleib immer bei dieser Story und erzähle sie so einfach wie möglich. Genau wie du es mit den Cops in Alexandria getan hast. Zeige dich neugierig, aber nicht zu neugierig. Bitte sie um das Aktenzeichen des Berichts, damit du es deiner Versicherung und der Autovermietung mitteilen kannst.«

»Ja, okay, kapiert.«

Jacks Handy meldete sich. Auf dem Display erschien eine SMS von Belinda Hahn – jedenfalls von ihrem Handy. Sie benutzte nicht das Wegwerfhandy, das er ihr gegeben hatte.

Jack, ich glaube, draußen sind Leute.

Effrem hatte über Jacks Schulter mitgelesen. »Eine Falle, was meinst du?«

Jack schrieb zurück: *Blue.*

Sie antwortete mit dem vereinbarten Bestätigungscode: *Little Boy.*

»Das ist kein Beweis«, kommentierte Effrem.

»Was Besseres haben wir nicht. Und wir haben auch keine andere Wahl.«

»Sie haben sie vielleicht gezwungen, die SMS zu senden. Oder sie steckt selbst mit drin ...«

Jack schnitt ihm das Wort ab. »Effrem, wir können das nicht einfach ignorieren!« Trotzdem fiel auch Jack auf, wie

dicht die Ereignisse bei der Kultfabrik und Belindas Hilferuf aufeinander folgten. Möller hatte drei unerledigte
Jobs – Jack, Effrem und Belinda Hahn – und gerade versucht, Jack und Effrem auszuschalten. Warum sollte er
nicht alle drei in einer einzigen Nacht erledigen können?

Er schrieb zurück: *Wo sind Sie?*

Belinda nannte die Adresse und fragte: *Was soll ich
machen?*

Türen und Fenster schließen, wies er sie an. *Verstecken.
Wenn jemand die Tür aufbrechen will, Polizei rufen. Pfefferspray bereit?*

Ja, habe Angst, textete Belinda.

Bin auf dem Weg.

25

Nördlich von München, Deutschland

Jack bog in Freising-Ost von der Autobahn ab und fuhr auf dem Autobahnzubringer nach Norden. Die Scheinwerfer strichen über einen Wegweiser: MARZ-LING 3 KM. Nach der Uhr im Armaturenbrett war seit Belindas erster SMS fast eine Stunde vergangen.

»Verdammt.«

Er warf einen Blick auf das Smartphone. Fast eine Viertelstunde seit ihrer letzten Antwort auf seine SMS. Zu seinem Entsetzen hatte sie nur geschrieben: *Bitte beeilen Sie sich.*

Als er ihr geraten hatte, irgendwo »in der Nähe« unterzutauchen, hätte er vielleicht ein bisschen genauer sein sollen. Google Earth zufolge handelte es sich bei der Adresse, die sie ihm geschickt hatte, um ein Bauernhaus, das in ein kleines Wohnhaus umgebaut worden war. Es lag ungefähr vierzig Kilometer nördlich von München, knapp außerhalb der Gemeinde Marzling, an der Isar gelegen.

Sie hatten eine kostbare Viertelstunde gebraucht, um zur Kultfabrik zurückzukommen, dann eine weitere Viertelstunde, bis Jack Effrem vor dem Hotel abgesetzt hatte und endlich zur A 9 gelangt war, die nach Norden führte.

Jack folgte der Navigation auf seinem Smartphone. Sie leitete ihn zuerst über die Isar nach Marzling hinein und von dort auf der Isarstraße nach Süden zu einer weiteren

Brücke. Auf der anderen Flussseite bog er nach links in einen unbefestigten Feldweg ab, der den Flusswindungen folgte. Während seiner Fahrt hierher hatten sich dichte Regenwolken zusammengezogen; der Wind war stärker geworden und wühlte den Fluss auf. Dicke Regentropfen platschten auf die Windschutzscheibe.

Ungefähr achthundert Meter vor dem Haus kam er an eine Weggabelung. Nach rechts ging es zum Bauernhaus. Er fuhr daran vorbei und hielt nach zwanzig Metern am Wegrand an.

Eine innere Stimme riet ihm, möglichst schnell herauszufinden, warum sich Belinda nicht mehr gemeldet hatte, aber er widerstand dem Impuls. In der Kultfabrik hatte er die Sicherung des zweiten Stocks zu hastig durchgeführt und hätte beinahe teuer dafür bezahlt. Wenn Belinda bereits tot war oder gefangen, würde es nichts nützen, wenn er überstürzt handelte.

Er textete noch einmal: *Was ist los?*

Nach fast einer Minute Schweigen vibrierte das Smartphone einmal. *Sie waren im Haus.*

Red, schrieb Jack zurück.

Baron, schrieb sie zurück.

Sind sie weg?

Glaube ja.

Wie lange, fragte er.

20-30 Minuten, meldete Belinda.

Wie viele Männer?

Weiß nicht! Habe Angst, verstecke mich im Schrank.

Es gab zwei Möglichkeiten, dachte Jack, beide plausibel, aber die erste war möglicherweise zu kompliziertem Denken seinerseits zuzuschreiben: Er hatte Belindas erste SMS innerhalb von zehn Minuten nach dem Zusammenstoß im Holzlager erhalten. Wenn Möllers Leute zu diesem Zeitpunkt bereits vor Belindas Haus gewartet hatten, war es denkbar, dass Möller ihnen befohlen hatte, ihr so viel Angst einzujagen, dass sie einen Hilferuf an Jack schickte. Außer Zeit hatten sie bei einem fruchtlosen Hinterhalt nichts zu verlieren.

Die zweite Möglichkeit war eindeutiger: Nachdem es Möller nicht gelungen war, Jack und Effrem zu töten, hatte er vielleicht beschlossen, seine Männer von Belindas Haus abzuziehen, um das Risiko aufzufliegen so klein wie möglich zu halten. Gegen Effrems Vermutung, dass Belinda mit Möller unter einer Decke stecken könnte, sträubte sich Jacks Instinkt.

Er rief Google Earth auf und zoomte den Hof näher heran. Er lag im Flusstal; ringsum standen die Bäume in voller Blüte, gut gewässert durch das Schmelzwasser, das die Isar von den Bergen heranbrachte. Für einen Hinterhalt aus der Ferne war das Gelände ungeeignet, aber Gebüsche und Bäume mit dichtem Laub boten zahlreiche Verstecke.

Nichts ist perfekt, ermahnte er sich. Kein Plan überlebt den ersten Feindkontakt. Damit würde er sich befassen, wenn es so weit war.

Er simste kurz an Belinda: *Passiere gerade Eching. Bin bald da.*

Sollte die Nachricht an Möller weitergeleitet werden, konnte das Jack vielleicht einen kleinen Vorteil verschaffen.

Die nächste halbe Stunde verbrachte Jack damit, im Wald herumzukriechen, bis seine Beine vom Kauern taub, seine Knie und Ellbogen wund gerieben waren und die Batterien seines Nachtsichtbilliggeräts so schwach waren, dass das Sichtfeld wie ein TV-Bildschirm bei Senderausfall flimmerte. Bisher hatten die Regenwolken hier ihre Fracht noch nicht auf die Erde fallen lassen, aber einzelne Tropfen platschten schwer wie Kieselsteine auf die Erde. Jack spürte die feuchte Kälte bis in die Knochen.

Als die Rückseite des Bauernhauses ins Blickfeld kam, zwang er sich, absolut still im Gebüsch zu kauern und das Haus mindestens fünf Minuten lang zu beobachten. Das Gebäude war früher einmal ein echtes bayerisches dreistöckiges Bauernhaus gewesen, mit einem aus Holz gezimmerten oberen Stockwerk, das auf die weiß verputzten Mauern aufgesetzt war, und grünen Fensterläden. Es erinnerte Jack ein wenig an seine Kindervorstellung von einem Lebkuchenhaus.

Nichts regte sich, kein Licht brannte.

Jack schlich näher heran, bis er unter dem schweren, hölzernen Balkon stand, der sich an der Vorderseite sowie an einer Seitenwand entlangzog. Dort holte er sein Smartphone hervor und tippte: *Fast da. Biege in die Zufahrt zum Haus ein.*

Jack war gespannt, ob seine angekündigte Ankunft irgendeine Reaktion provozierte.

Belinda jedenfalls reagierte nicht.

Weitere fünf Minuten vergingen. Entweder war er wirklich allein, oder Möllers Männer waren so verdammt gut, dass er sie noch nicht entdeckt hatte. Er wandte sich dem Haus zu.

Bevor er auch nur die Haustür erreichte, stieg ihm ein strenger Geruch in die Nase. Gas? Er schob die Waffe ins Holster – das Mündungsfeuer würde womöglich reichen, um eine Explosion auszulösen. Rasch zog er den Halsausschnitt des T-Shirts hoch, um damit Nase und Mund abzudecken, und drückte vorsichtig die Türklinke herab. Die Tür war nicht verschlossen. Er drang ein, trat aber

sofort zur Seite, um sich nicht vor dem Türglas abzu-
zeichnen.

Belinda hatte erwähnt, dass sie sich in einem Schrank
versteckte. Aber wo? Er schickte ihr die Frage per SMS,
erhielt aber wieder keine Antwort. Je nachdem, wie lange
das Gas schon ausströmte, konnte sie womöglich schon
tot sein.

Im Schein seiner kleinen Stiftleuchte schlich er so
schnell und so leise wie möglich durch das Haus, öffnete
die Fenster und jede Tür, hinter der ein Schrank vermutet
werden konnte. Nachdem er das Erdgeschoss gesichert
hatte, stieg er zum ersten Stock hinauf und suchte weiter.
Am Ende des Flurs entdeckte er Belinda. Sie lag zu-
sammengekrümmt in einem großen Wäscheschrank. Das
Handy lag locker in ihrer Hand, aber es war nicht das
Wegwerfhandy, das er ihr gegeben hatte. Er prüfte rasch
ihren Puls. Sie lebte noch. Er schüttelte sie. »Belinda!«
Keine Reaktion. Er hieb ihr die Faust hart in das Brustbein. Sie stöhnte auf.

Unten schlug eine Tür zu.

Jack erstarrte. Horchte.

Er lief geduckt ins Bad und spähte durch das Fenster.
Sekunden später explodierte direkt neben seinem Kopf
die Fensterscheibe. Er warf sich auf den Boden und kroch
zu Belinda zurück, packte sie am Handgelenk und zog sie
hinter sich her in den Flur.

*Denk nach, Jack! Lieber eine Kugel oder bei lebendigem
Leib verbrennen?*

Belindas Handy piepte. Jack blickte auf das Display.
Eine SMS.

Komm raus. Du kommst mit uns, dann lassen wir sie frei.

Ganz offensichtlich wollte ihn jemand lebend haben,
aber davon abgesehen, sagte ihm die SMS noch etwas anderes: Wenn sie planten, das Haus in die Luft zu jagen,

hatten sie die Zündung wahrscheinlich bereits installiert und konnten sie aus der Entfernung auslösen.

Wo und wie?

Du musst Zeit schinden, Jack. Er schrieb zurück: *Sie ist fast tot. Kann sie nicht bewegen, bevor sie aufwacht.*

Komm raus. Wir kümmern uns um sie.

Das war natürlich gelogen.

Sobald ich mir sicher bin, dass sie überlebt, komme ich raus. Sie braucht Frischluft. Ich schlage ein Fenster ein. Nicht schießen.

Keine Antwort.

Jack kroch wieder ins Bad zurück und schlug die restlichen Scheiben mit dem Griff der HK ein.

Das Smartphone piepte: *Kein Fenster mehr. 5 Min. Mach keinen Scheiß.*

Lag das Haus nahe genug am Ort, um an die Gasleitung angeschlossen zu sein? Wahrscheinlich nicht. Also Propan? Draußen hatte er keinen Tank bemerkt, wo also war er? Am ehesten im Keller.

Er zog Belinda eng an sich, hob sie auf seine Schulter und trug sie, so tief geduckt wie möglich, die Treppe zur Küche hinunter. Die Kellertür befand sich in der Wand hinter dem Esstisch. So leise es ging, schob er den Tisch beiseite und öffnete die Tür. Dahinter wurden Stufen sichtbar, die in die Dunkelheit hinunterführten. Der Gestank von Propangas wallte herauf, so widerlich, dass sich ihm fast der Magen umdrehte. Er hustete; ein Würgreiz erfüllte ihn, aber er schluckte ihn hinunter. Blitze zuckten durch seine Augen. Zwar standen sämtliche Fenster im Erdgeschoss offen, aber da Propan schwerer als Luft war, sammelte es sich über dem Boden, sodass er praktisch bis zur Hüfte im Gas stand.

Geh raus, ergib dich, Jack. Riskiere es, spiele auf Zeit. Was ihm die innere Stimme zuflüsterte, mochte bei ihm funktionieren, aber nicht bei Belinda. Ihm war vollkommen klar, dass sie Belinda auf jeden Fall umbringen würden. Die andere Option, wild um sich schießend einen Ausfall zu wagen, kam ebenfalls nicht infrage. Diese Verzweiflungstat machte sich gut in Hollywood und ging dort ja auch fast immer gut aus, funktionierte aber in der realen Welt äußerst selten. Mit Belinda auf der Schulter würde er schon auf der Haustürschwelle umgenietet werden.

Rübenkeller. Das Wort kam Jack urplötzlich in den Sinn. *Vielleicht gab es auch hier einen …?*

Eine neue SMS: *3 Min.*

Jack antwortete: *Sie stirbt vielleicht. Komme nicht raus, bevor sie aufwacht. Ihr wollt mich, also müsst ihr warten.*

Nein, kam die lakonische Antwort.

Brauche Hilfe. Schickt jemand rein.

Darauf kam keine Antwort mehr, was Jack nicht überraschte. Soweit er wusste, hatte seine Gefangennahme für sie nur nachrangige Bedeutung. Wenn er das Spiel zu weit trieb, würden sie vielleicht einfach das Haus in die Luft jagen.

Jack legte Belinda auf die Arbeitsfläche in der Küche, trieb seine Fingerknöchel in ihr Brustbein und drückte auf ihre Augen. Sie stöhnte, dann noch einmal lauter.

»Belinda! Hören Sie mich? Ich bin's, Jack!«

»Jack«, murmelte sie matt.

»Gibt es einen Erdkeller?«, fragte er. Er hatte nicht vor, in den Keller hinabzusteigen, wo das Propan am dichtesten war, solange er nicht wusste, ob es von dort einen weiteren Fluchtweg gab. »Belinda! Erdkeller oder Rübenkeller! Gibt es einen Erdkeller?«

Zitternd öffneten sich ihre Augen und fokussierten sich langsam auf Jack. »Erdkeller?«

»Ja. Unter oder neben dem Keller. Gibt es noch einen weiteren Keller?«

Sie nickte schwach. »Hinter … hinter dem Boiler.«

Das Display leuchtete auf. *2 Minuten.*

Jack antwortete nicht darauf. Sie meinten es todernst.

Er warf sich Belinda über die Schulter, ging zum nächsten Fenster und opferte dreißig kostbare Sekunden, um Frischluft zu tanken, dann klemmte er die Stablampe zwischen die Zähne und stieg die Treppe hinunter. Der Lichtstrahl tanzte wild über die Wände. Vom Fuß der Treppe führte ein schmaler, mit rotbraunen Ziegelsteinen ausgemauerter Tunnel tiefer in den Keller hinein. Der Gasgestank wirkte hier fast wie eine Säure oder als würde ihm ein Stück Hanfseil durch die Sehnen gezogen. Er wandte sich nach rechts. Belindas Kopf stieß gegen die Ziegelwand. Sie schrie auf. *Gutes Zeichen,* dachte er.

Der Durchgang mündete in eine ungefähr sechs mal sechs Meter große Kammer mit gestampftem Lehmboden. An der linken Wand stand ein langer Propangastank. Jack ging hinüber, ließ den Lichtstrahl über die Leitungen gleiten, bis er eine Ansammlung von Ventilen fand. An einer der Gasleitungen hatte man mit Klebeband einen Bleistiftzünder und ein Handy zusammengebunden. Einfach und wirksam. Die Zahl der Wicklungen um das Handy machte es schwierig und zeitraubend, an den Akku zu kommen. Aber noch wichtiger war, dass im Telefon wahrscheinlich ein Beschleunigungssensor verbaut war, der auch als Schutzschalter gegen Manipulationsversuche dienen konnte.

Vergiss es. Geh weiter.

Belinda, die schlaff über seiner Schulter hing, begann heftig zu zucken. Sie würgte, kurz darauf spürte Jack einen warmen Strom, der über seinen Nacken rann: Sie hatte sich erbrochen. Er ließ den Lichtstrahl durch den Raum gleiten und blickte sich um. Vor ihm, neben den langen, an der Wand befestigten Holzregalen stand ein zylindrischer Boiler. Als er darauf zuging, wurde er von Übelkeit fast überwältigt; sein Magen verkrampfte sich. Er zwang sich weiterzugehen.

Wieder surrte das Telefon. Er brauchte die SMS gar nicht erst zu lesen: *1 Minute*.

Er ging um den Boiler herum zur rückwärtigen Wand. Mit dem Knie stieß er gegen etwas Hartes, aber es war kein Ziegelstein, sondern Holz. Im Licht der Taschenlampe sah er, dass er vor einer hüfthohen Einstiegsluke stand.

Er kniete davor nieder und drückte auf die Türklinke. Sie gab nach; die Tür schwang auf. Er bückte sich, ließ Belinda von der Schulter gleiten, zwängte sich an ihr vorbei durch die Luke. Innen drehte er sich um, packte sie an den Handgelenken und zerrte sie hinter sich her tiefer in den Schacht. Immer weiter zog er sie hinter sich her, bis sich der Schacht zu einer großen Nische weitete. An der gegenüberliegenden Wand befanden sich vier Holzstufen; sie endeten vor einer schräg nach außen angebrachten, in der Mitte geteilten Falltür. Durch den schmalen Spalt in der Mitte sah er schwaches Licht schimmern. Er kroch die Stufen hinauf und drückte mit dem Rücken gegen die beiden Türhälften, bis er sie nachgeben spürte und sich sicher war, dass sie nicht verschlossen waren.

Er kroch wieder zu Belinda zurück und zerrte sie hinter sich die Stufen hinauf. Ihr Kopf schlug auf jeder Stufe auf. Jetzt erst nahm er die Stablampe aus dem Mund und schaltete sie aus. Dann zog er die HK und das Smartphone heraus und schickte eine weitere SMS an Möllers Männer. *O.k., komme raus. Nicht schießen*.

Auf die Antwort wollte er nicht warten, sondern schob langsam die Türhälften hoch, wobei er sich so tief wie möglich duckte. Wenn ihn jetzt einer der Männer bemerkte und die anderen alarmierte, würden sie sofort das Feuer eröffnen. Tod durch eine Kugel – Tod durch eine Explosion … Am Ende lief es auf dasselbe hinaus.

Aber auch als er Belinda endlich auf ebenes Gelände gezogen hatte, waren sie nicht in Sicherheit. Er kroch weiter und zerrte Belinda hinter sich her zu ein paar dicht beieinander stehenden Bäumen. Noch drei Meter …

Keuchend flüsterte er ihr zu: »Belinda, hilf mir, du musst selber kriechen!«

Sie murmelte etwas Unverständliches, aber irgendwie musste sie ihn doch verstanden haben. Ihre Hände krallten sich in die Erde, sie kroch auf den Knien vorwärts.

Noch eineinhalb Meter.

Jacks Smartphone piepte. Er blickte auf das Display. *Deine Zeit ist um.*

Er hörte ein lautes WUUUSCH. Ringsum blitzte es orange auf.

Und dann kam die Hitze.

Eine Stimme schrie etwas auf deutsch, aber Jack nahm sie nur im Unterbewusstsein wahr. Er zwang sich, die Augen zu öffnen, blieb aber bewegungslos liegen. Sein Gehirn bemühte sich zu begreifen, was vor sich ging, versuchte, Bilder und Geräusche in etwas Greifbares, Vertrautes zu übersetzen.

Haus, dachte er, *Explosion.* Die Luft stank nach brennendem Holz, und die Flammen knisterten laut. Keine Handbreit vor seinen Augen verglomm ein Blatt, die Ränder verglühten orangefarben. Die enorme Hitze schien ihm Haare und Kopfhaut zu versengen.

Er hörte ein Knirschen – hastige Schritte näherten sich durch das Unterholz. *Nicht bewegen,* mahnte er sich. Hier draußen hatte er keine Freunde, hier stand niemand auf seiner Seite, hier gab es nur Feinde. Er schloss die rechte Faust fester um den soliden, verlässlichen Pistolengriff.

Das Knirschen kam näher, irgendwo weiter vorn links.

Sein Blick wanderte weiter über den Boden, bis ein Arm in sein Blickfeld kam, dem er bis zum dazugehörenden Kopf mit kurz geschnittenem braunem Haar folgte. Belinda.

»Hast du was gefunden?«, rief eine Stimme in der Ferne.

»Nö.«

Die Antwort hatte sehr nahe geklungen.

Ganz langsam hob Jack den Kopf, drehte ihn und ließ ihn wieder auf den Erdboden sinken. Mit vor Hitze brennenden Augen suchte er das Gelände vor sich und auf einer Seite ab. Keine drei Meter entfernt kroch ein Mann hinter einem Baumstamm hervor und zeichnete sich klar vor dem Feuerschein ab. Er trug ein kompaktes Sturmgewehr über der Brust – ein ähnliches Modell wie die FAMAS, die die Männer in der Kultfabrik getragen hatten.

Belinda stöhnte, regte sich, brachte das Laub zum Rascheln.

Der Mann erstarrte mitten in der Bewegung und drehte sich langsam in die Richtung, aus der er das Geräusch gehört hatte.

Langsam rollte sich Jack nach rechts und schob den Pistolenarm unter den Körper, bis er vollends ausgestreckt auf dem Boden lag. Er hob die HK ein klein wenig an und zielte auf die Brust des Mannes. Er drückte ab. Der Mann ging sofort zu Boden. Jack rollte sich wieder auf den Bauch zurück und robbte noch weiter seitwärts, bis er das zerstörte, teilweise brennende Haus direkt vor sich sah. Von dem Gebäude war nicht mehr viel übrig geblieben – es hatte sich in eine brennende Müllhalde verwandelt, die sich aus einem Krater hob, der früher Keller und Fundament gewesen war. Die Hitze brannte auf Jacks Gesicht.

Er vermutete, dass sich die höhere Dichte des Propans im Vergleich zur Luft zu ihren Gunsten ausgewirkt hatte. Das meiste Gas hatte sich im Keller gesammelt, der die Explosion wie durch einen Trichter praktisch senkrecht nach oben geleitet hatte. Tatsächlich war der Bereich, der dem Haus am nächsten war, fast unberührt geblieben. Je weiter man sich vom Haus entfernte, desto mehr rauchende Trümmer, Holz, Möbelstücke und Hausrat lagen herum, manche Stücke waren so groß wie Jack.

Glück im Unglück, Jack, dachte er.

Er tastete nach Belindas Hand, drückte und zwickte sie ins Handgelenk, bis sie zusammenzuckte und versuchte, ihm die Hand zu entreißen. »Belinda, nicht reden – wenn du mich verstehst, bewege die Finger.«

Ihre Finger zuckten.

»Wir stecken in Schwierigkeiten. Kannst du kriechen?«

Belinda hob den Kopf und schaute ihn an. Ihr Gesicht war von versengten, wirren Strähnen eingerahmt. »Ja, kann ich«, flüsterte sie.

Jack nickte. Er kroch sehr langsam voran, bis sie hinter den Bäumen waren; die Stämme bildeten einen Sicht- und Schutzschild. Jack richtete sich in kniende Position auf und half auch Belinda, sich aufzurichten, sodass sie sich umblicken konnten. Fassungslos starrte sie auf das Haus. Ihre Augen glitzerten im Licht der Flammen.

»Diese Schweine«, flüsterte sie. »Diese gottverdammten Schweine.«

»Wir zahlen es ihnen später zurück«, flüsterte Jack. »Doppelt und dreifach. Aber im Moment müssen wir uns erst mal in Sicherheit bringen.«

Jürgen Rostock hatte ihnen den Krieg erklärt. Jack wollte so weit wie möglich weg sein, wenn Rostock merkte, dass er seine Ziele erneut verfehlt hatte.

26

J ack war inzwischen klar geworden, dass sich München als Sackgasse erwiesen hatte. Aber auch in Zürich wollte er nur so kurz wie möglich bleiben. Sie waren jetzt die Beute, und solange sie gejagt wurden, mussten sie in Bewegung bleiben.

In Zürich hatte Jack zwei Dinge zu erledigen: Erstens musste er die Villa erkunden, zu der Effrem Eric Schrader verfolgt hatte, und zweitens musste er mehr über diesen Alexander Bossard herausfinden, den Eigentümer des Flugzeugs, das Möller in Vermont abgeholt hatte. Dabei ging es Jack nicht mehr um die Frage, ob Bossard überhaupt etwas mit Jürgen Rostock zu tun hatte, denn davon war er inzwischen überzeugt, sondern was genau der Zweck dieser Beziehung war.

Es war eine Stunde vor Tagesanbruch; am Horizont tauchten die Lichter der Züricher Skyline auf. Die 320 Kilometer von München nach Zürich hatten sie in knapp dreieinhalb Stunden zurückgelegt. Jack war schon früher auf deutschen Autobahnen unterwegs gewesen, aber noch nie nachts. Die Fahrt löste bei ihm widersprüchliche Empfindungen aus – es machte Spaß, mit Geschwindigkeiten über die Autobahn zu brettern, für die man in den Staaten eingebuchtet worden wäre, aber es erforderte auch viel Konzentration und war daher sehr ermüdend. Hier in der Schweiz allerdings war die Höchstgeschwindigkeit auf hundertzwanzig Stundenkilometer begrenzt; schneller durfte man auch in den USA nirgendwo fahren.

Nach der Flucht aus dem Bauernhaus waren Jack und Belinda zum Auto zurückgelaufen. Sie waren nach München zurückgefahren, wo sie Effrem und Jacks Gepäck vom Hotel abgeholt hatten. Danach hatte Jack die nächste Autobahnauffahrt angesteuert. Seither hatten sie sich in südwestlicher Richtung immer weiter von München entfernt, wobei Jack streng darauf achtete, sich immer an die zulässigen Höchstgeschwindigkeiten zu halten.

Belinda litt noch immer an den Nachwirkungen der Ereignisse, nicht nur der Propangasvergiftung; sie war in eine Art Schockstarre gefallen. Eng zusammengerollt lag sie auf dem Rücksitz, mit einem Pullover als Kissen. Einzelne versengte Haarsträhnen standen wie Stacheln von ihrem Kopf ab.

Auch Effrem schlief, den Kopf gegen das Beifahrerfenster gelehnt.

Das Auto geriet in eine Bodenwelle, und Effrems Kopf schlug gegen die Scheibe. Er schrak zusammen, riss die Augen auf und blickte sich verwirrt um.

»Alles klar«, beruhigte ihn Jack. »Wir sind gleich in Zürich.«

»Cronkite sei Dank.«

»Wieso Cronkite?«

»Das hab ich von meiner Mutter. Walter Cronkite war ihrer Meinung nach der beste Nachrichtensprecher, den es je gab. Für sie als Atheistin war Cronkite so etwas wie ein Gottesersatz.«

»Hast du von Möller geträumt?«

Effrem nickte. »Ja, schlimm. Ich war immer noch im SUV. Er lag auf der Seite, und Möller goss Sprit durchs Schiebedach.«

Das bot Jack eine gute Überleitung. »Wir müssen über das reden, was in der Kultfabrik los war.«

»Über was denn?«

»Ich hab dir gesagt, du sollst im Auto bleiben. Aber du bist ausgestiegen.«

»Na und? Ich wollte doch nur helfen, Jack! Ich wollte verhindern, dass Möller ...«

»Du hast dich ihm praktisch ausgeliefert, Mann! Wir können von Glück reden, wenn uns die Münchner Polizei nicht bereits zur Fahndung ausgeschrieben hat. Wenn Möller dich allein erwischt hätte ...«

»Hat er aber nicht, oder? Ist doch alles gut gegangen?«

Jack spürte, wie sich die Wut in seinem Magen zusammenballte. »Verdammt, darum geht es doch gar nicht! Ich hatte gute Gründe, warum ich dir befohlen habe, im Auto zu bleiben!«

»Und die waren?«

»Erstens, dich aus der Schusslinie zu halten. Zweitens, dich als weiteres Augenpaar zu haben. Und drittens wollte ich, dass du als Verstärkung bereitstehst, falls ich jemand beschatten lassen wollte.«

Effrem schwieg eine Weile, schließlich murmelte er: »An zwei und drei hatte ich nicht gedacht.«

Jack wurde klar, dass das Gespräch nicht einer gewissen Ironie entbehrte. Man brauchte nur die Situation und ein paar Namen auszutauschen, und schon könnte es auf seine eigenen Auseinandersetzungen mit John Clark oder Gerry Hendley passen. Oft genug hatte Jack aus einem gut gemeinten Impuls heraus gehandelt, aber in einer kritischen Situation wurde man dadurch nicht kugelfest – im Gegenteil, man gefährdete damit nicht nur sich selbst, sondern auch andere. Der Unterschied zwischen dem »Ist ja alles noch mal gut gegangen« und einer Katastrophe stand manchmal auf des Messers Schneide, und vielleicht war dann nur noch der berühmte Flügelschlag des Schmetterlings auf der anderen Seite der Erde nötig, um die Sache in die eine oder andere Richtung kippen zu lassen.

Jetzt sah sich Jack plötzlich in der Position des Beobachters, der den Vorgang von außen betrachtete. Mein Gott, wie oft hatte er selbst schon Dinge getan, die andere das Leben hätten kosten können – ohne dass es ihm selbst klar geworden wäre? Wie oft hätte er beinahe eine Operation vermasselt, weil er sich geweigert hatte, kurz innezuhalten, durchzuatmen und auf den Rat anderer Leute zu hören? Effrem war jung und ungeduldig, und vielleicht war ihm erst jetzt so richtig klar geworden, welche fatalen Folgen jeder Schritt haben konnte, den sie unternahmen. Für sich selbst durfte Jack solche Ausreden nicht gelten lassen: Schließlich hatte er viele Jahre Zeit gehabt, aus seinem jugendlichen Ungestüm herauszuwachsen, und hatte es trotzdem noch immer nicht geschafft. Warum nicht?

Wenn man es genauer betrachtete: Wäre jetzt gerade nicht wieder so ein Zeitpunkt, innezuhalten und die Situation zu überdenken? Im Moment folgten sie bei allem, was sie taten, einem Bauchgefühl und nicht der Vernunft. Und Jack war der Führer. War es nicht längst höchste Zeit, Clark oder Hendley zu informieren, fragte er sich. Aber was könnte er ihnen schon erzählen? In Wahrheit konnte er doch nur schwache Hinweise liefern, dass Stephan Möller ein Mörder war, aber darüber hinaus hatte er nichts vorzuweisen, nichts außer Vermutungen und einer immer länger werdenden Liste von Fragen.

Außerdem war es zu spät, um die Sache zu stoppen. Zwei Menschenleben lagen in seinen Händen. Wenn er jetzt einfach nach Hause flog, waren Effrem und Belinda so gut wie tot. Und die einzige Hilfe, die Gerry Hendley ihm bieten würde – oder könnte –, wären drei Flugtickets in die Vereinigten Staaten und vielleicht noch ein paar gut platzierte Anrufe bei einer höheren Instanz, um Jack und Effrem zu entlasten. *Und was dann,* dachte er. *Hoffen, dass jemand meine Probleme für mich löst? Nein danke.* Sie steckten jetzt mittendrin, es blieb ihnen nichts anderes übrig, als in Bewegung zu bleiben und zu versuchen, noch tiefer zu graben, bis Jack eine Möglichkeit fand, die Sache zu Ende zu bringen.

Plötzlich wurde ihm bewusst, dass er das Lenkrad des Citroëns so hart umklammerte, dass seine Hände zitterten. Er kam sich vor wie ein Schwimmer, der sich zu weit ins Meer hinausgewagt hat und nun entdecken muss, dass er von der Brandungsrückströmung immer weiter hinausgezogen wird.

Er atmete tief ein und sagte: »Hör mal, Effrem, vieles davon geht auf mein Konto. Du solltest eigentlich gar nicht hier sein. Schon in Alexandria hätte ich nein sagen müssen.«

»Das hätte mich nicht davon abgehalten.«

»Vielleicht nicht.« Jack zuckte die Schultern. »Aber wie auch immer. Merk dir eins: Diese Typen haben versucht, uns beide umzulegen, und sie werden es weiter versuchen. Entweder brechen wir hier ab und holen Hilfe, oder wir beide waten im Gleichschritt durch diesen ganzen Scheiß, aber dieses Mal machen wir es richtig.«

»Ich wähle die Scheiß-Option.«

»Prima, aber das heißt auch, dass du mir in Zukunft genau zuhörst und das tust, was ich dir sage. Wenn genug Zeit ist, werde ich es dir erklären, aber wenn nicht, machst du es einfach so, wie ich sage, okay?«

Effrem nickte, dann grinste er. »Na gut. Und wenn du *spring* sagst, dann frage ich *wie hoch?*«

»Nein. Wenn ich *spring* sage, springst du und fragst später, wann du wieder runterkommen darfst.«

Vom Rücksitz kam eine schwache Stimme. »Was stinkt hier so?«

»Deine Haare«, antwortete Effrem.

»Aha. Und wer bist du noch mal?«

»Effrem.« Er wies mit dem Daumen auf Jack. »Ich bin sein Springer.«

»Ach so, ja. Der mit dem komischen Namen.« Belinda ließ den Kopf wieder auf das Pulloverkissen sinken.

Jack kurvte durch die nördlichen Vororte von Zürich, bis er ein passendes Motel fand – mittlere Preislage, in durchreisefreundlicher Entfernung zum Flughafen Kloten. Er buchte ein Zimmer und brachte Belinda darin unter, gut versorgt mit Nahrung und Wasser.

Ihre Miene sagte Jack, dass sie über den De-facto-Hausarrest keineswegs glücklich war, aber sie protestierte nicht weiter. Belinda Hahn hatte in den letzten Tagen mehrere schwere Schläge einstecken müssen: Ihr Vater wurde ermordet, zwei Fremde tauchten an ihrer Wohnungstür auf und behaupteten, ihr eigener Boss könnte in den Mord verwickelt sein, und am Ende war auch noch das Haus in die Luft geflogen, in dem sie sich sicher gewähnt hatte. Auch wenn es ihr selbst nicht klar sein mochte, sie stand immer noch unter Schock. Im Moment waren tiefer Schlaf und viel Ruhe das Beste für sie.

Nachdem Jack ihr das Versprechen abgenommen hatte, im Hotelzimmer zu bleiben, fuhr er mit Effrem in Richtung Stadtzentrum und auf die Alfred-Escher-Straße, die am Ufer des Zürichsees entlangführte. Die Sonne stand bereits hoch und spiegelte sich auf der glatten Wasserfläche. So grell schien die Sonne durch Jacks Seitenfenster, dass er den Sonnenschutz seitwärts herunterklappen musste. Die Nähe der Alpen machte sich bemerkbar: Die

Nadelbäume auf den Hügeln rings um die Stadt waren mit Schnee überzuckert, und auf dem See trieben noch ein paar große Eisschollen.

Nach Effrems Anweisungen bog er in die Seestraße ein, die sich am westlichen Seeufer entlangschlängelte, und folgte ihr bis zum Dorf Wädenswil. Nach weiteren Abzweigungen gelangten sie auf eine schmale Straße, die näher an den See heranführte.

Die Villa, zu der Effrem Eric Schrader verfolgt hatte, lag auf einer stumpfen Halbinsel, die bei Wädenswil in den See ragte. In der Nähe befanden sich die Zufahrtstore zu zwei Jachtclubs. Von den Jachtclubs abgesehen, glich die Gegend entfernt Jacks eigener Wohnumgebung in Alexandria. Vom Preisunterschied der Häuser mal abgesehen, dachte er, der schätzungsweise einige Millionen betrug.

»Auf deiner Seite«, sagte Effrem. »Siehst du das schwarze, gusseiserne Tor zwischen den Steinpfeilern?«

Jack nickte. Die Zufahrt zur Villa war durch hohe, dichte Hecken und die tief herabhängenden Äste von Tannen den Blicken fast entzogen. An einem der Steinpfeiler neben dem Tor bemerkte er einen Kartenleser. Kameras entdeckte er nicht, auch keinen Unterstand für einen Torwächter. Er fuhr langsam weiter. Die mit Efeu überwucherte Mauer auf beiden Seiten des Tors war kaum zwei Meter hoch; ihre Krone war völlig eben und weder durch Glasscherben noch durch Stacheldraht gesichert. Eine Hausnummer war nicht zu sehen. Sicherheitsleute hatte er keine entdeckt.

»Und hier hat Schrader gewohnt?«

»Als ob ihm die Hütte gehörte«, nickte Effrem. »Er hatte sogar eine eigene Schlüsselkarte.«

»Hast du denn versucht herauszufinden, wem die Villa gehört?«

265

»Sicher. Aber Informationen über solche Wohnsitze werden in der Schweiz gehütet wie das Bankgeheimnis. Die sind in dieser Beziehung absolut stur und wortkarg.«

»Falls ich nicht etwas übersehen habe, kommen mir die Sicherheitsvorkehrungen so leicht wie bei einem Kindergarten vor. Was aber nicht heißt, dass das Haus selbst nicht durch ein gutes Sicherheitssystem geschützt ist.«

»Du willst einbrechen? Ich fass es nicht! Was hätten wir davon? Ich denke, unsere Vermutung stimmt, dass sie diesem Alexander Bossard gehört. Wonach würdest du im Haus suchen?«

Das war eine gute Frage, auf die Jack keine Antwort hatte. Es war wenig wahrscheinlich, dass sie in einem Schrank einen Karton mit der Aufschrift »Beweismaterial« finden würden, aber immerhin hatten sie ein paar Anhaltspunkte, davon zwei in Zürich: den Namen Alexander Bossard und diese Villa. Er hatte nicht vor, diese beiden Anhaltspunkte beiseitezulegen, bevor er sie mit größter Aufmerksamkeit überprüft hatte.

Plötzlich fiel ihm noch etwas ein. »Hat dein guter Hacker Mitch schon etwas über diesen bösen Hacker Klugmann herausgefunden?«

»Warte.« Effrem schickte Mitch eine SMS. Die Antwort kam fast umgehend. »Er ist nahe dran. Heute oder morgen, hofft er.«

»Mach ihm ein bisschen Feuer unterm Hintern.«

Wenn sie mit den beiden Hinweisen in Zürich nicht weiterkamen, blieb ihnen eigentlich nur noch die Spur, die zu Klugmann führte. Es sei denn, sie beschlössen, direkt im Hauptquartier von Rostocks Sicherheitsfirma aufzukreuzen und Rostock persönlich mit der ganzen Geschichte zu konfrontieren. Was natürlich absurd war.

Um sich die Zeit bis zum Einbruch der Nacht zu vertreiben, fuhren sie in die Zürcher Altstadt, um einen Blick auf Bossards Büro zu werfen. Die Altstadt, offiziell Kreis 1 genannt, war eine Ansammlung perfekt renovierter, spätmittelalterlicher Häuser, romanischer Kirchen, briefmarkengroßer Parks und einer Unmenge Boutiquen, Cafés und Restaurants, die sich in einem Gewirr von Gassen und Straßen um die Limmat drängten. Der Stadtteil erinnerte Jack ein wenig an Santa's Village, einen Freizeitpark in New Hampshire, den er als Kind ein paarmal besucht hatte. Er sah nur wenige Autos, aber auf den Gehwegen drängten sich Einheimische und Touristen, erstere gingen eilig ihren Geschäften nach, letztere blieben immer wieder stehen, um zu fotografieren oder die Gebäude zu betrachten.

Bossards Kanzlei lag in der Nähe des Großmünsters, einer der ältesten Kirchen der Stadt und ihr weithin bekanntes Wahrzeichen.

»Der Legende nach wurde die Kirche ursprünglich im 8. Jahrhundert von Karl dem Großen gegründet.« Effrem hatte schnell gegoogelt. »Und der jetzige Bau wurde um das Jahr 1100 begonnen. Sie ist also schon neunhundert Jahre alt. Kaum zu glauben.«

In der hellen Morgensonne erstrahlte die Fassade; das Mauerwerk wirkte sehr gepflegt. »Schon so alt? Ich hätte sie auf keinen Tag älter als achthundert Jahre geschätzt.«

»Haha. Dort vorne nach links.«

Sie gelangten auf das Limmatquai, das sich die Limmat entlang erstreckte, und näherten sich der Nummer 94. Jack blickte überrascht hinüber: Das siebenstöckige Bürogebäude war keineswegs ein architektonisches Juwel aus dem Mittelalter, sondern fügte sich in eine Reihe anspruchsloser Gebäude ein, alle mit cremefarbenen oder weißen Fassaden und steilen, rot gedeckten Dächern.

Hätte er nicht schon Bescheid gewusst, hätte er die Häuserreihe leicht für Hotels halten können. Den Haupteingang bildete eine einzelne, massive Bronzetür unter einer grünen Markise. Auf einem bescheidenen Messingschild neben dem Eingang stand Limmatquai 94.

»Warst du schon mal im Gebäude?«, fragte Jack.

»Nein. Soll ich reingehen?«

»Traust du dir das zu?«

Effrem nickte. »Wonach suchen wir?«

Jack war inzwischen am Bürogebäude vorbeigefahren, fand eine Parknische und schaltete den Motor aus.

»Sicherheitskameras. Wärter. Ob jemand hinter dem Empfangstresen steht und welche Geräte sie benutzen – Computer, Telefon, Haussprechanlage und so weiter. Kann man die Lifte frei benutzen oder wird der Zutritt irgendwie kontrolliert …«

»Du meinst einen Schlüssel?«

»Wenn, dann eher eine Art Schlüsselkarte, wie in manchen Hotels. Dieselbe Frage stellt sich beim Zugang zur Treppe. Und gibt es einen gut sichtbaren Notausgang oder irgendwelche Türen, die so aussehen, als gehörten sie zu einem Geräteschrank oder Materialraum? Wenn du reingehst, marschierst du einfach am Empfangstresen vorbei, wenn es einen gibt, und gehst direkt zum Lift oder zu den Treppen. Achte darauf, ob sie reagieren, aber übertreibe es nicht. Sie sollen sich nicht an dich erinnern.«

»Aber während ich diese Unmenge an Informationen sammle, könnte doch einer auf die Idee kommen, mich zu fragen, was ich hier zu suchen habe?«

»Du bist ein Tourist, der sich verlaufen hat.«

»Wenn es Überwachungskameras gibt, soll ich mein Gesicht verbergen?«

Jack schüttelte den Kopf und lächelte. »Nein, bloß nicht. Ich brauche auch eine Skizze der Lobby mit geschätzten Raummaßen. Und wenn es einen Wegweiser gibt, auf dem die Firmen und Kanzleien verzeichnet sind, schau bitte nach, welche Firma sich im Stockwerk unterhalb von Bossards Kanzleibüros befindet.«

»Großer Gott – sonst noch was?«

»Im Moment nicht.«

Effrem schürzte die Lippen und atmete tief ein. »Ist vermutlich nicht schlecht, dass ich ein Supergedächtnis habe.«

»Du darfst höchstens drei Minuten drin bleiben. Und jetzt los.«

Das Zeitlimit hatte Jack willkürlich festgelegt. Er hatte ein paar Mal beobachtet, wie John Clark bei seinen ersten Erkundungen für zwanzig oder dreißig Minuten im Gebäude verschwunden war und dann mit der Person, die er gerade höchst geschickt verhört hatte, lässig herausspaziert kam, als wären sie seit Jahren beste Freunde. In diesem Fall jedoch wollte Jack Effrems Bereitschaft testen, einen Befehl auch wirklich genau zu befolgen.

Und tatsächlich kam Effrem zweieinhalb Minuten später wieder durch die Bronzetür und stieg ins Auto.

»Erledigt.«

Sie fuhren ein paar Querstraßen weiter und setzten sich in ein Café.

»Okay, schieß los.«

Als hätte er sein ganzes Leben lang nichts anderes getan, erstattete Effrem einen lückenlosen Observationsbericht über die Lobby.

»Ungefähr zwölf mal zwölf Meter. Ein langer hufeisenförmiger Rezeptionstresen auf der rechten Seite, dahinter eine Empfangsdame und ein Mann in Geschäftsanzug.«

»Ist er aufgestanden, als du hereinkamst?«

269

»Ja.«

»Und – hat er seine Krawatte gerade gestrichen oder an seinen Jackettknöpfen gefummelt, als er aufstand?«

Effrem runzelte die Stirn. »Äh, ja, hat er tatsächlich. Warum?«

»Reine Gewohnheit. Machen viele Bodyguards. Wenn in einer kontrollierbaren Situation plötzlich ein Unbekannter auftaucht, fummeln sie an der Krawatte oder an den Knöpfen – damit hat ihre Schusshand bereits den halben Weg zur Waffe hinter sich. Mach weiter.«

»Auf dem Empfangstresen gibt es zwei Telefone, einen PC-Arbeitsplatz und ein Kartenlesegerät, das auf dem erhöhten Teil des Tresens steht. Geht man am Tresen vorbei, kommt man zu einer Liftanlage, einer Tür zum Treppenhaus und einem Notausgang. Ich habe drei Kameras entdeckt: eine ist auf die Rezeption gerichtet, eine ist über der Eingangstür installiert und nach innen gerichtet und die dritte auf die Lifttüren.«

Die Bedienung erschien mit ihren Kaffees und verschwand wieder.

»Bewegliche oder stationäre Kameras?«

»Stationär.«

»Offen sichtbar oder in einem Gehäuse?«

»Gehäuse«, antwortete Effrem prompt. »Sieht nicht so aus, als würde man für die Aufzüge einen Schlüssel oder eine Codekarte benötigen, aber ich kam nicht nahe genug heran, um das genau zu sehen – der Wärter hinter dem Empfangstresen rief mich zurück. Er machte mir höflich, aber unmissverständlich klar: Hier haben Sie nichts zu suchen, bitte gehen Sie wieder.«

»Firmenwegweiser?«

»War nirgendwo zu sehen.«

Jack dachte kurz darüber nach und nickte. »Gut gemacht, Effrem.«

»Danke, Sir. Kriege ich jetzt meinen Orden oder wenigstens eine Erklärung, was das alles soll?«

»Das bedeutet, dass wir es uns dreimal überlegen sollten, auf die harte Tour in Bossards Büroräume einzudringen. Höchstwahrscheinlich würden wir entweder erwischt oder erschossen werden. Oder beides. Jetzt können wir nur noch hoffen, dass wir in der Villa mehr herausfinden.«

Schweigend tranken sie ihren Kaffee, schauten den Booten auf dem See nach und genossen die Morgensonne. Schließlich fragte Jack: »Der Sicherheitsmann am Empfang: Wie hat er ausgesehen?«

»Ungefähr eins fünfundachtzig, breite Schultern, blond. Warum?«

»In den letzten zehn Minuten ist ein grüner Opel-Lieferwagen dreimal an uns vorbeigefahren. Jetzt parkt er weiter unten an der Straße, gegenüber dem Starbucks. Bisher ist niemand ausgestiegen.«

Jack musste es Effrem hoch anrechnen, dass er nicht unwillkürlich den Kopf drehte und hinschaute. Er fragte nur: »Wer sitzt drin?«

»Nur eine Person hinter dem Lenkrad, aber die Sonne scheint direkt auf die Windschutzscheibe. Ich kann sein Gesicht nicht sehen.« Aber Jack fragte sich, wie viele Männer wohl in den Laderaum passten.

»Was machen wir?«

»Wir trinken Kaffee und warten.«

Der Beschatter gehörte entweder zu Rostocks oder zu Bossards Leuten, aber wie hatte man Jack und seinen Begleiter bis hierher verfolgen können? Dass Jack und Effrem als Nächstes einen Ausflug nach Zürich unternehmen würden, hatte man wohl erraten oder vermuten können, doch obwohl die Stadt überschaubar war, wäre es doch eine bemerkenswerte Leistung, sie so schnell aufzuspüren.

Belinda. Jack rief sie sofort auf dem Einweghandy an; sie hatte kein anderes Telefon mehr. Es klingelte vier Mal, dann meldete sie sich.

»Nur ein kurzer Kontrollanruf«, sagte Jack. »Alles okay?«

»Ja. Warum? Wann kommt ihr zurück?«

»So bald wie möglich. Schließe die Tür ab. Lass niemand rein außer uns.«

Er beendete den Anruf. Was jetzt? Auf keinen Fall wollte er den grünen Van zum Motel führen. Der Trick war nun, entweder den Spieß umzudrehen oder den Beschatter so abzuschütteln, dass es unabsichtlich und zufällig aussah. Wieder einmal stand Jack vor einer Aufgabe, die ein kleines Team im Handumdrehen erledigen würde, aber Jack hatte nur zwei Personen, ein Auto und zu wenig Zeit, um einen ausgefeilten Plan zu entwickeln.

»Surf mal ein bisschen auf deinem Smartphone«, bat er Effrem. »Wir brauchen einen Ort, etwas abgelegen, aber trotzdem nicht weiter als fünfzehn bis zwanzig Minuten Fahrtzeit von hier entfernt. Vorzugsweise mit Straßen, die dort enden.«

Schweigend surfte Effrem eine Weile im Internet, dann sagte er: »Es gibt viele kleine Dörfer in den Bergen östlich von Zürich. Aber die Straßen hinauf sind sehr kurvenreich.«

»Wird schon gehen.«

Sie nahmen sich genug Zeit, ihre Kaffees auszutrinken, zu zahlen und zum Citroën zurückzuschlendern. »Nicht hinschauen«, sagte Jack warnend, als sie einstiegen.

Effrem übernahm wieder das Navigieren, und Jack fädelte sich in den Mittagsverkehr ein. Sie fuhren in östlicher Richtung auf die Berge zu.

»Er bleibt an uns dran«, sagte Jack, der immer wieder

in den Rückspiegel blickte. »Vier Autos hinter uns, auf der ersten Fahrspur.«

»Siehst du einen Beifahrer?«

»Nein.«

Während der nächsten zehn Minuten fuhr Jack weiter nach Osten, bis sie die Stadt hinter sich ließen und die ersten Ausläufer der Berge hinauffuhren. Fast sofort fiel der grüne Van zurück. Er hielt am Straßenrand an, ließ mehrere Autos vorbei, wendete und fuhr nach Zürich zurück.

»Er spielt nicht mehr mit«, verkündete Jack.

»Oder er hat uns gar nicht beschattet«, meinte Effrem.

»Möglich.«

Zürich, Schweiz

Um neun Uhr verließen sie das Hotel und fuhren wieder am Zürichsee entlang nach Wädenswil. Hier, nur ungefähr vierzehn Kilometer von Zürich entfernt, erschien die Skyline der Stadt nur noch als große Dunstglocke am Horizont. Von den fünfzehn Dörfern abgesehen, die wie eine Perlenkette am westlichen und südwestlichen Ufer des Sees aufgereiht waren, herrschte nur wenig Verkehr, und die Straße war größtenteils unbeleuchtet. Der See war eindrucksvoller, als Jack erwartet hatte; er erstreckte sich über vierzig Kilometer von Zürich im Norden über den Obersee bis nach Schmerikon im Südosten, und nach der Broschüre, die im Hotel ausgelegen hatte, war er an manchen Stellen über hundertdreißig Meter tief.

Wie nicht anders zu erwarten, hatte Jack nur einen sehr vagen Plan. Aufgrund ihrer früheren Erkundungsfahrt hierher wusste er, dass es kein Problem sein würde, über die Mauer zu steigen. Die Villa selbst jedoch war unbekanntes Terrain. Die Vogelschau auf Google Earth hatte keine weiteren Erkenntnisse gebracht; zu sehen war nur der nicht vom Blätterdach der umstehenden Bäume verdeckte Teil des Walmdachs und ein schätzungsweise viertausend Quadratmeter großer parkähnlicher Garten im englischen Stil mit tiefgrünem Rasen. Jack stellte sich vor, dass die gesamte Liegenschaft ständig von einem

Trupp teutonischer Kleiderschränke patrouilliert wurde, die alle Klone des Sicherheitsmanns waren, den Effrem in der Lobby von Bossards Bürogebäude gesehen hatte. Sollte diese fantasievolle Einbildung stimmen, würde Jack wahrscheinlich wieder so schnell über der Mauer sein, dass seine Schuhsohlen kaum mit dem taufeuchten Gras in Berührung kämen. Bei dem Gedanken musste er schmunzeln.

Er bog in den Parkplatz des Yacht-Club Au ein und schaltete die Scheinwerfer aus, ließ aber den Motor laufen. Die Mauer der Villa lag ungefähr vierhundert Meter weiter südlich hinter einer Baumgruppe.

»Fragen?«, erkundigte sich Jack.

»Nein, Sir«, gab Effrem mit schlecht nachgeahmtem Militärgruß zurück. »Ich kreuze ungefähr achthundert Meter entfernt zwischen Horgen und Wädenswil und warte, bis ich von dir höre. Wenn du mir eine SMS mit *Evak* schickst, fahre ich so schnell wie möglich hierher zurück. Wenn ich innerhalb von neunzig Minuten nichts von dir höre, hole ich Belinda und ziehe in ein anderes Hotel um. Dort warten wir einen Tag, danach fahren wir nach Brüssel und kontaktieren dort die amerikanische Botschaft.«

»Korrekt.« Der letzte Teil der Anweisungen würde sich wahrscheinlich als völlig nutzlos erweisen, sollte Jacks Vorstoß in die Villa schieflaufen. Die Flucht nach Brüssel diente vor allem dazu, Effrem und Belinda auf relativ sicheres Territorium zu bringen. Sie hatte außerdem den Vorteil, Effrems eigene Nachforschungen gründlich zu ruinieren. Denn wenn er keine Story mehr hatte, der er nachspüren konnte, hatte er vielleicht eine Chance, seinen dreißigsten Geburtstag noch zu erleben.

»Warum die Botschaft in Brüssel?«, wollte Effrem wissen. »Warum nicht die in der Schweiz?«

»In Brüssel kennen sie meinen Namen. Dort werden sie sofort etwas unternehmen.«

Obwohl Jack diese Erklärung schwerfiel, schien sie Effrem zufriedenzustellen. »Wird gemacht«, sagte er. »Waidmannsheil.«

Effrem fuhr davon; Jack ging zu den Bäumen, wo er eine Weile stehen blieb, damit sich die Augen an die Dunkelheit gewöhnen konnten. Schließlich ging er langsam weiter, bis er die Außenmauer der Villa vor sich sah. Hier standen die Bäume dichter beieinander und waren vermutlich seit Jahren nicht mehr zurückgeschnitten worden; die Äste ragten über die Mauerkrone weit in den Park der Villa hinein. Das üppige Blätterdach verringerte zwar die Wahrscheinlichkeit, dass ihn die Kameras einfangen konnten, aber es hüllte ihn auch in fast völlige Dunkelheit. Jetzt bereute er, sich keinen Ersatz für das in München zerstörte Nachtsichtgerät beschafft zu haben.

Dann musst du eben ohne zurechtkommen, Jack.

Er wandte sich nach rechts und schlich an der Mauer entlang bis zu ihrer westlichen Ecke. Das war der wahrscheinlichste Standort für eine Überwachungskamera; in Ecken montierte Kameras waren am effektivsten, aber auch sie hatten ihre blinden Flecken. Allerdings konnte Jack hier keine Kamera entdecken.

Was jetzt folgte, war der weniger spektakuläre Teil des Jobs eines Spezialagenten: Warten und Beobachten. Aus einem Versteck zu observieren setzte voraus, dass man nicht schon beim Anschleichen bemerkt worden war; außerdem erforderte es die Fähigkeit, sich absolut still zu verhalten. Wenn Jack bemerkt worden war, als er an der Außenseite der Mauer entlangschlich, würde er wohl schon bald Besuch bekommen.

Er setzte sich im Schneidersitz auf den Boden, den Rücken an einen Baumstamm gelehnt, setzte das Funk-Headset auf und drückte auf die Ruftaste. »Effrem, hörst du mich?«

»Ja. Biege gerade nach Norden ab. Komme in ungefähr zwei Minuten wieder am Tor vorbei.«

Zehn Minuten vergingen. Von gelegentlichen leisen Motorbootgeräuschen abgesehen, die vom See herüberschallten, blieb es still. Nach einer Weile hoppelte ein Kaninchen an der Mauer entlang, entdeckte Jack und jagte erschreckt davon.

Lang genug gewartet. Er wollte unbedingt so schnell wie möglich in die Villa und genauso schnell wieder verschwinden.

Er trat an die Mauer, packte die Krone mit beiden Händen und sprang hoch, sodass er über die Mauer blicken konnte. Auf der anderen Seite befand sich ein gemulchtes Blumenbeet mit weißen Tulpen, daneben ein paar Koniferensträuche.

Jack zog sich vollends hoch, schwang ein Bein über die Mauer, rollte sich hinüber und ließ sich hinter einen der Büsche fallen. Weiter vorn sah er den geschwungenen Rand der schwarz geteerten Auffahrt. Das Haupttor musste irgendwo weiter rechts sein. Er ging in die Richtung, bis das schmiedeeiserne Tor ins Blickfeld kam, überquerte die Zufahrt und ging hinter einer Hecke in Deckung.

So bewegte er sich ungefähr eine Viertelstunde lang vorwärts, wobei er stets Ausschau nach patrouillierenden Sicherheitsleuten hielt, sich aber gleichzeitig auch einen besseren Überblick über die Villa verschaffte. Sie war zweistöckig und im französischen Bauernhausstil errichtet. Die Schweiz war ein Land mit vier Sprachen – Deutsch, Französisch, Italienisch und einer kleinen rätoromanischen Sprachgruppe –, und dies spiegelte sich auch in den

Baustilen der Gebäude sowie in der Kultur wider. Auch die teureren Häuser entlang des Zürichsees waren eine Mischung unterschiedlichster Stile, von altem toskanischem Flair bis hin zu deutscher Postmoderne.

Bis Jack zu dem kleinen Teich neben der Villa gelangte, war er überzeugt, dass er sich allein auf dem Gelände befand. Er hatte keinerlei Lichter oder Bewegungen im Haus oder im Park gesehen; wenn also die Bewohner nicht schon frühzeitig schlafen gegangen waren, konnte er davon ausgehen, dass niemand zu Hause war.

Jack wagte sich aus der Deckung und überquerte die Rasenfläche zur hinteren Terrasse, einem mit Ziegelsteinen im Fischgrätmuster belegten Platz, in den eine Art Grotte mit Warmwasserbecken eingelassen war. Das Wasser war völlig mit Zweigen und Laub bedeckt. Jack schaltete seine Stiftlampe auf Rot und untersuchte die großen Glasschiebetüren, die auf die Terrasse führten, sowie die Erdgeschossfenster in der Nähe nach Hinweisen auf ein Alarmsystem. Doch auch hier fand er nichts. Offenbar war der Zürichsee keine Gegend mit hoher Kriminalitätsrate. Jack fragte sich, ob die Villa überhaupt abgeschlossen war, doch das war der Fall, wie er feststellte, als er versuchte, die Schiebetür zu öffnen.

Effrem meldete sich. »Jack, ich sehe ein Auto, ungefähr hundert Meter nördlich vom Haupttor geparkt. Ich denke, es könnte der grüne Lieferwagen sein, den wir am Vormittag gesehen haben.«

»Wie sicher bist du dir da in Prozent?«

»Fünfzig Prozent, höchstens. An der Seite ist das Schild einer Elektrowerkstatt befestigt, aber es sieht ziemlich ramponiert aus. Vielleicht ist das nur so eine Folie zum Aufkleben.«

»Bist du dir sicher, dass der Wagen nicht schon vorher da war?«

»Nein, überhaupt nicht sicher. Sorry. Soll ich näher ranfahren und das Kennzeichen überprüfen? Oder nachschauen, ob jemand drin sitzt?«

»Nein, lass das.« Als Effrem nicht sofort antwortete, fragte Jack scharf: »Hast du mich verstanden? Halte dich fern!«

»Okay, okay, ich hab's kapiert.«

»Fahre eine engere Schleife, sodass du alle paar Minuten an dem Van vorbeikommst. Wenn er dich verfolgt, fährst du nach Horgen und suchst dir einen möglichst offenen Parkplatz. Dort wartest du auf mich. Halte mich auf dem Laufenden.«

Jack überprüfte die Sprossenfenster im Erdgeschoss und spähte hinein: Alle schienen zu Schlafzimmern zu gehören, mit Ausnahme des Eckzimmers, in dem sich ein Arbeitszimmer mit Bibliothek befand. Auf einem Rollschreibtisch stand ein PC-Monitor.

Er nahm eine Rolle Klebeband und einen Glasbrecher aus dem Rucksack, klebte einen Stern auf die Fensterscheibe und drückte sie mit dem Glasbrecher ein. Sie zerbrach mit gedämpftem Klirren. Sorgfältig löste er die Bruchstücke, die am Klebeband hefteten, griff durch das Loch und öffnete den Fenstergriff. Jetzt konnte er einsteigen.

Drinnen blieb er still und unbeweglich stehen und ließ den Blick ringsum schweifen – suchte nach blinkenden LEDs und lauschte auf das leise, verräterische Klicken eines Bewegungsmelders. Nichts war zu sehen oder zu hören. *Die Sache geht einfach zu leicht,* dachte er misstrauisch und besorgt. In den Vereinigten Staaten würde eine Luxusvilla dieses Kalibers unter all den Kameras und der Überwachungs- und Sicherheitstechnik schier einstürzen.

Du hast Glück, Jack. Genieße es einfach und frag nicht lang.

Er zog die Vorhänge zu, setzte sich an den Schreibtisch

und bootete den Computer. Auf dem Desktop erschien das Benutzer- und Passwortfenster.

Jack transferierte den Headset-Stecker vom Funkgerät zum Smartphone und rief Mitch an, den er beim letzten Kontakt gebeten hatte, sich bereitzuhalten, sollte er, Jack, mit genau diesem Problem konfrontiert werden. Als sich Mitch nach längerem Klingeln verschlafen und mürrisch meldete, schilderte er ihm die Situation.

»Es ist ein Apple«, erklärte er abschließend.

»Na ja, mit Gewalt kommen wir da nicht weiter«, antwortete Mitch. »Die Permutationen gehen in die Milliarden. Haben Sie den USB-Stick dabei, den ich Effrem mitgegeben habe?«

»Ja.«

»Versuchen wir es erst einmal damit. Starten Sie den Rechner neu, aber halten Sie dann sofort die Befehlstaste und die R-Taste gedrückt.«

»Wiederherstellungsmodus?«, fragte Jack.

»Ja – Sie wissen doch, wie das aussieht, oder nicht? Versuchen wir erst mal die einfache Tour.«

Als die Dialogbox erschien, wies Mitch Jack an, zum Dropdown-Menü »Dienstprogramme« zu navigieren. »Klicken Sie auf *Terminal*.«

»Geht nicht, es ist ausgegraut.«

»Na gut, war einen Versuch wert. Stecken Sie jetzt den USB-Stick rein, und erzwingen Sie einen Neustart.« Jack folgte den Anweisungen; ein schwarzer Bildschirm erschien, auf dem der Cursor orange blinkte. Mitch sagte: »Tippen Sie *Ausführen* in die Befehlszeile, und warten Sie eine Weile.«

»Wie lange?«

»Kommt auf die Größe der Festplatte an und darauf, ob der Benutzer irgendein Third-Party-Passwort oder ein Verschlüsselungsprotokoll eingerichtet hat. Plus/minus zehn Minuten. Der Fortschritt wird auf einem Balken angezeigt. Am Schluss erscheint dann *Run Stop* unter der Befehlszeile.«

An Jacks Gürtel begann das Funkgerät zu blinken. »Ich rufe Sie zurück«, sagte er zu Mitch und verband das Headset wieder mit dem Funkgerät. »Effrem, was …«

»… über die Mauer.«

»Was? Wiederhole.«

»Der Typ aus dem Van ist gerade über die Mauer geklettert. Soll ich …«

»Nein, fahr deine Runde weiter, aber bleib in der Nähe des Jachtparkplatzes. War es nur einer, bist du dir da sicher?«

»Ich hab nur einen gesehen.«

»Kein Funkkontakt mehr, wenn es nicht unbedingt nötig ist. Ich melde mich. Alles bleibt wie vereinbart. Zwei Stunden, dann verschwindest du.«

Jack drehte den Monitor so, dass sein Licht nicht mehr zum Fenster schien, und spähte durch den Spalt zwischen den Vorhängen – gerade noch rechtzeitig, dass er eine Gestalt über den Rasen zur Seeseite der Villa sprinten sehen konnte. Er warf einen Blick auf den Fortschrittsbalken: noch 90 Prozent.

Hier bleiben oder den Typ abfangen, überlegte er. War dieser Typ alarmiert worden, weil Jack den Computer gestartet hatte oder ihn zu manipulieren versuchte? Wenn es so war, würde der Mann vermutlich direkt hierher ins Arbeitszimmer kommen. Andererseits: Warum war er über die Mauer geklettert, statt durch das Tor zu marschieren? Und warum hatte er außerhalb des Grundstücks Stellung bezogen und sich nicht in der Villa auf die Lauer gelegt? Diese Fragen mussten warten. Im Moment hatte er etwas Dringenderes zu tun: Er musste handeln, bevor es zu spät war.

Knöpf ihn dir vor, Jack. Er hatte nicht vor, in diesem Raum in der Falle zu sitzen, mit einem Fenster als einzigem Fluchtweg.

Leise zog er die Tür auf und spähte hinaus. Links erstreckte sich ein langer, mit dunklen, getrommelten Fliesen belegter Flur. Soweit er es in der Dunkelheit erkennen konnte, lag am Ende des Flurs das Wohnzimmer, mit grünlich-blauen Shabby-Chic-Gardinen dekoriert. Rechts verlief der Flur durch einen offenen Bogen, dahinter führte eine gewundene Treppe zum Obergeschoss.

Jack hörte ein kurzes Summen wie von einem Zahnarztbohrer, gefolgt von einem leisen doppelten Klicken. Er kannte das Geräusch: ein elektrischer Dietrich, auch Picking-Pistole genannt. Wer auch immer im Anmarsch war, wollte keine Zeit verlieren.

Jack zog die HK und schlich vorsichtig den Flur entlang zum Wohnzimmer, wo er stehen blieb und lauschte. Ein weiteres Geräusch war zu hören: das leise Klicken beim Schließen der Haustür. Es kam von rechts. Er spähte um die Ecke. Hinter einem türlosen Rundbogendurchgang befand sich die Küche.

Die Hintertür öffnete sich einen Fingerbreit, blieb dann still.

Jack zielte.

Wieder bewegte sich die Tür ein paar Zentimeter, dann fiel sie mit leisem Klicken ins Schloss zurück.

Wind, dachte Jack. *Wahrscheinlich.* Er hielt die Waffe auf die Tür gerichtet, ließ aber den Blick über die Wände rechts und links gleiten und suchte nach Bewegungen. Welche Möglichkeiten hatte der Besucher, falls er durch diese Tür gekommen war? Hinter der Kochinsel oder in einer dunklen Ecke in Deckung zu gehen ... oder sich durch den offenen Durchgang des Wohnzimmers anzuschleichen? Oder ... weiter rechts von der Hintertür stand eine weitere Tür einen Spaltbreit offen; dahinter führte eine weitere Treppe zum Obergeschoss.

Wie aufs Stichwort hörte Jack im selben Moment von oben das leise Knarren einer Diele. Wenn sich der Besucher in der Villa auskannte, würde er vielleicht durch den ersten Stock zur anderen Treppe gehen. Jack drehte sich langsam um, richtete die HK in den Flur, zählte auf fünf und schwenkte sie dann wieder zum Wohnzimmer zurück.

Vom Obergeschoss war ein leises Krachen zu hören, als wäre jemand gegen ein Möbelstück gestoßen.

Los geht's.

Mit der Pistole auf Schulterhöhe schlich Jack durch den Rundbogendurchgang in die Küche. Ein schneller Blick zeigte ihm, dass niemand in der Ecke lauerte. Er umrundete die Kochinsel, aber auch dort hielt sich niemand versteckt. Er schlich weiter zur Treppentür.

Als er sie fast erreicht hatte, wurde plötzlich eine halbautomatische Pistole durch den Türspalt geschoben, so nahe, dass sie fast mit Jacks eigener Waffe zusammenstieß. Erschrocken wich Jack zurück. Sein Absatz stieß gegen eine Sockelleiste. Die Tür flog auf, eine Gestalt stürmte hindurch, die Pistole schwang zu Jack herum. Der Mann hielt die Arme voll ausgestreckt, zu gerade. Jack nutzte diesen Fehler aus, schlug die Waffe zur Seite, trat dicht an den Angreifer heran und rammte ihm den Ellbogen gegen den Kopf. Der Mann grunzte, konnte aber mit einer schnellen Bewegung die Wucht des Stoßes abmildern; er nutzte den Schwung und bog sich zurück, um zum Gegenschlag auszuholen. Jack riss das Knie hoch, um den Stoß abzubremsen, was ihm aber nicht ganz gelang. Die Faust des Angreifers krachte in Jacks Bauch, direkt unter dem Brustkorb. Jack schnappte nach Luft und bog sich zur Seite, spürte aber, dass sein linkes Knie einknickte.

Verdammt stark und schnell.

Jack trieb sein noch erhobenes Knie nach unten: sein Absatz krachte herab, rutschte an der Fußinnenseite des Angreifers ab. Der Mann stieß einen Schmerzensschrei aus. Jack wiederholte den Tritt, dieses Mal jedoch trieb er den Absatz am Schienbein des anderen entlang, bevor er ihn noch einmal auf den Fuß des Angreifers krachen ließ, doch dieses Mal traf er den Rist mit voller Wucht. Der Mann kippte zur Seite. Jack half nach, ließ die flache Hand gegen seine Schläfe krachen und rammte damit den Kopf des Angreifers gegen die Türzarge. Jetzt erst ging der Mann vollends zu Boden; die Waffe fiel ihm aus der Hand. Jack kickte sie weg, sodass sie über die Fliesen kreiselte, trat schnell einen Schritt zurück und richtete die HK auf den Kopf des anderen.

»Gibst du auf?«, keuchte Jack.

Der Mann versuchte sich wieder aufzurichten, stützte sich mit der linken Hand vom Boden hoch, aber Jack trat wieder vor und kickte die Hand unter ihm weg. Der Mann brach zusammen, sein Kopf schlug auf den Fliesen auf.

»Ich hab dich gefragt, ob – du – aufgibst?«, blaffte ihn Jack an.

»Oui, j'ai fini«, keuchte der Mann. Und ergänzte auf Englisch: »Ich gebe auf.«

Jack schaltete seine Stiftlampe ein. »Zeig mir dein Gesicht.«

»Warum?«

»Zeig mir dein Gesicht«, knurrte Jack.

Langsam hob der Mann den Kopf.

Es war René Allemand.

28

Wädenswil, Schweiz

Wir haben dich gesucht«, sagte Jack.

»Mich suchen viele«, antwortete Allemand. Er setzte sich aufrecht und rieb mit schmerzhaft verzogenem Gesicht Schienbein und Fußrist. »Kannst du mal aufhören, mich zu blenden?«

Jack senkte den Lichtstrahl ein wenig. Er drückte auf die Sprechtaste des Funkgeräts. »Was gibt's draußen?«, fragte er Effrem. »Bekommen wir noch mehr Besuch?«

»Nein. Aber was ist bei dir los?«

»Alles in Ordnung. Halte dich bereit.«

»Wer bist du? Mit wem redest du da?«, wollte Allemand wissen.

Jack dachte kurz über die Antwort nach. Grundsätzlich stimmte er Effrem zu, dass Allemand in dieser Sache ein Opfer war, aber es war auch nicht auszuschließen, dass sie sich täuschten. »Vorerst sage ich dir nur, wer ich *nicht* bin. Ich gehöre nicht zu Rostocks Leuten.«

Damit hatte er Allemands volle Aufmerksamkeit. Er blickte Jack mit misstrauisch zusammengekniffenen Augen an. »Aha. Und was heißt das?«

»Es heißt, dass du nicht der einzige Mensch bist, der auf den Herrn General nicht gut zu sprechen ist. Kennst du einen Mann namens Eric Schrader? Deutscher, sehr groß und ...«

»Kann sein.«

»Du bist ihm in Lyon begegnet.«

Darauf gab Allemand keine Antwort. Jack beschloss, ein bisschen tiefer zu bohren. »Nachdem ihr euch getrennt hattet, flog er in die Vereinigten Staaten und versuchte, mir die Kehle durchzuschneiden.«

Allemand reagierte mit einem typisch französischen Schulterzucken. »Und wenn schon. Ist ihm ja offenbar nicht gelungen.«

»Nein, aber es hat nicht viel gefehlt. Jetzt ist er tot.«

»Du ... du hast ihn umgebracht?«

»Würde ich so nicht sagen, aber das Ergebnis ist dasselbe. Capitaine Allemand, falls dir das noch nicht aufgefallen sein sollte: Du lebst noch, liegst nicht gefesselt in einem Kofferraum. Wenn ich mit der RSG etwas zu tun hätte, würden wir uns hier nicht so freundlich unterhalten.«

»Was du sagst, klingt ja ganz vernünftig, aber es erklärt nicht, warum du hier bist und warum du nach mir suchst.«

Der ungleiche Informationsaustausch ging Jack allmählich auf die Nerven. Doch dann fiel ihm wieder ein, was René Allemand durchgemacht hatte. Irgendetwas gab Jack das Gefühl, dass er und Effrem nur einen Bruchteil der ganzen Geschichte kannten.

»Ich weiß, was in Abidjan geschehen ist«, fuhr Jack fort. »Oder jedenfalls teilweise. Ich glaube auch nicht, dass du etwas mit den Anschlägen in Lyon zu tun hattest. Und ich würde wetten, dass hinter deiner Entführung viel mehr steckt, als allen klar ist.«

Allemand grinste. »Und jetzt sind wir beide an dem Punkt, dass ich dir mein Herz ausschütte und wir Freunde fürs Leben werden, richtig?«

»Liegt an dir. Ich muss nur noch die Festplatte hier im Arbeitszimmer auf meinen USB-Stick spiegeln, dann verschwinde ich wieder. Der Computer gehört vermutlich Alexander Bossard. Du kannst entweder mitkommen und dir die Dateien anschauen, oder du kannst wieder abtauchen und beten, dass es dir irgendwann gelingt, deinen Namen reinzuwaschen und zu deinem früheren Leben zurückzukehren. Musst du selbst entscheiden.«

Jack war recht zuversichtlich, dass er bei Allemand wenigstens ein kleines Maß an Vertrauen gewonnen hatte, aber dennoch hätte er den Mann nicht auch nur eine Sekunde aus den Augen gelassen. Er hob Allemands Waffe auf, eine Walther P22, und kehrte ins Arbeitszimmer zurück. Mitchs USB-Stick hatte inzwischen seine Aufgabe fast beendet. Jack setzte sich vor den Computer und schaute zu, wie sich der Balken auf 100 Prozent vorschob.

Allemand erschien in der Tür. »Ich will meine Pistole wiederhaben.«

»Ich hinterlege sie an der Mauer neben dem Tor«, antwortete Jack. »Oder du kommst mit uns in ein Café, dann kriegst du sie dort zurück.«

»*Uns?* Du bist nicht allein hier?«

»Nein. Aber wir sind nur zusammen zu haben. Wenn du mir vertraust, musst du auch ihm vertrauen.«

»Vertrauen? Ich glaube nicht, dass wir schon so weit sind, oder?«

Jack zuckte die Schultern auf eine Weise, die die Botschaft »Mir doch egal« deutlich genug signalisierte, wie er hoffte. Sie waren auf Allemands Kooperationsbereitschaft angewiesen, sehr sogar, aber Jack wusste instinktiv, dass es besser war, sich so desinteressiert wie möglich zu zeigen. »Hör genau zu. Mein Partner und ich durchsuchen jetzt noch die Villa genauer. Du hast inzwischen Zeit, gründlich nachzudenken, was du tun willst.« Jack

287

warf einen Blick auf die Uhr – inzwischen war es 5 Uhr 45. »In einer Stunde fahren wir los. In Wädenswil gibt es ein Café, direkt an der Zuger Straße, gegenüber vom Polizeiposten. Es öffnet schon um sieben Uhr. Dort findest du uns, wenn du es dir überlegt hast.«

Jack zog den Stick heraus, fuhr den Computer herunter und stand auf. »Ich rate dir, genau denselben Weg zurückzugehen, auf dem du hergekommen bist, und deine Spuren zu beseitigen.«

»Was?«

»Du trägst keine Handschuhe. Wenn du nicht willst, dass deine Fingerabdrücke überall zu finden sind, solltest du alles abwischen, was du angefasst hast.«

Jack und Effrem hatten noch nicht einmal die erste Tasse Kaffee getrunken, als sie draußen Allemands Van in eine Parkbucht rangieren sahen. Das Schild der Elektrofirma war verschwunden. »Übrigens: das mit dem Schild war gut beobachtet.«

Effrem grinste. »Ich lerne schnell.«

Allemand kam herein; die Bedienung begrüßte ihn. Er wies auf Jack und Effrem und kam herüber. Er nahm einen Stuhl vom Nachbartisch und stellte ihn an die Kopfseite der Nische, in der sie saßen.

Mit einer Kopfbewegung auf Effrem fragte er Jack: »Er ist dein Partner?«

»Ja.«

»Kriege ich jetzt meine Knarre zurück?«

Jack nickte in Richtung einer sauber zusammengefalteten Zeitung auf dem Tisch. »Sie ist da drin. Nicht geladen. Das bleibt so, bis du wieder in deinem Auto sitzt.«

Allemand nickte nur und fragte: »Ihr kennt meinen Namen, aber ich weiß nicht, wer ihr seid.«

Jack stellte sich und Effrem vor, allerdings nur mit den Vornamen. »René.« Allemand schüttelte ihnen die Hände. »Jack, du hast behauptet, Eric Schrader sei tot. Stimmt das?«

»Kannst es ja mal googeln. Alexandria, Virginia. Bisher nicht identifizierter Mann lief auf dem Highway direkt vor einen Truck und war auf der Stelle tot.«

»Verdammter Mist. Ich hatte gehofft, ihn aufzuspüren. Wollte mich dringend mit ihm unterhalten.«

Das sagte Allemand mit einem Lächeln, das aber seine Augen nicht erreichte. Jack vermutete, wenn Schrader in Alexandria nicht überfahren worden wäre, hätte er die Begegnung mit Allemand nicht überlebt. Außerdem hatte er den Verdacht, dass bei der »Unterhaltung« auch gewisse elektrische Geräte eine Rolle gespielt hätten. Aber, so fragte er sich, gehörte die Brutalität zu Allemands Charakter – oder war ihm diese dunkle Eigenschaft durch seine Erlebnisse an der Elfenbeinküste buchstäblich eingepflanzt worden?

Die Bedienung erschien und fragte Allemand, was er trinken wolle. Er schüttelte nur den Kopf. Als sie außer Hörweite war, fragte er: »Na schön – wie gehen wir drei jetzt weiter vor?«

Darüber hatten Jack und Effrem bereits diskutiert. Sie hatten beschlossen, René alles offen darzulegen, was sie wussten, in der Hoffnung, dass er selbst wertvolle Erkenntnisse beisteuern konnte.

Jack sagte: »Effrem erzählt dir seine Geschichte, und ich erzähle meine.«

»Und wenn ich meine eigene nicht erzählen will?«

Jack antwortete mit hartem Unterton: »Das steht dir frei. Du steigst dann in dein Auto und fährst davon, kommst uns aber in Zukunft nicht mehr in die Quere. Effrem, fang an.«

Effrem führte Allemand durch seine Geschichte. Er begann mit Fabrice, dem Cafébesitzer in Abidjan, schilderte seine Beschattung von Eric Schrader nach Allemands Treffen mit Madeline im Parc de la Feyssine, schließlich seine Begegnung mit Jack und Stephan Möller im Naturpark.

»Das warst du im Parc de la Feyssine?«, fragte Allemand verblüfft. »Ich dachte, ich würde beschattet, aber als ich ging, war niemand mehr zu sehen. Dann hat dich also Madeline zu unserem Treffen geschleppt? Wie kam sie dazu?«

»Sie machte sich Sorgen um dich. Sie wollte nur helfen.«

Allemand runzelte die Stirn, dann fauchte er wütend: »Ich hätte sie nicht anrufen dürfen. Sentimentalität ist eine Schwäche. Also. Du hast Schrader bis nach Virginia verfolgt, hast dann diesen ... Jack hier kennengelernt, und ihr beide seid dann auf diesen Möller gestoßen ...«

»Du hast den Namen noch nie gehört?«, warf Jack ein. Als Allemand den Kopf schüttelte, zeigte ihm Jack den Bildschirmausdruck der Überwachungskamera der Tankstelle in West Haven. »Mittlerweile hat er sich den Bart abrasiert.«

»Kommt mir nicht bekannt vor. Ihr glaubt also, dass er für Rostock arbeitet?«

»Bisher haben wir keinen Beweis gefunden, dass es eine Verbindung gibt – weder zu Möller noch zu Schrader. Du vielleicht?«

»Nichts, was vor einem Gericht verwendet werden könnte.«

Diese Aussage überraschte Jack. Hatte Allemand sie nur als Redewendung benutzt oder glaubte er tatsächlich, dass die Situation auf saubere Weise gelöst werden könne – auf der reinen, weißen Seite von Recht und Ordnung?

»Erzähl weiter«, sagte Allemand. »Was geschah nach der Schießerei im Naturschutzpark?«

Jetzt führte Jack aus seiner Sicht die Story weiter, doch zuerst noch mit einer Rückblende auf den Angriff vor dem Supermarkt, bevor er die weiteren Ereignisse schilderte – von der Verfolgung Möllers über dessen Flucht mit dem Flugzeug aus Vermont bis hin zu ihrem Zusammentreffen hier in der Villa.

»Du hast uns heute Morgen beschattet«, wandte sich Effrem an Allemand. »Woher hast du gewusst, dass wir heute Abend hier auftauchen würden?«

»Ich musste ziemlich schnell aus München abreisen, genau wie ihr beide. Die einzige andere Spur, die ich verfolgen konnte, war dieselbe, die auch ihr bis hierher verfolgt habt – Alexander Bossard und Schrader. Ich bin schon seit einer Woche hier. Ich habe ein paar Wildkameras in den Bäumen auf der anderen Straßenseite beim Tor installiert. Sie liefern mir fast in Echtzeit Fotos aufs Smartphone. Ich hatte gehofft, dass jemand irgendwann vor der Villa auftauchen würde, entweder Bossard oder sonst jemand. In seinem Büro oder in seiner Wohnung in der Stadt kommt man nicht an ihn heran. Dann sah ich auf den Fotos, dass ihr mehrmals an der Villa vorbeigefahren seid, wurde neugierig und bin hierher gefahren. Als ihr nach Zürich zurückgefahren seid, habe ich mich an euch drangehängt.« Er machte eine kurze Pause, dann fragte er: »Jack, aus welchem Grund sollte dich Jürgen Rostock umbringen lassen?«

»Ich hatte gehofft, dass du mir das erklären könntest.«

»Kann ich aber nicht.«

»Effrem hat eine Theorie über dich. Er glaubt, du wurdest als falsche Flagge benutzt. Das nennt man so, wenn eine unbeteiligte Person für eine verdeckte Operation vorgeschoben …«

»Ich weiß, was das ist. Wie kommst du auf die Idee, Effrem?«

»Du hast etwas zu Madeline gesagt, was danach klang ... ›Er ist nicht, was er zu sein vorgibt.‹«

Allemand schüttelte den Kopf, kratzte sich wütend am Arm und antwortete scharf: »Ich kann mich nicht erinnern, so etwas gesagt zu haben.«

»Das reicht mir nicht.« Jack schob die Zeitung zu Allemand über den Tisch. »Es wird Zeit, dass du verschwindest.«

»Wie bitte?«

»Wir waren offen und aufrichtig zu dir. Wenn du dich uns gegenüber nicht genauso verhältst, können wir dich nicht brauchen. Und soweit ich sehen kann, bist du für uns ohnehin eher eine Belastung als ein Bonus.« Jack hatte das absichtlich so hart formuliert, dass es Allemand treffen musste, und dessen Gesichtsausdruck zeigte ihm, dass der Stachel wirkte. »Wir sind besser dran ohne dich.«

Ein paar Sekunden lang starrte ihn Allemand nur schweigend an. »Die Sache ist nicht leicht für mich, kapiert? Ich habe kein Zuhause mehr. Madeline ist die einzige Person aus meinem früheren Leben, die weiß, dass ich noch lebe, und ein großer Teil meiner französischen Landsleute glaubt entweder, dass ich als Deserteur gestorben bin oder als Verräter, der den Tod verdient hat. Jürgen Rostock ist ein sehr mächtiger Mann. Seit Abidjan balanciere ich praktisch auf Messers Schneide. Manchmal kommt mir das alles wie ein Albtraum vor, manchmal wie die brutalste Wirklichkeit. Und jetzt muss ich auch noch erfahren, dass sich meine Madeline einem ... einem Reporter anvertraut hat! Vielleicht versteht ihr jetzt, warum es mir schwerfällt, jemandem zu vertrauen?«

»Ja, das kann ich verstehen«, nickte Jack. »Aber ich

erkläre dir jetzt, was mir inzwischen klar geworden ist, René: Wie auch immer deine Beziehung zu Rostock sein mag, es grenzt jedenfalls an ein Wunder, dass du überhaupt noch am Leben bist. Und ich glaube nicht, dass das noch lange der Fall sein wird, wenn du versuchst, die Sache weiter allein zu klären. Irgendwann wirst du jemandem vertrauen müssen. Ob wir das sind, kannst nur du selbst entscheiden.«

Allemand hatte mit gesenktem Kopf zugehört und auf seine Hände gestarrt, die er nervös faltete und wieder öffnete, während Jack redete. Schließlich blickte er auf und schaute Jack mehrere Sekunden lang offen an. Seine Pupillen zuckten ein wenig. Schließlich seufzte er. »Okay. Was wollt ihr wissen?«

29

Wädenswil, Schweiz

Gehen wir noch einmal zum Anfang zurück«, sagte Jack. »Was geschah denn nun eigentlich in Abidjan?«

Allemand seufzte. »An dem Abend, als sie mich entführten, wollte ich mich mit einem Mädchen treffen, einer Mitarbeiterin vom Roten Kreuz, eine Österreicherin. Sie arbeitete als Trainerin bei den Erste-Hilfe-Kursen, die uns vor den Feldeinsätzen angeboten wurden.«

»Wie hieß sie?«, fragte Effrem.

»Äh ...« Allemand musste kurz nachdenken. »Janine Pelletier ... nein, Périer.« Er fuhr fort: »Kurz nachdem ich dort ankam, fuhr ein Van vor. Fünf Männer in Balaklavas sprangen heraus, umringten mich, stülpten mir einen Sack über den Kopf und stießen mich in den Van. Alles passierte so schnell ...« Er schüttelte den Kopf. »Ich war so geschockt, dass ich mich kaum wehrte. Ich erinnere mich nur noch undeutlich an das, was danach geschah. Wir fuhren stundenlang, ich hatte keine Ahnung, in welche Richtung wir fuhren, aber als der Van anhielt, war es fast schon Morgen. Ich wurde in einen Keller gesperrt, glaube ich, oder jedenfalls in einen kleinen Raum mit Ziegelwänden und ohne Fenster.«

»Hat jemand mit dir gesprochen oder dir Fragen gestellt?«, wollte Effrem wissen.

»Nein, das machte die Sache für mich ja noch schlimmer.

Niemand sagte auch nur ein Wort, von dem Moment, in dem ich entführt wurde, bis zu dem Tag, an dem ich wieder freigelassen wurde. Einmal am Tag kam jemand herein, er trug immer eine Balaklava, brachte etwas zu essen und Wasser und tauschte den Kackeimer aus. Und alle paar Tage kam ein anderer, setzte mir die Pistole an den Kopf und drückte ab, aber die Knarre war nie geladen. Mehrmals stellten sie mich auf einen Stuhl, legten mir eine Schlinge um den Hals und schauten nur einfach zu, wie ich reagierte. Stundenlang. Und sie machten auch noch andere … Dinge … aber darüber will ich nicht …« Allemands Stimme versagte.

»Wie bist du freigekommen?«

»Ich wurde befreit. Eines Nachts, es war schon sehr spät, hörte ich zwei Explosionen. Ich erkannte den Knall – es waren Blendgranaten –, und dann waren eine Zeit lang Schüsse aus Maschinenpistolen zu hören. Nach ungefähr zehn Minuten ging die Zellentür auf, und zwei Männer in Tarnkleidung kamen herein. Sie sagten, sie kämen, um mich zu befreien. Sie haben mich in einen Ort gebracht, vielleicht Abidjan, aber ich bin mir nicht sicher. Ich wurde in einem Privathaus untergebracht, es lag in einer Wohnanlage. Dort wurde ich von einem Arzt und einer Krankenschwester erwartet. Ich hatte mehrere Knochenbrüche, Muskel- und Sehnenzerrungen, eine Nieren- und Milzprellung. Die Schmerzen waren unbeschreiblich, trotz den Medikamenten. Ein paar Tage später tauchte Jürgen Rostock auf. Er erklärte mir, es seien seine Männer gewesen, die mich befreit hätten.

Von da an waren wir ständig auf Achse. Rostock sagte, mein Leben sei in Gefahr, dass ich von gewissen Leuten gesucht würde, dass das etwas mit meinem Vater zu tun hätte und mit dem Generalstab der Armee. Ich habe eigentlich nie so recht verstanden, was damit gemeint war. Ich war ständig wie benommen von den Medikamenten, die mich schläfrig machten. Aber nach ungefähr sechs Wochen erklärte mir Rostock, die Bedrohung sei eliminiert worden.«

»Welche Bedrohung meinte er denn?«, fragte Effrem.

Allemand schüttelte den Kopf. »Ich bin mir nicht sicher. Tut mir leid, ich, äh …«

»Schon in Ordnung«, sagte Jack.

René ist abhängig, wurde Jack voller Entsetzen klar. Und wahrscheinlich ist er es schon seit seiner Befreiung und der Behandlung danach. Ein starkes Schmerzmittel, vielleicht Oxycodon, womöglich in Verbindung mit etwas anderem, irgendeinem Aufputschmittel.

Endlich fügten sich ein paar Teile dieses Puzzles so zusammen, dass Jack ein paar Dinge klarer wurden. Welche Gruppe, ob sie nun terroristische oder andere Ziele verfolgte, kidnappt einen Soldaten, auch noch einen Soldaten aus einer berühmten Familie, bekennt sich aber weder dazu noch fordert sie ein Lösegeld? Die Kidnapper hatten ihn gefoltert, ihn aber nicht verhört oder versucht, ihn zu einem frei erfundenen, schwülstigen Geständnis zu zwingen, das sie für ihre Propagandazwecke benutzen konnten.

Und was war mit seiner Befreiung? Rostock hatte sich nicht die Mühe gemacht, René zu dessen Angehörigen zu bringen. Dann waren da noch die ständigen Reisen, die vagen, nur angedeuteten Bedrohungen für sein Leben, die Unterstellungen, die gegen seinen Vater geäußert wurden. Und bei alledem waren es nur Jürgen Rostock und seine Männer, die sich um ihn gekümmert hatten und scheinbar als Einzige in der Lage waren, die Schreckgespenster von ihm fernzuhalten.

Jack konnte nun all diese Faktoren mit ganz anderen Augen betrachten – und erkannte endlich, worum es bei René Allemands Odyssee wirklich ging: um ein kunstvoll choreografiertes Programm zur Gehirnwäsche. Aber mit welchem Ziel? Um diese Frage beantworten zu können, musste Jack zuerst herausfinden, ob René wirklich begriff, worum es bei all dem, was ihm zugestoßen war, wirklich ging. Damit zusammenhängend war eine weitere Frage noch dringlicher: Wie verlässlich war er überhaupt? Er war gekidnappt worden, so viel stand fest, aber bisher hatten Jack und Effrem nur Renés eigenen Bericht über das gehört, was mit ihm geschehen war, nachdem man ihn in Abidjan in einen Van gestoßen hatte.

»Was ist dann passiert?«, fragte Jack.

René antwortete mit stolzem Grinsen: »Rostock bot mir einen Job an.«

Effrem beugte sich gespannt vor. »Was? Was für einen Job?«

»In seinem Unternehmen. Er bot mir die Position eines Field Officer an, wie er das nannte. Ich hatte natürlich schon von der RSG gehört und wusste, dass sie einen sehr guten Ruf hat, nur hatte ich bis dahin immer angenommen, dass ich nur in der französischen Armee Karriere machen könne. Aber nach allem, was in Abidjan und danach geschehen war, und nachdem Jürgen mit mir darüber gesprochen hatte, änderte ich meine Meinung. Ich nahm sein Angebot an.«

»Und du hast keine Sekunde lang daran gedacht, deinen Vater oder die Armee zu kontaktieren und sie wissen zu lassen, dass du noch lebst? Warum denn nicht, um Himmels willen?«

»Zuerst war das Rostocks Vorschlag. Er sagte, ich würde undercover arbeiten. Das Training und die Überleitung seien äußerst intensiv. Sobald ich das hinter mir hätte, würde er mir helfen, wieder in mein früheres Leben zurückzufinden. Also später. Keine Ahnung, warum er das wollte.«

Effrem war buchstäblich der Mund offen stehen geblieben. »Willst du damit sagen, du hättest aktiv mitgemacht, deinen eigenen Tod vorzutäuschen, nur um bei der RSG arbeiten zu können? Und dass du an irgendeinem Geheimnis aktiv beteiligt bist ... an welchem denn? Was genau hat Rostock von dir verlangt?«

Allemand starrte Effrem ausdruckslos an, sein Gesicht zeigte nichts als Verwirrung und Frustration. Eigentlich sollte er Effrems Frage beantworten können, und anscheinend wollte er es auch, aber irgendwo in Allemands Gehirn schienen bestimmte Synapsen nicht zusammenwirken zu wollen. Möglich, dass seine Medikamentenabhängigkeit der Grund dafür war. Oder die grausame Behandlung, die er durch Rostock erfahren hatte. Oder eine Kombination von beidem.

Effrem schüttelte ungläubig den Kopf und sagte zu Jack: »Großer Gott. Und dieser Bursche läuft da draußen herum ...«

Jack schnitt ihm das Wort ab. »Es fällt uns schwer, das alles zu verstehen, René.«

»Ja. Natürlich. Wir haben es hier nicht mit einfachen Dingen zu tun. Die Welt, meine ich. Wir stehen am Abgrund ...« Wieder ließ Allemand einen Satz in der Luft hängen, als würde er einen Text aufsagen und hätte den Faden verloren.

Jack verspürte plötzlich Mitleid mit René, aber zugleich ballte sich auch kalte Angst in seinem Magen zusammen. Er hatte schon seit einer Weile das Gefühl, er und Effrem seien in eine Art Kaninchenbau gefallen, so ungefähr wie Alice im Wunderland. Und während er hier René gegenübersaß, kam er sich vor, als unterhielte er sich mit dem Verrückten Hutmacher. Oder mit dem Weißen Kaninchen. Das war natürlich nicht Renés Schuld, aber Jack musste sich selbst daran erinnern, dass er es hier mit einem hervorragend ausgebildeten Soldaten zu tun hatte, der nicht nur den Bezug zur Wirklichkeit verloren hatte, sondern auch von bewusstseinsverändernden Drogen abhängig war und an einer Posttraumatischen Belastungsstörung litt.

René stand überraschend auf. »Ich müsste mal kurz zur Toilette ...«

»Durch die Tür dort hinten«, sagte Jack.

Kaum hatte Allemand den Gastraum verlassen, als sich Effrem über den Tisch beugte und wütend zischte: »Der Typ ist total durchgeknallt, Jack!«

»Jetzt mal langsam ...«

»Nein! Ich habe viel Zeit für diese Story geopfert, habe meine Konten überzogen und wurde von einem Irren fast umgelegt. Wir müssen hier weg, Jack. Ich bin fertig damit. Komm, wir gehen.« Effrem stand auf.

»Wir gehen nirgendwohin«, sagte Jack scharf. »Setz dich. Du kapierst nicht, was hier wirklich abgeht, oder?«

»Was denn?« Effrem setzte sich widerwillig.

»René wurde gekidnappt, gefangen gehalten und dann wieder befreit – aber hinter allem steckt Rostock.« Und in den folgenden zwei oder drei Minuten breitete er seine Theorie aus. Langsam entspannte sich Effrems wütende Miene.

»Jack – Gehirnwäsche? Wir sind doch nicht im *Manchurian Kandidat*. Oder in irgendeinem bescheuerten Sci-Fi-Film.«

»Du würdest staunen, wenn du wüsstest, was da draußen abgeht. Ich glaube, René wurde einer extremen Form von operanter Konditionierung ausgesetzt, kombiniert mit einer Drogentherapie. Negative Verstärkung, Isolation, Desozialisation, simulierte Exekution, eine verzerrte Version des Stockholm-Syndroms – es ist alles da. Das ist das, was er durchgemacht hat, vom Moment der Entführung bis zu dem Augenblick, als ihm Rostock den Job anbot.«

»Wenn das so wäre, warum ist er dann auf der Flucht vor Rostock?«

»Ich glaube, es ist ihm halbwegs bewusst geworden, dass irgendetwas nicht ganz stimmt, aber er kann nicht mit dem Finger darauf deuten. Es ist, als wollte er eine Handvoll Wasser festhalten. Im einen Moment empfindet er Misstrauen gegenüber Rostock, im nächsten Moment lobt er ihn in den Himmel. Vielleicht hat er etwas gesehen oder gehört, was ihn verunsichert – etwas, was seiner Konditionierung widerspricht –, und deshalb ist er auf und davon.«

»Nehmen wir mal an, dass du recht hast. Warum gerade er? Von seinem berühmten Nachnamen abgesehen, ist er doch nur ein einfacher Offizier im mittleren Rang. Warum sollte sich Rostock die ganze Mühe machen?«

»Ich glaube nicht, dass das etwas mit René zu tun hat. Es geht um seinen Vater, General Allemand.«

»Was? Wieso geht es um ihn?«

»Das weiß ich noch nicht. Aber als Zwangstechnik ist Rostocks Methode absolut brillant. Wenn du ein Kind kidnappst, kannst du nur so lange Druck ausüben, wie du das Kind unter Kontrolle hast. Das gilt auch, wenn du drohst, das Kind zu töten. Aber was passiert, wenn du das Denken und den Verstand des Kindes umpolst, sodass es sich gegen die eigenen Eltern stellt?«

»Es wird zur Marionette«, sagte Effrem tonlos.

»Genau. Zu einer Marionette, deren Geschichte und Schicksal du, und nur du, in der Hand hältst«, fügte Jack hinzu. »René ist entweder ein Held, der eine grauenhafte Erfahrung überlebte, oder er ist ein Volksverräter. Bei jemandem wie General Allemand kann man so etwas als mächtiges Druckmittel einsetzen.«

Die Frage war nur: ein Druckmittel, um *was* zu erreichen?

Effrems Augen waren glasig geworden. »Kidnapping«, murmelte er.

»Bitte?«

Effrem bat Jack mit gehobenem Finger zu warten. Er holte sein Handy hervor, wischte eine Minute lang mit den Fingern darüber und tippte darauf herum und sagte dann: »Der Hundesohn! Wusste doch, dass ich mal was gelesen habe. René war nicht Rostocks erstes Opfer. Vor fünf Jahren wurde in Brasilien Alexander Bossards Tochter Suzette gekidnappt. Die RSG hat sie gerettet.«

»Rette eines Mannes Kind, und du hast ihn lebenslang in der Hand.«

»Die große Bürde der Schuld«, sagte Effrem. »Und was machen wir jetzt mit René?«

»Längerfristig ist das eine Frage, die nur ein Psychologe oder Psychiater beantworten kann. Kurzfristig muss René weitermachen, bis er in seinem Kopf die Puzzleteile selbst zusammensetzen kann – oder bis ihn Rostock eliminiert. Wenn wir ihn bei uns behalten, können wir ihn wenigstens ein bisschen steuern.«

Allemand kehrte an den Tisch zurück. Ungeduldig trommelte er mit den Fingern auf den Tisch und schaute Jack und Effrem abwechselnd an. »Ihr habt noch mehr Fragen, stimmt's?«

Jack nickte. »Du hast gesagt, Rostock hätte ein Gespräch mit dir geführt. Worum ging es dabei?«

»Um was wohl. Um den islamistischen Terrorismus. Und dass man ihn bekämpfen müsse.«

Dagegen war nichts zu sagen. Aber René hatte so überheblich geklungen, als hätte Jack gefragt, was mit dem Rasen zu tun sei, der gemäht werden müsse. *Dann mäh ihn doch, du Idiot.*

»Wie?«

»Ganz anders, als wir es hier machen oder wie es die Vereinigten Staaten machen. Man könnte sagen, es wird Zeit, dass wir die Glacéhandschuhe ausziehen. Wir müssen sie aus ihren Löchern treiben und allesamt ausrotten. Wenn du einem Terroristen hilfst, bist du selbst ein Terrorist. Wenn du mit einem Terroristen sympathisierst, bist du selbst ein Terrorist. Bisher haben wir die Sache wie einen konventionellen Krieg behandelt, mit konventionellen Mitteln. Das ist absolut lächerlich. Wenn konventionelle Methoden nichts mehr nützen, muss man eben mit unkonventionellen Mitteln kämpfen!« Während er sprach, war Renés Ton immer aggressiver geworden, und die letzte Aussage betonte er mit wütendem Faustschlag auf den Tisch.

»Meinst du das nur bildlich ... oder wörtlich?«, fragte Effrem.

»So, wie es nötig ist. Bei dieser Art Kampf sind doch nationale Armeen völlig wertlos geworden! Zu viele Gesetze, Regeln, Kriegsrecht, bla, bla, bla. Regierungen kommen und gehen, genauso schnell ändert sich der politische Wille. Terroristen scheren sich einen Dreck darum, und wir können uns das auch nicht mehr leisten. Das muss aufhören, das müsst ihr doch begreifen? Wir müssen sie aufhalten, bevor es zu spät ist. Rostocks Idee, seine Vorgehensweise ist die einzige, die funktioniert.«

Die Bedrohung, die tickende Uhr ... dann der Erlöser, dachte Jack. *Drei weitere Techniken der operanten Konditionierung.*

»Welche Vorgehensweise meinst du denn?«, hakte Effrem nach.

Allemand starrte zum Fenster hinaus. Nach ein paar Sekunden zuckte sein Kopf wieder zu Effrem herum. »Was?«

»Ich habe gefragt …«

Jack unterbrach ihn. »Vielleicht kannst du mir helfen, etwas zu verstehen, René. Wenn du an Rostocks Botschaft glaubst, warum läufst du dann vor ihm davon?«

»Schrader«, antwortete Allemand einfach. »Diesem Typ habe ich nicht über den Weg getraut. Er war mein Kontakt, er war mein Ausbilder, er hat mich gedrillt, aber irgendwas an ihm hat mich gestört. Ich habe angefangen, ihm nachzuspüren.«

»Und?«

»Ihr habt von den Anschlägen in Lyon gehört?«

Jack und Effrem nickten.

»Eine Woche danach entdeckten sie die Wohnung des Burschen, der die Bombe konstruiert hat, in der Nähe einer Apotheke. Erinnert ihr euch? Und an die improvisierte Schießanlage in der Nähe von Montanay? Ein paar Tage vor den Anschlägen war Schrader zu beiden Orten gefahren.«

Jack lehnte sich verblüfft zurück. Wenn das nicht eine von Renés Einbildungen war, musste Eric Schrader, einer von Jürgen Rostocks Agenten, in die Anschläge von Lyon verwickelt sein.

»Aber Schrader arbeitete doch für Rostock …?«, warf Effrem ein.

»Nein, ich glaube, er ist übergelaufen. Ich habe versucht, genügend Beweise zu sammeln, die ich dann Jürgen vorlegen wollte. Keine Ahnung, wer bei der RSG sonst noch mit Schrader verbündet war, deshalb beschloss ich, die Sache ganz alleine durchzuziehen. Und das war vollkommen richtig. Schrader und Alexander Bossard trafen sich ein paar Mal, in Rostocks Anwesenheit.«

Wieder einmal war Allemands Logik ziemlich wirr. Schrader war ein abtrünniger Agent und Rostock ein Terroristen bekämpfender Weltretter, der nicht erkannte, was direkt unter seiner Nase vor sich ging. Jack vermutete, dass ein Teil von Renés Verstand ihn zur Wahrheit über Rostock führen wollte und über das, was René in Abidjan zugestoßen war, dass er aber den letzten Schritt noch nicht machen konnte. Was würde geschehen, wenn Allemand keine andere Wahl mehr hatte, wenn er gewissermaßen vor dem Abgrund stand und sich entscheiden musste?

30

Schon während Allemand erzählte, was er erlebt hatte und wie er die Situation einschätzte, war Jack zu dem Schluss gekommen, dass er Belinda Hahn in Sicherheit bringen müsse. Das war ihm schon früher durch den Kopf gegangen, aber als er nun sah, wie instabil René war, schien es ihm noch dringlicher zu sein. Und auch Allemands Vertrauen in Jack und Effrem war schwach und wankelmütig. Ob der Soldat auch für Belinda eine potenzielle Bedrohung darstellte, konnte Jack nicht einschätzen; er beschloss aber, das Risiko nicht einzugehen.

Wie sich herausstellte, diente der Van René als mobiles Kommandozentrum und Unterkunft. Jack überredete ihn, ihm zum Motel zurück zu folgen, und setzte sich zu ihm in den Van, während Effrem aufs Zimmer ging, um seine Mutter in Brüssel anzurufen. Sie sollte dafür sorgen, dass Belinda an einem sicheren Ort untergebracht wurde.

Effrem rief Jack ein paar Minuten später an. »Sie ist abreisebereit. In ein paar Stunden geht ein Nachtflug. Ich fahre sie zum Flughafen und komme dann hierher zurück. Wir kommen jetzt runter.«

»In Ordnung. Gute Fahrt.«

Jack wartete noch ein paar Minuten, bis er sich sicher war, dass Effrem und Belinda verschwunden waren, dann führte er René in sein Zimmer hinauf. Er bestellte Pizza, und während René duschte, schob Jack den USB-Stick in seinen Laptop und lud die Daten auf Mitchs Privatserver hoch. Mitch rief ein paar Minuten später an, gerade als René aus dem Bad kam.

»Mr. X, auf dem Computer waren keine für uns interessanten Dokumente und Dateien gespeichert. Aber im Browserverlauf habe ich etwas Interessantes gefunden – sieht aus wie ein Geschäftsportal. Ist dieser Bursche Rechtsanwalt? In Zürich?«

»Ja.«

»Na, dann passt das zusammen. Ich weiß noch nicht, welche Verschlüsselung und Firewalls ich auf dem Server des Portals finden werde, aber ich halte euch auf dem Laufenden. Soll ich nach etwas Bestimmtem suchen?«

»Für den Anfang suchen wir nach allem, was mit Jürgen Rostock und der Rostock Security Group zu tun hat, oder ähnlichen Kombinationen. Sie sollten auch darauf achten, ob mein Name in irgendeinem Zusammenhang auftaucht.« Jack senkte die Stimme. »Schauen Sie mal nach, ob irgendwo eine Janine Périer erwähnt wird. Sie arbeitet möglicherweise für das Rote Kreuz.«

»Alles klar.«

Jack beendete das Gespräch.

Allemand fragte: »Wer war das?«

»Jemand, der die Daten vom Computer in der Villa für uns analysiert.«

Eine Weile herrschte Schweigen, dann fragte René plötzlich: »Warum sind drei Zahnbürsten im Bad?«

»Was?«

»Ihr seid zu zweit, aber drei Zahnbürsten stehen im Zahnbecher«, erklärte René. »Habt ihr noch jemand dabei?«

»Nein. Wahrscheinlich hab ich versehentlich zwei Bürsten eingepackt.«

René dachte kurz über die seltsame Antwort nach, doch dann nickte er. »Könnte ich eine benutzen? Ich hab kein fließendes Wasser im Van. Fühlt sich an, als hätte ich einen Pelzbelag auf den Zähnen.«

Effrem kam nach drei Stunden zurück. René war schon eine Stunde zuvor in einem der Sessel eingeschlafen, was Jack für ein gutes Zeichen hielt. In Gegenwart von Leuten, denen man nicht vertraut, schläft man nicht so leicht ein, vor allem nicht in dem Zustand, in dem sich Allemand befand.

Jack saß am Tisch und wartete darauf, dass sein Smartphone klingelte. »Im Karton sind noch ein paar Stücke Pizza«, flüsterte er leise. Effrem nickte und bediente sich.

»Was denkst du über Lyon?«, fragte Jack.

»Dass Schrader etwas mit den Anschlägen zu tun haben könnte, meinst du? Wenn das stimmt, hätte es ein Typ wie Schrader niemals selbst inszenieren oder organisieren können. Das könnte nur einer wie Rostock.«

»Sehe ich auch so.« Allemands Entführung und Befreiung waren typische Täuschungsoperationen. Einen Terroranschlag zu organisieren und die Verantwortung dafür einer anderen Gruppe in die Schuhe zu schieben war zwar weitaus komplizierter, aber im Grunde etwas Ähnliches. »Die Gruppe, die den Anschlag für sich reklamierte, diese Sahrawi Islamic Liberation Army, ist seither völlig vom Radar verschwunden, richtig?«

Effrem nickte. »Ich habe mich in Lyon und Paris bei verschiedenen Behördenvertretern nach der SILA erkundigt – alle behaupteten, sie hätten noch nie von der Gruppierung gehört. Aber es ist nichts Ungewöhnliches, dass sich eine kleinere Gruppe auflöst und sich unter einem anderen Namen neu formiert.«

»Stimmt, aber direkt nach dem zweitschlimmsten Anschlag auf französischem Boden? Für die Terroristen war
das doch ein großartiger Erfolg! Und danach verschwinden sie einfach wieder? Das kann ich nicht glauben.«

»Ich auch nicht, wenn ich es mir recht überlege«, antwortete Effrem.

Jack fragte sich, ob sich ein ähnlicher Verdacht nicht
auch schon in Renés Gedanken geschlichen hatte: dass die
SILA von Rostock erfunden worden war, um den Zorn der
Europäer auf den Terrorismus nicht nur weiter aufzustacheln und anzuheizen, sondern ihm auch ein konkretes
Ziel zu geben. Und für diesen Zorn gab es wahrhaftig genug Anlass, dachte Jack. Keine westliche Nation würde
leugnen, dass die Bedrohung durch den islamistischen Terrorismus nicht nur schlimm, sondern absolut furchtbar
war. Und nicht nur der Westen, sondern die halbe mus-
limische Welt empfand dasselbe, allen Informationen zufolge, die Jack im Laufe der Jahre analysiert hatte.

Wenn aber Lyon tatsächlich eine von Rostock initiierte
Operation gewesen war, dann war anzunehmen, dass
mehr dahintersteckte, als nur den Volkszorn anzusta-
cheln. Aber was konnte das sein? Und hier drängte sich
wieder die bisher unbeantwortete Frage in den Vorder-
grund: Warum wollte Rostock ihn, Jack Ryan junior, umbringen lassen?

Mitch meldete sich eine Stunde später. Der Anruf weckte
Effrem und René auf. Jack schaltete auf Lautsprecher.

»Ich rufe nicht wegen Bossard an«, begann Mitch sofort. »Aber ich kann euch sagen, wo ihr Gerhard Klugmann findet.«

Allemand fragte dazwischen: »Wer zum Teufel ist Gerhard Klugmann?«

»Ein Hacker, der vermutlich für Rostock arbeitet«, antwortete Jack. »Gut – und wo finden wir ihn, Mitch?«

»Das wird euch nicht gefallen.«

Effrem zuckte die Schultern. »In den letzten Wochen hat mir vieles nicht gefallen, Mitch. Auf eine Sache mehr oder weniger kommt es nicht mehr an. Also, wo ist er?«

»In Windhoek, Namibia.«

»Namibia?«, wiederholte Effrem. »Was zum Henker ist in Namibia?«

31

Paris, Frankreich

Schon nach kurzer Google-Suche fand Jack eine mögliche vorläufige Antwort auf Effrems verblüffte Frage. Aber ob diese Antwort tiefschürfend und erschöpfend war, konnte er nicht einschätzen. Namibia war die Heimat von fast vierzigtausend deutschen Auswanderern. Das südafrikanische Land ist der Nachfolgestaat, der aus Deutschlands fast zwei Jahrhunderte umfassender Geschichte mit der Region hervorging, die von 1884 bis zur Mitte des Ersten Weltkriegs sogar die Bezeichnung Deutsch-Südwestafrika trug.

Jack hielt es nicht für einen Zufall, dass sich Rostock möglicherweise für Namibia interessierte oder gar dort präsent war. Rostock hatte schon bewiesen, dass er deutsche Mitarbeiter bevorzugte. Wenn Klugmann in Namibia als Teil einer RSG-Operation tätig war, stellte der deutschstämmige Bevölkerungsteil des Landes sicherlich einen reichhaltigen personellen Ressourcenpool dar.

Doch bevor Jack mit seiner kleinen Gruppe aus Europa abreiste, musste er zuerst noch seine Neugier im Hinblick auf die Gründe für Renés Entführung stillen. Deshalb reiste Jack ein paar Stunden nach Mitchs Anruf aus Zürich ab und landete am frühen Nachmittag in Paris. Während seiner Abwesenheit sollte sich Effrem so gut es ging um René kümmern, damit dieser beschäftigt blieb und nicht den Boden unter den Füßen verlor.

General Hugo Allemand befand sich zwar schon seit vielen Jahren im Ruhestand, war aber immer noch ein Fixstern im gesellschaftlichen und politischen Leben der französischen Hauptstadt. Wie Jürgen Rostock hatte es auch Allemand verstanden, seine beachtliche militärische Laufbahn zu nutzen und nahtlos in ein bürgerliches Leben zu überführen, das nicht nur von Luxus geprägt war, sondern in dem er auch politischen Einfluss ausübte. Aus diesem Grund bereitete es Jack keinerlei Probleme, Allemands Wohnsitz ausfindig zu machen, ein Pferdegestüt, das eine knappe Autostunde nördlich der Stadt in der Nähe des Forêt de Montmorency, des Walds von Montmorency, lag.

Jack parkte sein Mietauto vor einem eisernen Tor, das mit einer stilisierten schmiedeeisernen Lilie verziert war. Er drückte auf die Taste der Sprechanlage.

»*Oui?*«, tönte eine Männerstimme aus dem Lautsprecher.

»*Parlez-vous anglais?*«, fragte Jack. Er verfügte zwar über gute Grundkenntnisse des Französischen, hatte aber schon vor längerer Zeit feststellen müssen, dass die Einheimischen oftmals empfindlich auf gebrochenes, unschönes Französisch reagierten. Zumindest außerhalb der Touristenzentren war es für Ausländer ratsam, entweder gutes, richtiges Französisch zu sprechen – oder es gar nicht erst zu versuchen.

»*Yes*, ich spreche englisch«, antwortete der Mann.

»Ich möchte gerne General Allemand sprechen.«

»Der General hat heute keine Termine. Bitte setzen Sie sich mit seiner Sekretärin in Verbindung. Sie wird Ihnen sicherlich einen …«

»Es geht um den Sohn des Generals, René Allemand.«

»Der General hat alles gesagt, was er über das Verschwinden seines Sohnes zu sagen hatte. Alle weiteren Fragen der Medien müssen an seine …«

»Ich weiß, an seine Sekretärin.« Jack hielt sein Smartphone an das Mikrofon der Sprechanlage und drückte auf das »Play«-Symbol. Nach zehn Sekunden stoppte er die Audiodatei und sagte: »Diese Aufnahme habe ich vor knapp acht Stunden gemacht. Ich warte am Tor.«

Die Sprechanlage verstummte kurz, dann sagte der Mann: »Einen Augenblick, bitte.«

Der Augenblick dauerte volle fünf Minuten. Dann war die Stimme wieder zu hören; sie gab ihm die Anweisung, die Zufahrt zum Hauptgebäude hinaufzufahren, dort werde man ihn in Empfang nehmen. Das Tor ging auf. Nach kurzer Fahrt gelangte Jack auf den Vorplatz einer großen Landvilla, die in Anlehnung an den englischen georgianischen Stil erbaut war. Er schätzte die Wohnfläche auf rund 1000 Quadratmeter. Auf Podesten am unteren Ende der Säulenbalustrade, die die breite Treppe auf beiden Seiten einsäumte, standen zwei sich aufbäumende Bronzehengste.

Auf dem Platz wurde Jack von einem fit wirkenden, älteren Mann in schwarzem Anzug erwartet. Als Jack ausstieg, stand der Mann bereits an der Fahrertür.

»Mein Name ist Claude. Bitte heben Sie die Arme auf Schulterhöhe.«

Jack folgte dem Befehl. Claude führte einen Metallscanner über Jacks Kleidung, danach tastete er ihn mit geübten Bewegungen auf Waffen ab. »Wie ist Ihr Name?«

»Jack.«

»Und der Nachname?«

»Smith.«

Claude sah ihn stirnrunzelnd an. »Bitte folgen Sie mir, Mr. Smith.«

Claude führte Jack in die Villa. Der Boden des Foyers war mit wunderbaren Marmorplatten belegt. Claude öffnete eine große französische Tür; Jack trat in einen Wintergarten, in dem zahlreiche Pflanzkübel von der Decke hingen. General Allemand saß an einem weißen Rattantisch. Er bedeutete Jack mit einer Handbewegung, sich zu setzen, und nickte Claude zu, der an der Tür seinen Posten bezog.

»Wissen Sie eigentlich, wie viele Leute schon hier aufgetaucht sind und behaupteten, beweisen zu können, dass mein Sohn noch am Leben ist? Und wie viele Verschwörungstheorien im Umlauf sind?«, fragte der General in barschem Tonfall.

»Nein.«

»Zu viele, um sie noch zählen zu können. Sollte ich herausfinden, dass Sie dasselbe Spiel spielen, werde ich alles in meiner Macht Stehende tun, um Sie vor Gericht zu bringen. Haben Sie verstanden?«

Jack hatte keinerlei Zweifel daran, dass der General seine Drohung wahr machen würde, gleichgültig, ob Jack gegen ein Gesetz verstoßen hatte oder nicht. »Ja, ich habe verstanden.«

»Es steht Ihnen frei, jetzt zu gehen.«

Jack drehte sich in seinem Stuhl um, sodass Claude genau sehen konnte, dass Jack nur sein Smartphone aus der Tasche zog. Er hielt das Gerät hoch und zeigte es beiden Männern, bevor er es auf den Tisch legte. »Das Video ist bereits aktiviert. Sie müssen nur noch auf den Startbutton drücken.«

Allemand blickte weder auf das Telefon, noch drückte er auf den Button. Vielmehr behielt er Jack fest im Auge. »Sie haben Claude gesagt, dass Sie die Aufzeichnung vor acht Stunden gemacht hätten. Wo waren Sie zu diesem Zeitpunkt?«

»In einem Motel in der Nähe von Zürich. General Allemand, Ihr Sohn lebt. Aber er ist in Schwierigkeiten. Ich versuche ihm zu helfen. Bitte schauen Sie zuerst einmal das Video an. Wenn Sie sich davon überzeugt haben, dass der junge Mann Ihr Sohn René ist, reden wir weiter. Wenn nicht ...« Jack zuckte die Schultern. »Nun, dann bleibe ich hier sitzen, bis die Polizei kommt.«

Allemand zog das Smartphone näher zu sich heran, tippte auf den Button und beugte sich über das Display.

Während der nächsten zwei Minuten blickte der General reglos auf das Video, auf dem Jack und René am Abend zuvor zu sehen waren. Sie aßen Pizza und unterhielten sich. René hatte nicht gewusst und auch nicht bemerkt, dass das Gespräch aufgezeichnet wurde. General Allemand spielte das Video zweimal ab, dann richtete er sich wieder auf und lehnte sich zurück. Seine Augen schimmerten feucht.

»Das ist mein Sohn«, sagte er mit belegter Stimme.

Jack nickte, blieb aber still.

»Er sieht anders aus. Älter.«

»Er hat eine Menge mitgemacht«, antwortete Jack. »Und er wird sehr viel Hilfe brauchen.«

»Bitte erklären Sie mir das.«

Jack sorgte sich, dass die volle, ungeschminkte Wahrheit den bereits bis ins Mark erschütterten General völlig überwältigen könnte, deshalb gab er ihm nur eine stark gekürzte Zusammenfassung dessen, was René ihm und Effrem im Café in Wädenswil erzählt hatte. Er fügte seine eigene Theorie hinzu, dass René einer Gehirnwäsche unterworfen worden sei. Den Anschlag in Lyon und den Namen Jürgen Rostock erwähnte er erst ganz am Schluss. Als Rostocks Name fiel, beugte sich der General abrupt vor. Sein Gesicht wirkte plötzlich wie versteinert.

»Jürgen Rostock – hat René selbst diesen Namen erwähnt?«

»Ja.«

Allemand schwieg einen Moment. Dann sagte er im Brustton der Überzeugung: »Eins weiß ich mit Sicherheit: René hatte nichts mit dem Anschlag in Lyon zu tun. So etwas würde er niemals tun. Ich kenne meinen Sohn.«

»Ich bin ganz Ihrer Meinung. Ich glaube nicht, dass Renés Entführung überhaupt mit ihm selbst zu tun hatte. Ich glaube vielmehr, dass es um Sie geht. Wäre das möglich?«

Allemand antwortete nicht darauf, sondern fragte: »Warum hat sich René nicht selbst mit mir in Verbindung gesetzt?«

»Er glaubt, Sie hätten ihn abgeschrieben. Rostock hat wohl angedeutet, dass Ihre Geschäfte der Grund für Renés Entführung gewesen seien.«

»Das ist blanker Unfug! Sie glauben, Rostock habe das alles nur getan, um mich auf diese Weise unter Druck setzen zu können. Wenn das so ist, warum hat er dann noch keinen Kontakt zu mir aufgenommen?«

»Weil René floh. Rostock hat ihn nicht mehr unter Kontrolle. Ein Teil von Renés Verstand verweigert sich der Gehirnwäsche; irgendwo regt sich in ihm der Verdacht, dass er nicht die ganze Wahrheit zu sehen bekommt. Im Moment versucht er, selbst herauszufinden, was vor sich geht. Ich glaube, es war ein gewaltiger Schock für ihn, dass er mit Leuten zu tun gehabt hatte, die aktiv in den Anschlag von Lyon verwickelt waren. Vielleicht hat ihn die Erkenntnis in die Flucht getrieben. Aber Sie haben meine Frage noch nicht beantwortet: Könnte Rostock einen Vorteil Ihnen gegenüber erlangen, indem er Ihren Sohn entführt?«

»Möglicherweise. Was wissen Sie über Rostock?«

»Nur das, was ich in den Zeitungen und über das Internet herausfinden konnte. Er hat große Macht, das scheint klar zu sein.«

Allemand lächelte, aber es erreichte seine Augen nicht. »Macht bedeutet Einfluss, und den hat Rostock – auch über die deutschen Grenzen hinaus. Wissen Sie, was ihm in Afghanistan zustieß?«

»Nein.«

»Darüber ist nicht viel an die Öffentlichkeit gedrungen. Rostock bemüht sich sehr, nicht ins Rampenlicht zu geraten. Im Frühjahr 2005 besuchte er ein Reservebataillon der Bundeswehr in Kabul. Seine Frau begleitete ihn. Ein Selbstmordattentäter rammte ihr Fahrzeug, wobei Rostocks Frau und zwei seiner Mitarbeiter ums Leben kamen. Tatsächlich starben alle Insassen des Fahrzeugs, mit Ausnahme von Rostock selbst. Er verlor sein linkes Bein unterhalb des Knies und kann seither den rechten Arm nicht mehr bewegen. Er wurde buchstäblich zum Krüppel, und das kostete ihn auch seine Karriere.«

»Wieso?«, fragte Jack. »Er war kein kämpfender Soldat. Diese Verwundungen hätten ihn doch nicht gehindert, seinen Dienst weiter auszuüben?«

»Es geht um die mentalen Wirkungen, die der Anschlag auf ihn hatte. Er wurde sprunghaft, launisch, unberechenbar, wollte sich keinen Befehlen mehr beugen, wurde politisch immer radikaler. Die Bundeswehr versuchte fast ein Jahr lang, mit ihm zurechtzukommen, doch dann schickte man ihn in den Ruhestand.«

»Politisch radikal«, wiederholte Jack. »Wie äußerte sich das bei ihm?«

»Er wurde ein fanatischer Islamhasser und machte daraus auch keinen Hehl. Sein Zorn richtete sich nicht einfach nur gegen islamistische Terroristen, sondern war viel breiter, umfassender, er unterschied nicht mehr zwischen Moslems und Terroristen, wenn Sie verstehen, was ich meine.«

Jack verstand es sehr gut. Die anti-islamistische Rhetorik, die René in Zürich benutzt hatte, wies einen ähnlichen Klang auf wie das, was Allemand beschrieb – im Wesentlichen war es eine Haltung, die sich in einer bündigen Formel ausdrücken ließ: Tötet sie alle und überlasst es Gott, sie in den Himmel oder in die Hölle zu schicken.

Allemand fuhr fort: »Rostock fand natürlich auch Leute, die ihn unterstützten, aber die deutsche Bundesregierung wollte es nicht mehr länger tolerieren, dass jemand von seinem Status und mit so viel Einfluss diese Dinge in aller Öffentlichkeit so unverblümt und radikal aussprach. Deshalb wurde er in den Ruhestand versetzt. Kurz danach gründete er die RSG und zog sich aus dem Rampenlicht zurück. In Interviews, oder wenn er über militärische Angelegenheiten befragt wurde, zeigte er sich zurückhaltend und umsichtig. Keine Spur mehr von seiner früheren Kriegslust.«

»Ein Unterschied wie Tag und Nacht«, meinte Jack.

»Ja, eine bemerkenswerte Verwandlung«, stimmte Allemand zu. »Aber sie fand nur an der Oberfläche statt. Vor ungefähr fünf Jahren startete Rostock eine Kampagne, eine sehr stille zwar, aber dennoch eine Kampagne. Und ich war die erste Person, die er aufsuchte – glaube ich jedenfalls.«

»Was wollte er?«

»Krieg. Im Privaten. Auf seine Weise. Natürlich war er am Anfang sehr zurückhaltend, sprach es nicht deutlich aus, aber im Grunde lief sein Vorschlag darauf hinaus.«

»Warum kam er zu Ihnen?«

»Er ist vollkommen überzeugt, dass die westlichen Regierungen nicht den Willen aufbringen, gegen den Terrorismus vorzugehen, oder jedenfalls nicht entschieden genug. In dieser Hinsicht bin ich nicht grundsätzlich anderer Meinung als er, aber die Demokratie ist so, wie sie ist, und trotz all ihren Mängeln gibt es keine bessere Regierungsform. Wenn man den Anspruch erhebt, eine Demokratie zu sein, muss man eben auch ihre unschönen Seiten akzeptieren – sonst kann man es gleich ganz bleiben lassen. Was Rostock vorschlug, war die Antithese zur Demokratie.«

»Sie sagten, er wolle den Krieg, aber auf seine Weise. Hat er erklärt, wie er das meint?«

»Privatarmeen, die keiner Regierung unterstellt sind«, antwortete Allemand. »Keine Gesetze, keine Regeln der Kriegsführung – und nur ein ganz simples Mandat: den Terrorismus, seine Unterstützer und seine Infrastruktur auszurotten, mit allen dafür erforderlichen Mitteln.«

Oberflächlich betrachtet, war das Konzept nicht ohne eine gewisse Attraktivität, musste Jack zugeben. In der Praxis war es aber nur realisierbar, wenn man gewillt und bereit war, gegen die fundamentalsten Werte und Gesetze der westlichen Gesellschaft zu verstoßen. Wer verfügte, etwas müsse mit allen erforderlichen Mitteln getan werden, hob die Gewaltenteilung auf, die jeder Demokratie zugrunde lag, und öffnete jedem Verstoß, jeder Art von Sünde Tür und Tor. In kürzester Zeit würde diese Gesellschaft auf eine schiefe Bahn geraten und eine Talfahrt antreten, die in einem Blutbad enden würde.

Doch Jack wurde noch etwas anderes bewusst: Was Rostock dem französischen General vorgeschlagen hatte, glich in gewisser Weise der Mission des Campus. Der Unterschied lag in der Dimension und in der zugrunde liegenden Absicht. Um den Terrorismus bekämpfen zu können, musste man manchmal selbst in die Kloake steigen. Das war die Realität, eine hässliche Realität. Im Grunde war das eine Frage des Ermessens, die davon abhing, welche Ziele man erreichen wollte. Terroristen scheren sich nicht darum; sie töten unterschiedslos und bedenkenlos. Sobald sich aber »die Guten« in voller Absicht auf diese schiefe Bahn wagten, war der Krieg so gut wie verloren.

»Was genau verlangte er von Ihnen?«

»Ich sollte ›mitmachen‹, sollte anfangen, in meinem Land die Trommeln zu rühren, zuerst ganz leise, dann lauter, und dabei Verbündete an Bord holen. Um seine Pläne in die Wirklichkeit umzusetzen, brauchte er Befürworter, in Europa und in den Vereinigten Staaten, sowohl zivile als auch militärische. Und natürlich brauchte er auch Geld. Er glaubte, mit diesen beiden Dingen würde er beweisen können, dass die Theorie auch in der Praxis funktionierte. Er wollte klein anfangen, er wollte zunächst in den Ländern etwas erreichen, in denen die Regierungen versagt hatten. Er plante, Netzwerke zu gründen und zu betreiben, die die nötige Aufklärungsarbeit zur Vorbereitung der eigentlichen Aktivitäten leisten sollten, um Terrorzellen und die Trainingslager der Terroristen zu zerstören.«

Allemand seufzte und fuhr fort: »Verstehen Sie mich bitte nicht falsch: Ich hatte niemals die Absicht, mich ihm anzuschließen, aber seine Präsentation war eindrucksvoll, bis hin zu seinen ausgeklügelten Fünf-, Zehn-, Zwanzigjahresplänen und den PR-Strategien. Rostock plante langfristig, und ich sah, mit welchem inneren Feuer er bei der Sache war. Er ist ein fanatischer Anhänger seiner eigenen Sache, Jack, und solche Leute sind immer die gefährlichsten – jemand mit Motivation und den nötigen Mitteln.«

»Vermutlich hat er nicht einfach aufgegeben, als Sie nein sagten?«

»Natürlich nicht. Seither hat er mich noch mehrmals darauf angesprochen, wie übrigens auch Dutzende andere Leute in ganz Europa und sogar in den Staaten. Ich weiß aber nicht, ob er Unterstützer gefunden hat.«

»Warum ist das alles so geheim?«

»Rostocks Haltung ist kein Geheimnis, aber er achtet äußerst genau darauf, wen er anspricht und wie er sich einer Person nähert. Nichts wird aufgezeichnet und nichts niedergeschrieben. Sollten Sie einen Menschen wie Rostock öffentlich beschuldigen, eine Privatarmee aufbauen zu wollen, müssen Sie sich auf einen harten Kampf gefasst machen. Bisher hat es noch niemand gewagt, sich mit ihm anzulegen.«

»Sie auch nicht?«

»Leider nein. Ich nahm einfach an, dass Rostock letzten Endes aufgeben würde. Schon die Finanzmittel, die er für seine Vorhaben benötigte, würden sich auf mehrere Hundert Milliarden Dollar belaufen.«

»Wir vermuten, dass Rostock möglicherweise hinter dem Anschlag von Lyon stecken könnte«, erklärte Jack. »Was sagen Sie dazu?«

»Möglich wäre es natürlich. Das ist ein uralter Trick, Jack: den Gemeinwillen zu manipulieren, die Bevölkerung so weit aufzustacheln, bis sie zum Krieg bereit ist. Das passiert öfter, als die meisten Leute ahnen. Die erträglichste Form ist, wenn man aus einem Ereignis schlicht Kapital schlägt, um eine bestimmte nationale Politik in die gewünschte Richtung zu lenken, eine Wirtschaftskrise zum Beispiel. Die böseste, schlimmste Form ist, wenn man ein gewaltsames Ereignis selbst herbeiführt, es gewissermaßen fabriziert. Die Tatsache, dass sich der Anschlag in Lyon hier, auf dem Boden meines Heimatlandes, ereignete – nur ein paar Jahre nach den bis dahin schlimmsten Anschlägen von Paris – ist ...« Allemand brach ab und suchte nach dem richtigen Ausdruck. »Alarmierend.«

»Wenn René nicht geflohen wäre, hätte ihn Rostock immer noch fest im Griff.«

»Ja, das ist mir jetzt klar geworden. Aber fragen Sie

mich bitte nicht, ob ich meine Meinung über Rostocks Plan geändert hätte, wenn ich das gewusst hätte. Ich wüsste keine Antwort darauf, und es ist mir lieber, gar nicht erst darüber nachdenken zu müssen. Aber, Jack, jetzt frage ich Sie: Was haben Sie eigentlich mit der ganzen Sache zu tun? Warum sind Sie involviert?«

»Fragen können Sie«, antwortete Jack mit einem Lächeln.

Allemand zögerte, dann nickte er. »Ich verstehe. Wo ist René im Moment? Noch in Zürich?«

»Ja. Ich habe jemanden bei ihm zurückgelassen.«

»Ich schicke ein Flugzeug und lasse ihn holen.«

»Er würde nicht einsteigen, jedenfalls nicht freiwillig. Und wenn Sie ihn zwingen, machen Sie alles nur noch schlimmer – für ihn, aber auch für sich selbst.«

»Dann soll ich gar nichts tun?«

»Nur für den Moment. General Allemand, wie schwer würde es Ihnen fallen, öffentlich gegen Rostock aufzutreten?«

»Jack, ich habe keine Angst vor den Auswirkungen, wenn ich das täte. Aber dazu ist mehr nötig als nur mein Wort.«

»Was wäre, wenn ich Ihnen Beweise vorlege?«

»Bringen Sie mir irgendetwas, selbst den kleinsten Beweis, an den ich mich klammern kann, dann rufe ich jeden einzelnen Namen in meinem Adressbuch an, von hier bis Washington.«

32

In Deutschland und in der Schweiz war es Frühling, in Namibia Spätsommer. Jack hatte sich das Land als riesige Wüste vorgestellt. Überrascht blickte er aus dem Flugzeug auf das Land hinunter: weite Landstriche mit üppigem Gras und große Savannenwälder zogen unter ihm vorbei. Wie die Stewardess über den Lautsprecher erklärte, endete im April die Regensaison, und dieses Jahr war sie ungewöhnlich feucht gewesen. Das zeigte sich auch in der Vegetation. Tümpel und Seen waren über das Land verstreut, dazwischen flossen milchbraune Bäche und Ströme.

Das Flugzeug setzte zur Landung an; kurz darauf stieg Jack die Gangway hinunter und betrat den Asphalt, gefolgt von Effrem und René. Der junge Soldat wirkte nicht mehr so angespannt wie bei ihrer ersten Begegnung, wie Jack erleichtert feststellte. Obwohl zwischen Namibia und der Elfenbeinküste weit über viertausend Kilometer Flugstrecke lagen, machte sich Jack Sorgen, dass René allein durch die Tatsache, dass er sich wieder in Afrika befand, einen Rückfall erleiden könnte. Aus demselben Grund hatte er René nicht über seine Reise nach Paris informiert. Der junge Soldat hatte bereits genug verwirrende Informationen zu verarbeiten.

»Ich hatte eigentlich viel größere Hitze erwartet«, sagte Effrem.

Über ihnen erstreckte sich ein wolkenloser blauer Himmel; die Temperatur betrug knapp 25 Grad. Am Rande des Asphalts strich ein leichter Wind über das hüfthohe, hellbraune Gras.

»Es wird selten wärmer als 30 oder 32 Grad«, antwortete René. »Das hier ist der Garten Afrikas.«

Zusammen mit den übrigen Passagieren gingen sie zum Terminal hinüber. Jack sagte leise: »Okay, Jungs, haltet die Augen offen. Wir suchen nach einer einmotorigen Pilatus PC-12 NG mit dem Kennzeichen HB-FXT.« Jack und Effrem hatten Bossards Privatflugzeug in Vermont gesehen, aber René nicht, weshalb ihm Jack auf dem Smartphone ein Foto der Maschine zeigte.

»Wie kommst du darauf, dass es hier sein könnte?«, wollte René wissen.

»Nur eine Vermutung«, antwortete Jack. Bossard hatte das Flugzeug eingesetzt, um Möller aus Vermont zu evakuieren; daher lag die Vermutung nahe, dass er es Rostock nach Bedarf zur Verfügung stellte. Aber genauso wahrscheinlich war, dass Klugmann mit einer Linienmaschine nach Namibia gereist war.

»Ich sehe es nirgends«, sagte Effrem.

»Ich auch nicht«, fügte René hinzu.

Gerade als Jack das Smartphone wieder einstecken wollte, entdeckte er, dass Mitch eine SMS geschickt hatte. Sie erschien in Großbuchstaben auf dem Display: FORT-SCHRITT. ANRUF ASAP.

Als sie den Zoll hinter sich hatten, holten sie den Mietwagen ab, einen weißen Toyota Land Cruiser, und fuhren nach Windhoek. Die Hauptstadt Namibias lag ungefähr vierzig Kilometer weiter westlich. Effrem fuhr; René saß auf dem Rücksitz und starrte mit leerem Blick auf die Landschaft hinaus.

Hätte sich Jack nicht schon über die Verbindung des Landes mit Deutschland informiert, hätten ihm die verschiedenen Wegweiser und Städteschilder, an denen sie auf der zweispurigen Überlandstraße vorbeifuhren, einen deutlichen Hinweis geben können: Herbost, Kapp-Hof, Hoffnung, Bahnstation Neudamm ... Die Verbindung der Wüstenlandschaft mit diesen eindeutig europäischen Namen verstärkte das fremde, unwirkliche Gefühl, das ihn hier überkam.

Auch Effrem schien von der Landschaft fasziniert zu sein. »Habt ihr mal *The Boys from Brazil* gesehen?«, fragte er. »Ihr wisst schon, den Film über die Nazis in Südamerika?«

Jack lachte. »Ja, hab ich.«

»Das hier gibt mir ein Déjà-vu-Gefühl. Nur dass es hier Wüsten sind und kein Regenwald.«

Jack rief Mitch an. In München war die Zeit nur eine Stunde voraus. »Wo seid ihr?«, fragte Mitch.

»Unterwegs«, gab Jack knapp zur Antwort. Er hatte keinen Grund, Mitch zu misstrauen, aber im Laufe der letzten Jahre hatte sich Jack das »Need-to-know«-Prinzip zu eigen gemacht. In seinem Gewerbe war die Regel, Wissen nur bei Bedarf weiterzugeben, ein wichtiger Sicherheitsfaktor. »Gibt's was Neues?«, fragte er.

»*Yeah*, ein paar Dinge. Ich konnte Klugmanns genauen Aufenthaltsort feststellen. Er ist im Hilton in Windhoek abgestiegen, irgendwo auf einem der obersten Stockwerke. Geben Sie mir noch ein bisschen Zeit, dann kann ich auch das Stockwerk herausfinden.«

»Windhoek hat ein Hilton?«

»Hm, ja. Und nach den Fotos zu urteilen, sieht es sogar sehr gut aus – so was erwartet man sonst nur in Chicago oder New York.«

»Und die andere Neuigkeit?«

»Diese Janine Périer, die Sie mir genannt haben. Der Name wird bei keiner Aktivität des Roten Kreuzes in Afrika erwähnt, aber eine Deutsche namens Janine Pelzer war letztes Jahr für ungefähr sechs Wochen in Abidjan im Einsatz. Ihr Wohnsitz ist München. Ich schicke Ihnen ihr Foto aufs Handy. Es stammt aus ihrem Personalausweis.«

Das Foto erschien eine Minute später. Jack zeigte es René, der stumm nickte: Janine Pelzer war identisch mit Janine Périer, der Frau, mit der sich René am Abend seiner Entführung getroffen hatte. Er hatte gehofft, sich zu täuschen, aber das Foto war der Beweis, dass Pelzer alias Périer als Honigfalle fungiert hatte.

»Wo hält sie sich derzeit auf?«, fragte er Mitch.

»Ich habe keine Ahnung.«

»Wie weit sind Sie mit Bossards Firmenportal gekommen?«

»Ich bin dran. Eine Unmenge Daten, die größtenteils in unzähligen codierten Dateien gespeichert sind. Ich kann nur immer in kurzen Stößen arbeiten, nämlich immer nur dann, wenn sich jemand kurzfristig vom System abmeldet. Das System lässt multiple Server-Log-ins nicht zu.«

»Ich kann Ihnen nicht folgen.«

»Na, wenn einer seiner Mitarbeiter pissen geht oder zum Mittagessen, loggt er sich normalerweise aus. Dann bekomme ich eine Meldung und kann mich mit seinem Passwort einloggen, aber nur, solange er weg ist. Sobald er zurückkommt und sich wieder einloggt, fliege ich aus dem System und muss einen anderen gerade inaktiven Benutzernamen suchen. Und so weiter, bis der Arzt kommt.«

»Ah, verstanden«, sagte Jack. »Wie lange noch, bis Sie alles durchforstet haben?«

»Ich denke, heute Abend sollte ich alles beisammenhaben, wenn keiner mehr im Büro ist. Übrigens, haben Sie den Fed-Ex-Brief bekommen?«

»Ja, kurz vor der Abreise aus Zürich.«

»Wenn Sie Erklärungen brauchen, melden Sie sich.«

Jack hatte sich nicht die Mühe gemacht, ein Hotelzimmer in Windhoek zu reservieren, aber da sie jetzt wussten, wo Gerhard Klugmann abgestiegen war, suchte Jack auf seinem Smartphone nach einem Hotel, das möglichst nahe beim Hilton lag. Er entdeckte das AVANI Windhoek Hotel & Casino, nur einen Straßenblock nördlich vom Hilton.

Nachdem sie den Land Cruiser einem Valet übergeben hatten, gingen sie zur Rezeption. Jack buchte eine Suite auf dem obersten Stock. Sie war ungefähr hundert Quadratmeter groß und umfasste mehrere Schlafzimmer sowie einen Balkon mit Blick auf das Stadtzentrum.

»Ich war mal in Las Vegas«, sagte René. »Das hier erinnert mich ein bisschen daran.« Er stand auf dem Balkon, die Hände auf dem Geländer, und blickte auf die Stadt hinunter. »In Abidjan gibt es nichts, was man damit vergleichen könnte, jedenfalls habe ich es nicht zu sehen bekommen. Allerdings bekamen wir auch nur sehr selten die Erlaubnis zum Stadtgang.«

»Macht es euch gemütlich und ruht euch aus«, sagte Jack.

Sie teilten die Schlafzimmer unter sich auf und legten sich ein paar Stunden hin, um sich auszuruhen und die Anspannung der letzten Tage abzuschütteln. Jack war völlig erschöpft; er konnte sich gar nicht mehr erinnern, wann er das letzte Mal fünf Stunden am Stück durchgeschlafen hatte. Effrem ging es ähnlich, aber bei René ließ sich nicht sagen, wann er zum letzten Mal wirklich entspannt und ruhig geschlafen hatte. Er war nun schon seit geraumer Zeit auf der Flucht, die in seinem mentalen Zustand noch schwerer zu ertragen sein musste, wie Jack vermutete. Ihm waren inzwischen ernsthafte Zweifel gekommen, ob er nicht besser General Allemands Angebot hätte annehmen sollen, seinen Sohn nach Hause zu holen. Andererseits war der junge Mann schon einmal gekidnappt worden. Nur der Himmel mochte wissen, was ihm eine zweite Entführung antun würde.

Wie vereinbart, trafen sie sich um 17 Uhr 30 wieder im Wohnzimmer der Suite. Jack bestellte beim Zimmerservice geräucherten Lachs und griechischen Orzo-Salat mit Garnelen für sich selbst und Effrem, während sich René für Rostbraten, gebratenen Spargel und Frühlingskartoffeln entschied.

Während sie auf das Essen warteten, setzte sich René auf den Beistelltisch vor dem Fernseher und zappte durch die Kanäle, bis er eine Spieleshow fand, die wie die namibische Version von *Glücksrad* aussah, dann fläzte er sich auf die Couch und schaute die Sendung an. Sowohl der Moderator als auch die Gäste sprachen Oshiwambo.

Effrem warf Jack einen vielsagenden Blick zu und zuckte die Schultern. Jack nickte; er bezweifelte, dass René die Show selbst genoss, aber vermutlich das Gefühl der Normalität, das sie ihm gab.

Das Essen kam. Schweigend aßen sie und verfolgten nebenher die Show. Als der Abspann lief, schaltete René den Fernseher aus. »Danke für das Essen, Jack.«

»Gern geschehen.«

»Wie ist der Plan? Schnappen wir uns diesen Klugmann?«

Wie schon bei Möller war Jack auch unentschieden, wie sie mit Klugmann verfahren sollten. Sollten sie ihn schnappen und Informationen aus ihm herauspressen, oder sollten sie einfach abwarten und hoffen, dass Klugmann sie zu irgendetwas Wichtigem führte?

»Im Moment interessiere ich mich mehr für Bossards Flugzeug. Außer dem Hosea Kutako Airport gibt es hier nur einen weiteren Flughafen. Es könnte also auf dem Eros Airport stehen ...«

»Nein – wenn du nur Landebahnen meinst, findest du hier Dutzende, alle im Umkreis von unter hundert Kilometern«, sagte Effrem. Er zuckte die Schultern. »Konnte nicht schlafen, deshalb hab ich ein bisschen nachgeforscht. Das WLAN hier im Hotel ist super.«

»Dutzende von Landebahnen«, wiederholte Jack tonlos.

»Ja, aber nur sechs sind lang genug für eine Pilatus PC-12. Zieh von denen die drei ab, die in offiziellen Wildreservaten liegen. Bleiben also noch drei übrig, auf denen Bossards Flugzeug hätte landen können – Midgard, Pokewni und Osona.«

»Bin echt beeindruckt«, sagte Jack.

»Tja. Ich hätte stattdessen auch Minesweeper spielen können.«

»Du hast dich richtig entschieden. Okay, wir müssen uns aufteilen. René, ich möchte, dass du hierbleibst ...«

»Warum?«, fuhr René hoch.

»Weil ich jemand brauche, der Klugmanns Hotel im Auge behält.«

Das war eine Notlüge. Selbst wenn Klugmann im Hotel blieb, hatten sie keine Ahnung, in welchem Zimmer er wohnte und ob es von ihrer Suite aus überhaupt zu sehen war. Jacks wirkliches Motiv war, René mehr Zeit zur Entspannung zu verschaffen.

»Wenn wir erfahren, dass er das Hotel verlässt, musst du ihn beschatten«, fuhr Jack fort.

»Kann ich machen«, nickte René.

»Effrem, du fährst zum Eros Airport. Nimm ein Taxi und schaue dich genau um. Informiere dich zuerst online, ob alle Hangars für Wartung und Reparatur belegt sind. Ich vermute, dass es so ist. Wenn die Pilatus auf dem Eros Airport steht, wird sie vermutlich im Freien stehen.«

»Und welche Ausrede habe ich, wenn ich gefragt werde, warum ich dort herumschnüffle?«

»Einem Journalisten wie dir wird schon was einfallen. Ich nehme den Land Cruiser und fahre jetzt die anderen drei Landeplätze ab. Kannst du mir ihre genauen GPS-Daten ...«

Effrem tippte auf sein Smartphone. »Schon unterwegs.«

Von den drei infrage kommenden Landebahnen lagen Osona und Midgard der Stadt nicht nur am nächsten, sondern waren auch nur vierzig Kilometer voneinander entfernt und auf gerader Strecke nach Norden zu erreichen, weshalb Jack sich zuerst diese beiden vornahm.

Er wusste, dass er weiter außerhalb von Windhoek vermutlich kein Netz mehr haben würde. Deshalb machte er vor der Abfahrt noch mehrere Screenshots auf dem Navigationsbildschirm. Daran orientierte er sich, als er auf dem vierspurigen Highway namens Western Bypass in Richtung Okahandja fuhr.

Es war bereits dunkel, als die Lichter der Hauptstadt aus dem Rückspiegel verschwanden. Der Himmel war wolkenlos, ein tiefschwarzes Tuch mit hellen Lichtpunkten. Der Vollmond schien so hell, dass Jack fast glaubte, auch ohne Scheinwerfer gut zurechtkommen zu können.

Rund vierzig Minuten später erfassten die Scheinwerfer den Meilenstein 17; Jack fuhr etwas langsamer. Der Karte zufolge gab es keine offiziellen Wegweiser zum Flugplatz Osona, sondern nur ein verblasstes Holzschild, das zur unbewohnten Farm Bergquell wies, die rund siebenhundert Meter nordwestlich der Landebahn lag.

Das Zeichen war so klein, dass Jack es zuerst übersah und wenden musste. Er bog auf einen unbefestigten Feldweg ein, dann auf eine sehr breite, asphaltierte Nebenstraße. Erst nach ein paar Hundert Metern merkte er, dass er sich bereits auf der Start- und Landebahn des kleinen Flugplatzes befand. Er schaltete die Scheinwerfer aus; das Mondlicht reichte vollkommen.

Hier ist nichts, stellte er schon bald fest. Die Landebahn war nichts weiter als eine Sackgasse, das Kopfende diente als Wendeplatz vor dem Start. Dort angekommen, bog Jack auf einen weiteren unbefestigten Fahrweg ab, der ihn zur Bergquell-Farm brachte. Die Farm bestand aus einer kleinen Ansammlung rostiger Wellblechhütten; auch in der größten Hütte hätte man nicht einmal ein sehr kleines Flugzeug verstecken können.

Osona können wir abhaken.

Midgard, der zweite Flugplatz, lag südöstlich von Osona, aber die einzige Straße führte zunächst in nördlicher Richtung nach Okahandja und mündete dort in eine bogenförmige Straße, die am Swakoppforte-Damm entlang verlief. Auf dem Satellitenfoto sah der Stausee wie ein gigantischer, platt gedrückter Seestern aus. Umgeben von der eintönig braunen Landschaft leuchtete das Wasser des Reservoirs in herrlichem Blaugrün.

Weitere dreißig Kilometer wand sich die breite, kiesbestreute Straße tiefer und höher in die umliegenden

Hügel, bis Jack endlich auf einen Wegweiser stieß: Midgard Airstrip – Khorusepa Lodge. Die Lodge war auf seiner Karte nicht verzeichnet, aber Jack vermutete, dass um Windhoek herum ständig neue Lodges gebaut und bestehende umbenannt oder aufgegeben wurden.

Jack bog ein und folgte der Straße fast einen Kilometer weit. Sie verlief durch eine Reihe kleiner Schluchten und gabelte sich dann. An der Straßengabel stand ein weiterer Wegweiser. Nach links ging es zum Midgard-Flugplatz; nach rechts zur Khorusepa Resort Lodge. Jack bog nach links ab und stieß nach nur ein paar Hundert Metern an den Rand der Landebahn. Er schaltete die Scheinwerfer aus.

Gegenüber, am Rand der asphaltierten Start- und Landebahn, stand ein weißes, einmotoriges Flugzeug. Die Kennnummer auf dem Seitenleitwerk lautete HB-FXT. Kein Zweifel: Es war Bossards Pilatus. Die Fenster waren dunkel und die Räder verkeilt.

Niemand zu Hause. Hoffte er jedenfalls.

Er nahm den Rucksack vom Beifahrersitz, stieg aus und näherte sich vorsichtig dem Flugzeug. Er duckte sich unter die Flugzeugnase und klopfte mit dem Handknöchel auf den Aluminiumrumpf. Im Flugzeug rührte sich nichts; er klopfte noch einmal, dieses Mal lauter. Als sich wieder nichts rührte, ging er zur Seitentür, hob den Hebel an und drehte ihn. Mit einem hydraulischen Zischen schwang die Tür nach unten, wobei die eingebaute Treppe herausgeklappt wurde. Jack stieg in den Rumpf, blieb stehen und blickte sich um. *Spielt es eine Rolle,* fragte er sich. In Mitchs Anweisungen, die sich in dem Fed-Ex-Brief befunden hatten, war nicht erwähnt, ob der GPS-Tracker an einem bestimmten Ort platziert werden musste.

Jack öffnete die Toilettentür, die sich direkt hinter dem

Cockpit befand. Er nahm die Taschentuchschachtel aus dem in der Wand neben dem Spiegel eingebauten Behälter, ließ den Tracker in die Wandnische fallen, setzte die Schachtel wieder ein und verließ das Flugzeug.

Er lenkte den Toyota bis zur Weggabelung zurück und bog dann in die Zufahrtsstraße zur Lodge ein. Nach einer scharfen Kurve gelangte er auf eine von Palmen gesäumte Kopfsteinallee, an deren Ende ein reetgedecktes Dach die Zufahrt zum Hof überspannte. Dahinter waren ein runder Wendeplatz, mit Ziegelsteinen belegte Wege und ein paar kleine Gästebungalows zu sehen.

Er bremste abrupt und schaltete die Scheinwerfer aus.

Damit hatte er nicht gerechnet.

»Zum Teufel damit«, murmelte Jack vor sich hin.

Er fuhr weiter, durch das Zufahrtstor in den Hof und hielt direkt vor der Markise an, die sich über den Lobby-eingang spannte. Durch die Windschutzscheibe sah er Flammen, die in einer runden, in den Boden versenkten steinernen Feuermulde loderten. Auf dem Rand der Feuer-grube saßen acht Personen. Jack zog das Fernglas aus dem Rucksack und fokussierte es auf die Gruppe. Alle acht waren Männer. Drei saßen mit dem Rücken zu Jack; die fünf ihnen gegenüber sitzenden Männer kannte er nicht. Durchaus möglich, dass sich Gerhard Klugmann unter ihnen befand.

Plötzlich klopfte jemand an Jacks Seitenfenster. Ein bartloser Stephan Möller starrte ihn an.

Ach du Scheiße, dachte Jack.

»Kann ich Ihnen helfen?«, fragte Möller laut durch das geschlossene Fenster. Sein Ton und seine Körperhaltung wirkten entspannt, unbekümmert. »Haben Sie sich ver-fahren?«

Jack nahm sich nicht die Zeit, sich eine komplizierte Ausrede auszudenken. Er ließ das Fenster ein paar Zentimeter herunter und verstellte seine Stimme, sodass sie heiser klang. »*Estoy perdido. ¿Hablas español?*«, fragte er auf spanisch.

»Nein, deutsch«, antwortete Möller.

Jack deutete auf das Gebäude und fragte: »Onjala Lodge?«

Möller schüttelte den Kopf, offenbar wurde er allmählich ärgerlich. »Nein. Sie sind hier in der falschen Lodge. Fahren Sie weg!«

»*Lo siento, lo siento*«, entschuldigte sich Jack.

Er legte den Rückwärtsgang ein, wendete und fuhr davon.

Es war fast vier Uhr morgens, als Jack wieder in die Suite zurückkam. Effrem saß mit untergeschlagenen Beinen auf dem Boden; die einzige Beleuchtung kam vom Monitor seines Laptops.

»He«, flüsterte er.

Jack schaltete eine Tischlampe an und ließ sich in einen Sessel fallen. »He.«

Ohne vom Monitor aufzublicken, sagte Effrem: »Eros können wir streichen. Was ist bei dir?«

»Das Flugzeug steht auf Midgard. Und zufällig stieß ich auf Stephan Möller; er ist in einer Lodge in der Nähe abgestiegen.« Jack schilderte Effrem seine Erlebnisse und fügte hinzu: »Es waren mindestens acht Männer, bestimmt alles Deutsche.« *Und vermutlich alle mit ähnlicher Ausbildung.* »Aber ich habe nur Möller erkannt.«

»Verdammt guter Job, Jack.« Effrem nickte anerkennend. »Übrigens ist Mitch mit dem Bossard-Portal auf eine Goldader gestoßen. Ich hab dir den Link zum Server weitergeleitet. In den letzten paar Stunden habe ich eine Unmenge Dokumente angeschaut.«

»Irgendwas Interessantes gefunden?«

»Sogar eine ganze Menge. Um gleich mal mit dem Sahnehäubchen anzufangen: Ich weiß jetzt, warum Rostock dich umbringen lassen will.«

33

Windhoek, Namibia

Jack reagierte nicht sofort. Ursprünglich hatte er nichts anderes im Sinn gehabt, als die Antwort herauszufinden, die Effrem nun angeblich entdeckt hatte. Doch nun wurde ihm klar, dass er in den letzten Tagen überhaupt nicht mehr daran gedacht hatte. Er hatte einfach aufgehört, sich zu fragen, warum ihn jemand umzubringen versucht hatte. Dass ihn die Antwort offenbar nicht mehr sonderlich interessierte, war ein sehr seltsames Gefühl.

»Okay, sag's mir.«

Effrem räusperte sich. »Letztes Jahr hast du bei einer deutschen Firma namens Dovestar Industrial Machinery eine Finanzprüfung durchgeführt.«

Jack nickte; er erinnerte sich an den Auftrag. Als »geheimer Geheimdienst« arbeitete Hendley Associates unter dem Deckmantel einer »weißen« Tarnfirma, einer real aktiven Finanzberatungsfirma, deren Beratungsaufträge größtenteils mit Firmenübernahmen, Joint Ventures oder Mergers zu tun hatten. Soweit sich Jack erinnerte, war Dovestar eine der Firmen, deren Finanzen er letztes Jahr analysiert hatte.

»Ich glaube, ich erinnere mich, worum es ging«, sagte er. »Ein reiner Routinejob. Ich musste für ein paar Tage nach Aachen, das war's dann auch schon.«

»Nein, es war mehr an der Sache dran.«

»Echt jetzt? Dann fülle meine Gedächtnislücken mal auf.«

»Ein niederländisches Unternehmen legte ein Angebot für Dovestar vor. Allem Anschein nach war es ein gutes Angebot. Trotzdem lehnte Dovestar ab. Aus welchen Gründen auch immer bekamen die Medien in den Niederlanden und in Deutschland Wind von der Sache und fingen an, Fragen zu stellen. Es kamen Gerüchte auf, dass sich Dovestar in finanziellen Schwierigkeiten befand und plante, einen Teil der Belegschaft zu entlassen, vielleicht sogar schon bald insolvent sein würde. Wie konnte eine Firma mit solchen Problemen eine Übernahme ablehnen, fragten sich alle. Dann taucht dein Name auf.«

»Stimmt. Dovestar hatte uns mit einer externen Buchprüfung beauftragt, um irgendwelche Bedenken zu zerstreuen.«

Jetzt fielen Jack auch wieder die Einzelheiten ein. »Im Grunde ging es dem Unternehmen nur darum, durch eine Finanzanalyse jeden Zweifel an seiner Zahlungsfähigkeit zu beseitigen. Soweit ich mich erinnere, konnte ich dabei nichts Alarmierendes entdecken.«

»Aber nur, weil die Probleme sehr tief verborgen waren und weil es nicht zu deinem Auftrag gehörte, derart tief zu graben. Aber durch deine Analyse sind gewisse Zweifel entstanden. Kurz und gut: Dovestar ist über eine ganze Reihe von Ablegern und Tarnfirmen im Besitz der Rostock Security Group. Das ist die Art von Täuschungsmanöver, auf die Bossards Kanzlei in Zürich spezialisiert ist, und soweit ich sehen kann, war die RSG seit rund sechs Jahren Bossards einziger Klient. Dovestar ist eine legitime Firma, aber die RSG hat manche ihrer Konten praktisch als heimliches Sparschwein benutzt.«

»Wie bitte? Warum denn das?«

»Wenn ich raten müsste, würde ich sagen, als geheimen Operationsfonds, um verdeckte Transaktionen abzuwickeln. Deine Buchprüfung mochte zwar reine Routine gewesen sein, aber irgendetwas muss dabei wohl die Aufmerksamkeit der BaFin erregt haben, vielleicht gab es einen leisen Verdacht auf Geldwäsche. Was es auch gewesen sein mag, es hat jedenfalls eine Überprüfung durch die BaFin ausgelöst.«

Jack wusste, wovon die Rede war. Die Bundesanstalt für Finanzdienstleistungsaufsicht, kurz BaFin, war im Grunde so etwas wie die deutsche Version der Börsenaufsichtsbehörde für die Kontrolle des Wertpapierhandels in den Vereinigten Staaten, der Securities and Exchange Commission SEC.

Effrem fuhr fort: »Nächsten Monat findet eine Anhörung statt. Du sollst dabei die Ergebnisse deiner Buchprüfung vorlegen und erläutern.«

Jack zuckte die Schultern. »Davon weiß ich nichts. Ich bin von Hendley beurlaubt und habe momentan keinen Zugriff auf mein Hendley-Postfach. Wahrscheinlich liegt die E-Mail dort auf dem Server.«

»Ohne deine Aussage gehen die Chancen, dass man die Beziehungen zwischen der RSG und Dovestar und die Verwendung der geheimen Gelder aufdecken kann, praktisch auf null«, erklärte Effrem.

»Und wenn ich verschwinde, verschwindet auch das Problem«, fügte Jack hinzu.

»Genau das erhoffte sich Rostock wahrscheinlich. Soweit ich es verstanden habe, gehört das zu den deutschen Standardregeln: Man braucht deine Aussage bei der Anhörung, die dann vom Aufsichtsrat von Dovestar überprüft wird. Ohne sie ist das Audit wertlos.«

Jack wurde plötzlich klar, dass die Erklärung für die ganze Angelegenheit, für alles, was er in letzter Zeit erlebt und erlitten hatte, vermutlich ganz einfach sein mochte: Vielleicht war es immer nur darum gegangen, zu verhindern, dass er bei der Anhörung im kommenden Monat aussagte. Oder vielleicht auch nicht. Denn an sämtliche Informationen, die sie über die Beziehungen zwischen der RSG und Dovestar vorlegen könnten, waren sie auf illegale Weise gekommen. Nichts davon war gerichtlich verwertbar, und sollte er, Jack, versuchen, dieses Problem zu vertuschen, würde die BaFin zweifellos herausfinden, dass auch seine Hände nicht ganz sauber waren – und damit würde dann auch ein dunkler Schatten auf seine Buchprüfung fallen.

»Was ist denn der gegenwärtige Stand dieser Geldbeträge, die auf den Dovestar-Konten versteckt wurden?«

»Nach Bossards Memoranden wurden sie von den Konten abgeräumt und irgendwo anders hin verschoben, ungefähr einen Monat, nachdem du deinen Buchprüfungsbericht vorgelegt hattest. Aber wie gesagt, die Sache ist ein rechtlicher Vorgang. Wenn es der BaFin gelänge, Dovestar bis zur RSG zurückzuverfolgen, würde am Ende auch Rostock in die Bredouille geraten.«

Jack lächelte. »Effrem, du beeindruckst mich immer wieder aufs Neue.«

Effrem zuckte die Schultern. »Fast während meiner gesamten Kindheit habe ich am Küchentisch zugesehen, wie meine Mutter solche finanziellen und politischen Konstruktionen buchstäblich zerpflückte. Das hat dann wohl irgendwie auf mich abgefärbt.«

»Wir müssen herausfinden, wie und wo Rostock diese Gelder ausgegeben hat.«

»Mitch meint, auf dem Umweg über Dovestar habe Jürgen Rostock im Verlauf der letzten vier Jahre fast vierhunderttausend Dollar für *IT-Beratung* an Klugmann gezahlt.«

»Für so viel Geld kann er sich eine Menge Hackerarbeit kaufen«, meinte Jack. »Oder ein paar ausgewählte, hochrangige Jobs.«

Jetzt endlich hatte Jack seine lang gesuchte Antwort gefunden, aber genau wie bei allem, was schon vorgefallen war, führte auch sie nur zu weiteren Fragen. Klugmann war in Namibia; Möller war in Namibia. Und das hieß, indirekt war auch Jürgen Rostock in Namibia.

Jack versuchte ein paar Stunden zu schlafen, aber so leicht ließen sich seine Gedanken nicht abschalten. Nach einer knappen halben Stunde stand er wieder auf und kehrte ins Wohnzimmer zurück. René bereitete gerade Kaffee zu, Effrem saß immer noch im Schneidersitz auf dem Boden, das Laptop auf den Knien.

»Guten Morgen«, sagte René lächelnd. »Kaffee?«

»Morgen. Gern, danke.«

»Effrem hat mir von dem Flugzeug erzählt. Bist du dir sicher, dass es Möller war?«

»Ja.«

»War sonst noch jemand da, den du schon kanntest?«

Übersetzung: War Rostock da? Jack schüttelte den Kopf. »Nein, von den anderen kam mir keiner bekannt vor.«

Er setzte sich in einen der Sessel und flüsterte Effrem zu: »Hast du ihm von Dovestar erzählt?«

»Nein. Das musst du selbst beurteilen, ob er damit fertigwerden würde.«

»Ich lasse es mir durch den Kopf gehen.«

Jack öffnete sein Notebook und lud die Bossard-Dateien vom Server herunter, die Mitch ihm geschickt hatte. Alle waren im PDF-Format gespeichert, ließen sich also durchsuchen. Mitch hatte eine Notiz angefügt, der zufolge Jacks Name nur im Zusammenhang mit dem Dovestar-Audit auftauchte, aber Jürgen Rostock und die RSG wurden in den Dateien Hunderte Male erwähnt, was zu erwarten gewesen war, da die RSG Bossards einziger Klient war.

»Effrem, lege bitte eine Excel-Arbeitsmappe an. Ich möchte, dass du die Daten und Beträge einzeln erfasst, die über Dovestar an Klugmann ausgezahlt wurden. Rostock hat ihm eine Menge Geld gezahlt, was vermuten lässt, dass das, womit er Klugmann beauftragte, für Rostock sehr wichtig sein musste. Soweit ich es in den Dateien erkennen kann, hatte Bossard viel mit Logistik im Ausland, Fracht, Versand und Beschaffung für RSG zu tun, aber die Details sind ziemlich undurchsichtig. Ich möchte herausfinden, ob die Überweisungen an Klugmann mit Bossards Aktivitäten übereinstimmen.«

»Übereinstimmen? Inwiefern?«

»Beträge, Orte, Anträge auf Genehmigungen, Transportarrangements ... was auch immer.«

Während der beiden folgenden Stunden arbeiteten sie intensiv an ihren jeweiligen Aufgaben. Effrem erfasste ein »Honorarprofil« für Klugmann, Jack erstellte eine chronologische Übersicht der möglicherweise von der RSG durchgeführten Operationen im Ausland. Als beide Listen vollständig waren, verglichen sie die Daten.

»Okay«, sagte Jack. »Im Verlauf der letzten fünf Jahre habe ich vier RSG-Projekte gefunden, für die Bossard sehr viel Zeit aufwenden musste: jeweils ein Projekt in Kanada, in Panama, in Indien ...«

»Und neuerdings auch in Namibia«, warf Effrem ein.

»Genau.« Jack nannte die Zeiträume der Projekte. »Gibt es da irgendwelche Übereinstimmungen mit den Zahlungen an Klugmann?«

Effrem fuhr mit dem Finger über seine Liste auf dem

Monitor. »Sechs Zahlungen von Dovestar an Klugmann. Sieht so aus, als hätte er in jedem Projektzeitraum mindestens eine Überweisung erhalten. Was meinst du dazu? Sind das Honorare für die geleisteten Dienste und vielleicht auch noch eine Abschlusszahlung?«

»Kann sein.«

»Aber es gibt keine Zahlung für Namibia.«

»Der auf den Dovestar-Konten geparkte Fonds wurde nach meinem Audit abgezogen. Danach müssen sie Klugmann über andere Tarnfirmen bezahlt haben. Schauen wir doch mal, was in den jeweiligen Zeiträumen in diesen Ländern passierte. Ich nehme mir Myanmar und Panama vor, du konzentrierst dich auf Indien.«

»Wonach soll ich schauen?«, fragte Effrem. »›Was passierte‹ ist ein bisschen vage ausgedrückt, meinst du nicht auch?«

Jack zuckte die Schultern. »Alles, was irgendwie in die Expertise der RSG fällt – terroristische Vorfälle, Schwerverbrechen, Mordanschläge und so weiter. Du weißt schon.«

Die Aufgabe war anspruchsvoll und mühsam. Denn sämtliche Länder, die in diesem Zusammenhang genannt wurden, hatten ihr gerüttelt Maß an Problemen, von politischen Splittergruppen, terroristischen Gruppierungen, Drogenkartellen und versuchten Staatsstreichen bis hin zu den häufigen Gewalttaten in den Großstädten und Metropolen. Selbst wenn man sich auf Jacks Zeitfenster beschränkte, blieben noch Hunderte Zwischenfälle übrig, die etwas mit der RSG zu tun haben konnten.

»Ich komme nicht vorwärts«, seufzte Effrem nach einer Weile.

Jack seufzte ebenfalls und fuhr sich mit beiden Händen durch das Haar. »Ich auch nicht.«

Sie wussten, dass Bossard genau in den fraglichen Zeiträumen für die RSG als Rechtsberater gearbeitet hatte und dass Klugmann, ebenfalls während dieser Zeiträume, Honorare für erbrachte Dienstleistungen erhalten hatte. Es musste einen Zusammenhang geben, aber Zweck und Ziel dieser Operationen blieben im Dunkeln.

René, der auf einem Hocker an der Arbeitsplatte der Kochnische saß, warf ein: »Dieser Klugmann ist doch ein Computerexperte, ein Hacker, nicht wahr?«

»Ja, ist er«, nickte Effrem.

»Dann ist doch offensichtlich, dass es das ist, wofür Klugmann von ... wofür er bezahlt wurde. Also müsst ihr nicht nach Zwischenfällen suchen, sondern nach Zwischenfällen, die irgendwie mit Computerausfällen zu tun haben.«

Jack schüttelte ungläubig den Kopf und grinste. Er und Effrem hatten das übersehen, was René »offensichtlich« genannt hatte. »Clever, René«, sagte er anerkennend. Es blieb ihm aber nicht verborgen, dass René davor zurückgeschreckt hatte, Klugmanns Zahlmeister beim Namen zu nennen: Jürgen Rostock. René war noch nicht ganz über den Berg.

»Okay, Effrem. Wir versuchen es noch einmal, aber wir grenzen die Suche noch weiter ein.«

Renés Vorschlag führte schon kurz darauf zu ersten Ergebnissen.

Effrem rief plötzlich: »Ich hab vielleicht etwas gefunden. Vor zwei Jahren flossen fast zweihunderttausend Liter Abwässer aus einer Aufbereitungsanlage in Mumbai in den Fluss Ulhas. Der Fluss ist bis heute verseucht. Die Anlage wird von einem japanischen Unternehmen betrieben, gegen das zahlreiche Prozesse angestrengt wurden. Als Ursache des Unfalls wird eine Fehlfunktion des Steuerungssystems der Anlage vermutet.«

»Und hier ist etwas in Ontario, vor drei Jahren«, mel-

dete Jack ein paar Minuten später. »Ausfall der Kontrollsysteme in zwei Ölraffinerien. Ein paar Tausend Fass Öl
gerieten in eine nahe gelegene Fischzuchtanlage.«

»Ein Privatunternehmen?«, fragte René.

»Ja«, antwortete Jack. »Und hier sind noch zwei Zwi-
schenfälle letztes Jahr in Panama, beide in Zuckerrohr-
lagern. Im einen Fall fiel die Steuerung für die Klimaanlage
aus, weshalb ein Pilz die Lagerbestände befallen konnte.
Der Schaden wurde auf sechzig Millionen Dollar geschätzt.
Im anderen Fall versagte die Brandschutzanlage, als ein
Feuer ausbrach. Dieses Mal betrug der Schaden dreißig
Millionen. Beide Lager wurden von Privatfirmen gema-
nagt.« Jack blickte vom Notebook auf. »Wenn das kein
Muster ist …«

»Aber was sagt uns das?«, fragte Effrem. »Dass Klugmann Cyberattacken gegen diese Anlagen durchführte
und die Katastrophen auslöste, aber aus welchem
Grund?«

»Stellen wir die Frage doch mal anders«, sagte Jack.
»Wer hatte einen konkreten Nutzen davon, dass die be-
troffenen Unternehmen ihre Aufträge verloren? Wurden die Anlagen und Einrichtungen nach den Unfällen
verstaatlicht, oder hat man einfach andere Unternehmen
angeheuert, um die Anlagen managen zu lassen?«

Effrem nickte und wandte sich wieder seinem Laptop zu. Er musste nicht lange suchen. »Die Abfall-
verwertungsanlage in Mumbai blieb in privater Hand,
wird aber jetzt von einem anderen Unternehmen gemanagt.«

»Die Raffinerien in Ontario ebenfalls«, ergänzte Jack.
»Und hier … ja, auch in Panama.«

Effrem lehnte sich zurück. »Das ist doch schier un-
glaublich. Es kann nicht sein. Vielleicht interpretieren
wir die Zwischenfälle nicht richtig.«

Aber Jack war sich nicht sicher, ob sie etwas falsch interpretierten. Wirtschaftsspionage war ein boomender Geschäftszweig, bei dem Hunderte Milliarden Dollar auf dem Spiel standen. Es verging kaum eine Woche, in der die Medien nicht irgendeine Story über ein Unternehmen brachten, das versucht hatte, sich die Marktforschungsergebnisse der Konkurrenz zu beschaffen oder die Finanzposition und den Ruf einer rivalisierenden Firma zu unterminieren. Falsche Gerüchte wurden in Umlauf gesetzt, rufschädigende Medienkampagnen gestartet, Rechtsstreitigkeiten ausgefochten – es herrschte ein einziger, enormer Kalter Wirtschaftskrieg. Würde man wirklich so völlig danebenliegen, wenn man auch direkte Sabotagemaßnahmen vermutete?

Mit einer Produktion von rund 2,4 Millionen Tonnen jährlich zählte Panama zum Beispiel zu den fünfzehn größten Zuckerrohrproduzenten der Welt. Nach Jacks Einschätzung warf der Wirtschaftszweig mit Sicherheit Hunderte Millionen Dollar Gewinn ab. Eine Firma wie die RSG anzuheuern, um ein rivalisierendes Unternehmen aus dem Wettbewerb zu drängen und so lukrative Aufträge für die eigene Firma an Land zu ziehen, wäre unter diesen Umständen sicherlich eine lohnende Investition.

General Allemand hatte die enormen Geldmittel erwähnt, die Rostock benötigen würde, um seinen Privatkrieg gegen den Terrorismus zu finanzieren. Doch Rostocks Versuche, Privatinvestoren und einflussreiche Befürworter seiner Pläne zu finden, waren bislang wenig erfolgreich. War es da nicht denkbar, dass sich der Deutsche mit seiner RSG ein Nischengeschäft als eine Art »Wirtschaftssöldner« erschlossen hatte?

Das könnte man durchaus als aggressive Markterschließung bezeichnen. Rostock lässt in einer Anlage, Fabrik oder sonst was einen Vorfall oder vielmehr eine Katastrophe her-

beiführen. Das Unternehmen, das die Anlage bisher gemanagt hat, steht plötzlich als Versager da, und Rostock kann nun seinen eigenen Klienten vorschieben, der den Karren aus dem Dreck zieht. Clever. Jack fragte sich, wie oft Rostock diese Methode schon angewandt hatte.

Effrem und er hatten bisher nur drei mögliche Vorfälle gefunden, und vielleicht war hier in Namibia gerade eine weitere Aktion in Vorbereitung. Möglicherweise gab es noch weitere Vorfälle, auf die sie noch nicht gestoßen waren.

René hatte ihrer Diskussion aufmerksam zugehört; er kam herüber und setzte sich Jack gegenüber auf die Couch. »Ihr vermutet also, dass Alexander Bossard in diese Dinge verwickelt sein könnte?«

Jack und Effrem warfen sich einen raschen Blick zu. Jack zögerte, doch dann antwortete er: »Ja, er könnte darin verwickelt sein, aber er spielt nur die zweite Geige. Wir glauben, dass Jürgen Rostock der Kopf der ganzen Angelegenheit ist.«

René nickte nachdenklich. »Hm. Aber wozu? Warum sollte er das alles tun?«

»Um seinen Antiterrorkrieg zu finanzieren«, erklärte Effrem. »René, du hast es doch selbst gesagt: Rostock ist vollkommen überzeugt, dass die Regierungen ihren Job nicht machen können und dass seine Vorgehensweise die einzige ist, die funktionieren könnte. Glaubt er das wirklich? Hängt er sich voll und ganz in diese Sache rein?«

»Ja, natürlich.«

»Aber weißt du auch, wie weit er gehen würde?«, fragte Jack. »Wäre es nicht ein guter Deal, ein wenig Chaos zu verursachen, wenn man damit ein viel größeres Chaos verhindern kann?«

René runzelte die Stirn, dann schüttelte er heftig den Kopf. »Hört auf damit! Hört sofort auf damit!«

Jack und Effrem blickten sich an und schwiegen. Nach einer Weile sagte René: »Ihr habt irgendwas von Dovestar erzählt. Was ist das?«

»Willst du das wirklich wissen?«, erkundigte sich Jack vorsichtig.

»Sonst würde ich nicht fragen, oder?«

»Na gut, wollte nur sichergehen. Effrem, erzähle es ihm. Alles.«

Und so erzählte Effrem alles. Er begann mit Jacks Analyse der Finanzsituation des Unternehmens Dovestar, erklärte die Verbindung zwischen der RSG und Dovestar und schilderte, wie die geheimen Operationsmittel über die Konten von Dovestar eingesetzt worden waren. Er beendete den Bericht mit den Belegen für die Honorarzahlungen an Klugmann, die ebenfalls über Dovestar erfolgt waren.

»Klingt so, als müsstet ihr eher Bossard anklagen, nicht Rostock«, sagte René schließlich.

Jack bemühte sich, seine Stimme so gleichmütig wie möglich klingen zu lassen. »Hier sind noch ein paar fehlende Stücke des Puzzles. Pass auf: Bei meiner Analyse konnte ich keine Unregelmäßigkeiten entdecken, aber nachdem sich die deutsche Finanzaufsicht für den Fall zu interessieren begann, mussten Rostock und Bossard annehmen, dass ich eben doch etwas entdeckt hatte – nämlich Beweise, dass Rostock Gelder auf Dovestar-Konten versteckte, um Geld zu waschen. Denn wenn es anders gewesen wäre, hätte mich die BaFin wohl kaum zur Anhörung vorgeladen. Also bin ich sozusagen Kronzeuge, und Eric Schrader wird beauftragt, mich zu beseitigen, bevor ich aussagen kann. Schrader arbeitet für Rostock. Schrader und Möller kennen einander, weshalb wir vermuten, dass auch Möller für Rostock arbeitet. Es gibt Belege dafür, dass Schrader in die Anschläge von Lyon verwickelt war. Und schließlich gibt es Beweise, dass es Rostock war, der dich kidnappen ließ, dich gefangen hielt und dich foltern ließ.«

»Welche Beweise?«, wollte René wissen.

Effrem antwortete nur: »Janine Périer.«

»Was hat sie damit zu tun?«

»Nichts – weil es sie gar nicht gibt«, sagte Jack. »Ihr wirklicher Name ist Janine Pelzer. Sie ist Deutsche. Lebt in München, also in derselben Stadt, in der auch die RSG ihre Zentrale hat. Rostock hat sie als Lockvogel benutzt, René. Sie hat mitgeholfen, deine Entführung zu arrangieren.«

»Nein. Ich glaube euch kein Wort.«

Jack zuckte die Schultern. »Ein Teil von dir glaubt es aber.«

»Warum sollte Jürgen so etwas tun?«

Jack sah plötzlich ein, dass sie René weit genug getrieben hatten. »Das wissen wir noch nicht«, sagte er beschwichtigend. »Wir arbeiten daran.«

René machte eine wegwerfende Handbewegung. »Bevor ihr darauf keine Antwort habt, weigere ich mich, auch nur ein Wort dieser ganzen Geschichte zu glauben.« Er stand auf und starrte Jack von oben herab an. »Glaubst du im Ernst, ich hätte nichts bemerkt, wenn es so gewesen wäre? Mir reicht das jetzt. Ich gehe raus – brauche frische Luft.«

Furcht ballte sich in Jacks Magen zusammen, als er mit dem Lift hinunterfuhr und zum Schreibtisch des Valets ging. Zwei Stunden waren vergangen, seit René die Hotelsuite verlassen hatte.

»Kann ich Ihnen helfen, Sir?«, fragte der Valet.

»Ich suche einen Freund. Er wollte nur einen Spazier-

gang machen. Das war vor gut zwei Stunden.« Jack beschrieb Renés Aussehen und seine Kleidung.

»Ja, ich erinnere mich – er hat mich gebeten, ein Taxi
zu rufen.«

»Wissen Sie, wohin er wollte?«

»Zum Hosea Kutako Airport. Das habe ich gehört, als
ich ihm die Taxitür aufgehalten habe.«

34

Zürich, Schweiz

Jacks Vermutung, dass René nach Zürich geflogen war, war kaum mehr als ein vager Verdacht. Er glaubte, dass René sich für eines von drei möglichen Zielen entschieden haben könnte: Khorusepa Lodge, um Möller zu treffen; München, um Rostock mit dem zu konfrontieren, was Jack und Effrem herausgefunden hatten, oder Zürich, um von Alexander Bossard Antworten zu erzwingen. Vermutlich glaubte René immer noch, dass Bossard und nicht Rostock die Hauptantriebskraft dieser ganzen Angelegenheit war; deshalb war Bossard nach Renés Auffassung nicht nur das lohnendere Ziel, sondern auch das, welches er am leichtesten erreichen konnte, da er dem Anwalt schon wochenlang nachspioniert hatte.

Ungefähr fünfzehn Stunden später landete Jacks Flugzeug auf dem Zürcher Flughafen Kloten. Es war kurz nach Mitternacht. Da sie Zürich in aller Eile verlassen hatten, hatte Jack Effrem gebeten, seinen gemieteten Citroën nicht zurückzugeben, sondern ihn in einem der Parkhäuser am Flughafen stehen zu lassen. Jack fuhr zunächst zu der Parkhausebene hinauf, auf der er und René den grünen Van geparkt hatten.

Der Van war verschwunden. Zum sechsten Mal seit seinem Verschwinden versuchte Jack, René anzurufen. Und wie bei den vorigen Versuchen meldete sich nur die

Mailbox. Jack legte auf, bevor die automatische Ansage begann. Er rief Effrem an, der sich sofort meldete.

»Schon was herausgefunden?«

»Sein Van ist verschwunden, wir wissen also jetzt wenigstens, dass er hier in Zürich ist«, antwortete Jack. »Steht die Pilatus immer noch auf dem Midgard-Flugplatz?«

»Der GPS-Tracker zeigt keine Bewegung an. Das heißt nicht, dass auch Möller und seine Männer noch vor Ort sind. Jack, ich kann ja mal ...«

»Vergiss es, Effrem.«

Dieses Gespräch hatten sie schon ein paarmal geführt – Effrem wollte unbedingt Jacks Erlaubnis, die Khorusepa Lodge auszukundschaften, und Jack hatte es ihm jedes Mal verboten. Effrem hatte zwar seit ihrem ersten Zusammentreffen in dem Naturschutzpark bei Alexandria eine Menge dazugelernt, aber die Art der Beobachtung, die Effrem jetzt vorschlug, wäre selbst Jack zu riskant erschienen.

»Ich soll also nur hier herumsitzen und nichts tun?«, fragte Effrem gereizt.

»Nein, du sollst rumsitzen und dich noch intensiver mit dem Material von Bossards Computer beschäftigen. Suche nach Lücken in unserer Logik, nach Details, die wir übersehen haben. Betrachte alle Informationen mit den Augen eines Journalisten.«

General Allemand hatte versprochen, gegen Rostock vorzugehen, sollte ihm Jack handfeste Beweise vorlegen können, die seine Behauptungen untermauerten. Die Informationen, die im Bossard-Material vorhanden waren, gingen schon sehr weit in diese Richtung.

Aber nicht weit genug, dachte Jack.

Rostocks Leute waren aus den gleichen Gründen nach Namibia gereist, aus denen sie nach Mumbai, Ontario,

Panama und der Himmel mochte wissen wohin sonst noch gereist waren. Jack war entschlossen, sie gewissermaßen in flagranti zu erwischen. Das würde vielleicht nicht mehr möglich sein, wenn es René gelang, Bossard vorher zu erwischen – oder wenn er dabei scheiterte, was auf dasselbe hinauslief. Denn wenn Rostock hörte, dass Bossard aus dem Verkehr gezogen worden war, würde er die Operation in Namibia sofort abbrechen. Aber wäre das wirklich ein so schlechtes Ergebnis, fragte er sich. Kurzfristig betrachtet, wahrscheinlich nein. Aber es würde Rostock nicht aufhalten. Wenn nicht jetzt in Namibia, wo dann?

Effrem unternahm einen letzten Versuch. »Wenn sie die Pilatus nicht nehmen, werden wir sie aus den Augen verlieren. Lass mich hingehen …«

»Nein. Bleib, wo du bist. Ich komme so schnell wie möglich zurück.«

Wie konnte man einen bestimmten Van in einer Stadt mit Hunderttausenden Fahrzeugen finden, fragte sich Jack. René hatte gesagt, er habe in dem Van geschlafen. Wo in Zürich konnte man im Auto schlafen, ohne einen Strafzettel befürchten zu müssen oder belästigt zu werden? Nein, das war der falsche Ansatz. Dafür hatte Jack nicht genug Zeit. Er glaubte, dass alles von einem Umstand abhing: War es René bereits gelungen, Bossard zu schnappen? Wenn es so war, konnte er ihn an einen unbekannten Ort verschleppt haben. Wenn nicht, würde er Bossard entweder in seinem Büro oder zu Hause überfallen müssen, oder irgendwo auf dem Weg dazwischen. Auf jeden Fall müsste er erst einmal Bossards Bodyguards ausschalten und dann entkommen, ohne irgendeinen Alarm auszulösen. Bei objektiver Betrachtung war das ein schwieriges taktisches Problem, aber vielleicht nicht ganz so schwierig für einen Soldaten wie René, der eine gefährliche Mischung von hartem Training, Erfahrung und instabilem Geisteszustand mitbrachte.

Also, wo? René war erst abends in der Stadt angekommen, als Bossards Büro schon längst geschlossen hatte. Sofern René nicht bis zum Morgen hatte abwarten wollen, war ihm nur ein einziger Zielort geblieben: Bossards Stadtwohnung. Bossard wohnte am Zürichberg, einem der reichsten Stadtbezirke direkt über dem Zürichsee.

Jack gab die Adresse in sein Navi ein und fuhr los.

Die exklusive Wohngegend war nur über eine einzige Straße zu erreichen, die Jack um den westlichen Fuß des Hügels und durch die Stadt führte, bis sie endlich zu den höher gelegenen Villen hinaufstieg.

Schließlich forderte ihn das Navigationsgerät auf, in eine Zufahrtsstraße einzubiegen, deren Tor durch die Imitation einer einsamen Gaslaterne beleuchtet und auf beiden Seiten von dichten Tannen eingefasst wurde. Auch entlang der Zufahrtsstraße zum Haus standen die Tannen so dicht, dass sie das Auto schier zu bedrängen drohten. Jack ließ das Seitenfenster herunter, schaltete die Scheinwerfer aus und ließ den Wagen ausrollen. Draußen summten leise Insekten, und er hörte das ferne Murmeln eines Baches.

Er startete die Google-Earth-App, gab Bossards Adresse ein und zoomte das rund achttausend Quadratmeter große Anwesen näher heran. Aus der Vogelperspektive war ein Haus zu sehen, das als weißes Rechteck mitten auf einer großen, grün leuchtenden Rasenfläche lag. Erst als Jack den Ansichtswinkel änderte, erkannte er, dass das rechteckige Dach ein großes Haus mit sicherlich mehr als vierhundert Quadratmeter Wohnfläche überspannte. Dem Stil nach sah es aus, als hätte man beim Bau architektonische Elemente von Fallingwater, der berühmten, von Frank Lloyd Wright entworfenen Villa, mit »unmöglichen Figuren« aus einer Grafik von M. C. Escher vermischt. Das ganze Gebäude bestand nur aus rechten Winkeln, Glas, halb verborgenen, umlaufenden Balkonen und in Zickzackform angelegten Außentreppen.

Jack fuhr weiter, bis er den Rasen vor dem Haus sehen konnte, hielt am Wegrand an und schaltete den Motor aus. Er ging zum Kofferraum und nahm das Reserverad heraus, unter dem er die 9-Millimeter-HK versteckt hatte. Leise schlich er den Rest der Zufahrt entlang und ging im Dickicht der Tannen in Deckung. Nichts regte sich. Er drängte sich weiter zwischen den Tannen hindurch zum Rand des Rasens, bis die Villa offen vor ihm lag.

Das Haus war völlig dunkel, was Jack nicht sonderlich überraschte. Entweder schliefen Bossard und seine Frau, oder René war bereits hier gewesen und wieder verschwunden. Oder er war immer noch da, überlegte Jack. Auf der Zufahrt hatte er zwar keine anderen Fahrzeuge entdeckt, aber das musste nichts heißen. Im Laufe der Zeit hatte René Allemand ziemlich viel Erfahrung im Schlapphutgewerbe gesammelt.

Jack zog sein Telefon heraus und rief René an.

Ein paar Sekunden vergingen.

Leise, fast unhörbar, ertönte Renés Marimba Klingelton.

O mein Gott. Jacks Herz begann schneller zu schlagen. René war hier, in dem Haus, entweder lauerte er Bossard auf, oder er hatte ihn bereits gefangen genommen. Was war mit Bossards Frau und seinen Bodyguards? *Verdammt, René.*

Die Marimba verstummte, und Renés Voicemail meldete sich. Bevor Piep und automatische Ansage zu hören waren, deckte Jack sein Telefon ab und flüsterte ins Mikrofon: »René, ruf mich zurück. Wir beobachten Aktivität bei der Khorusepa Lodge. Wir könnten deine Hilfe gebrauchen.« Er beendete den Anruf und schaltete auf Vibration um.

Jack bezweifelte, dass René zurückrufen würde, aber wenn sich René Sorgen machte, dass ihn Jack nach Zürich verfolgt haben könnte, hatte der Anruf Jack vielleicht einen minimalen taktischen Vorteil verschafft. Allerdings zeigte sich hinter keinem der riesigen Fenster ein Lichtschimmer. In ein völlig dunkles Haus einzudringen war gefährlich. Würde René auf ihn schießen, fragte sich Jack.

Plötzlich war ein Schrei aus dem Haus zu hören. Eine Frauenstimme. Dann ein einzelner Schuss.

Jack hatte keine Wahl mehr.

Er trat zwischen den Bäumen hervor, hob die HK halb an und sprintete über den Rasen, schob sich vorsichtig an der Hauswand entlang, bis er zu einer Glasschiebetür kam. Er spähte ins Innere: eine Küche, ein erkerförmiger Essbereich. Die Einrichtung war in modernem Industriedesign gehalten: scharfe Kanten, gerade Linien, gebürsteter Edelstahl – bis auf den Körper, der mitten auf dem polierten Betonboden lag. Ein Mann in einem dunklen Anzug. Ein Bodyguard, vermutete Jack.

Die Pistole in den Raum gerichtet, versuchte Jack die Schiebetür zu öffnen. Verschlossen. Er schlich weiter zur nächsten Gebäudeecke, wo er auf eine Zickzacktreppe stieß, die zum umlaufenden Balkon im ersten Stock hinaufführte. An der obersten Stufe blieb er stehen und duckte sich. Vor ihm befand sich eine weitere Glaswand. Weiter hinten glaubte er ein Arbeitszimmer ausmachen zu können. Die Innentür stand offen, und durch sie konnte Jack im schwachen Schimmer einer grünen Nachtlampe einen schmalen Ausschnitt eines mit Teppich belegten Flurs erkennen.

Jack richtete sich auf und schlich den Balkon entlang, bis er vor der schweren Glasschiebetür des Arbeitszimmers stand. Er drückte den Türgriff herab – die Tür war nicht verschlossen. Langsam schob er sie ein wenig zurück, aber sofort schwang sie mit einem leisen hydraulischen Zischen von selbst auf. Er trat ein; die Tür glitt hinter ihm wieder zu. Er schlich zur inneren Tür und spähte den Flur entlang. Drei Türen führten von ihm ab, zwei an der rechten Seite, eine am Ende des Flurs, die ein Stück weit offen stand. Durch den Spalt sah Jack einen Lichtschein, der sich bewegte. Eine Taschenlampe?

Eine Frau schrie auf deutsch: »Hören Sie auf! Bitte!«

Jack hörte das leise Scharren von Schuhen auf dem Teppich, gefolgt von einem dumpfen Aufschlag und einem schmerzhaften Stöhnen.

»Er kriegt keine Luft mehr!«, schrie die Frau so voller Angst, dass ihre Stimme überschnappte. »Bitte!« Obwohl Jack nur *Luft* und *bitte* verstanden hatte, konnte er sich den Rest zusammenreimen.

»So ein Idiot«, murmelte er vor sich hin, zog den Reißverschluss seines Anoraks so hoch, dass der Kragen die untere Gesichtshälfte verdeckte, und lief schnell durch den Flur. An der halb offenen Tür blieb er stehen. Durch den Spalt sah er rechts ein Bett. Eine Frau mit langem grauem Haar lag mit dem Gesicht nach unten auf dem Bett. Sie trug nur ein Nachthemd. Bossards Frau. Ihre Füße waren an den Knöcheln mit einem silbernen Klebeband gefesselt. Ihr Gesicht war Jack zugewandt, aber die Augen waren auf etwas gerichtet, was sich außerhalb seines Sehfelds befand.

Jack zog sein Telefon heraus und rief René an.

Der Marimba-Klingelton dudelte.

Jack schob die Tür weiter auf, hob die HK und trat in das Schlafzimmer.

Links stand René – aber das konnte Jack nur vermuten, da die Gestalt eine schwarze Balaklava trug. Vor ihm saß Alexander Bossard, an einen Holzstuhl gefesselt. Sein rechtes Auge war zugeschwollen; Blut rann ihm aus einem Mundwinkel. René presste Bossard eine Walther P22 an die Stirn.

René zog das Telefon aus der Tasche und blickte auf das Display. »Verdammt!«, murmelte er.

Bossards Frau erblickte Jack in der Tür und schrie. René blickte zu ihr herüber, folgte ihrem Blick und schwang die Waffe herum. Doch Jack war schon in Bewegung, zwei schnelle Sprünge brachten ihn zu René. Er schlug den Griff der HK gegen Renés Schläfe. René taumelte zur Seite und schlug bewusstlos auf dem Teppichboden auf.

Die Frau schrie noch immer. Jack richtete die Pistole auf sie und bellte: »Still!« Sie verstummte sofort. »Ich tue Ihnen nichts. Verstanden?«, sagte er auf englisch.

»Ja, verstanden.« Sie nickte eifrig.

Jack drehte sich zu Alexander Bossard um, dessen Kopf schlaff seitwärts hing, die Augen halb geschlossen. »Keine Angst, ich komme wieder. Verstehen Sie mich?«

»Ja«, murmelte Bossard schwach.

Jack schaute auch Frau Bossard an, die daraufhin ebenfalls nickte.

Er hob Renés Pistole auf und steckte sie ein. Dann packte er ihn am Jackenkragen und zog ihn hinter sich her, den Flur entlang. Unterwegs zog er ihm die Balaklava vom Kopf. »Idiot«, murmelte er.

Eine der Türen führte in ein Badezimmer. Er tauchte

ein Handtuch in kaltes Wasser und wrang es über Renés Gesicht aus. Dann stieß er ihm die Handknöchel gegen das Brustbein.

Renés Augenlider zuckten, öffneten sich. Er versuchte sich aufzurichten, aber Jack stieß ihn grob zurück und hielt ihm die HK vor die Augen. »Das hier verstehst du doch, oder?«

»*Oui.*«

»Was zum Teufel hast du dir dabei gedacht, René? Ist der Mann unten tot?«

»Nein, natürlich nicht.«

»Das war sehr, sehr dumm. Was wolltest du eigentlich damit erreichen?«

»Wollte Bossard zum Reden bringen. Er hätte uns alles gesagt, was wir wissen wollen.«

»Und was wollen wir wissen?«

»Ob du und Effrem recht habt, dass Rostock hinter der ganzen Sache steckt.«

Jack rieb sich den Nasenrücken. »Ich sollte dich der Polizei übergeben. Ja, verdammt – genau das werde ich tun.« Er zog sein Telefon heraus.

»Das würdest du niemals tun, Jack.«

»Du täuschst dich. Ich bin grad dabei.«

»Bitte, lass das. Hör mir erst mal zu. Nur für einen Augenblick.« Jack zuckte gleichgültig die Schultern, und René fuhr fort: »Ich wollte ihn nicht töten, und seine Frau natürlich erst recht nicht.«

»Du hast ihn fast totgeprügelt und seine Frau in Todesangst versetzt.«

»Er hat es verdient. Und sogar noch Schlimmeres.«

»Mag sein.« Jack schaute ihn nachdenklich an. »Aber du siehst nicht, wie alles zusammenhängt. Das große Bild. Im Moment geht es nicht darum, ob wir in Bezug auf Rostock recht haben oder was dir zugestoßen ist. In

Namibia wird sich schon sehr bald etwas Schlimmes ereignen. Wir haben eine Chance – oder jedenfalls hatten wir eine Chance, soweit ich weiß –, diese Sache zu verhindern. Stattdessen musste ich nach Zürich zurück. Und alles nur, weil du deinen eigenen Scheiß nicht auf die Reihe kriegst, statt dich endlich wie ein Soldat zu benehmen.«

René gab keine Antwort, schloss aber gequält die Augen. Schließlich hob er den Kopf und schlug ihn auf den Teppich. »Ich will, dass das alles ein Ende hat, Jack.«

»Dann geh nach Hause. Ich habe deinen Vater in Paris besucht. Er will, dass du nach Hause kommst. Er hat dich nie aufgegeben, und er hat nichts mit deiner Entführung zu tun. Das war Rostock, und du weißt das auch. Er hat dich foltern lassen, hat dir die Gehirnwäsche verpasst, hat dich von Medikamenten abhängig gemacht. Er steckt hinter den Anschlägen von Lyon und den Zwischenfällen in Indien, Kanada und Panama. Und vielleicht noch hinter weiteren Zwischenfällen.«

»Aber warum hätte er mich auch noch kidnappen lassen sollen?«

»Er forderte deinen Vater auf, seinen Plan für einen neuartigen Antiterrorkrieg zu unterstützen. Dein Vater weigerte sich, wie so viele andere einflussreiche Personen. Rostock dachte, wenn es ihm gelänge, einen der angesehensten französischen Generäle auf seine Seite zu bringen, würden ihm auch andere führende Personen wie Dominosteine zufallen.«

»Aber das ist doch eine Wahnidee«, sagte René tonlos. »Der Mann ist irre!«

Jetzt ist er über den Berg, dachte Jack. Grinsend sagte er: »Das sagt ein anderer Irrer.«

René grinste ebenfalls. »Rufst du jetzt die Polizei oder nicht?«

»Hörst du auf, dich wie ein Irrer aufzuführen?«

»Ja.«

»Gut. Dann lassen wir's dabei.«

Jack half René sich aufzusetzen. René seufzte und schlug sich an den Kopf. »Großer Gott, was habe ich getan? Ich Idiot! Ist Bossard schwer verletzt?«

»Ich untersuche ihn gleich mal, aber ich glaube nicht. Was hast du ihn gefragt?«

»Bis jetzt noch nichts. Ich fing zuerst mit ein paar Schlägen an, aber dann ... hörte ich wieder auf. Mir war plötzlich klar geworden, dass ich keinen Plan hatte, was ich nach den Schlägen mit ihm machen sollte.«

»In welcher Sprache hast du mit den beiden gesprochen? Deutsch oder Französisch?«

»Deutsch. Warum?«

»Vielleicht können wir das für uns nutzen«, antwortete Jack. Danach erklärte er René mehrere Minuten lang, was er im Sinn hatte. »Ist dein Deutsch gut genug, um das durchzuziehen?«

»Ja, sicher! Um Lichtjahre besser als deins.«

»Sehr witzig. Gut – tu einfach nur das, was ich dir sage.«

René stand auf. Jack packte ihn am Kragen und zerrte ihn mit sich durch den Flur in das Schlafzimmer. Dort stellte er ihn zwischen Bossard und dessen Frau, die immer noch auf dem Bett lag. Er versetzte René einen kräftigen Klaps auf den Hinterkopf. »Los, fang an!«

Auf deutsch und mit akzeptabler schauspielerischer Begabung entschuldigte sich René bei den Bossards. Er habe seine Befugnisse überschritten. Die ganze Sache sei ein Missverständnis gewesen. Seine Auftraggeber hätten es auf Jürgen Rostock abgesehen, nicht auf Bossard. Es seien Millionenbeträge gezahlt, aber die versprochenen Leistungen dann nicht erbracht worden. Sie hätten ein weiteres Mumbai oder ein neues Ontario haben wollen. Seine Auftraggeber wüssten, dass Bossard Rostock bei dessen Unternehmungen immer geholfen habe. Wenn Bossard stattdessen für Renés Auftraggeber arbeitete, würde ihm nichts mehr geschehen. Aber wenn Bossard die Polizei oder Rostock informierte, würden sie es erfahren, und dann würde Bossard bald wieder unangenehmen Besuch bekommen.

Als René fertig war, packte ihn Jack wieder am Kragen und schleifte ihn aus dem Schlafzimmer. Dann baute sich Jack vor Bossard auf. Der Mann starrte ihn mit seinem einen unverletzten Auge an; er hatte sich aufgerichtet und schien einer Panik nahe. Das kleine Theaterstück, das sie ihm vorgeführt hatten, entfaltete offenbar die erwünschte Wirkung. Bossard würde mitspielen, aber wie weit er zu gehen bereit war, ließ sich noch nicht abschätzen. Auf jeden Fall hatten sie es geschafft, einen Keil zwischen Bossard und Rostock zu treiben. Jetzt wollte Jack die Ernte einfahren.

Er trat hinter Bossard und befreite seine Hände von den Klebebandfesseln.

»Sprechen sie englisch?«, sagte er.

Bossard rieb sich die Hände und blickte langsam auf. »Ja.«

»Vor fünf Jahren wurde Ihre Tochter Suzette in Brasilien gekidnappt, richtig?«

»Ja, aber was …«

»Und Rostock hat sie gerettet. Kurz danach wurde die RSG einer Ihrer Klienten. Das war kein Zufall. Das ist seine Rekrutierungsmethode, und die hat er seither wiederholt angewendet.« Auf deutsch sagte Jack: »*Verstehen Sie das?*«

»Das verstehe ich«, antwortete Bossard. »Aber irgendwie sehe ich nicht, dass Jürgen so etwas tun würde.«

»Dann schauen Sie genauer hin. Ob Sie mir nun glauben oder nicht, spielt keine Rolle. Entweder sind Sie für uns oder gegen uns. Wir werden uns mit Ihnen in Verbindung setzen. Dann sollten Sie eine Antwort parat haben.«

35

Windhoek, Namibia

Effrem hatte weder auf Anrufe noch auf Text-
nachrichten reagiert, seit René und Jack am
Flughafen Kloten angekommen waren, um ihren Rück-
flug nach Namibia anzutreten. Fast achtzehn Stunden
ohne direkten Kontakt. Jacks innere Unruhe wuchs,
wenn er darüber nachdachte, was das bedeuten mochte.
Er hoffte inständig, dass er sich irrte. Auf dem Smart-
phone-Display hatte sich das Zeichen des GPS-Trackers
nicht von der Stelle bewegt, den er auf der Pilatus de-
poniert hatte. Das bedeutete, dass die Maschine immer
noch auf dem Midgard-Flugplatz stand. Selbst wenn
Effrem Jacks Befehl missachtet hatte und zur Khorusepa
Lodge geschlichen war, um Möller zu beobachten, war
sein Schweigen nicht unbedingt ein Zeichen, dass ihm
etwas zugestoßen war. Außerhalb des Netzbereichs der
Hauptstadt war der Empfang lückenhaft, schwach und
unzuverlässig. Aber natürlich konnte es auch sein, dass
man ihn erwischt hatte und dass Möller eine weitere
Chance bekam, Effrem mit eher robusten Methoden zu
verhören.

Kaum hatten sie das Flugzeug verlassen, versuchte
Jack wieder, Effrem zu erreichen. Wieder meldete sich
nur der Anrufbeantworter.

»Versuch du es mal«, sagte er zu René.

Aber auch René hatte keinen Erfolg.

Jacks Smartphone meldete sich – eine SMS von Mitch. Abgesandt vor acht Stunden. *Rufen Sie mich zurück.*

Mitch meldete sich sofort. »Klugmann ist mobil«, sagte er. »Er hat das Hotel verlassen.«

»Wie lange ist das her?«

»Ich habe die SMS abgeschickt, kurz nachdem er aus dem Hotel ging. Als ich von Ihnen nichts hörte, habe ich Effrem informiert.«

»Wo ist Klugmann jetzt?«

»Das weiß ich nicht.«

Jack hatte eine recht solide Ahnung, wo sich Klugmann aufhielt, und vermutlich ahnte es Effrem ebenfalls. »Mitch, ich schicke Ihnen eine E-Mail-Adresse. Wenn Sie in fünf Tagen nichts von uns gehört haben, schicken Sie sämtliche Dokumente von Bossards Computer an diese Adresse. Würden Sie das für uns tun?«

»Fünf Tage? Kein Problem. Soll ich eine Erklärung anhängen oder …«

»Nein, nicht nötig. Die Empfänger werden sich ihren eigenen Reim darauf machen. Wir sehen uns.«

Jack beendete den Anruf. Er fasste den Inhalt für René kurz zusammen. »Wir gehen zuerst zum Hotel zurück.«

Es war niemand in der Suite, aber ein Teil von Effrems Kleidern fehlte, ebenso einige der Ausrüstungsgegenstände, die Jack in seinem Einsatzrucksack aufbewahrte: das Fernglas, die Digitalkamera, das Multifunktionswerkzeug und der Erste-Hilfe-Pack.

»So ein Idiot«, murmelte Jack.

»Jetzt bin ich wenigstens nicht mehr der einzige«, meinte René. »Was machen wir?«

»Wir müssen ihn suchen. Hast du eine Idee, wo wir ein paar Waffen bekommen könnten?«

René hatte zwar keine konkrete Idee, meinte aber, wenn man ein paar Jahre in Afrika gelebt und gearbeitet habe, wisse man ungefähr, wo man suchen müsse. »Die Waffenhändler hier benutzen im Wesentlichen dieselben Überlebensstrategien wie anderswo auf der Welt«, erklärte er. »Oft fürchten sie sich weniger vor der Polizei als vor rivalisierenden Händlern.«

»Die Konkurrenten keulen sich gegenseitig?«

»Ja. Und der Warenbestand fällt an den Sieger. Außerdem ist das eine Frage der Ehre. Als Händler des Todes hast du hier in Afrika keine Chance, wenn du vor Gewalt zurückschreckst. Du musst dich anpassen.«

Wenigstens hat Effrem nicht auch noch den Land Cruiser genommen, dachte Jack erleichtert.

Jack saß am Steuer; sie kreuzten durch die Stadt. Von einem gelegentlichen Blick auf die Karte abgesehen, schaute René meistens aus dem Fenster, gab Jack Anweisungen, wo er abbiegen, unter diesem oder jenem Baum anhalten, wieder umdrehen müsse. Manchmal hielten sie nur am Straßenrand, beobachteten eine Weile die Leute und fuhren dann weiter. Bei Straßenmärkten oder vor belebten Cafés musste Jack im Auto warten, während René herumging und sich mit den Einheimischen unterhielt. Jack wusste zwar nicht genau, wonach René suchte oder was er zu den Leuten sagte, aber er glaubte, dass sich René erst einmal ein Gefühl für den Puls und Rhythmus von Windhoek verschaffen wollte.

»Glaubst du, dass er hier ist?«, fragte René nach einer Weile.

»Wer – Rostock?«

»Ja.«

»Das bezweifle ich. Rostock ist ein General. Kann sein,

dass manche Generäle lieber im Feld bei ihren Soldaten kämpfen würden, aber in der Regel ist ihnen klar, dass sie das nicht dürfen. Möller ist sein Hauptmann. Wir werden es mit ihm zu tun bekommen und mit den Agenten, die ihm die RSG zur Verfügung gestellt hat. Wie viele das sind, wissen wir nicht, aber ich denke, wir müssen mit mindestens acht Mann rechnen.«

René starrte immer noch aus dem Fenster. »Okay. Auf in den Kampf«, murmelte er leise.

Nachdem sie eine weitere Stunde herumgefahren waren, erklärte René, die beste Chance, an Waffen zu kommen, hätten sie in einem der Slums der Stadt, der Katutura Township.

Jack nahm den Western Bypass, der im Norden um die Stadt herumführte, und bog dann auf den Independence Highway ein, eine Bezeichnung, die angesichts der Geschichte des Landes sarkastisch klingen mochte. Der Highway führte direkt in den eigentlichen Slum. Wohin Jack auch blickte, sah er nichts als Dreck, Schmutz und von Felsbrocken übersäte Hügelwellen, die alle dicht mit Hütten und Schuppen verbaut waren, Behausungen, die aus einer Mischung unterschiedlichster Materialien bestanden, von Pappe bis Aluminium. Sogar riesige Autobahnschilder hatte man so zurechtgebogen, dass sie als offene Dreieckhäuser oder Anbauten an andere Behausungen dienen konnten. Und überall dazwischen spielten lachende Kinder oder standen Frauen an den Wasserpumpen in schier endlosen Schlangen.

»Fast die Hälfte der Einwohner von Windhoek lebt hier«, erklärte Effrem. »Ungefähr Einhundertvierzigtausend Menschen.«

Es drängte Jack, auszusteigen und sein ganzes Bargeld

zu verteilen, aber ihm war klar, dass er damit wahrscheinlich mehr Schaden anrichten als Gutes tun würde. Die
Probleme eines riesigen Bezirks wie Katutura würde man
nicht dadurch lösen können, dass man Geld hineinpumpte.
Jack wusste zwar nicht, wie eine größere Lösung aussehen könnte, aber schon der Anblick der Kindergesich-
ter war nur schwer zu ertragen.

Nachdem sie ein paarmal nach dem Weg gefragt hatten,
fanden sie endlich das gesuchte Viertel, das passenderwei-
se Soweto hieß. Nach den Bedingungen, die hier herrsch-
ten, konnte sich Jack gut vorstellen, dass es die meisten
Bewohner vorziehen würden, im gleichnamigen Bezirk
von Johannesburg zu wohnen.

Die Straße führte über einen Hügel und hinunter in ein
flaches Tal, dessen Hänge in Stufen angelegt waren, um
möglichst viele Hütten aufnehmen zu können. Das Geschäftsviertel von Soweto bestand aus einer hundert Meter
langen Ansammlung von Krämerläden, von Lebensmittel-
läden über Reparaturwerkstätten bis hin zu Apotheken.
Nach Renés Anweisungen hielt Jack vor einem Ziegelstein-
gebäude an, dessen Fassade knallrot gestrichen war. Ein
Schild über dem offen stehenden Tor der Werkstatt verkündete: Smarty's Repairs.

Sie stiegen aus und gingen in die kühle Werkstatt. René
befragte auf deutsch einen der Mechaniker; der Mann
deutete auf eine offen stehende Tür in der rechten Wand.
Sie führte in ein Büro, in dem ein Mann mittleren Alters
mit mächtigem Bauch hinter einem Schreibtisch saß. Sein
Kopf war kahl rasiert. Er rieb sich eine Creme auf die Glat-
ze. Als René und Jack eintraten, hob er grüßend die Hand,
wischte sie dann an seiner Hose ab und kam zum Tresen.

»Englisch?«, erkundigte sich René.

»Manchmal gut, manchmal nicht gut«, antwortete der
Mann.

»Sag ihm, was du brauchst, Jack.«

»Einfach so? Können wir ihm vertrauen?«

René schmunzelte. »Denkst du, er ist ein Undercover-Bulle, ein so eifriger, dass er hier das ganze Jahr lebt und die Werkstatt nur zur Tarnung betreibt? Nein, der Mann hier ist Smarty, der Eigentümer, und der ehrlichste Waffenhändler in ganz Windhoek.«

»Wer hat dir das gesagt?«

»Alle – und niemand«, antwortete René. »Nun mach schon. Sag ihm, was du haben willst. Wenn er es beschaffen kann, nennt er den Preis. Festpreis – hier wird nicht gefeilscht. Seine Preise sind fair.«

Jack hatte in Gedanken bereits eine Liste zusammengestellt. Er zuckte die Schultern. Fremde Länder … Bei jedem der Posten, die er nannte, antwortete Smarty einfach mit »ja« oder »nein«. Er konnte achtzig Prozent der Gegenstände auf Jacks gedanklicher Liste beschaffen, darunter sogar drei AK-47 und tausend Schuss Munition.

Schließlich schrieb Smarty etwas auf einen Zettel und reichte ihn Jack. Jack nickte. »Das ist fair. Sie nehmen Dollar?«

»Alles, nur keine Kreditkarten.«

Es war Spätnachmittag, als Windhoek aus dem Rückspiegel des Land Cruisers verschwand und sie die zweistündige Fahrt auf dem Western Bypass begannen. Da er annahm, dass er irgendwann bald zur Khorusepa Lodge zurückkehren musste, hatte sich Jack die Zeit genommen, sich die Topologie und das Straßensystem in der Umgebung einzuprägen – sofern man überhaupt von einem Straßensystem sprechen konnte. Wie er schon bei der ersten Erkundung entdeckt hatte, bestanden die Straßen vor allem aus unbefestigten Feldwegen, die gerade breit genug für ein Fahrzeug waren. Er hatte Screenshots von Google Earth auf sein Smartphone geladen, auf denen mindestens vier Zufahrtsmöglichkeiten zum Areal der Lodge zu sehen waren.

Sie waren dreißig Kilometer südlich des Osona-Flugplatzes, als die Sonne hinter den Bergen im Westen versank. René, der durch das Seitenfenster die größte Hitze abbekommen hatte, murmelte »Gott sei Dank« und klappte die Sonnenblende wieder in ihre Halterung über der Windschutzscheibe zurück.

Jacks Smartphone summte. »Schau mal nach, René.«

»Hier steht *tracking*.«

»Das ist der GPS-Tracker, den ich in die Pilatus gepflanzt habe. Das Icon für die App findest du auf dem Startbildschirm links unten in der Ecke. Ruf einfach die Karte auf. Der Tracker ist als blau blinkender Punkt zu sehen.«

»Ja, ich hab ihn gefunden.«

»Sag mir, wohin er geht.«

»Nach Süden.«

Süden. Da stimmte was nicht. Die Startbahn von Midgard verlief von Osten nach Westen. »Lass mich mal sehen. Übernimm das Lenkrad.«

René steuerte den Wagen, während Jack das Display genau betrachtete. Tatsächlich bewegte sich der GPS-Tracker nach Süden, entfernte sich von der Startbahn und bog auf dieselbe Straße ein, auf der sich Jack der Khorusepa Lodge genähert hatte. Als der blaue Punkt an der Weggabelung ankam, bog er nach links zur Lodge ab.

Das konnte nicht die Pilatus sein. Flugzeuge fuhren nicht auf Feldwegen durch schmale Schluchten. Jemand musste den Tracker gefunden und ihn in ein Fahrzeug transferiert haben. Wer? Es konnten nur Effrem oder

Möller gewesen sein – Effrem könnte versucht haben, Jack bei Möllers Beschattung zu helfen. Möller wiederum könnte es so aussehen lassen, als ob es Effrem gewesen sei, um Jack in einen Hinterhalt zu locken. Das war wieder mal das klassische Dilemma – was man auch tat, es war immer falsch. Entweder saß Effrem in diesem Fahrzeug, oder er befand sich noch in der Lodge.

Jack verfolgte den Punkt, bis er anhielt – auf dem Wendeplatz vor der Lobby der Lodge, wie er vermutete.

Er übernahm wieder das Steuer und reichte René das Telefon.

»Nun, was ist? Was machen wir?«

»Es hat sich nichts geändert. Wir fahren weiter.«

Sie waren ungefähr fünf Minuten lang weitergefahren, als René meldete: »Er bewegt sich wieder, auf demselben Weg zurück. Jetzt biegt er nach Norden zum Swakopp-forte-Damm ein.«

»Bestimmt will er zum Western Bypass.«

»Können wir ihn nicht stoppen?«

Jack warf einen Blick auf die Uhr und berechnete kurz Zeit und Entfernung. »Vielleicht. Aber es wird knapp werden.«

Er trat stärker auf das Gaspedal.

Kilometer und Minuten tickten dahin, als Jack und René dem blauen Punkt nachjagten, der zielstrebig in Richtung des Western Bypass fuhr. Langsam war es so dunkel geworden, dass Jack die Scheinwerfer anschalten musste. Insekten prallten so schnell hintereinander gegen die Windschutzscheibe, dass es sich wie ein Rattern anhörte.

Der Wegweiser nach Osona flog vorüber. Fünfzehn Kilometer vor der Abzweigung fragte Jack: »Wo ist er jetzt?«

René drehte das Smartphone, sodass Jack selbst einen Blick auf das Display werfen konnte. »Er fährt immer noch nach Westen, bald kommt er zum Western Bypass. Vielleicht noch sechs Kilometer oder so.«

»Zu knapp ... zu knapp«, murmelte Jack.

»Wir wissen nicht mal, ob er in dem Fahrzeug sitzt«, gab René zu bedenken.

»Das weiß ich. Aber wenn er nicht drin sitzt und wir ihn verlieren, geht dem Tracker bald der Saft aus. Die Dinger senden nicht ewig. Bei mehr als achtzig Kilometern Entfernung wird das Signal zu schwach. Wenn er immer noch in der Lodge ist ...«

René brachte Jacks Gedanken zu Ende. »Ich kann mir nur einen Grund denken, warum Möller Effrem in der Lodge zurücklassen würde.«

Weil er mit ihm fertig war, dachte Jack.

Und wenn Effrem in dem Fahrzeug saß, dann wahrscheinlich als Gefangener. Das würde bedeuten, dass er zwar noch lebte, aber seine Uhr bald ablief.

Beides keine sehr guten Aussichten.

Jack trat das Gaspedal bis zum Anschlag durch. Der Toyota zeigte eine Geschwindigkeit von mehr als hundertvierzig Stundenkilometern an. Im Licht der Scheinwerfer tauchte ein Schild auf: OKAHANDJA 3 km.

»Die Abzweigung zur Lodge ist ein gutes Stück vor dem Ort«, sagte René. »Fahr jetzt ein bisschen langsamer, sonst rasen wir daran vorbei.«

Aber Jack hob den Fuß nicht. »Nimm die AKs vom Rücksitz und mach sie schussbereit.« Die beste Möglichkeit, das Fahrzeug anzugreifen, bot sich direkt vor der Abzweigung – bevor es von der geteerten Straße auf den schmalen Feldweg einbog.

Noch ein Schild: D2102, 500 m.

Jack hob den Fuß vom Gaspedal.

René presste die Stirn gegen das Seitenfenster und legte die Hände um die Augen. »Ich sehe ihn! Scheinwerfer. Wir sind schon sehr nahe dran, Jack.«

Jack schaltete die Scheinwerfer aus. »Ich muss hart nach rechts abbiegen, also halte dich fest. Sobald ich anhalte, feuerst du auf den Motorraum. Sorge dafür, dass es bewegungsunfähig wird, aber ziele so niedrig wie möglich. Ich hole die Insassen.«

»Jack, abbremsen! Abbremsen!«

»Was? Warum?«

»Ich zähle drei Paar Scheinwerfer ... nein, vier! Das ist ein Konvoi! Wir können es nicht mit allen vier gleichzeitig aufnehmen, Jack, das ist dir doch klar, oder nicht? Wir müssen außer Sicht bleiben!«

»Verdammt!«

Jack stieg auf die Bremse. Das Heck des Land Cruisers brach aus, aber Jack steuerte dagegen, und die Räder rumpelten über den Randstreifen.

Weiter vorn hielt das erste Fahrzeug an, der rechte Blinker leuchtete in der Dunkelheit auf. Ein Toyota Hilux, wie Jack jetzt erkannte.

Jack bremste erneut, riss das Lenkrad noch härter nach rechts und richtete die Schnauze des Land Cruisers auf den Entwässerungsgraben am Straßenrand. Die Vorderräder rumpelten über einen großen Lehmklumpen, die Motorhaube stieg hoch und fiel dann wieder zurück. Jack brachte das Fahrzeug neben einem großen Felsbrocken zum Stehen.

Er stieg aus, benutzte den Felsen als Deckung und schob den Kopf so weit hoch, dass er die Abzweigung überblicken konnte. Gerade bog auch das vierte, letzte Fahrzeug in nördlicher Richtung auf den Highway ein und beschleunigte.

36

Du musst dich entscheiden, Jack«, rief René vom Land Cruiser herüber. »Wohin gehen wir?«

Jack drehte sich um und sprintete zum Fahrzeug zurück. »Zur Lodge.«

Er manövrierte den Wagen rückwärts aus dem Graben, fuhr bis zur Abzweigung und bog auf den Feldweg ein. Für die fünfzehn Kilometer bis zur Gabelung brauchten sie fast zwanzig Minuten. Wieder schaltete er die Scheinwerfer aus, bog nach links ab und sah kurz darauf den Rand der Landebahn vor sich. Die Pilatus stand an derselben Stelle wie zuvor, das Fahrwerk war noch immer mit Klötzen blockiert und die Fenster unbeleuchtet.

Wohin auch immer der Konvoi unterwegs sein mochte, sein Ziel lag offenbar zu nahe, um einen Flug zu rechtfertigen, oder zu weit von einer Landebahn entfernt.

Jack wendete, fuhr zur Gabelung zurück und bog zur Lodge ab. Kurz vor der kopfsteingepflasterten Einfahrt auf den Vorplatz sagte er: »Rostock hat die gesamte Lodge gemietet. Es gibt kein Personal. Wer mit einer Waffe herumläuft, ist Freiwild.«

»Verstanden«, sagte René.

»Wir checken zuerst die Bungalows.«

»Du führst.«

Jack hielt zwei Meter vor dem Torbogen an und schaltete den Motor aus. René reichte ihm eine AK und zwei

Magazine; Jack schob ein Magazin in die Waffe und überprüfte, ob sie gesichert war. Sie stiegen aus.

Jack ging voraus. Hinter dem Torbogen deutete er nach rechts, auf den Eingang zur Lobby. René nickte, überprüfte die Türen und schüttelte den Kopf. Sie schlichen weiter. Als sie an den Rand des Rasens kamen, deutete Jack nach vorn auf die Reihe der acht Bungalows, gab René ein Zeichen und flüsterte: »Du nach rechts.« Mit fünf Metern Abstand zwischen sich rückten sie über den Rasen vor. In keinem der Bungalows brannte Licht.

Jack schwenkte zu dem am weitesten links stehenden Gebäude. René passte sich ihm an, schwenkte die AK hin und her. Als Jack auf den kleinen gepflasterten Bereich vor der Tür trat, schob sich René dicht an ihn heran und tippte ihm auf die Schulter, das Ich-bin-hinter-dir-Zeichen. Zusammen näherten sie sich der Tür und gingen auf beiden Seiten in Stellung.

Jack kauerte nieder und spähte durch das Fenster. Das Innere wirkte sauber, aufgeräumt, keinerlei Anzeichen, dass der Bungalow bewohnt war. Er sah René an und schüttelte den Kopf.

Sie zogen sich wieder zurück und untersuchten den zweiten Bungalow. Auch hier konnte Jack nichts erkennen, das darauf hindeutete, dass das Gebäude kürzlich benutzt worden war. Dasselbe Ergebnis zeigte sich bei den beiden folgenden Bungalows.

Erst als sie sich dem fünften näherten, fing Jack einen kaum wahrnehmbaren Geruch auf – der scharfe Gestank von verbranntem Fleisch. Er warf René einen Blick zu, der sich an die Nase tippte, auf die Tür deutete und mit den Lippen *Kommt von drinnen* andeutete.

Jack blieb neben der Tür stehen. Ein kurzer Blick durch das Fenster zeigte ihm, dass im Innern Unordnung herrschte – die Betten waren nicht gemacht, auf einer

Kommode stapelten sich Essschalen, ein Abfalleimer voller Bierflaschen. In einer Ecke stand ein einfacher Holzstuhl. An seinen zwei vorderen Beinen hing etwas herab, was Jack für Reste von silbernem Klebeband hielt.

Jack bedeutete René: *Wir gehen rein;* René nickte. Jack drehte den Türknauf. Die Tür war nicht verschlossen. Sie gingen hinein und sicherten schnell den Bungalow, dann schalteten sie die Stiftlampen an und blickten sich um.

Auf dem Boden neben dem Stuhl lag ein blutbeflecktes weißes Handtuch und auf der Ecke einer Kommode ein elektrischer Lockenwickler. Auf den Chromteilen des Stabs klebte dunkles, flockiges Material.

»Verbrannte Haut«, flüsterte René. »Frisch.«

Verdammt, dachte Jack. »Wir gehen weiter.«

Sie schlichen zum nächsten Bungalow. Auf halbem Weg blieb Jack plötzlich stehen.

Ein Geräusch. Was war es? Woher? Ein gedämpfter Schlag, ein Scharren. Es klang vertraut. Jack brauchte nur ein paar Sekunden, um das Geräusch zu identifizieren: eine Schaufel in der Erde.

Eine Männerstimme rief: »Beeil dich!«

»Kommt von der anderen Seite der Bungalows«, flüsterte René.

Jack rannte los. Beim letzten Bungalow bog der Weg nach links ab. Jack folgte dem Weg, der hier von Bäumen gesäumt war und schließlich in einen ovalen, ungeteerten und von einem Koppelzaun umgebenen Parkplatz mündete. Jack kauerte am Rand des Platzes nieder. Der hintere Teil des Platzes wurde von verwilderten Büschen begrenzt. Nur ein einziges Fahrzeug stand auf dem Platz: ein schwarzer Hilux.

Durch die Büsche schimmerte Licht.

Jack warf René einen fragenden Blick zu; René bestätigte mit einem Nicken, dass er bereit war. Sie stiegen über den Zaun und liefen getrennt um den Hilux herum, sodass sie sich am vorderen Stoßfänger wieder trafen.

»Ich bin fertig!« Eine Männerstimme, brüchig, schwach, aber Jack erkannte sie trotzdem: Effrem. »Wenn ihr es schon machen müsst, dann macht es endlich! Arschlöcher!«

Eine andere Stimme antwortete mit deutlichem deutschem Akzent: »Wie du willst. Rolf, hol den Benzinkanister.«

Die Büsche raschelten. Rolf kam heraus. Die rechte Hand mit der Halbautomatik hing herab.

»René, schalt ihn aus«, befahl Jack.

René hob die AK und feuerte drei Schuss ab. Er traf den Mann in die Brust. Noch als der Mann zu Boden stürzte, sprintete Jack an ihm vorbei in die Büsche. Er brach durch das Gestrüpp und kam auf eine kleine Lichtung. Eine LED-Warnleuchte stand auf dem Boden und beleuchtete die Szene. Der andere Deutsche stand am Rand einer Grube. Effrem hockte darin, nackt bis auf die Hose. Sein Oberkörper war verschmiert mit Blut, Dreck und Schweiß.

Jack schoss den Deutschen in die Seite, und als dieser taumelte und auf die Knie fiel, gab er ihm eine weitere Kugel in den Kopf. Der Mann stürzte auf den Boden.

Jack rief Effrem zu: »Noch mehr?«

»Nein, nur die beiden.« Effrem schleuderte die Schaufel auf den Toten. Dann blickte er zu Jack auf: »Hilfst du mir hier raus?«

Sie setzten Effrem in den Hilux und fuhren um den Zaun herum über den Rasen. Vor dem letzten Bungalow hielten sie an. René rammte die Tür mit der Schulter auf und stand Wache, während Jack Effrem stützte. Er setzte ihn auf ein Bett.

René rief: »Ich schaue mich nach weiteren Leuten um und hole den Erste-Hilfe-Pack.« Bevor er ging, schloss er die Tür.

Jack zog die Vorhänge vor und schaltete die Deckenlampe ein.

Effrem bot ein solches Bild des Grauens, dass Jack momentan der Atem stockte.

Auf seinem Oberkörper waren mindestens zehn ringförmige Brandwunden zu sehen, die von dem Lockenstab stammen mussten. Die Spitzen des kleinen und des Ringfingers der linken Hand waren völlig zerschmettert, wahrscheinlich mit einem Hammer. Die Unterlippe war aufgeplatzt, und die rechte Augenhöhle war so angeschwollen und dunkelrot, dass sie wie eine zerquetschte Pflaume aussah.

»Verdammte Scheiße«, murmelte Jack.

»Sieht nicht gut aus, oder?«

»Nein, ganz und gar nicht.«

»Jetzt fangen die Schmerzen an, Jack, richtig schlimm. Bisher war ich eher betäubt, aber jetzt ist es …« Effrem stöhnte, atmete tief ein. Die verletzte Hand lag reglos auf dem Schoß. »Er hat mich nicht verhört, Jack. Keine einzige Frage!«

»Möller?«

»Er hat einfach damit angefangen. Ohne Grund. Nur zum Spaß.« Effrems gesundes Auge füllte sich mit Tränen. »Möller hat den beiden befohlen, mich zu beseitigen. Ich dachte, na ja, eine Kugel in den Kopf spürst du nicht lange. Aber dann befahlen sie mir zu graben. Sie wollten mich verbrennen – und in der Grube verscharren. Warum? Warum diese Quälerei?«

Weil Möller ein Psychopath ist, dachte Jack, sprach es aber nicht aus.

Effrem weinte, die Brust hob und senkte sich beim Schluchzen. Jack setzte sich auf das Bett und zog ihn an sich, sodass Effrems Kopf auf Jacks Schulter lag. »Du bist am Leben, Effrem. Sag dir das immer wieder: Ich lebe.«

René kehrte mit dem Erste-Hilfe-Pack zurück und machte sich daran, Effrems Wunden zu versorgen. Er prüfte zuerst, ob Effrem innere Blutungen oder eine Hirnverletzung erlitten hatte, dann gab er ihm vier Ibuprofen-Tabletten und ließ ihn eine der beiden Miniaturflaschen Whiskey trinken, die Jack in einer Schublade gefunden hatte.

Erst als der geschundene und zerschlagene Journalist zu zittern aufhörte, machte sich René daran, die Verbrennungen und sonstigen Wunden zu versorgen. Effrems Hand behandelte er zuletzt.

»Hammer?«, fragte er ihn knapp.

»Rohrzange«, antwortete Effrem.

»Wie lautet deine Diagnose, René?«, erkundigte sich Jack.

»Die Brandwunden sind nur oberflächlich. Wenn sie sauber gehalten werden, sollten sie gut verheilen. Das gilt auch für das Auge und die Lippe.«

»Und was ist mit meiner Hand?«, fragte Effrem. »Die beiden Finger werde ich wohl verlieren, nicht wahr?«

»Ja, aber nur, wenn sie infiziert werden. Die Knochenenden sind gebrochen, aber die Fingerspitzen werden noch durchblutet. Allerdings wird sich dein Lebenstraum, ein Model für Designnägel zu werden, jetzt wohl nicht mehr erfüllen.«

Effrem grinste schwach. »Na, dann werde ich wohl

Journalist bleiben müssen. Jack ... es tut mir sehr leid. Du hast mir befohlen zu springen, aber ich bin nicht gesprungen. Ich hatte Angst, dass wir Möller verlieren könnten. Und ich hatte das Gefühl, dass sich die Pilatus nicht vom Fleck rühren würde, dass aber Möller verschwinden würde. Ich dachte, wenn ich ihn eine Zeit lang verfolge, wüssten wir wenigstens, in welche Richtung er gegangen war.«

»Hast du den GPS-Tracker mitgenommen?« Als Effrem nickte, sagte Jack anerkennend: »Das war eine richtig clevere Entscheidung.«

Sie deckten Effrem mit mehreren Wolldecken zu und gaben ihm die zweite Miniflasche Whiskey. Er schlief sofort ein.

»Er kämpft gegen den Schock«, meinte René. »Er braucht mindestens vier Stunden Schlaf, bevor wir ihn transportieren können. Wir müssen ihn nach Windhoek zurückschaffen.«

»Dazu wirst du ihn überreden müssen. Ich wünsche dir viel Glück – er ist ziemlich stur.«

»Wäre es für dich okay, wenn wir ihn mitnehmen?«

Jack schüttelte den Kopf. »Eigentlich nicht, aber er hat es verdient, selbst zu entscheiden. Selbst wenn er sich entschließt mitzufahren.«

René zuckte die Schultern. »Du hast hier das Kommando. Aber wir haben es hier mit wirklich furchtbaren Burschen zu tun, Jack. Was sie ihm zugefügt haben ... und was sie mit ihm tun wollten ...«

»Ich weiß.«

»Und diese Männer ... sie gehören zu Rostock.«

Das war keine Frage, sondern eine Feststellung. In Renés Stimme klang nur eine einzige Empfindung: kalte

378

Resignation. Jack wurde klar, dass René seinen inneren Zwiespalt überwunden hatte.

Fünfundsiebzig Minuten nach ihrer Ankunft in der Lodge wurde das Trackersignal schwächer, das die Position des Konvois kennzeichnete, der immer noch auf dem Western Bypass nach Norden unterwegs war. Jack sagte: »Wir haben sie verloren.«

»Vielleicht nicht«, meldete sich Effrem vom Bett. Er schaltete die Nachttischlampe ein. »Ich habe zufällig gehört, wie Möller etwas über das GPS und den Hilux sagte. Vielleicht ist sein Navigationsgerät bereits für den Treffpunkt mit der Hauptgruppe programmiert.«

René war schon aufgesprungen. »Ich überprüfe das.« Ein paar Minuten später kam er zurück. »Effrem hat recht – das System ist programmiert.«

»Zielort?«

»Eine Stelle in der Nähe des Kavango-Staudamms.«

37

Während der Nacht überwachte René Effrems
Zustand; kurz nach Tagesanbruch erklärte er
ihn für fit genug, um transportiert werden zu können.
Um sein eigenes Gewissen zu besänftigen, versuchte Jack
ihn zu überreden, mit dem Hilux nach Windhoek zu-
rückzufahren, um sich behandeln zu lassen. Aber Effrem
lehnte den Vorschlag ab, noch bevor Jack zu Ende geredet
hatte.

Sie nahmen den beiden Toten alles Brauchbare ab und
räumten auch den Hilux aus. Dann stiegen sie in den
Land Cruiser und machten sich auf den Weg zum Western Bypass.

Nach den Koordinaten im Navigationssystem des Hilux
musste sich der Kavango-Staudamm ungefähr hundert-
achtzig Kilometer in nordwestlicher Richtung befinden,
aber das Bauwerk erschien weder auf Jacks Karten-App,
noch gab es auf Renés Papierlandkarte Hinweise darauf.
Weder ein See noch ein breiter Fluss waren zu sehen.
Aber was noch alarmierender war: Obwohl der Damm
nur rund fünfundvierzig Kilometer westlich des Western
Bypass lag, führte die einzige Zufahrtsstraße fast zwei-
hundertvierzig Kilometer durch das stark zerklüftete Terrain der Otjozondjupa-Region.

Jack fuhr auf dem Western Bypass so weit wie möglich
nach Norden. Inzwischen war es später Vormittag. Schließ-

lich fuhr er von der Autobahn ab und gelangte auf eine unbefestigte Straße, die nach Westen führte. Fahrzeuge hatten tiefe Furchen in die Erde gefräst. Nach weiteren vier Stunden Fahrt hatten sie erst hundertdreißig Kilometer zurückgelegt; die Straße wurde immer schlechter und führte in Zickzackkurven immer weiter in die Hügellandschaft. Als die Nacht anbrach, befanden sie sich immer noch über sechzig Kilometer vom Ziel entfernt. Die Straße wurde noch schmaler, bis Jack aus dem Seitenfenster nur noch die schiere Felswand aufragen sah.

Vom Rücksitz kam Effrems Stimme. »Die andere Seite ist noch schlimmer, Jack. Unsere Reifen sind höchstens einen Meter vom Abgrund entfernt. Ich kann nicht mal sehen, wie tief es hinuntergeht.«

René fragte: »Wie ist es – sollen wir weiterfahren oder hier für die Nacht kampieren?«

»Wir fahren weiter«, antwortete Jack. »Möller hat gute acht Stunden Vorsprung. Er ist wahrscheinlich schon beim Kavango-Damm angekommen.«

»Kann sein, aber was will er da?«, fragte René.

»Effrem, schau mal, ob du Empfang hast.« Seit ihrer Abfahrt von der Lodge hatten sie nur noch sehr sporadisch Netzempfang gehabt. Effrems Recherche über den Kavango-Damm war wegen der ständigen Netzausfälle frustrierend gewesen. Trotz seinen Schmerzen hatte er hart gearbeitet, um alle Informationsschnipsel zu sammeln, die er finden konnte, und sie zu einem Gesamtbild zusammenzuführen.

Bisher wussten sie nur, dass der Kavango-Damm erst vor zwei Monaten fertiggestellt worden war. Er staute den Fluss Omatako auf einer Breite von rund achthundert Metern. Seither hatte sich das Wasser am Damm zu einem gewaltigen Reservoir aufgestaut. Flussabwärts lagen fast zwanzig Weiler und Höfe.

»Ich habe gerade ein schwaches Netz. Mal sehen, was ich damit anfangen kann.«

Nach weiteren neunzig Minuten und sechzehn Kilometern wurde die Straße wieder breiter und führte nun bergab. Endlich konnte Jack wieder ein wenig schneller fahren. Gegen Mitternacht befanden sie sich nur noch zwölf Kilometer vom Damm entfernt.

»Es ist offenbar eine regulierende Talsperre«, kam Effrems Stimme aus der Dunkelheit.

»Was heißt das?«, wollte Jack wissen.

»Eine flussaufwärts errichtete Staumauer, mit der sich die Stärke des Wasserstroms für ein Kraftwerk regulieren lässt.«

»Und gibt es das Wasserkraftwerk schon?«, fragte René.

»Noch nicht. Anscheinend ist Kavango so etwas wie ein Versuchsballon für das sogenannte Otjozondjupa Renewal Project. Bis 2028 will die namibische Regierung so weit sein, dass man Strom in die Nachbarländer exportieren kann. Wenn Kavango funktioniert, ist der Bau eines Wasserkraftwerks knapp zwei Kilometer flussabwärts geplant.«

»Wenn es funktioniert – was heißt das? Entweder staut die Mauer das Wasser, oder sie staut es nicht, richtig?«

»Nein. Anscheinend ist bei solchen Sperren ein ziemlich kompliziertes Steuerungssystem erforderlich, um den Wasserdurchlauf regulieren zu können. In zwei Tagen soll ein Test durchgeführt werden, der beweisen soll, ob das Konzept stimmt.«

Was Effrem sagte, brachte in Jacks Gedanken eine Saite zum Schwingen. »System«, wiederholte er nachdenklich. »System ... Reden wir hier vielleicht von einem computergesteuerten System?«

Effrem schwieg ein paar Sekunden lang. »Scheiße. Ja. Das ist es.«

»Was?«, fragte René. »Ich verstehe kein Wort.«

»Effrem, wer hat die Kontrollsysteme im Kavango installiert?«

»Äh … warte … eine britische Firma namens Mondaryn Engineering.«

»Wurde der Auftrag öffentlich ausgeschrieben?«

»Das kann ich nicht mit Sicherheit sagen. Vermutlich ja.«

Das ist die gesuchte Verbindung, wurde Jack nun klar. Rostocks Firma RSG war von einem von Mondaryns Konkurrenten angeheuert worden, um das Regulierungssystem der Kavango-Talsperre zu sabotieren. Jack erklärte René die Zusammenhänge.

René drehte sich zu Effrem um. »Wie viele Menschen leben flussabwärts von Kavango?«

»Hunderte, vielleicht sogar ein paar Tausend.«

Auf dem Scheitel eines Hügels hielt Jack an und schaltete die Scheinwerfer aus.

Weiter unten war eine Reihe von auf hohen Masten befestigten Natriumdampflampen zu sehen, die sich in weitem Bogen von Ost nach West erstreckte. Darunter konnte Jack den ockerfarbenen Asphalt der Wartungsstraße auf der Dammkrone erkennen. Mitten auf der Mauer ragte ein bunkerartiger Gebäudeklotz auf, durch den man in das Innere der Staumauer gelangen konnte, wie Jack vermutete.

Jack holte das Fernglas heraus und führte es über die gesamte Mauerkrone. Am hinteren Ende, im Schatten kaum sichtbar, standen drei schwarze Pick-ups. Jack reichte das Fernglas an René weiter, der nickte. »Möllers Hilux.«

»Ja, das sind sie. Ich sehe aber niemanden.«

»Was glaubt ihr, sind sie schon drin?«, fragte Effrem.

»Darauf möchte ich wetten. Wahrscheinlich kann Klugmann seinen Voodoo-Zauber nur direkt an den Workstations der Anlage durchführen, sonst hätte er nicht nach Namibia kommen müssen.«

Jack schob den Automatikhebel des Toyotas auf Neutral, nahm den Fuß vom Bremspedal und ließ den Wagen den Hang hinunterrollen, bis er an der Zufahrtsstraße der Staumauer ankam. Knapp fünfzig Meter von der Brüstungsmauer entfernt hielt er an.

»Ich wünschte, wir hätten mehr Zeit, um das zu planen, Jack«, sagte René.

»Und ich wünschte, wir hätten einen Apache-Heli mit einer SEAL-Einheit über uns in der Luft. Effrem, komm nach vorn. Du übernimmst das Steuer.«

»Was?«

»Du fährst zu einer höher gelegenen Stelle und nimmst alles auf Video auf.«

»Wozu soll das gut sein?«

»Weiß man nie, mach es einfach. Wenn René und ich nicht mehr herauskommen, fährst du nach Windhoek zurück und kontaktierst Mitch. Ich habe ihm die E-Mail-Adresse einer bestimmten Person geschickt. Diese Adresse soll Mitch dir geben. Du berichtest dieser Person die ganze Geschichte; sie übernehmen dann.«

Jack spürte plötzlich ein leises Vibrieren, das durch den Boden des Land Cruisers zu kommen schien.

»Was ist das?«, fragte René.

Auf der gesamten Länge der Staumauer begannen rote Warnlampen zu blinken.

Zwei Männer erschienen aus dem Bunkeraufbau in der Mitte und rannten auf den Hilux am Ende der Mauer zu.

»Wir müssen sofort los, Jack«, sagte René.

38

Kavango-Damm, Namibia

Sie sprinteten auf den Fahrweg.

»Halte Ausschau nach Klugmann«, rief Jack René zu.

»Ich weiß nicht, wie er aussieht!«

»Wer keine Waffe hat, wird nicht erschossen.«

»Okay!«

Jack warf einen Blick zurück. Effrem stand neben der offenen Fahrertür und starrte ihnen reglos nach. Jack blieb stehen.

»Beweg deinen Arsch, verdammt!«, brüllte er.

Er wartete, bis Effrem eingestiegen war, wendete und die Zufahrtsstraße hügelaufwärts fuhr. Erst dann rannte Jack weiter. René war inzwischen fünfzig Meter voraus. Zwei weitere Männer kamen aus dem Kontrollbunker. Keiner von ihnen war Möller, aber Jack konnte nicht wissen, ob einer von ihnen Gerhard Klugmann war. Beide trugen FAMAS-Sturmgewehre.

René feuerte sofort. Einer der Männer brach zusammen. Sein Partner sprang blitzschnell durch die noch offene Bunkertür und schlug sie hinter sich zu. René ließ einen Kugelhagel auf die Tür niedergehen. Die Geschosse prallten Funken sprühend von der Stahltür ab.

Jack holte René ein; sie rannten weiter auf die Tür zu. Doch die Tür wurde plötzlich aufgestoßen, und die Mündung einer FAMAS erschien. Jack warf sich nach rechts,

René ließ sich flach auf den Asphalt fallen. Jack ging auf ein Knie und jagte einen Feuerstoß durch den offenen Türspalt. Die FAMAS verschwand wieder, doch die Tür schwang noch weiter auf. Ein Körper lag auf einem stählernen Wartungssteg im Innern. Jack sprintete weiter auf die Tür zu; im Lauf rief er über die Schulter: »René, alles okay?«

Er bekam keine Antwort, blieb stehen und blickte zurück. René lag mit dem Gesicht nach unten auf dem Asphalt. Er bewegte sich nicht. Eine Blutlache breitete sich unter und neben ihm aus.

Tut mir leid, René, dachte Jack und rannte weiter.

An der Tür drückte er sich gegen die Betonwand, holte tief Atem und spähte um die Türzarge ins Innere, gerade rechtzeitig, um zwei Männer zu sehen, die die Treppe heraufstürmten. Jack schoss dem ersten zweimal in den Bauch, ließ sich auf ein Knie fallen und schoss dem anderen die Beine unter dem Körper weg. Der Mann stürzte die Treppe hinunter. Jack folgte ihm. Der Mann war durch den Sturz ebenso benommen wie durch die Beinverletzungen. Er hatte die Waffe fallen lassen, aber Jack durchsuchte ihn dennoch flüchtig. Erst als er sich sicher war, dass der halb bewusstlose Mann keine Bedrohung mehr darstellte, stieg er die nächste Treppe hinunter. Sie endete in einem schmalen Betonalkoven. Rechts und links befanden sich zwei königsblau gestrichene Stahltüren.

Jack warf sozusagen in Gedanken eine Münze und zog die linke Tür auf. Er blickte in einen langen tunnelähnlichen Wartungsschacht, kaum breiter als seine Schultern, der von schwachen Energiesparlampen notdürftig beleuchtet wurde. Kabelstränge zogen sich an den Betonwänden entlang. Von unten dröhnte der Lärm starker Maschinen rhythmisch durch den Schacht. Jack spürte die Vibrationen im ganzen Körper.

Er schloss die Tür wieder und öffnete die andere, die auf einen stählernen Wartungssteg führte. Auch er wurde von nackten Energiesparlampen beleuchtet. Jack trat an das Geländer und blickte hinunter. Unter sich sah er nur Schwärze und aufwallenden Dunst; er hörte das Brüllen ungeheurer Wassermassen, die durch unsichtbare Schächte rauschten. Stechender Ozongeruch lag in der Luft.

Weiter rechts endete der Wartungssteg, weshalb sich Jack nach links wandte und ungefähr fünfzig Meter auf dem Steg entlang rannte, bis er zu einer Treppe kam, die zu einem weiteren Wartungssteg führte. An dessen entferntem Ende führten ein paar Stufen zu einer hell erleuchteten kleinen Kontrollkabine hinauf, deren untere Hälfte aus Metall bestand, während die obere Hälfte ringsum verglast war.

Jack rannte den Steg entlang.

In der Kabine sprangen zwei Gestalten auf, zerschmetterten die Glasscheiben mit den Kolben ihrer Sturmgewehre und richteten die Waffen auf Jack. Jack war in einen Sprint übergegangen und eröffnete in vollem Lauf das Feuer auf die beiden Männer. Beide gingen in Deckung. Jack erreichte die Stufen. Er kauerte sich nieder, sodass sich sein Kopf unterhalb der unteren Türkante befand. Er warf das Magazin aus dem Schacht und schob ein volles Magazin hinein. Dann stieß er den Lauf der AK gegen die Tür.

Eine horizontale Linie von Schusslöchern durchlöcherte den Stahl im unteren Teil der Tür.

Jack rollte sich seitwärts aus der Schusslinie, kam auf dem Rücken zu liegen und zielte auf die Kabine.

Warte, Jack, warte …

Ein Kopf schob sich über den Metallrand und erschien hinter den Resten der Scheibe, die noch im Rahmen hingen.

Jack drückte ab. Der Kopf verschwand in einem Heiligenschein aus Blut und Hirnmasse.

Damit befand sich noch mindestens ein weiterer Mann in der Kabine, und wenn Jack nicht gewillt war, den Rückzug anzutreten und nach einer anderen Möglichkeit zu suchen, in die Kontrollkabine zu gelangen, blieb ihm nur eine Option: alles zu wagen und die Kabine zu stürmen.

Er stand auf und schob sich die Stufen hinauf, so eng wie möglich an das kurze Treppengeländer gepresst, bis er den Türgriff erreichen konnte. *Eine kleine Ablenkung,* dachte er, richtete die AK auf die zerbrochene Fensterfront und jagte einen kurzen Feuerstoß in die Kabine. Gleichzeitig stieß er die Tür auf und stürmte hinein. Er entdeckte, dass die Kabine einen weiteren Ausgang hatte, einen kurzen Flur aus weiß getünchten Betonblocksteinen. Am Ende des Flurs befand sich eine offen stehende Tür. Er rannte darauf zu. Auf halbem Weg sah er eine Gestalt hinter der Tür von rechts nach links vorbeirennen. Instinktiv hätte er beinahe gefeuert, konnte sich aber gerade noch fangen. Der Mann war unbewaffnet gewesen. Vielleicht Klugmann?

An der Tür angekommen, spähte er nach links. Eine kurze Stahltreppe führte zu einem Raum, der der eigentliche Kontrollraum sein mochte. Rechts befand sich eine gelbe Tür; eine schwarze Aufschrift verkündete, dass sich dahinter die Wartungsleiter befand.

Jack wandte sich nach links und schlich vorsichtig die Stufen zum Kontrollraum hinauf. An der Tür blieb er stehen.

Nicht stehen bleiben, nicht nachdenken, mahnte er sich. Zu lange das Für und Wider seiner Taktik abzuwägen war reine Zeitverschwendung, die er sich nicht leisten konnte.

Er schwang sich durch die Tür. Der Raum war leer.

Die Wand links wurde völlig von einer langen Kontrollkonsole eingenommen. Die Schalter, Knöpfe, Tasten und integrierten Monitore bildeten ein einziges Meer von rot und orange blinkenden Lichtern. Was immer die Dioden und blinkenden Lichter anzeigen mochten, überstieg Jacks Kenntnisse und Fähigkeiten. Wenn er die Sache schon nicht aufhalten konnte, wollte er wenigstens beweisen können, wer sie überhaupt ins Rollen gebracht hatte.

Er verließ den Kontrollraum. Als er die Stufen hinunterrannte, wurde ihm plötzlich wie aus dem Nichts der Kolben eines Gewehrs ins Gesicht gestoßen. Jack riss den Kopf zur Seite, aber der Kolben rammte seinen Wangenknochen, glitt an der Seite des Kopfes ab und über das Ohr. Gewebe wurde aufgerissen, aber das hörte er mehr, als dass er es spürte. Blut schoss aus der Wunde in den Kragen. Jack taumelte zur Seite. Die AK fiel ihm aus den Händen, rutschte durch den Spalt zwischen Geländer und Steg und klapperte auf den Betonboden weiter unten. Jack, inzwischen durch das Blut auf dem rechten Auge fast blind, warf die Arme um die Gestalt, die ihn angriff, zog sie hart an sich, stieß sich wieder ab, sodass beide die Stufen hinunterstürzten, das Sturmgewehr zwischen beide Körper geklemmt. Noch im Sturz sah Jack, wie die gelbe Wartungstür ins Schloss fiel.

Immer noch aneinander geklammert, stürzte er mit seinem Angreifer auf den Boden; Jack kam oben zu liegen. Er stützte sich ab, gewann ein wenig Raum, um ausholen zu können, und rammte dem Mann den Ellbogen mit aller Kraft auf die Nase, dann seitwärts gegen den Hals. Er hieb immer weiter auf ihn ein, bis der Mann still wurde. Sein Gesicht war eine Maske aus Blut.

Jack stand auf, nahm seine AK und rannte zur gelben Tür. Auf der anderen Seite befand sich eine Leiter, die zu einer von Energiesparlampen beleuchteten Öffnung führte. Es war das andere Ende des Tunnels, den er kurz zuvor gesehen hatte.

Er stieg die Leiter hinauf, kroch durch die Öffnung, stand auf und rannte den Tunnel entlang. Weiter vorn verschwanden zwei Gestalten um eine Biegung. Sekunden später erreichte Jack die Stelle; er sah einen Mann, der im Begriff war, links durch eine Tür zu verschwinden. Er war unbewaffnet.

Jack hob die AK und feuerte. Das Geschoss schlug von hinten in den rechten Oberschenkel ein. Der Mann stürzte vorwärts durch die Tür und außer Sicht. Jack sprintete hinüber und spähte um die Ecke. Ein untersetzter, kahlköpfiger Mann mit teigigem Gesicht lag auf dem Rücken und umklammerte mit beiden Händen seinen blutenden Oberschenkel.

Der Mann trug ein schwarzes T-Shirt. Auf der Brust stand in roter Frakturschrift *Game of Thrones. Der Winter naht.*

»Gerhard Klugmann«, sagte Jack. »Sie habe ich gesucht.«

Jack zerrte Klugmann die Treppe zum Fahrweg hinauf. Teilweise musste er ihn sogar tragen.

Wo René gelegen hatte, war nur noch ein Blutfleck zu sehen.

»Hier drüben«, hörte Jack jemanden rufen.

Er blickte sich um. René saß auf dem Boden, an den Bunker gelehnt. Sein linker Jackenärmel war blutgetränkt und am Ellbogen unnatürlich weit zurückgebogen. Jack ließ Klugmann auf den Asphalt fallen und fragte René: »Möller?«

»Dort hinüber, er läuft zum Hilux.«

Jack ging zur Mitte des Fahrwegs. Stephan Möller hatte nur hundert Meter zurückgelegt; er hinkte noch immer stark, die Nachwirkung der Kugel, die ihm Jack im Naturpark bei Alexandria ins Bein gejagt hatte.

»Möller, stehen bleiben!«, brüllte Jack.

Möller ging weiter.

Jack hob die AK an die Schulter und feuerte. Die Kugel schlug links neben Möllers Füßen in den Asphalt. Der Deutsche warf einen Blick über die Schulter und ging noch schneller, sodass das Hinken wie das Watscheln eines Pinguins aussah.

»Letzte Warnung!«, rief Jack.

René rief herüber: »Erschieß ihn einfach.«

Jack zielte genau auf Möllers Beine und feuerte eine kurze Salve ab. Möller stürzte zu Boden. Er wand und krümmte sich, rollte sich schließlich auf den Bauch. Jack ging zu ihm hinüber.

Er hatte gerade die halbe Strecke zurückgelegt, als er einen Motor aufheulen hörte. Eine Hupe ertönte. Jack wirbelte herum, riss die AK hoch. Dann senkte er sie wieder.

Der Toyota Land Cruiser raste auf ihn zu, Effrem hinter dem Lenkrad. Er kurvte um Jack herum, richtete sich wieder geradeaus und raste auf Möller zu, der sich inzwischen auf die Knie hochgerappelt hatte.

»Effrem!«, brüllte Jack. »Nein!«

Aber der Toyota korrigierte den Kurs ein wenig nach links, sodass die Motorhaube direkt auf Möller gerichtet war. Der Wagen beschleunigte. Möller hatte den Motorenlärm offenbar ebenfalls gehört und blickte über die Schulter.

Effrems Fuß berührte das Bremspedal nicht.

Epilog

Am selben Tag, an dem Jack Ryan junior auf die Taste der Haussprechanlage am Tor von Hugo Allemands Anwesen drückte, griff der General nach seinem in schwarzes Leder gebundenen Adressbuch. Jack hatte sein Versprechen gehalten, den Sohn des Generals zu seinem Vater zurückzubringen. Nun hielt auch der General sein Versprechen, sämtliche einflussreichen Persönlichkeiten seines weitgefächerten Bekanntenkreises anzurufen.

Effrem war inzwischen wieder in Brüssel und war, mit Mitch über Telefon und E-Mail verbunden, vollauf damit beschäftigt, sämtliche Belege und Beweise zu einem Dossier zusammenzustellen, das so stichhaltig war, dass es die deutschen und europäischen Behörden veranlassen würde, Ermittlungen gegen die RSG einzuleiten. René Allemands Bericht über das, was er durch Rostock hatte erdulden müssen, hatte vollauf genügt, um seinen Vater zu höchstem Einsatz anzutreiben.

Obwohl der General seit geraumer Zeit im Ruhestand war und sich nicht mehr oft in der Öffentlichkeit zeigte, übte er noch immer beträchtlichen politischen Einfluss aus. Am späteren Nachmittag erschienen die ersten Berichte über anonyme Beschuldigungen gegen die Rostock Security Group und deren Gründer in den europäischen Nachrichtenmedien. Die Trommeln wurden gerührt. General

Allemand kündigte eine baldige Pressekonferenz an. Er versicherte Jack, dass er nicht als einzige einflussreiche Person vor die Mikrofone treten werde.

Offenbar hatte Rostock seine rücksichtslose, brutale Taktik gegenüber unzähligen VIPs in ganz Europa angewandt. Denn General Allemand hatte es keine Probleme bereitet, seine zahlreichen Kontakte in ganz Europa, von Italien bis Großbritannien, von Griechenland bis Norwegen, davon zu überzeugen, zu welch mörderischen, wahnsinnigen Plänen sich Rostock verstiegen hatte. Auch jene, die sich Rostocks Anwerbungsversuchen widersetzt, aber nicht gewagt hatten, damit an die Öffentlichkeit zu gehen, schlossen sich nun bereitwillig der wachsenden Koalition an. Und wenn Allemand sämtliche Personen in seinem riesigen Bekanntenkreis erst einmal kontaktiert hatte, würden jene, die Rostocks Pläne unterstützt hatten, sich sehr gut überlegen, ob sie sich noch dazu bekannten oder riskieren wollten, bei den bevorstehenden Ermittlungen bloßgestellt zu werden.

Jack wiederum hatte die Einladung des Generals gerne angenommen, im Hofgut zu wohnen, so lange er wünschte. Ein Termin rückte näher, und er brauchte Zeit, um in Ruhe nachzudenken – aber nicht über die Entscheidung, vor der er stand, denn die hatte er schon bei seiner Abreise aus Namibia getroffen. Zu seiner freudigen Überraschung hatte er festgestellt, dass sich die Frage nach seiner eigenen Zukunft in den letzten Wochen wie von selbst geklärt hatte. Für den impulsiven Effrem und den erratischen René den Schäferhund zu spielen war für Jack eine ganz neue Erfahrung gewesen. Ein Crashkurs in Sachen Selbstfindung, der ihm wahrhaftig die Augen geöffnet hatte: Er wusste jetzt, wohin er gehörte. Höchste Zeit, endlich erwachsen zu werden.

Die Entscheidung war ihm zwar leichtgefallen, aber der Weg dorthin war lang und schmerzhaft gewesen.

Jürgen Rostock war am Ende, so viel stand fest. Das allein war ein Sieg, der vielen Menschen das Leben retten würde. Aber dieser Sieg war teuer erkauft: Nicht nur Peter Hahn und Kaitlin Showalter hatten dafür mit ihrem Leben bezahlen müssen, sondern auch viele, viele andere. In Paris. In Lyon. Überall dort, wo Rostocks wahnsinniger Plan Menschenleben gekostet hatte.

Und zuletzt auch viele Menschen in Namibia. Dreihundertzweiundzwanzig Menschen, um genau zu sein.

Denn Jack hatte das Schlimmste nicht mehr aufhalten können: Möller und Klugmann hatten das Kontrollsystem des Kavango-Staudamms sabotiert. Gewaltige, apokalyptische Wassermassen waren ungehindert ins Tal gestürzt, hatten Felsen, Bäume, Büsche und viele, viele Höfe, Häuser und Hütten, Kühe, Ziegen und Schafe mit sich gerissen – und hatten dreihundertzweiundzwanzig Männer, Frauen und Kinder verschlungen, die keine Chance gehabt hatten, den todbringenden Fluten zu entkommen. Die Erinnerung an die brodelnden, schäumenden, tobenden Wassermassen, der Anblick schreiender Kinder, der sich verzweifelt aus den Fluten reckenden Arme, der Mütter und Väter, die mit letzten, versiegenden Kräften ihre Kinder aus dem tosenden Strudel zu halten versuchten … diese Bilder verfolgten Jack in seinen Träumen; immer und immer wieder stellte er sich die Frage: *Hätte ich mehr tun müssen? Hätte ich das Inferno aufhalten können, wenn ich schneller gewesen wäre, klüger, mutiger?* Eine Antwort würde er wohl nie finden, aber es würde noch lange dauern, bis ihn diese Frage nicht mehr quälte.

Wie fast jeden Tag seit seiner Ankunft schlief Jack bis weit in den Vormittag, joggte mehrmals rund um den Park, schwamm ein paar Runden im Pool und spielte ein paar Sätze Tennis gegen Claude.

Nachdem er geduscht hatte, ging er nach unten. René und Hugo saßen sich im Wintergarten gegenüber. Lächelnd winkte der General Jack zum Tisch und goss ihm eine Tasse Kaffee ein.

»Wann hast du zuletzt mit Effrem gesprochen?«, wandte sich Jack an René.

»Vor mindestens einer Woche. Ich habe ihm ein paar Nachrichten hinterlassen, aber er hat bisher nicht zurückgerufen. Vielleicht hat er alle Hände voll zu tun, das Grab für Rostock zu schaufeln. Ich hoffe jedenfalls, dass es nicht diese andere Sache ist.«

»Welche andere Sache?«, fragte der General.

»Möller«, antwortete Jack.

Als Effrem auf dem Fahrweg des Staudamms auf Möller zuraste, hatte Jack erwartet, dass er in letzter Sekunde das Steuer herumreißen oder bremsen würde, aber Effrem hatte beides nicht getan. Möller war auf der Stelle tot, genau wie Eric Schrader auf dem Highway beim Supermarkt in Alexandria. Aus Gründen, die er sich selbst nicht ganz erklären konnte, empfand Jack keine Genugtuung über den Tod der beiden Männer. Aber er empfand es als eine bemerkenswerte Ironie des Schicksals, dass die beiden Verbrecher auf ähnliche Weise ums Leben gekommen waren.

Effrem mochte zwar über Möllers Tod Genugtuung und Befriedigung empfinden, aber Jack vermutete, dass diese Empfindungen nicht nur bittersüß, sondern auch kurzlebig gewesen waren. Möller hatte Effrem gefoltert und befohlen, ihn bei lebendigem Leib in einem Erdloch zu verbrennen. Jack hielt Effrem jedoch für stark genug, um diese Erfahrungen bald überwinden zu können. Aber konnte er auch überwinden, dass er sich zu einer solchen von blanken Rachegelüsten getriebenen Vergeltung hatte hinreißen lassen?

Aber welche moralischen inneren Kämpfe Effrem auch durchstehen musste, er war dabei nicht allein. Seine Mutter Marie Likkel hatte ihn dazu überredet, nach Hause zurückzukehren, um seine Wunden auszukurieren – wo er Belinda Hahn »besser kennenlernte«, wie es seine Mutter ausdrückte. Jack freute sich für die beiden.

Auch René hatte noch einen langen, langen Weg vor sich. Nicht nur, dass er sich mit den Schäden auseinandersetzen musste, die Rostock ihm zugefügt hatte; es war durchaus vorstellbar, dass er durch diese Geschichte auch Madeline verloren hatte. Die Hochzeit war aufgeschoben, ebenso Renés Zukunft in der Armee. René selbst hatte Jack gestanden, dass ihm beides verunreinigt, beschmutzt vorkomme.

»Was wird aus Alexander Bossard?«, fragte Jack den General.

Hugo Allemand zuckte die Schultern. »Einer meiner Anwälte ist derzeit in Zürich, um seine Aussage aufzunehmen. Was Sie ihm gesagt haben, Jack, hat ausgereicht, um seine volle Kooperation sicherzustellen. Sobald wir die Aussage schriftlich vorliegen haben, werden wir dafür sorgen, dass sie an die richtigen Stellen weitergeleitet wird. Das wird mehr als genug sein, um den ersten Dominostein zum Kippen zu bringen. Ich vermute, Jürgen Rostock steht ein dramatischer Sturz bevor.«

Jack war sich ziemlich sicher, dass General Allemand mit seiner Vorhersage recht behalten würde. Denn genau wie Bossard musste auch Gerhard Klugmann annehmen, dass ihn Rostock schon längst im Visier hatte. Während sich Klugmann von seiner Schusswunde erholte, hatten

General Allemands Rechtsanwälte auch von ihm eine Aussage aufgenommen. Der Hacker war klug genug einzusehen, dass sein früherer Arbeitgeber nicht mehr auf der Siegerseite stand. Klugmann setzte daher alles daran, Rostock nicht vor die Kimme zu geraten. Zugleich hoffte er, einem längeren Gefängnisaufenthalt zu entgehen, indem er bei der Aufklärung vollumfänglich kooperierte. Und wie die Rechtsanwälte mit großer Freude festgestellt hatten, war Klugmann ein äußerst penibler Archivar und hatte Unmengen an Beweismaterial gespeichert.

Jack blickte auf die Uhr. Kurz vor drei Uhr nachmittags. Zu Hause war es jetzt neun Uhr morgens.

Er stand auf. »Bitte entschuldigen Sie mich.«

Durch die Seitentür des Wintergartens trat er auf den Rasen hinaus, setzte sich ins Gras und drückte auf eine Kurzwahltaste.

»Gerry Hendley.«

»Hi, Gerry, hier ist Jack. Haben Sie ein paar Minuten Zeit?«

**Werkverzeichnis der im Heyne Verlag
von Tom Clancy erschienenen Titel**

Der Autor

Tom Clancy wurde am 12. April 1947 in Baltimore, Maryland, geboren. Vor seiner Karriere als Schriftsteller arbeitete Clancy einige Jahre als Versicherungsagent. Er interessierte sich aber vor allem für rüstungstechnische Probleme und den amerikanischen Geheimdienst. Eine Meuterei auf einem sowjetischen Zerstörer regte Clancy dazu an, seinen ersten Roman *Jagd auf Roter Oktober* zu schreiben. Das Buch wurde auf Anhieb ein Welterfolg, die Verfilmung von *Roter Oktober* mit Sean Connery in der Hauptrolle gilt als Klassiker. Mit seinem Debüt begründete Tom Clancy zudem ein neues Genre: den Techno-Thriller, der Elemente des klassischen Polit-Thrillers mit exakter militärisch-technischer Recherche verbindet.

Auch alle weiteren Tom-Clancy-Romane erwiesen sich als große Erfolge und führten regelmäßig die internationalen Bestsellerlisten an. Mit diesen faszinierenden Action-Thrillern erschuf Clancy ein Universum um seine berühmteste Figur: den Spezialagenten Jack Ryan, Protagonist fast aller Romane. Jack Ryan muss den Kalten Krieg verhindern, gegen Drogenkartelle kämpfen und immer wieder in brandgefährliche internationale Verwicklungen eingreifen. Wiederholt fungiert er sogar als Präsident der USA. In den Hollywood-Blockbuster-Verfilmungen wurde Jack Ryan u.a. von Harrison Ford und Ben Affleck gespielt.

Clancy schrieb seine Jack-Ryan-Abenteuer nicht chrono-logisch, sondern schiebt immer wieder Rückblenden ein: So agiert etwa in erst später veröffentlichten Bänden der junge Jack Ryan noch am Beginn seiner Agentenkarriere. Ihm zur Seite steht bei den meisten Abenteuern der Ex-Navy-Spezialist John Kelly alias John Clark, die zweite große Clancy-Figur.

Neben seinen großen Romanen schrieb Tom Clancy Sach-bücher zu Militärtechnik und übte die Schirmherrschaft über die unter seinem Namen erschienenen Serien *Op-Center, Net Force* und *Power Plays.*

Wie realistisch und gut recherchiert Tom Clancys Bücher sind, zeigt die Tatsache, dass der Autor nach den Anschlägen vom 11. September von der amerikanischen Regierung als spezi-eller Berater hinzugezogen wurde – in *Befehl von oben* hatte er ein Szenario entworfen, dass der späteren Realität erschre-ckend nahekam.

Tom Clancy, einer der erfolgreichsten amerikanischen Auto-ren, starb im Oktober 2013.

»Es ist schon gespenstisch: Vieles, was ich erfinde, wird Wirk-lichkeit.«
Tom Clancy

»Keiner ist besser als Tom Clancy.«
Los Angeles Times

»Die unbestrittene Nummer Eins unter den Thrillerautoren.«
Die Welt

Einzeltitel

(Alle Heyne-Titel in der Reihenfolge ihrer Veröffentlichung; in Klammern die Jack-Ryan-Chronologie)

Jagd auf Roter Oktober *(Jack Ryan 4)*

Der Politoffizier der russischen Marine erfährt, dass »Roter Oktober«, das modernste russische Raketen-U-Boot, in den Westen überzuwechseln droht. Innerhalb kürzester Zeit machen sich 30 Kriegsschiffe und 58 Jagd-U-Boote an die Verfolgung. Es beginnt ein atemberaubendes Katz-und-Maus-Spiel zwischen den Großmächten.

Mit diesem Roman begründete Tom Clancy seinen Weltruhm, die gleichnamige Kino-Verfilmung mit Sean Connery gilt als Klassiker des modernen Thriller-Kinos.

Im Sturm

Nach einem Attentat arabischer Fundamentalisten auf das größte Ölfeld Sibiriens steht die Welt am Abgrund. Die einzige Rettung aus der wirtschaftlichen Katastrophe liegt für Moskau am Persischen Golf. Die Hardliner im Kreml schrecken auch vor einem Schlag gegen die NATO nicht zurück. Das Unternehmen »Roter Sturm« läuft an ...

Die Stunde der Patrioten *(Jack Ryan 2)*

Jack Ryan hält sich zu Recherchezwecken in London auf. Als ahnungsloser Passant gerät er in einen Terroranschlag, den eine Splittergruppe der IRA auf die Familie des britischen Thronfolgers verübt. Ryan gelingt es zwar, den Anschlag zu vereiteln – aber die Terroristen schwören blutige Rache. Ein verzweifelter Kampf ums Überleben beginnt.

Verfilmt mit Harrison Ford in der Hauptrolle.

Der Kardinal im Kreml *(Jack Ryan 5)*

Bei der Auswertung ihrer Satellitenbilder stellen die Amerikaner entsetzt fest, dass die Sowjets eine hochmoderne Laserwaffe errichtet haben. Jack Ryan erkennt, dass die Russen den Amerikanern bereits überlegen sind. Sie können Satelliten und anfliegende Atomraketen zerstören. Der Top-Spion »Kardinal« wird darauf angesetzt, Näheres über die Laseranlage zu erfahren und begibt sich, vom KGB verfolgt, in höchste Gefahr.

Der Schattenkrieg *(Jack Ryan 6)*

Geheimdienstmitarbeiter Jack Ryan erfährt, dass kolumbianische Drogenbosse drei hochrangige Amerikaner getötet haben. Ryan und eine Gruppe erprobter Männer nehmen die Verfolgung auf, doch Verwicklungen in der Heimat bis in die höchste Ebene bedrohen den Einsatz der Männer: Niemand weiß, wohin dieser Schattenkrieg führt.

Die Kino-Verfilmung mit Harrison Ford als Jack Ryan lief in Deutschland unter dem Titel *Das Kartell*.

Das Echo aller Furcht *(Jack Ryan 7)*

Der Kalte Krieg scheint Vergangenheit zu sein, die Weltmächte verhandeln im Zeichen der Kooperation und setzen auf eine friedliche Zukunft. Doch ein seltsamer Bombenfund genügt, einen weltumspannenden tödlichen Konflikt zu entfachen. Jack Ryan muss einen nahezu aussichtslosen Kampf gegen die Zeit gewinnen – es beginnt ein neues Kapitel des Kalten Krieges.

Die Kino Verfilmung mit Ben Affleck als Jack Ryan lief in Deutschland unter dem Titel *Der Anschlag*.

Gnadenlos *(Jack Ryan 1)*

John Kelly (alias John Clark), ehemaliger US-Marine und Spezialist für riskante Missionen, erhält den Auftrag,
amerikanische Geiseln aus einem viet-
namesischen Lager zu befreien – eine
beinahe aussichtslose Mission, zumal er
sich gerade durch einen privaten Ra-
chefeldzug in Lebensgefahr gebracht
hat. Ein Wettlauf gegen die Zeit be-
ginnt, und der geringste Fehler könnte Kellys letzter sein.

Ehrenschuld *(Jack Ryan 8)*

Nach dem Ende des Kalten Krieges
wiegen sich viele in Sicherheit, hoffen
auf eine neue, eine friedlichere Welt.
Doch der Schein trügt, und Jack Ryan,
vom CIA-Agenten zum politischen
Berater des Präsidenten aufgestiegen,
muss feststellen, dass die Bedrohung geblieben ist. Nur die Form hat sich geändert – aus alten Freunden sind gefährliche neue Feinde geworden …

Befehl von oben *(Jack Ryan 9)*

Bei einem Flugzeugangriff auf das Capitol kommt der amerikanische Präsident ums Leben. Spezialagent Jack Ryan, vor Kurzem zum Vizepräsidenten ernannt, muss von einem Tag auf den anderen die Amtsgeschäfte übernehmen. Derweil nutzen Amerikas Feinde ihre Chance: China und Taiwan stehen kurz vor einem Krieg, und der Iran plant, amerikanische Großstädte mit einem tödlichen Virus zu infizieren.

Operation Rainbow *(Jack Ryan 10)*

John Clark, ehemaliger Angehöriger der Navy SEALs, wird zum Leiter einer neuen Antiterroreinheit mit dem Namen »Rainbow« ernannt. Diese multinationale Spezialtruppe hat es mit einem Gegner zu tun, wie ihn die Welt bisher noch nicht erlebt hat. Sollte er Erfolg haben, würde es das Ende für einen Großteil der Menschheit bedeuten.
Tom Clancys Thriller ist näher an der Realität, als die Supermächte sich einzugestehen bereit sind.

Im Zeichen des Drachen *(Jack Ryan 11)*

Ein fehlgeschlagenes Attentat auf den Chef des russischen Geheimdienstes ist der Auslöser für eine weltweite Krise. Jack Ryan – neu gewählter Präsident der USA – ist gezwungen, seine schärfste Waffe einzusetzen: den Antiterrorspezialisten John Clark. Tom Clancy entwirft ein Szenario von erschreckender Aktualität.

Red Rabbit *(Jack Ryan 3)*

Der Kalte Krieg hat eine kritische Phase erreicht. Der junge Jack Ryan soll einen russischen Überläufer ausforschen, der hochbrisantes Material zu bieten hat: Es geht um eine Verschwörung, die die gesamte westliche Welt gefährdet. Tom Clancy führt uns zurück zu Jack Ryans Anfängen als Wissenschaftler und Berater der CIA.

Im Auge des Tigers *(Jack Ryan 12)*

In Wien schlägt ein Mann namens Mohammed dem Vertreter eines kolumbianischen Drogen-Kartells in den USA einen Deal vor. Er hat ein Netzwerk fundamentalistischer Terroristen in Europa aufgebaut – und prophezeit den Kolumbianern riesige Gewinne, wenn sie ihm helfen, seine Männer nach Amerika einzuschleusen.
Eine neue Form des internationalen Terrorismus fordert eine neue Generation von Jägern heraus: Es kommt die Zeit für Jack Ryan jr. und seinesgleichen.

Dead or Alive *(Jack Ryan 13)*

Mit modernsten technischen Mitteln bedroht der Terrorismus die zivilisierte Welt – und nur Jack Ryan und John Clark könnten sie retten. Ihr Ziel ist ein sadistischer Killer, der sich »Emir« nennt und plant, Amerika durch weitere perfide Anschläge zu destabilisieren. Ihn gilt es zu stoppen – tot oder lebendig.

Gegen alle Feinde *(Max Moore 1)*

Seit Jahren tobt der Konflikt im Mittleren Osten. Nun sieht es so aus, dass
sich der Kriegsschauplatz verlagert hat.
Die Taliban bedienen sich für ihre Machenschaften eines mexikanischen Dro-
genkartells und tragen den Kampf ins
Heimatland des Erzfeindes – in die Vereinigten Staaten von Amerika. Ex-Navy-
SEAL Max Moore stellt eine Spezialein-
heit zusammen: Der Kampf kann beginnen!

Ziel erfasst *(Jack Ryan 14)*

Die Starbesetzung von Tom Clancy ist
wieder da: Jack Ryan und John Clark
sehen sich zusammen mit Jack Ryan jr.
und dem übrigen Campus-Team der
größten Herausforderung ihres Lebens
gegenüber. Es droht nicht nur eine ato-
mare Auseinandersetzung im Mittleren
Osten, auch der Feind im Inneren rüs-
tet sich zum Krieg mit allen Mitteln.
Der spannungsreiche Technothriller schließt unmittelbar an
Dead or Alive an, das große Comeback von Tom Clancy.

Gefahrenzone *(Jack Ryan 15)*

Schon morgen könnte es Wirklichkeit werden: Interne politische und wirtschaftliche Kämpfe sorgen in China dafür, dass die Führung des Landes immer mehr an Einfluss verliert. Um die eigene Macht zu untermauern, soll ein lang gehegter Wunsch in die Tat umgesetzt werden: sich Taiwan mittels eines Militärschlags einzuverleiben. Doch die Insel steht unter dem Schutz der Vereinigten Staaten. Für Präsident Jack Ryan ist die Stunde der großen Entscheidung gekommen. Wie kann er den Krieg der Supermächte verhindern?

Command Authority – Kampf um die Krim *(Jack Ryan 16)*

Der Aufstieg zur Macht des neuen starken Mannes in Russland verdankt sich dunklen Machenschaften, die Jahrzehnte zurückliegen. Ausgerechnet Präsident Jack Ryan war daran nicht ganz unbeteiligt, aber er ist auch der Einzige, der jetzt den Übergriff einer wiedererwachten Weltmacht auf die Krim stoppen kann. In einem fiktiven, aber nicht minder wirklichkeitsnahen Szenario zeigt Tom Clancy auf beeindruckende Weise, wie schnell alte Fronten wieder stehen, wenn Großmachtstreben und wirtschaftliche Interessen sich in die Hand spielen.

Der Campus *(Jack Ryan 17)*

Dominic Caruso, Neffe von Präsident Jack Ryan, ist Agent der Geheimorganisation Campus, die gänzlich inoffiziell operiert, vorbei selbst an CIA und NSA. Der Mordanschlag auf einen israelischen Freund und dessen Familie deutet auf eine undichte Stelle bei den Geheimdiensten hin. Die Spur führt zu einem Mitarbeiter im Weißen Haus, der sich als ein Whistleblower mit hehren Absichten wähnt. Aber wer hält die für den Weltfrieden bedrohlichen Geheimdienstdaten letztlich in Händen? Weltverbesserer? Terroristen? Die Russen? Die Iraner? Wer genau ist der Feind?

Mit aller Gewalt *(Jack Ryan 18)*

Eine nordkoreanische Interkontinentalrakete stürzt ins Japanische Meer. In Ho-Chi-Minh-Stadt wird ein CIA-Offizier ermordet, und ein Paket mit gefälschten Dokumenten verschwindet. Die Puzzleteile liegen offen da, sie zusammenzusetzen beansprucht aber kostbare Zeit. Zeit, die Jack Ryan junior und seine Agentenkollegen vom Campus nicht haben. Alle Spuren führen nach Nordkorea, wo ein junger, unerfahrener Diktator ein großes Nuklearprogramm umsetzen will. Präsident Jack Ryan muss das verhindern – mit aller Gewalt.

Under Fire (Jack Ryan 19)

Jack Ryan junior hält sich in Teheran auf, um das Land unter seiner inzwischen gemäßigten Regierung zu erkunden. Er trifft dort einen alten Freund, der ihm eine rätselhafte Botschaft übermittelt und tags darauf spurlos verschwindet. Jack macht sich auf die Suche nach ihm und gerät dadurch immer mehr in ein Verwirrspiel zwischen CIA, MI6 und russischen Geheimdienstleuten. Die Spur führt in die Republik Dagestan. War sein Freund in die Umsturzpläne des Landes verstrickt, das sich aus der russischen Föderation lösen möchte? Die Lage hat sich dort so verschärft, dass ein Krieg unausweichlich erscheint.

Die Macht des Präsidenten (Jack Ryan 20)

Eine Erdgasanlage vor Litauens Küste explodiert. Ein venezolanischer Staatsanwalt wird gemeuchelt. Dutzende Tote bei einem Anschlag auf einen russischen Truppenzug. Eine anarchische Welt, um den eigentlichen Plan durch zusammenhanglose Übergriffe zu verschleiern? Nur ein Mann erkennt das perfide Muster hinter all den perfiden Terroranschlägen weltweit. Kann US-Präsident Jack Ryan den skrupellosen Drahtzieher zur Strecke bringen – oder stürzt das gestörte Gleichgewicht der Kräfte die Welt ins bodenlose Chaos?

Pflicht und Ehre *(Jack Ryan 21)*

Jack Ryan junior ist vom geheimen Nachrichtendienst Campus beurlaubt. Dennoch werden Anschläge auf ihn verübt. Die Spur führt zu einem privaten Sicherheitsunternehmen, das sich zu einem Global Player entwickelt hat. Jack Ryan vermutet, dass diese deutsche Firma Terroranschläge fingiert, um die eigene Unverzichtbarkeit zu legitimieren. Auf dem »Sicherheitsmarkt« geht es immerhin um sehr viel Geld. Auf sich allein gestellt, tritt Jack Ryan den Kampf gegen die unrechtmäßige Miliz an. Deren nächstes Terrorziel ist ein Staudamm. Wird er zerstört, sind Tausende vom Tod bedroht.

Anschlag auf den Präsidenten *(Jack Ryan 22)*

Amerikanische Militärs werden ohne erkennbares System in ihrem privaten Umfeld attackiert. Jahrelang unbehelligte CIA-Agenten werden überraschend im feindlichen Ausland aufgegriffen. Das Muster wiederholt sich um den ganzen Globus. Unbekannte Hacker haben eine Sicherheitslücke in Servern von Regierung und Nachrichtendiensten gefunden und geben hochsensible Daten in die Hände der Feinde. Das nächste Angriffsziel wird Präsident Jack Ryan sein. John Clark und der Campus müssen die undichte Stelle finden, um das Schlimmste zu verhindern.

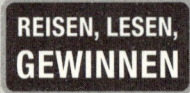